DESDE MI CELO

DESDE MI CIELO

Alice Sebold

DESDE MI CIELO

Traducción de
Aurora Echevarría

CÍRCULO de LECTORES

Para Glen, siempre

AGRADECIMIENTOS

Estoy en deuda con mis primeros y apasionados lectores –Judith Grossman, Wilton Barnhardt, Geoffrey Wolff, Margot Livesey, Phil Hay y Michelle Latiolais–, así como con el taller de escritura de la Universidad de California, Irvine.

Con los que se apuntaron tarde a la fiesta pero trajeron los refrescos más impresionantes: Teal Minton, Joy Johannessen y Karen Joy Fowler.

Con los profesionales: Henry Dunow, Jennifer Carlson, Bill Contardi, Ursula Doyle, Michael Pietsch, Asya Muchnick, Ryan Harbage, Laura Quinn y Heather Fain.

Mi eterna gratitud a Sarah Burnes, Sarah Crichton y al maravilloso MacDowell Colony.

Un distintivo honorífico de sabelotodos a mis informantes Dee Williams, Orren Perlman, al doctor Carl Brighton y al imprescindible y bien documentado equipo de Bud y Jane.

Y a mi fiel troika, cuya duradera amistad y cuyas rigurosas lecturas y relecturas han sido, junto con el café y la tapioca, lo que me ha hecho aguantar día tras día: Aimee Bender, Kathryn Chetkovich, Glen David Gold.

Y un ¡guau! a Lilly.

Dentro de la bola de nieve del escritorio de mi padre había un pingüino con una bufanda a rayas rojas y blancas. Cuando yo era pequeña, mi padre me sentaba en sus rodillas y cogía la bola de nieve. La ponía al revés, dejaba que la nieve se amontonara en la parte superior y le daba rápidamente la vuelta. Los dos contemplábamos cómo caía la nieve poco a poco alrededor del pingüino. El pingüino estaba solo allí dentro, pensaba yo, y eso me preocupaba. Cuando se lo comenté a mi padre, dijo: «No te preocupes, Susie; tiene una vida agradable. Está atrapado en un mundo perfecto».

I

Me llamo Salmon, como el pez; de nombre, Susie. Tenía catorce años cuando me asesinaron, el 6 de diciembre de 1973. Si veis las fotos de niñas desaparecidas de los periódicos de los años setenta, la mayoría era como yo: niñas blancas de pelo castaño desvaído. Eso era antes de que en los envases de cartón de la leche o en el correo diario empezaran a aparecer niños de todas las razas y sexos. Era cuando la gente aún creía que no pasaban esas cosas.

En el anuario de mi colegio yo había escrito un verso de un poeta español por quien mi hermana había logrado interesarme, Juan Ramón Jiménez. Decía así: «Si te dan papel rayado, escribe de través». Lo escogí porque expresaba mi desdén por mi entorno estructurado en el aula, y porque al no tratarse de la tonta letra de un grupo de rock, me señalaba como una joven culta. Yo era miembro del Club de Ajedrez y del Club de Químicas, y en la clase de ciencias del hogar de la señorita Delminico se me quemaba todo lo que intentaba cocinar. Mi profesor favorito era el señor Botte, que enseñaba biología y disfrutaba estimulando a las ranas y los cangrejos que teníamos que diseccionar, haciéndoles bailar en sus bandejas enceradas.

No me mató el señor Botte, por cierto. No creáis que todas las personas que vais a conocer aquí son sospechosas. Ése es el problema. Nunca sabes. El señor Botte estuvo en mi funeral (al igual que casi todo el colegio, si se me permite decirlo; nunca he sido más popular) y lloró bastante. Tenía una hija enferma. Todos lo sabíamos, de modo que cuando se reía de sus propios chistes, que ya estaban pasados de moda mucho antes de que yo lo tuviera como profesor, también nos reíamos, a veces con una risa forzada, para dejarlo contento. Su hija murió un año y medio después que yo. Tenía leucemia, pero nunca la he visto en mi cielo.

Mi asesino era un hombre de nuestro vecindario. A mi madre le gustaban las flores de sus parterres, y mi padre habló una vez de abonos con él. Mi asesino creía en cosas anticuadas como cáscaras de huevo y granos de café, que, según dijo, había utilizado su madre. Mi padre volvió a casa sonriendo y diciendo en broma que su jardín tal vez fuera bonito, pero que el tufo llegaría al cielo en cuanto hubiera una ola de calor.

Pero el 6 de diciembre de 1973 nevaba y yo atajé por el campo de trigo al volver del colegio a casa. Estaba oscuro porque los días eran más cortos en invierno, y me acuerdo de que los tallos rotos me hacían difícil andar. Nevaba poco, como el revoloteo de unas pequeñas manos, y yo respiraba por la nariz hasta que me goteó tanto que tuve que abrir la boca. A menos de dos metros de donde se encontraba el señor Harvey, saqué la lengua para probar un copo de nieve.

–No quiero asustarte –dijo el señor Harvey.

En un campo de trigo y en la oscuridad, por supuesto que me dio un susto. Una vez muerta, pensé que en el aire había flotado la débil fragancia de una colonia, pero entonces me había pasado desapercibida o había creído que venía de una de las casas que había más adelante.

–Señor Harvey –dije.

–Eres la mayor de los Salmon, ¿verdad?

–Sí.

–¿Cómo están tus padres?

Aunque yo era la mayor de la familia y siempre ganaba los concursos de preguntas y respuestas de ciencias, nunca me había sentido cómoda entre adultos.

–Bien –respondí.

Tenía frío, pero la autoridad que proyectaba su edad, y el hecho añadido de que era un vecino y había hablado de abonos con mi padre, me dejó clavada en el suelo.

–He construido algo allí detrás –dijo–. ¿Te gustaría verlo?

–Tengo frío, señor Harvey –respondí–, y mi madre quiere que esté en casa antes de que se haga de noche.

–Ya es de noche, Susie –replicó él.

Ojalá hubiera sabido que eso era raro. Yo nunca le había dicho cómo me llamaba. Supongo que mi padre le había contado una de las vergonzosas anécdotas que él veía sólo como amorosos testamentos para sus hijos. Era la clase de padre que llevaba encima una foto tuya a los tres años desnuda en el cuarto de baño de abajo, el de los huéspedes. Eso se lo hizo a mi hermana pequeña, Lindsey, gracias a Dios. Yo al menos me ahorré esa humillación. Pero le gustaba contar que cuando nació Lindsey yo tenía tantos celos que un día, mientras él hablaba por teléfono en la otra habitación, me bajé del sofá –él me veía desde donde estaba– y traté de hacer pis encima de la canasta. Esa historia me avergonzaba cada vez que él la contaba al pastor de nuestra iglesia, a nuestra vecina la señora Stead, que era terapeuta y cuyo parecer le interesaba, y a todo aquel que alguna vez exclamaba: «¡Susie tiene muchas agallas!».

«¡Agallas! –decía mi padre–. Deja que te hable de agallas», e inmediatamente se lanzaba a contar la anécdota de Susie-orinándose-sobre-Lindsey.

Cuando, más tarde, el señor Harvey se encontró a mi madre por la calle, dijo:

–Ya me he enterado de la terrible tragedia. ¿Cómo dice que se llamaba su hija?

–Susie –respondió mi madre, fortaleciendo su ánimo bajo el peso de lo ocurrido, peso que ingenuamente esperaba que algún día se aligerara, sin saber que sólo seguiría doliendo de nuevas y variadas formas el resto de su vida.

El señor Harvey dijo lo habitual:

–Espero que cojan a ese malnacido. Lo siento mucho.

Por aquel entonces yo estaba en el cielo reuniendo mis miembros, y no podía creerme su audacia.

—Ese hombre no tiene vergüenza —le dije a Franny, la consejera que me asignaron al entrar.

—Exacto —respondió ella, y dijo lo que quería decir sin más. En el cielo no se pierde el tiempo con tonterías.

El señor Harvey dijo que sólo sería un momento, de modo que lo seguí un poco más por el campo de trigo, donde había menos tallos rotos porque nadie atajaba por allí para ir o venir del colegio. Mi madre había explicado a mi hermano pequeño, Buckley, que el trigo de ese campo no era comestible cuando él le preguntó por qué nadie del vecindario lo comía.

—Es para los caballos, no para las personas —dijo ella.

—¿Tampoco para los perros? —preguntó Buckley.

—No —respondió mi madre.

—¿Ni para los dinosaurios? —preguntó Buckley.

Y así seguían un buen rato.

—He construido un pequeño escondrijo —dijo el señor Harvey, deteniéndose y volviéndose hacia mí.

—Yo no veo nada —dije yo.

Me di cuenta de que el señor Harvey me miraba de una manera rara. Otros hombres mayores me habían mirado de ese modo desde que había pegado el estirón, pero normalmente no perdían la chaveta por mí cuando iba con mi parka azul celeste y pantalones acampanados amarillos. Él llevaba unas gafitas redondas de montura dorada y me miraba por encima de ellas.

—Deberías fijarte más, Susie —dijo.

Me entraron ganas de largarme de allí, pero no lo hice. ¿Por qué no lo hice? Franny dijo que esa clase de preguntas eran inútiles.

—No lo hiciste y punto. No pienses más en ello. No es bueno. Estás muerta y tienes que aceptarlo.

—Vuelve a intentarlo —dijo el señor Harvey, y se acuclilló y dio unos golpes en el suelo.

—¿Qué es eso? —pregunté.

Se me estaban congelando las orejas. No llevaba el gorro de colores con borla y cascabeles que mi madre me había hecho unas navidades. Me lo había guardado en el bolsillo de la parka.

Recuerdo que me acerqué y di unas patadas en el suelo cerca de él. Estaba más duro que la tierra helada, que ya era muy dura.

–Es madera –explicó el señor Harvey–. Para que no se derrumbe la entrada. El resto está hecho de tierra.

–¿Qué es? –pregunté.

Ya no tenía frío ni estaba extrañada por la forma en que él me había mirado. Me sentía como en la clase de ciencias: intrigada.

–Ven a verlo.

Costaba meterse, eso lo reconoció él en cuanto estuvimos los dos dentro de esa especie de madriguera. Pero yo estaba tan asombrada de que hubiera construido una chimenea que dejara salir el humo si decidía hacer un fuego dentro que ni me paré a pensar en la incomodidad de entrar y salir de la madriguera. A lo que podríais añadir que escapar no era algo en lo que yo tuviera alguna experiencia real. De lo peor que había tenido que escapar era de Artie, un chico del colegio de aspecto raro cuyo padre era director de pompas fúnebres. Le gustaba simular que llevaba una aguja llena de líquido para embalsamar y en sus libretas dibujaba agujas de las que caían gotas oscuras.

–¡Qué chulo! –le dije al señor Harvey.

Podría haber sido el jorobado de Notre Dame, sobre quien había leído en la clase de francés. Me daba igual. Cambié totalmente. Me había convertido en mi hermano Buckley durante nuestra visita al Museo de Historia Natural de Nueva York, donde se había enamorado de los enormes esqueletos expuestos. Yo no había utilizado la palabra «chulo» en público desde primaria.

–Como quitarle un caramelo a un niño –dijo Franny.

Todavía veo la madriguera como si fuera ayer, y lo es. La vida para nosotros es un perpetuo ayer. Era del tamaño de

17

una habitación pequeña, como el cuarto donde guardábamos las botas y los chubasqueros, y donde mamá había logrado encajar una lavadora y una secadora, una encima de la otra. Yo casi podía estar de pie allí dentro, pero el señor Harvey tenía que encorvarse. Había construido un banco a los lados al excavarlo, y se sentó inmediatamente.

–Mira alrededor –dijo.

Me quedé mirándolo todo asombrada, el estante excavado que tenía encima, donde había dejado unas cerillas, una hilera de pilas y un tubo fluorescente que funcionaba con pilas y proyectaba la única luz de la guarida, una luz misteriosa e inquietante que me haría más difícil verle las facciones cuando se colocara encima de mí.

En el estante había un espejo, y una cuchilla y espuma de afeitar. Me extrañó. ¿Por qué no lo hacía en casa? Pero supongo que pensé que un hombre que, teniendo una estupenda casa de dos plantas, se construía una habitación subterránea a menos de un kilómetro, tenía que estar pirado. Mi padre tenía una bonita manera de describir a la gente como él: «Es un tipo original, eso es todo».

De modo que supongo que pensé que el señor Harvey era un tipo original y me gustó la habitación, y se estaba calentito en ella, y yo quería saber cómo la había construido, los aspectos prácticos, y dónde había aprendido a hacer una cosa así.

Pero antes de que el perro de los Gilbert encontrara mi codo tres días después y se lo llevara a casa con una reveladora cáscara de trigo, el señor Harvey lo había tapado. En esos momentos yo estaba en tránsito, y no lo vi sudar la gota gorda para quitar el refuerzo de madera y meter en una bolsa todas las pruebas junto con los fragmentos de mi cuerpo menos el codo. Y para cuando salí con medios suficientes para bajar la vista y ver lo que ocurría en la Tierra, lo que más me preocupaba era mi familia.

Mi madre estaba sentada en una silla junto a la puerta de la calle, boquiabierta. Su cara pálida estaba más pálida que nunca. La mirada extraviada. Mi padre, en cambio, se vio movido a actuar. Quería saber todos los detalles y rastrear con la policía el campo de trigo. Todavía doy gracias a Dios por el menudo detective llamado Len Fenerman, que asignó a dos agentes uniformados para que llevaran a mi padre a la ciudad y le señalaran todos los lugares en los que yo había estado con mis amigos. Los agentes tuvieron a mi padre todo el primer día ocupado en un centro comercial. Nadie se lo había dicho a Lindsey, que tenía trece años y habría sido lo bastante mayor, ni a Buckley, que tenía cuatro, y, si os digo la verdad, nunca iba a entenderlo del todo.

El señor Harvey me preguntó si me apetecía un refresco. Así fue como lo llamó. Le dije que tenía que irme a casa.

—Sé educada y tómate una Coca-Cola —insistió él—. Estoy seguro de que los otros niños lo harían.

—¿Qué otros niños?

—He construido esto para los niños del vecindario. Pensé que podría ser una especie de club.

No creo que ni entonces me lo creyera. Pensé que mentía, pero me pareció una mentira patética. Imaginé que se sentía solo. Habíamos leído sobre hombres como él en la clase de sociología. Hombres que nunca se casaban, que todas las noches comían a base de congelados y que les asustaba tanto que los rechazaran que ni siquiera tenían animales domésticos. Me dio lástima.

—Está bien —dije—. Tomaré una Coca-Cola.

Al cabo de un rato, él preguntó:

—¿No tienes calor, Susie? ¿Por qué no te quitas la parka?

Así lo hice.

—Eres muy guapa, Susie —dijo él después.

—Gracias —respondí, aunque se me puso la piel de gallina, como decíamos mi amiga Clarissa y yo.

—¿Tienes novio?

—No, señor Harvey —dije. Me bebí de golpe el resto de la Coca-Cola, que era mucho, y añadí—: Tengo que irme, señor Harvey. Es un sitio muy chulo, pero tengo que irme.

Él se levantó e hizo su número de jorobado junto a los seis escalones excavados que llevaban de vuelta al mundo.

—No sé por qué crees que te vas a ir.

Hablé para no darme por enterada. El señor Harvey no era un tipo original. Y ahora que bloqueaba la puerta, me ponía la piel de gallina y me daba náuseas.

—De verdad que tengo que irme a casa, señor Harvey.

—Quítate la ropa.

—¿Qué?

—Quítate la ropa —repitió el señor Harvey—. Quiero comprobar si sigues siendo virgen.

—Lo soy, señor Harvey —dije.

—Quiero asegurarme. Tus padres me lo agradecerán.

—¿Mis padres?

—Ellos sólo quieren buenas chicas —dijo.

—Señor Harvey, por favor, déjeme marchar.

—No te vas a ir de aquí, Susie. Ahora eres mía.

En aquella época no se prestaba mucha atención a estar en forma; la palabra «aeróbic» apenas existía. Se suponía que las niñas tenían que ser delicadas, y en el colegio sólo las que se sospechaba que eran marimachos trepaban por las cuerdas.

Luché. Luché con todas mis fuerzas para que el señor Harvey no me hiciera daño, pero todas mis fuerzas no bastaron ni de lejos, y no tardé en estar tumbada en el suelo con él encima, jadeando y sudando después de haber perdido las gafas en el forcejeo.

Yo estaba muy llena de vida entonces. Pensé que no había nada peor en el mundo que estar tumbada boca arriba en el suelo con un hombre sudoroso encima de mí. Estar atrapada bajo tierra y que nadie supiera dónde estaba.

Pensé en mi madre.

Mi madre estaría consultando el reloj del horno. Era un horno nuevo y le encantaba que tuviera un reloj.

—Así puedo medir el tiempo con exactitud —le dijo a su madre, una madre a la que no podían importarle menos los hornos.

Estaría preocupada, pero más enfadada que preocupada, por mi tardanza. Mientras mi padre se metía en el garaje ella corretearía de acá para allá, le prepararía una copa, un jerez seco, y pondría una expresión exasperada.

–Ya sabes, el colegio. Tal vez hoy es el Festival de Primavera.

–Abigail –diría mi padre–, ¿cómo va a ser el Festival de Primavera si está nevando?

Tras ese desliz, mi madre tal vez llevaría a Buckley a la sala de estar y le diría: «Juega con tu padre» mientras ella entraba a hurtadillas en la cocina para tomarse una copita de jerez.

El señor Harvey empezó a apretar los labios contra los míos. Eran carnosos y estaban húmedos, y yo quería gritar, pero estaba demasiado asustada y demasiado cansada a causa del forcejeo. Me había besado una vez un chico que me gustaba. Se llamaba Ray y era indio. Hablaba con acento y era moreno. Se suponía que no tenía que gustarme. Clarissa decía que sus ojos grandes, cuyos párpados parecían siempre entornados, eran estrambóticos, pero era simpático y listo, y me ayudaba a copiar en los exámenes de álgebra fingiendo que no lo hacía. Me besó junto a mi taquilla el día antes de que entregáramos las fotos para el anuario. Cuando éste salió, al final del verano, vi que debajo de su foto había respondido el clásico «Mi corazón pertenece a» con «Susie Salmon». Supongo que había hecho planes. Recuerdo que tenía los labios cortados.

–No, señor Harvey –logré decir, y repetí la palabra «No» muchas veces. También dije muchas veces «Por favor». Franny me dijo que casi todo el mundo suplicaba «Por favor» antes de morir.

–Te deseo, Susie –dijo él.

–Por favor –repetí–. No, por favor. –Era como empecinarte en que una llave funcionaba cuando no lo hacía, o como gritar «La tengo, la tengo, la tengo» cuando una pelota de béisbol te pasaba por encima en las gradas–. No, por favor.

Pero se cansó de oírme suplicar. Introdujo una mano en el bolsillo de mi parka y, estrujando el gorro que me había hecho mi madre, me lo metió en la boca. Después de eso, el único ruido que hice fue el débil tintineo de los cascabeles.

Mientras me recorría con sus labios mojados la cara y el cuello, y deslizaba las manos por debajo de mi camisa, me puse a llorar. Empecé a abandonar mi cuerpo. Empecé a habitar el aire y el silencio. Lloré y forcejeé para no sentir. Él me rasgó los pantalones al no dar con la cremallera invisible que mi madre me había cosido hábilmente en el costado.

—Grandes bragas blancas —dijo.

Me sentí enorme e hinchada. Me sentí como un mar en el que él estaba de pie y meaba y cagaba. Sentí cómo los bordes de mi cuerpo se doblaban hacia dentro y hacia fuera, como en el juego de la cuna al que jugaba con Lindsey para ponerla contenta. Empezó a masturbarse sobre mí.

—¡Susie! ¡Susie! —oí gritar a mi madre—. La comida está lista.

Él estaba dentro de mí. Jadeaba.

—Hay cordero con judías verdes.

Yo era el mortero, él la mano de mortero.

—Tu hermano ha pintado otro dibujo con los dedos y yo he hecho pastel de manzana.

El señor Harvey me obligó a quedarme quieta debajo de él y escuchar los latidos de su corazón y del mío. El mío daba brincos como un conejo mientras que el suyo hacía un ruido sordo, como de martillo contra tela. Nos quedamos allí tumbados, con nuestros cuerpos tocándose, y mientras me estremecía, tuve una poderosa revelación. Él me había hecho eso y yo había vivido. Eso era todo. Seguía respirando. Oía su corazón. Olía su aliento. La tierra oscura que nos rodeaba olía como lo que era, tierra húmeda donde los gusanos y otros animales vivían sus vidas cotidianas. Podría haber gritado horas y horas.

Yo sabía que iba a matarme. Pero no me daba cuenta de que era un animal ya agonizante.

–¿Por qué no te levantas? –me preguntó el señor Harvey, rodando hacia un lado y agachándose sobre mí.

Habló con voz suave, alentadora, la voz de un amante a media mañana. Una sugerencia, no una orden.

Yo no podía moverme. No podía levantarme.

Al ver que no lo hacía (¿fue sólo eso, que no siguiera su sugerencia?) se inclinó y buscó a tientas en el saliente que tenía encima de la cabeza, donde guardaba su cuchilla y la espuma de afeitar, y cogió un cuchillo. Éste me sonrió, desenfundado, curvándose en una mueca burlona.

Él me quitó el gorro de la boca.

–Dime que me quieres –dijo.

Se lo dije en voz baja.

El final llegó de todos modos.

2

Cuando entré por primera vez en el cielo, pensé que todo el mundo veía lo mismo que yo. Que en el cielo de todos había porterías de fútbol a lo lejos, y mujeres torpes practicando lanzamientos de peso y jabalina. Que todos los edificios eran como los institutos del nordeste residencial, construidos en los años sesenta. Edificios grandes y achaparrados esparcidos en terrenos arenosos pésimamente ajardinados, con salientes y espacios abiertos para darles un aire moderno. Lo que más me gustaba era que los edificios eran de color turquesa y naranja, como los del instituto Fairfax. A veces, en la Tierra, había pedido a mi padre que me llevara en coche hasta el Fairfax para imaginarme a mí misma allí.

Después de séptimo, octavo y noveno cursos, el instituto habría significado comenzar de nuevo. Cuando llegara al Fairfax insistiría en que me llamaran Suzanne. Llevaría el pelo ondulado o recogido en un moño. Tendría un cuerpo que volvería locos a los chicos y que las chicas envidiarían, pero, como si eso no fuera suficiente, sería tan encantadora que se sentirían demasiado culpables para no adorarme. Me gustaba imaginar que, habiendo alcanzado una especie de estatus regio, protegería a los chicos inadaptados en la cafetería. Cuando alguien atormentara a Clive Saunders por andar como una niña, asestaría una vengativa y veloz patada en las partes menos protegidas del atormentador. Cuando los chicos se mofaran de Phoebe Hart por tener los pechos grandes, les soltaría un discurso sobre por qué no tenían gracia los chistes de tetas. Tenía que olvidar que cuando Phoebe había pasado por mi lado yo también había escrito en los márgenes de mi cuaderno listas insultantes: Winnebagos, Hoo-has, Johnny Yellows. Al final de mis ensoñaciones, me recostaba en el asiento trasero del coche mientras mi padre conducía. Nadie podía reprocharme nada. Empezaría el instituto en cuestión de días, no de años, o, inexplicablemente, en mi penúltimo año ganaría un Oscar a la mejor actriz.

Ésos eran mis sueños en la Tierra.

Llevaba unos días en el cielo cuando me di cuenta de que tanto las lanzadoras de jabalina como las de peso y los chicos que jugaban al baloncesto en la pista agrietada existían todos en su propia versión de cielo. Sus cielos coincidían con el mío, no eran exactamente una copia, pero había muchas cosas iguales en ellos.

Conocí a Holly, que se convirtió en mi compañera de habitación, el tercer día. La encontré sentada en los columpios. (No me pregunté por qué había columpios en un instituto: eso lo convertía en cielo. Y no eran de asiento plano sino envolvente, hecho de neumático negro duro que te mecía y en el que podías pegar unos cuantos botes antes de columpiarte.) Holly estaba sentada leyendo un libro escrito en un extraño alfabeto que asocié al arroz frito con cerdo que mi padre había traído a casa de Hop Fat Kitchen, un local cuyo nombre entusiasmó tanto a Buckley que chilló a pleno pulmón: «¡Hop Fat!». Ahora que sé vietnamita, me doy cuenta de que Herman Jade, el dueño de Hop Fat, no era vietnamita, y que Herman Jade no era su verdadero nombre, sino el que adoptó cuando vino a Estados Unidos desde China. Holly me enseñó todo eso.

—Hola —dije—. Me llamo Susie.

Más adelante ella me explicaría que había sacado su nombre de una película, *Desayuno con diamantes*. Pero ese día le salió de corrido.

—Y yo Holly —dijo.

Como no había querido tener ni el más leve acento en el cielo, no tenía ninguno. Me quedé mirando su pelo negro. Era brillante como las promesas de las revistas.

–¿Cuánto tiempo llevas aquí? –pregunté.

–Tres días.

–Igual que yo.

Me senté en el columpio que había a su lado y giré el cuerpo hasta que las cadenas se quedaron enroscadas. Luego me solté y di vueltas hasta que me detuve.

–¿Te gusta esto? –pregunté.

–No.

–A mí tampoco.

Así empezó.

En nuestros cielos habíamos plasmado nuestros sueños más sencillos. Así, no había profesores en el instituto. Y nunca teníamos que ir, excepto para la clase de arte en mi caso y el grupo de jazz en el caso de Holly. Los chicos no nos pellizcaban el culo ni nos decían que olíamos; los libros de texto eran *Seventeen*, *Glamour* y *Vogue*.

Y nuestros cielos se ampliaban a medida que se agrandaba nuestra amistad. Coincidíamos en muchas de las cosas que queríamos.

Franny, la consejera que me habían asignado al entrar, se convirtió en nuestra guía. Tenía suficientes años para ser mi madre, unos cuarenta y cinco, y a Holly y a mí nos llevó un tiempo deducir que eso era algo que habíamos querido: a nuestras madres.

En su cielo, Franny ayudaba y se veía recompensada con resultados y gratitud. En la Tierra había sido asistenta social de los desposeídos y sin hogar. Había trabajado para una iglesia llamada Saint Mary's que servía comidas sólo a mujeres y niños, y allí lo hacía todo, desde atender el teléfono hasta matar cucarachas con un manotazo estilo kárate. Un hombre que buscaba a su mujer le había pegado un tiro en la cara.

Franny se nos acercó a Holly y a mí el quinto día. Nos ofreció Kool-Aid de lima en vasos desechables, y bebimos.

—Estoy aquí para ayudaros —dijo.

Yo la miré a sus pequeños ojos azules rodeados de arrugas de la risa y le dije la verdad.

—Estamos aburridas.

Holly estaba ocupada en sacar la lengua lo suficiente para comprobar si se le había vuelto verde.

—¿Qué queréis? —preguntó Franny.

—No lo sé —respondí.

—Sólo tenéis que desearlo, y si lo deseáis lo bastante y comprendéis por qué lo hacéis, lo sabéis de verdad, entonces sucederá.

Parecía muy sencillo, y lo era. Así fue como Holly y yo conseguimos nuestro dúplex.

Yo odiaba nuestra casa de dos plantas de la Tierra. Odiaba los muebles de mis padres, y que nuestra casa mirara a otra casa y a otra casa y a otra, un eco de uniformidad que subía por la colina. Nuestro dúplex, en cambio, daba a un parque, y a lo lejos, lo suficientemente cerca para saber que no estábamos solas, pero tampoco demasiado cerca, veíamos las luces de otras casas.

Con el tiempo empecé a desear más cosas. Lo que me extrañaba era cuánto deseaba saber lo que no había sabido en la Tierra. Quería que me dejaran hacerme mayor.

—La gente crece viviendo —dije a Franny—. Yo quiero vivir.

—Eso está descartado —contestó ella.

—¿Podemos ver al menos a los vivos? —preguntó Holly.

—Ya lo hacéis —respondió ella.

—Creo que se refiere a sus vidas enteras —dije—, de principio a fin, para ver cómo lo han hecho ellos. Saber los secretos. Así podríamos simular mejor.

—Eso no lo experimentaréis —aclaró Franny.

—Gracias, Central de Inteligencia —dije, pero nuestros cielos empezaron a ampliarse.

Yo seguía estando en el instituto, con toda la arquitectura del Fairfax, pero ahora salían caminos de él.

—Seguid los senderos —dijo Franny— y encontraréis lo que necesitáis.

Así fue como Holly y yo nos pusimos en camino. En nuestro cielo había una tienda de helados donde, si pedías determinados sabores, nunca te decían: «No es la época»; había un periódico donde a menudo aparecían fotos nuestras que nos hacían parecer importantes; había en él hombres de verdad y mujeres guapas, porque Holly y yo teníamos devoción por las revistas de moda. A veces Holly no parecía prestar mucha atención, y otras desaparecía mientras yo la buscaba. Era cuando iba a una parte del cielo que no compartíamos. Yo la echaba de menos entonces, pero era una manera extraña de echar de menos, porque a esas alturas conocía el significado de «siempre».

Yo no podía conseguir lo que más deseaba: que el señor Harvey estuviera muerto y yo viva. El cielo no era perfecto. Pero llegué a creer que, si observabas con atención y lo deseabas, podías cambiar la vida de los seres que querías en la Tierra.

Fue mi padre el que respondió a la llamada telefónica el 9 de diciembre. Era el comienzo del fin. Dio a la policía mi grupo sanguíneo, tuvo que describir el tono claro de mi piel. Le preguntaron si yo tenía algún rasgo distintivo que me identificara. Él empezó a describir minuciosamente mi cara y se perdió en ella. El detective Fenerman lo dejó continuar, ya que la siguiente noticia que debía comunicarle era demasiado horrible para interrumpirlo. Pero luego se lo dijo:

—Señor Salmon, sólo hemos encontrado una parte del cuerpo.

Mi padre estaba de pie en la cocina y le recorrió un desagradable escalofrío. ¿Cómo iba a decírselo a Abigail?

—Entonces, ¿no están seguros de si está muerta? —preguntó.

–No hay nada seguro –respondió Len Fenerman.

Ésa fue la frase que mi padre repitió a mi madre.

–No hay nada seguro.

Durante tres noches no había sabido cómo tocar a mi madre o qué decirle. Nunca se habían sentido desesperados al mismo tiempo. Por lo general, uno necesitaba al otro, nunca se habían necesitado a la vez, y por tanto había habido una manera, tocándose, de tomar prestadas fuerzas del más fuerte. Y nunca habían comprendido como entonces el significado de la palabra «horror».

–No hay nada seguro –repitió mi madre, aferrándose a ello como él había esperado que hiciera.

Mi madre era la única que sabía lo que significaba cada colgante de mi pulsera, de dónde lo habíamos sacado y por qué me gustaba. Hizo una lista meticulosa de todo lo que había llevado y cómo había ido vestida. Si encontraran esas pistas a kilómetros de distancia y aisladas a un lado de la carretera, podrían conducir hasta allí a un policía que las relacionara con mi muerte.

Me había debatido mentalmente entre la alegría agridulce de ver a mi madre enumerando todas las cosas que yo había llevado puestas y que me gustaban, y su vana ilusión de que esas cosas tenían importancia. De que un desconocido que encontrara una goma de borrar de un personaje de dibujos animados o una chapa de una estrella del rock acudiría a la policía.

Después de la llamada de Len, mi padre le tendió una mano a mi madre y los dos se sentaron en la cama, mirando fijamente al frente: mi madre como una zombi, aferrándose a esa lista de objetos, y mi padre con la sensación de estar metiéndose en un túnel oscuro. En algún momento se puso a llover. Me daba cuenta de que los dos pensaban lo mismo, pero no lo expresaban en voz alta. Que yo estaba allí fuera en alguna parte, bajo la lluvia. Que esperaban que no estuviera en peligro, que me hubiera resguardado de la lluvia en algún lugar y no pasara frío.

Ninguno de los dos sabía quién se había dormido antes;

con los huesos doloridos por el agotamiento, se durmieron y se despertaron al mismo tiempo, sintiéndose culpables. La lluvia, que había cambiado varias veces a medida que bajaban las temperaturas, ahora era granizo, y el ruido de pequeñas piedras de hielo contra el tejado los despertó a la vez.

No hablaron. Se miraron a la tenue luz de la lámpara que habían dejado encendida al otro lado de la habitación. Mi madre se echó a llorar y mi padre la abrazó, le secó con las yemas de los dedos las lágrimas que corrían por sus pómulos y la besó con delicadeza en los ojos.

Yo desvié la mirada mientras se abrazaban. La desplacé hacia el campo de trigo, para ver si había algo a la vista que la policía pudiera encontrar por la mañana. El granizo dobló los tallos y obligó a todos los animales a guarecerse. A poca profundidad estaban las madrigueras de los conejos que tanta gracia me habían hecho, los conejos que se comían las hortalizas y las flores del vecindario, y a veces, sin darse cuenta, llevaban veneno a sus madrigueras. Entonces, bajo tierra y muy lejos de la mujer o el hombre que había rociado su huerto de cebo tóxico, toda una familia de conejos se acurrucaba para morir.

La mañana del día 10, mi padre vació la botella de whisky en el fregadero de la cocina. Lindsey le preguntó por qué lo hacía.

–Tengo miedo de bebérmelo –dijo.

–¿Quién ha llamado? –preguntó mi hermana.

–¿Llamado?

–Te he oído decir lo que siempre dices de la sonrisa de Susie. De las estrellas que estallan.

–¿He dicho eso?

–Te has puesto un poco cursi. Era un poli, ¿verdad?

–¿Nada de mentiras?

–Nada de mentiras –acordó Lindsey.

–Han encontrado una parte de un cuerpo. Podría ser de Susie.

Fue un fuerte golpe en el estómago.

–¿Qué?

–No hay nada seguro –tanteó mi padre.

Lindsey se sentó a la mesa de la cocina.

–Voy a vomitar –dijo.

–¿Cariño?

–Papá, quiero que me digas qué es, qué parte del cuerpo es, y luego tendré que vomitar.

Mi padre bajó un gran recipiente metálico, lo llevó a la mesa y lo dejó cerca de Lindsey antes de sentarse a su lado.

–Está bien –dijo ella–. Dímelo.

–Un codo. Lo ha encontrado el perro de los Gilbert.

Mi padre le cogió la mano y entonces ella vomitó, como había prometido hacer, en el brillante recipiente plateado.

Más tarde, esa mañana, el cielo se despejó, y no muy lejos de mi casa la policía acordonó el campo de trigo y emprendió su búsqueda. La lluvia, aguanieve, nieve y granizo, al derretirse y mezclarse, habían dejado el suelo empapado; aun así, había una zona donde habían removido recientemente la tierra. Empezaron a cavar por allí.

En algunas partes, según se averiguó más tarde en el laboratorio, había una fuerte concentración de mi sangre mezclada con la tierra, pero en esos momentos la policía se sentía cada vez más frustrada, cavando en el suelo frío y húmedo en busca de una niña.

A lo largo del borde del campo de fútbol se habían detenido unos cuantos vecinos a una distancia respetuosa del cordón de la policía, intrigados por los hombres con pesadas parkas azules que manejaban palas y rastrillos como si se tratara de herramientas médicas.

Mis padres se habían quedado en casa. Lindsey no salió de su habitación. Buckley estaba en casa de su amigo Nate, donde pasó mucho tiempo esos días. Le habían dicho que me había quedado más días en casa de Clarissa.

Yo sabía dónde estaba mi cuerpo, pero no podía decírselo. Observé y esperé a ver qué veían. Y de pronto, a media tarde, un policía levantó un puño cubierto de tierra y gritó:

–¡Aquí! –exclamó, y los demás agentes echaron a correr y lo rodearon.

Todos los vecinos se habían ido a casa menos la señora Stead. Después de conferenciar con los demás agentes alrededor del que había hecho el descubrimiento, el detective Fenerman deshizo el oscuro corro y se acercó a ella.

–¿Señora Stead? –preguntó por encima del cordón que los separaba.

–Sí.

–¿Tiene usted una hija en el colegio?

–Sí.

–¿Sería tan amable de acompañarme?

Un joven agente condujo a la señora Stead por debajo del cordón policial y a través del campo de trigo revuelto y lleno de baches donde se hallaban los demás hombres.

–Señora Stead –dijo Len Fenerman–, ¿le resulta familiar esto? –Levantó un ejemplar en rústica de *Matar a un ruiseñor*–. ¿Leen esto en el colegio?

–Sí –respondió ella, palideciendo al pronunciar el monosílabo.

–¿Le importa si le pregunto…? –empezó a decir él.

–Noveno curso –dijo ella, mirando los ojos azul pizarra de Len Fenerman–. El curso de Susie.

Era terapeuta, y confiaba en su habilidad para encajar las malas noticias y hablar con racionalidad de los detalles escabrosos de la vida de sus pacientes, pero se sorprendió a sí misma apoyándose en el joven agente que la había acompañado hasta allí. Me di cuenta de que le habría gustado haberse ido a casa con los demás vecinos y estar ahora en el salón con su marido, o fuera, en el patio trasero, con su hijo.

–¿Quién da la clase?

–La señorita Dewitt –dijo–. A los chicos les parece un regalo después de *Otelo*.

–¿*Otelo*?

–Sí –dijo ella; sus conocimientos sobre el colegio de pronto eran muy importantes, con todos los agentes escuchándola–. A la señorita Dewitt le gusta graduar la dificultad de las lecturas, y justo antes de Navidad hace un gran esfuerzo con Shakespeare y después reparte Harper Lee como premio. Si Susie llevaba *Matar a un ruiseñor* ya debía de haber entregado su trabajo sobre *Otelo*.

Toda esa información se verificó.

La policía hizo llamadas. Yo observaba cómo se ampliaba el círculo. La señorita Dewitt tenía mi trabajo. Con el tiempo, se lo enviaría por correo a mis padres sin corregir. «He pensado que tal vez les gustaría guardarlo –había escrito en una nota–. Mi más sentido pésame.» Lindsey se quedó con él porque mi madre no se vio con fuerzas para leerlo. «El condenado al ostracismo: un hombre solo», lo había titulado. Lindsey había sugerido «El condenado al ostracismo» y yo había añadido la segunda parte. Mi hermana le había hecho tres agujeros y había guardado cada hoja escrita cuidadosamente a mano en un cuaderno vacío. Lo dejó en su armario debajo de su maleta de Barbie y la caja donde guardaba sus muñecos Ann y Andy Raggedy en perfecto estado, que yo tanto le había envidiado.

El detective Fenerman telefoneó a mis padres. Habían encontrado un libro de texto que podían haberme dado ese último día.

–Pero podría ser de cualquiera –dijo mi padre a mi madre al comienzo de otra agitada noche en vela–. O podría habérsele caído por el camino.

Aumentaban las pruebas, pero ellos se resistían a creer.

Dos días después, el 12 de diciembre, la policía encontró mis apuntes de la clase del señor Botte. Los animales se habían llevado la libreta de donde estuvo inicialmente enterrada: la tierra no coincidía con las muestras de los alrededores, pero habían encontrado el papel cuadriculado con las teorías garabateadas que yo no había entendido, pero aun así había copiado obedientemente, cuando un gato había derribado un nido de cuervo. Entremezclados con las hojas y las ramitas estaban los trozos de papel. La policía separó el papel cuadriculado junto con fragmentos de otra clase de papel, más fino y quebradizo, que no tenía rayas.

La niña que vivía en la casa del árbol reconoció parte de la letra. No era la mía, sino la del chico que estaba colado por mí, Ray Singh. En papel de arroz especial de su madre, me había escrito una nota de amor que yo nunca llegué a leer. Me la había metido en el cuaderno el miércoles, mientras estábamos en el laboratorio. Tenía una caligrafía elegante. Cuando llegaron los agentes, tuvieron que juntar los trozos de mi libreta de biología y los de la nota amorosa de Ray Singh.

—Ray no se encuentra bien —dijo su madre cuando un detective llamó a su casa y quiso hablar con él.

Pero a través de ella averiguaron lo que querían saber.

Ray asintió a medida que ella le repetía las preguntas de la policía. Sí, le había escrito una nota de amor a Susie Salmon. Sí, la había metido en el cuaderno de Susie después de que el señor Botte le hubiera pedido a ella que recogiera los ejercicios. Sí, se había llamado a sí mismo el Moro.

Ray Singh pasó a ser el primer sospechoso.

—¿Ese chico tan encantador? —le dijo mi madre a mi padre.

—Ray Singh es simpático —dijo mi hermana con voz monótona durante la cena de esa noche.

Observé a mi familia y supe que lo sabían. No había sido Ray Singh.

La policía irrumpió en su casa y lo intimidó, insinuando cosas. Les estimulaba la piel oscura de Ray, que para ellos era sinónimo de culpabilidad, así como la rabia que les provocaba sus modales, y su hermosa pero demasiado exótica e inalcanzable madre. Pero Ray tenía una coartada. Podían llamar a un buen número de países que testificarían a su favor. Su padre, que enseñaba historia poscolonial en Penn, le había pedido a su hijo que hablara de la experiencia de los adolescentes en una conferencia que había organizado la International House el día que yo morí.

Al principio, el hecho de que Ray faltara aquel día al colegio se había considerado una prueba de su culpabilidad, pero en cuanto la policía recibió una lista de los cuarenta y cinco asistentes que habían visto hablar a Ray en la conferencia «Zonas residenciales de las afueras: la experiencia americana», se vieron obligados a reconocer su inocencia. Se quedaron a la puerta de la casa de los Singh, rompiendo ramitas de los setos. Habría sido tan fácil, tan mágico, que la respuesta que buscaban hubiera caído literalmente del cielo desde un árbol. Pero se extendieron los rumores, y los pocos progresos sociales que Ray había hecho en el colegio se invirtieron. Empezó a irse a casa inmediatamente después de las clases.

Todo eso me hacía enloquecer. Observar sin ser capaz de llevar a la policía hasta la casa verde tan próxima a la de mis padres, donde el señor Harvey tallaba florones para una casa de muñecas gótica que estaba construyendo. Él seguía las noticias y leía a fondo los periódicos, pero llevaba su inocencia como un cómodo abrigo viejo. Dentro de él había habido disturbios, y ahora reinaba la calma.

Traté de consolarme pensando en *Holiday*, nuestro perro. Le echaba de menos como no me había permitido echar de menos a mi madre ni a mi padre ni a mis hermanos. Esa forma de echar de menos habría equivalido a aceptar que nunca iba a volver a estar con ellos; tal vez suene estúpido, pero yo no lo creía, me resistía a creerlo. *Holiday* dormía con Lindsey por las noches, y se quedaba al lado de mi padre cada vez que él abría la puerta a un nuevo desconocido. Se apuntaba alegremente a los clandestinos asaltos a la nevera que hacía mi madre, y dejaba que Buckley le tirara de la cola y de las orejas dentro de la casa de puertas cerradas.

Había demasiada sangre en la tierra.

El 15 de diciembre, entre las llamadas a la puerta que advertían a mi familia que se insensibilizara aún más antes de abrir su casa a desconocidos –los vecinos amables pero torpes, los periodistas ineptos pero crueles–, llegó la que acabó abriéndole los ojos a mi padre.

Era Len Fenerman, que tan amable había sido con él, acompañado de un agente uniformado.

Entraron, a esas alturas lo bastante familiarizados con la casa para saber que mi madre prefería que entraran y dijeran lo que tuvieran que decir en la sala de estar para que no lo oyeran mis hermanos.

–Hemos encontrado un objeto personal que creemos que pertenece a Susie –dijo Len.

Se mostró cauteloso. Yo lo veía medir sus palabras. Se aseguró de hablar con precisión para evitar a mis padres el primer pensamiento que de lo contrario habría acudido a su mente: que la policía había encontrado un cadáver y que yo estaba, con toda seguridad, muerta.

–¿Qué es? –preguntó mi madre con impaciencia.

Cruzó los brazos y se preparó para oír otro detalle insignificante al que los demás daban importancia. Ella era una tapia. Las libretas y novelas no significaban nada para ella. Su hija podía sobrevivir con un solo brazo. Y mucha sangre era mucha sangre, no un cuerpo. Lo había dicho Jack y ella lo creía: no hay nada seguro.

Pero cuando sostuvieron en alto la bolsa de pruebas con mi gorro dentro, en su interior se rompió algo. La fina pared de cristal que había protegido su corazón –y de alguna manera la había insensibilizado, impidiéndole creer– se hizo añicos.

–La borla –dijo Lindsey, que había entrado en la sala de estar desde la cocina. Nadie la había visto hacerlo aparte de mí.

Mi madre hizo un ruidito y le cogió la mano. El ruido era un chirrido metálico, una máquina como humana que se averiaba y emitía los últimos sonidos antes de que se trabara todo el motor.

–Hemos analizado las fibras –dijo Len–. Parece ser que quienquiera que acosó a Susie lo utilizó durante el crimen.

–¿Cómo? –preguntó mi padre, impotente. Le estaban diciendo algo que era incapaz de comprender.

–Para hacerla callar.

–¿Qué?

–Está impregnada de saliva de Susie –aclaró el agente uniformado que hasta entonces había guardado silencio–. La amordazó con él.

Mi madre lo cogió de las manos de Len Fenerman, y los cascabeles que había cosido junto a la borla sonaron cuando cayó de rodillas y se inclinó sobre el gorro que me había hecho.

Vi cómo Lindsey se ponía rígida junto a la puerta. No reconocía a nuestros padres; no reconocía nada.

Mi padre acompañó a la puerta al bienintencionado Len Fenerman y al oficial uniformado.

–Señor Salmon –dijo Len Fenerman–, con la cantidad de sangre que hemos encontrado y la violencia que me temo que eso implica, así como otras pruebas sustanciales sobre las que ya hemos hablado, debemos partir de la hipótesis de que su hija ha sido asesinada.

Lindsey oyó sin querer lo que ya sabía, lo que había sabido desde hacía cinco días, cuando mi padre le había hablado de mi codo. Mi madre se echó a llorar.

–En adelante empezaremos a tratar este caso como una investigación de asesinato –añadió Fenerman.

—Pero no hay cadáver —probó a decir mi padre.

—Todas las pruebas apuntan a que su hija está muerta. Lo siento mucho.

El agente uniformado había fijado la mirada a la derecha de los ojos suplicantes de mi padre. Me pregunté si era algo que le habían enseñado a hacer en el colegio. Pero Len Fenerman sostuvo la mirada de mi padre.

—Pasaré más tarde a ver cómo están —dijo.

Cuando mi padre volvió a la sala de estar, estaba demasiado deshecho para tender una mano a mi madre, sentada en la alfombra, o a la forma endurecida de mi hermana, cerca de ella. No podía permitir que lo vieran en ese estado. Subió la escalera pensando en *Holiday,* tumbado en la alfombra del estudio. Allí estaba la última vez que lo había visto. Ocultando el rostro en la densa pelambrera del cuello del perro, mi padre se permitió llorar.

Esa tarde los tres se deslizaron por la casa en silencio, como si el ruido de pasos pudiera confirmar la noticia. Vino la madre de Nate para traer a Buckley, pero nadie fue a abrir la puerta. Ella se marchó sabiendo que había cambiado algo dentro de la casa, que era idéntica a las que tenía a cada lado. Se convirtió en cómplice del niño, y le dijo que irían a comprarse un helado y echarían a perder su apetito.

A las cuatro de la tarde mis padres se encontraron en la misma habitación del piso de abajo. Habían entrado por puertas distintas.

Mi madre miró a mi padre.

—Mamá —dijo, y él asintió, y acto seguido llamó a mi única abuela con vida, la madre de mi madre, la abuela Lynn.

Me preocupaba que dejaran a mi hermana sola y que ésta cometiera alguna imprudencia. Estaba sentada en su habitación, en el viejo sofá que le habían cedido mis padres, concentrada en endurecerse. «Respira hondo y contén la respiración. Trata de quedarte quieta durante períodos cada vez más largos. Hazte pequeña como una piedra. Dobla los bordes de tu persona de manera que nadie te vea.»

Mi madre le dijo que podía escoger entre volver al colegio antes de Navidad o quedarse en casa –sólo faltaba una semana–, pero Lindsey optó por ir.

El lunes, en clase, todos sus compañeros se quedaron mirándola fijamente cuando se dirigió a la parte delantera.

–El director quiere verte, querida –le dijo la señorita Dewitt en voz baja.

Mi hermana no miró a la señorita Dewitt cuando ésta habló. Estaba perfeccionando el arte de hablar con las personas mirándolas como si fueran transparentes. Ése fue el primer indicio que tuve de que algo tendría que estallar. La señorita Dewitt también enseñaba lengua y literatura inglesas, pero sobre todo estaba casada con el señor Dewitt, que era el entrenador de fútbol y había animado a Lindsey a probar suerte en su equipo. A mi hermana le caían bien los Dewitt, pero esa mañana empezó a mirar a los ojos sólo a la gente contra la que podía luchar.

Mientras recogía sus cosas oyó cuchicheos por todas partes. Estaba segura de que Danny Clarke le había cuchicheado algo a Sylvia Henley justo antes de que ella saliera del aula. Y alguien había dejado caer algo en la parte trasera. Lo hacían, creía ella, para, al ir a recogerlo y volver, tener ocasión de decirle algo al compañero de al lado sobre la hermana de la niña muerta.

Lindsey recorrió los pasillos y pasó entre las hileras de taquillas, esquivando a todo el que anduviera cerca. Me habría gustado caminar a su lado, imitando al director del colegio y su forma de empezar todas las reuniones en la sala de actos: «¡Vuestro director es un compañero más, pero con directrices!», le relincharía al oído, haciéndole reír.

Pero aunque tuvo la suerte de encontrar los pasillos vacíos, cuando llegó a la oficina principal se vio obligada a aguantar las miradas sensibleras de secretarias consoladoras. No importaba. Se había preparado en su habitación. Iba armada hasta los dientes contra cualquier avalancha de compasión.

–Lindsey –dijo el director Caden–. Esta mañana me ha llamado la policía. Siento mucho la pérdida que has sufrido.

Ella lo miró a la cara. No era tanto una mirada como un láser.

–¿Qué he perdido exactamente?

El señor Caden, que creía necesario tratar de forma directa los temas de las crisis de los niños, rodeó su escritorio y condujo a Lindsey a lo que los alumnos solían llamar el Sofá. Al final cambiaría el Sofá por dos sillas, cuando se impuso la política en el distrito del colegio y le dijeron: «No es apropiado tener aquí un sofá; mejor sillas. Los sofás dan un mensaje que se presta a equívocos».

El señor Caden se sentó en el Sofá y mi hermana lo imitó. Quiero creer que, por compungida que estuviera, en ese momento le emocionó un poco sentarse en el mismísimo Sofá. Quiero creer que yo no se lo había arrebatado todo.

–Estamos aquí para ayudarte en todo lo que esté en nuestra mano –continuó el señor Caden. Hacía lo que podía.

–Estoy bien –respondió ella.

–¿Te gustaría hablar de ello?

–¿De qué? –preguntó Lindsey.

Se estaba mostrando lo que mi padre llamaba «enfurruñada», como cuando decía: «Susie, no me hables con este tono enfurruñado».

–De la pérdida que has sufrido –dijo él.

Alargó una mano hacia la rodilla de mi hermana. Su mano fue como un hierro de marcar al rojo vivo.

–No me había dado cuenta de que había perdido algo –dijo, y, con un esfuerzo hercúleo, hizo ver que se palmeaba la camisa y comprobaba los bolsillos.

El señor Caden no supo qué decir. El año anterior, Vicki Kurtz se había desmoronado en sus brazos. Había sido difícil, sí, pero, viéndolo en retrospectiva, Vicki Kurtz y su difunta madre le parecían una crisis manejada hábilmente. Había llevado a Vicki Kurtz al sofá... no, no, Vicki había ido derecha a él y se había sentado, y él había dicho «Lo siento muchísimo», y Vicki había reventado como un globo demasiado hinchado, y esa misma tarde él había llevado el traje a la tintorería.

En cambio, Lindsey Salmon era un caso totalmente distinto. Era una chica con talento, una de los veinte alumnos del colegio seleccionados para el Simposio de Talentos de todo el estado. El único problema en su expediente académico era un pequeño altercado al comienzo del curso con un profesor que la había reprendido por haber llevado a clase literatura obscena: *Miedo a volar*.

«Hágala reír –tenía ganas de decirle–. Llévela a ver una película de los hermanos Marx, siéntela en uno de esos almohadones que pedorrean, ¡enséñele los calzoncillos que lleva puestos, con los pequeños diablos comiendo perritos calientes!» Lo único que podía hacer yo era hablar, pero nadie en la Tierra podía oírme.

El distrito del colegio sometió a todos los alumnos a unos tests para decidir quién tenía talento y quién no. A mí me gustaba insinuar a Lindsey que su pelo me sacaba mucho más de quicio que mi estatus de tonta. Las dos habíamos nacido con abundante pelo rubio, pero a mí enseguida se me había caído para ser reemplazado, muy a mi pesar, por una mata de color castaño desvaído. Lindsey, en cambio, había conservado el suyo y alcanzado así una especie de posición mítica. Era la única rubia de verdad de la familia.

Pero una vez seleccionada como talentosa, se había visto obligada a vivir de acuerdo con el adjetivo. Se encerró en su dormitorio y leyó gruesos libros. Así, mientras yo estaba con *¿Estás ahí, Dios? Soy yo, Margaret*, ella leía

Resistencia, rebelión y muerte, de Camus. Es posible que no entendiera casi nada, pero lo llevaba consigo a todas partes, y con ello logró que la gente –incluidos los profesores– empezara a dejarla tranquila.

–Lo que quiero decir, Lindsey, es que todos echamos de menos a Susie –dijo el señor Caden.

Ella no respondió.

–Era muy brillante –tanteó él.

Ella le sostuvo la mirada sin comprender.

–Ahora recae sobre ti. –No tenía ni idea de qué decía, pero le pareció que hacer una pausa podía dar a entender que estaba yendo a alguna parte–. Ahora eres la única chica Salmon.

Nada.

–¿Sabes quién ha venido a verme esta mañana? –El señor Caden se había reservado su gran final, que estaba seguro de que funcionaría–. El señor Dewitt. Se está planteando entrenar un equipo de chicas. Toda la idea gira en torno a ti. Ha visto lo buena que eres, con tantas posibilidades como los chicos, y cree que otras chicas podrían apuntarse si tú das el primer paso. ¿Qué dices?

El corazón de mi hermana se cerró como un puño.

–Digo que resultaría muy duro jugar al fútbol en un campo que está a seis metros de donde se supone que asesinaron a mi hermana.

¡Gol!

El señor Caden abrió la boca y la miró fijamente.

–¿Algo más? –preguntó Lindsey.

–No, yo… –El señor Caden volvió a tenderle una mano. Seguía habiendo un cabo… un deseo de comprender–. Quiero que sepas lo mucho que lo sentimos todos –dijo.

–Llego tarde a la primera clase –dijo ella.

En ese momento me recordó a un personaje de las películas del Oeste que entusiasmaban a mi padre y que veíamos juntos por la televisión entrada la noche. Siempre había un hombre que, después de disparar su pistola, se la llevaba a los labios y soplaba en el orificio.

Lindsey se levantó y salió despacio de la oficina del director Caden. Esos recorridos iban a ser su único momento de descanso. Las secretarias estaban al otro lado de la puerta, los profesores en la parte delantera de las aulas, los alumnos en cada pupitre, nuestros padres en casa, la policía de visita. No iba a venirse abajo. La observé, oí las frases que se repetía una y otra vez dentro de su cabeza. «Bien. Todo va bien.» Yo estaba muerta, pero eso era algo que ocurría continuamente: la gente moría. Al salir aquel día de la oficina, pareció mirar a las secretarias a los ojos, pero en realidad se concentró en la barra de labios mal aplicada o en el crepé de China de dos piezas con estampado de cachemir.

En casa, esa noche, se tumbó en el suelo de su dormitorio y se abrazó los pies debajo de su escritorio. Hizo diez tandas de abdominales boca arriba y a continuación se colocó para hacer flexiones de brazos. No de las que hacían las chicas. El señor Dewitt le había explicado las que había hecho en la Marina, con la cabeza levantada, o sosteniéndose con una sola mano o dando una palmada entre flexión y flexión. Después de hacer diez, se acercó a su estantería para coger los dos libros más pesados, su diccionario y un almanaque del mundo, y trabajó los bíceps hasta que le dolieron los brazos. Luego se concentró sólo en respirar. Inspirar, espirar.

Yo estaba sentada en el cenador de la plaza mayor de mi cielo (nuestros vecinos, los O'Dwyer, tenían un cenador y yo había crecido queriendo uno) y observé la ira de mi hermana.

Horas antes de que yo muriera, mi madre había colgado en la puerta de la nevera un dibujo de Buckley. En él, una gruesa línea azul separaba el aire del suelo. Los días que siguieron, observé cómo mi familia pasaba por delante de ese dibujo, y me convencí de que la gruesa línea azul era un lugar real, un Intermedio, donde el horizonte del

43

cielo se juntaba con el de la Tierra. Quería adentrarme en el azul lavanda de las ceras Crayola, el azul marino, el turquesa, el cielo.

A menudo me sorprendía a mí misma deseando cosas simples, y las obtenía. Regalos en envoltorios peludos. Perros.

Por el parque que había en el exterior de mi habitación en mi cielo, cada día corrían perros grandes y pequeños, perros de todas las razas. Cuando abría la puerta, los veía gordos y felices, delgaduchos y peludos, esbeltos y hasta sin pelo. Los pitbulls se tumbaban de espaldas, las tetillas de las hembras dilatadas y oscuras, suplicando a sus cachorros que se acercaran a succionarlas, felices al sol. Los bassets tropezaban con sus orejas, avanzando con total parsimonia, empujando con delicadeza los cuartos traseros de los perros salchicha, los tobillos de los galgos y las cabezas de los pequineses. Y cuando Holly cogía su saxo tenor y se instalaba en la puerta que daba al parque a tocar blues, todos los perros se apresuraban a formar un coro. Se sentaban sobre sus cuartos traseros y aullaban. De pronto se abrían otras puertas y salían mujeres que vivían solas o con compañeras. Yo también salía, y Holly tocaba un interminable bis mientras se ponía el sol, y bailábamos con los perros, todos juntos. Los perseguíamos y ellos nos perseguían a su vez, y corríamos en círculo, cola con cola. Llevábamos trajes de lunares, trajes de flores, trajes a rayas y lisos. Cuando la luna estaba alta, la música cesaba. La danza se interrumpía. Nos quedábamos inmóviles.

La señora Bethel Utemeyer, la más antigua residente de mi cielo, sacaba entonces su violín. Holly colocaba un pie con delicadeza sobre su instrumento de viento y juntas tocaban un dúo: una mujer anciana y silenciosa, la otra apenas una niña. Entre las dos proporcionaban un enloquecedor consuelo esquizoide.

Poco a poco se retiraban todos los bailarines. La canción resonaba hasta que Holly la tocaba por última vez, y la señora Utemeyer, callada, erguida e historiada, terminaba con una giga.

La casa dormía para entonces; ésa era mi velada musical.

3

Lo extraño acerca de la Tierra era lo que veíamos cuando mirábamos hacia abajo. Además de la visión inicial que podéis imaginaros –el efecto de verlo todo del tamaño de una hormiga, como desde lo alto de un rascacielos–, por todo el mundo había almas abandonando sus cuerpos.

Holly y yo explorábamos la Tierra con la mirada, posándola un par de segundos en una escena u otra, buscando lo inesperado en el momento más trivial. Y de pronto un alma pasaba corriendo junto a un ser vivo, le rozaba el hombro o la mejilla, y seguía su camino hacia el cielo. Los vivos no ven exactamente a los muertos, pero mucha gente parece muy consciente de que ha cambiado algo a su alrededor. Hablan de una corriente de aire frío. Los amigos de los fallecidos despiertan de sus sueños y ven una figura al pie de su cama, o en un portal, o subiéndose como un fantasma a un autobús urbano.

Al abandonar la Tierra, yo rocé a una niña llamada Ruth. Iba a mi colegio, pero nunca habíamos sido amigas. Se cruzó en mi camino la noche que mi alma salió gritando de la Tierra, y no pude evitar rozarla. Cuando abandoné la vida, que me había sido arrebatada con tanta violencia, no fui capaz de calcular mis pasos. No tuve tiempo para contemplar nada. Cuando hay violencia, en lo que te concentras es en huir. Cuando empiezas a acercarte al borde, la vida se aleja de ti como un bote se aleja inevitablemente de la orilla, y te agarras con fuerza a la muerte como si fuera una cuerda que te transportará y de la que te soltarás, confiando únicamente en aterrizar lejos de donde estás.

Como una llamada telefónica que recibes de la cárcel, pasé junto a Ruth Connors rozándola: número equivocado, llamada fortuita. La vi allí de pie, cerca del Fiat rojo y oxidado. Cuando pasé como un rayo por su lado, mi mano salió disparada para tocarla, tocar la última cara, tener el último contacto con la Tierra en esa adolescente tan poco convencional.

La mañana del 7 de diciembre, Ruth se quejó a su madre de que había tenido una pesadilla demasiado real para ser un sueño. Cuando su madre le preguntó qué quería decir, Ruth respondió:

–Estaba cruzando el aparcamiento del profesorado y de pronto vi en el campo de fútbol un fantasma pálido que corría hacia mí.

La señora Connors revolvió las gachas que se espesaban en su cazuela. Observó a su hija gesticular con los dedos largos y delgados de sus manos, que había heredado de su padre.

–Era femenino, lo noté –dijo Ruth–. Salió del campo volando. Tenía los ojos hundidos, y el cuerpo cubierto de un fino velo blanco, ligero como la estopilla. Logré verle la cara a través de él, los rasgos que asomaban, la nariz, los ojos, la cara, el pelo.

Su madre apartó las gachas del fuego y bajó la llama.

–Ruth –dijo–, te estás dejando llevar por la imaginación.

Ruth comprendió que era el momento de callar. No volvió a mencionar el sueño que no era un sueño, ni siquiera diez días después, cuando por los pasillos del colegio empezó a propagarse la noticia de mi muerte con matices adicionales, como ocurre con todas las buenas historias de terror. Mis compañeros se vieron en apuros para hacer el horror más terrible de lo que ya era. Pero todavía faltaban detalles: el cómo, cuándo y quién se convirtieron en hondos recipientes que llenar con sus conjeturas. Adoración satánica. Medianoche. Ray Singh.

Por mucho que lo intenté, no conseguí señalar con suficiente fuerza a Ruth lo que nadie había encontrado: mi pulsera de colgantes plateada. Me parecía que eso tal vez podría ayudarla. Había estado a la vista, esperando que una mano la cogiera, una mano que la reconociera y pensara: pista. Pero ya no estaba en el campo de trigo.

Ruth empezó a escribir poesía. Si su madre o sus profesores más accesibles no querían oír hablar de la realidad más oscura que había experimentado, revestiría esa realidad de poesía.

Cuánto me habría gustado que Ruth hubiera ido a ver a mi familia y hablado con ella. Seguramente nadie aparte de mi hermana habría sabido cómo se llamaba siquiera. Ruth era la chica que había quedado penúltima en deporte. La que, cuando veía venir una pelota de voleibol, se agachaba donde estaba dejando que golpeara el suelo a su lado, y los demás jugadores del equipo y la profesora se esforzaban por no refunfuñar.

Mientras mi madre permanecía sentada en la silla de respaldo recto de nuestro pasillo, observando cómo mi padre entraba y salía apresuradamente para atender sus distintas obligaciones –se había vuelto hiperconsciente de los movimientos y el paradero de su hijo menor, su mujer y la única hija que le quedaba–, Ruth mantuvo en secreto nuestro encuentro accidental en el aparcamiento del colegio.

Hojeó los viejos anuarios y encontró fotos de mi clase, así como de las distintas actividades en las que participaba, como el Club de Química, y las recortó con las tijeras de bordar en forma de cisne de su madre. Aunque su obsesión iba en aumento, yo recelaba de ella. Hasta que, una semana antes de Navidad, vi algo en el pasillo de nuestro colegio.

Era mi amiga Clarissa con Brian Nelson. Yo había apodado a Brian «el Espantapájaros» porque, a pesar de tener unos hombros increíbles en los que lloriqueaban todas las chicas, su cara me hacía pensar en un saco de arpillera lleno de paja. Llevaba un sombrero hippie de cuero flexible y fumaba cigarrillos liados a mano en la sala de fumar del alumnado. Según mi madre, la predilección de Clarissa por la sombra de ojos azul celeste era una señal de aviso prematura, pero a mí siempre me había gustado precisamente por eso. Hacía cosas que a mí no me estaban permitidas: se aclaraba su pelo largo, llevaba zapatos de plataforma y fumaba a la salida del colegio.

Ruth se cruzó con ellos, pero ellos no la vieron. Llevaba una pila de libros enorme que había tomado prestados de la señorita Kaplan, la profesora de ciencias sociales. Todos eran textos feministas de primera época, y los sostenía con el lomo contra el estómago para que nadie leyera los títulos. Su padre, contratista de obras, le había regalado dos gomas muy resistentes para llevar libros, y había puesto las dos alrededor de los tomos que tenía previsto leer en vacaciones.

Clarissa y Brian reían bobamente. Él tenía una mano dentro de la camisa de ella. Y a medida que la deslizaba poco a poco hacia arriba, aumentaban las risitas, pero ella interrumpía cada vez sus avances, retorciéndose o apartándose unos centímetros. Ruth se distanció, como solía hacer con casi todo. Habría pasado de largo como solía hacer, con la cabeza gacha, pero todo el mundo sabía que Clarissa había sido amiga mía, de modo que se quedó mirando.

–Vamos, cariño –dijo Brian–, sólo un pequeño montículo de amor. Sólo uno.

Vi cómo los labios de Ruth hacían una mueca de disgusto. Mis labios se curvaron hacia arriba en el cielo.

–No puedo, Brian. Aquí no.

–¿Qué tal en el campo de trigo? –susurró él.

Clarissa rió nerviosa, pero se acurrucó contra él. De momento, lo rechazaría.

Poco después, alguien desvalijó la taquilla de Clarissa.

Desaparecieron su álbum de recortes, las fotos sueltas que tenía pegadas dentro de la taquilla y la marihuana que Brian había escondido allí sin que ella lo supiera.

Ruth, que nunca se había colocado, pasó esa noche vaciando el tabaco de los largos y marrones More 100 de su madre y llenándolos de hierba. Se sentó en el cobertizo con una linterna, mirando fotos mías y fumando aún más hierba de la que eran capaces de soportar los porreros del colegio.

A la señora Connors, que lavaba los platos frente a la ventana de la cocina, le llegó un olorcillo del cobertizo.

—Creo que Ruth está haciendo amigos en el colegio —comentó a su marido, que estaba sentado con su *Evening Bulletin* y una taza de café.

Al final de su jornada laboral estaba demasiado cansado hasta para hacer hipótesis.

—Estupendo —dijo.

—Tal vez todavía no está todo perdido.

—Nunca lo está —dijo él.

Cuando Ruth entró más tarde esa noche, tambaleándose y con los ojos soñolientos de la luz de la linterna y de los ocho More que se había fumado, su madre la recibió con una sonrisa y le dijo que tenía tarta de arándanos en la cocina. A Ruth le llevó unos días y cierta investigación no centrada en Susie Salmon averiguar por qué se había comido la tarta entera de una sentada.

El aire de mi cielo a menudo olía a mofeta, sólo un poco. Era un olor que siempre me había entusiasmado en la Tierra. Cuando inhalaba, lo sentía a la vez que lo olía. Era el miedo y la fuerza del animal combinados para formar un fuerte y persistente olor almizclado. El cielo de Franny olía a tabaco puro de primera calidad. El de Holly olía a naranjas chinas.

Me pasé días y noches enteras sentada en el cenador, observando. Veía cómo Clarisa se apartaba de mí y se volvía hacia el consuelo de Brian. Veía cómo Ruth la vigilaba tras una esquina cerca de la clase de ciencias del hogar o a la puerta de la cafetería, junto a la enfermería. Al principio, la libertad que tenía yo de ver todo el colegio era embriagadora. Observaba al ayudante del entrenador de fútbol dejar anónimamente bombones a la profesora de ciencias, que estaba casada, o a la líder de las animadoras tratando de atraer la atención del chico al que habían expulsado tantas veces de tantos colegios que hasta él había perdido la cuenta. Observaba cómo el profesor de arte hacía el amor con su novia en el cuarto del horno, y cómo el director miraba amorosamente al ayudante del entrenador de fútbol. Llegué a la conclusión de que ese ayudante era un semental en el mundo del colegio Kennet, aun cuando su mandíbula cuadrada me dejaba fría.

Todas las noches, al volver al dúplex, pasaba por debajo de anticuadas farolas que había visto una vez en la obra de teatro *Nuestra ciudad*. Los globos de luz colgaban en un arco de un poste de hierro. Me había acordado de ellas porque cuando vi la obra con mi familia me parecieron bayas gigantes y pesadas llenas de luz. Me inventé un juego en el cielo que consistía en colocarme de tal modo que mi sombra recogiera las bayas al ir a mi casa.

Después de observar a Ruth una noche, me encontré a Franny. La plaza estaba desierta, y las hojas empezaban a arremolinarse más adelante. Me quedé parada y la escudriñé; las arrugas de reír se arremolinaban alrededor de sus ojos y su boca.

—¿Por qué estás temblando? —me preguntó.

Y aunque el aire era húmedo y frío, no podía confesarle que era por eso.

—No puedo evitar pensar en mi madre —respondí.

Franny me cogió la mano izquierda entre las suyas y sonrió.

Me entraron ganas de darle un beso en la mejilla o pedirle que me abrazara, pero en lugar de eso la observé alejarse, vi cómo su vestido azul desaparecía poco a poco. Yo sabía que ella no era mi madre; no podía mentirme a mí misma.

Di media vuelta y regresé al cenador. Sentí cómo el aire húmedo se enroscaba alrededor de mis piernas y brazos, y me levantaba el pelo de manera casi imperceptible. Pensé en las telarañas por las mañanas, las pequeñas piedras preciosas de rocío atrapadas en ellas, y cómo con un ligero movimiento de muñeca las destruía sin pensar.

La mañana de mi onceavo cumpleaños me había despertado muy temprano. No había nadie más levantado, o eso creí. Bajé la escalera sin hacer ruido y eché un vistazo al comedor, donde supuse que estarían mis regalos. Pero no había nada allí. La mesa estaba igual que el día anterior. Pero cuando me volví, lo vi encima del escritorio de mi madre de la sala de estar. El elegante escritorio cuya superficie siempre estaba despejada. «El escritorio de pagar facturas», como lo llamábamos. Entre papel de seda, pero todavía sin envolver, había una máquina de fotos: lo que yo había pedido con una nota gimoteante en la voz, tan convencida estaba de que no me la comprarían. Me acerqué a ella y la miré. Era una Instamatic, y junto a ella había tres carretes de fotos y un paquete de cuatro flashes cuadrados. Era mi primera máquina, mi primer equipo para convertirme en lo que quería ser de mayor: fotógrafa de la naturaleza.

Miré alrededor. No había nadie. A través de las persianas delanteras que mi madre siempre dejaba medio entornadas –«Invitadoras pero discretas»–, vi a Grace Tarking, que vivía en la misma calle e iba a un colegio privado, andando con pequeñas pesas sujetas a los tobillos. Me apresuré a poner un rollo en la máquina y empecé a acechar a Grace Tarking como acecharía elefantes y rinocerontes, o eso imaginé, cuando fuera mayor. Si aquí me escondía detrás de persianas y ventanas, allí lo haría detrás de altos juncos. Fui sigilosa, o lo que entendía por furtiva, recogiéndome el bajo del camisón de franela con la mano libre. Seguí sus movimientos pasando de la sala de estar al vestíbulo, y entrando en el despacho del otro lado. Mientras observaba cómo su silueta se alejaba tuve una idea genial: saldría corriendo al patio trasero, desde donde podría observarla sin restricciones.

De modo que salí corriendo a la parte trasera de la casa, y me encontré la puerta del porche abierta de par en par.

Cuando vi a mi madre, me olvidé por completo de Grace Tarking. Ojalá pudiera explicarlo mejor, pero nunca la había visto tan quieta, en cierto modo tan ausente. Estaba al otro lado del porche cubierto de tela metálica, sentada en una silla plegable de aluminio que miraba al patio trasero. En la mano tenía un platito y en el platito su consabida taza de café. Esa mañana no había marcas de pintalabios en ella porque no había pintalabios hasta que se los pintaba para... ¿quién? Nunca me había hecho esa pregunta. ¿Mi padre? ¿Quién?

Holiday estaba sentado cerca de la pila para pájaros, jadeando alegremente, pero no se fijó en mí. Observaba a mi madre, cuya mirada se prolongaba hasta el infinito. En ese momento no era mi madre, sino algo diferenciado de mí. Miré a esa persona a la que nunca había visto como nada más que mi madre, y vi la piel suave y como empolvada de su cara: empolvada sin maquillaje, suave sin ayuda de cosméticos. Juntos, sus cejas y ojos componían un cuadro. «Ojos de Océano», la llamaba mi padre cuando quería una de sus cerezas cubiertas de chocolate que ella tenía escondidas en el mueble bar como su capricho privado. Y de pronto entendí el nombre. Había creído que se debía a que eran azules, pero ahora me di cuenta de que eran insondables de una manera que me asustaba. Entonces tuve una reacción que no llegó a ser pensamiento desarrollado: que antes de que *Holiday* me viera y oliera, antes de que se evaporara la bruma del rocío que flotaba sobre la hierba y se despertara la madre que había dentro de ella, como hacía todas las mañanas, le haría una foto con mi nueva cámara.

Cuando la casa Kodak me devolvió el carrete revelado en un pesado sobre especial, vi inmediatamente la diferencia. Sólo había una foto en la que mi madre era Abigail. Era la primera, la que le había hecho sin que se diera cuenta, antes de que el clic la sobresaltara y se convirtiera en la madre de la niña del cumpleaños, dueña del perro feliz, esposa del marido cariñoso y madre de nuevo de otra niña y un niño querido. Ama de casa. Jardinera. Vecina risueña. Los ojos de mi madre eran océanos y dentro de ellos había sensación de vacío. Pensé que tenía toda la vida para comprenderlos, pero ése fue el único día que tuve. Una sola vez la vi como Abigail en la Tierra, y dejé que regresara sin esfuerzo; mi fascinación se había visto contenida por mi deseo de que fuera esa madre y me arropara como esa madre.

Estaba en el cenador, pensando en la foto, pensando en mi madre, cuando Lindsey se levantó en mitad de la noche y recorrió con sigilo el pasillo. La observé como a un ladrón dando vueltas por una casa en una película. Cuando hizo girar el pomo de mi habitación, supe que éste iba a ceder y que ella iba a entrar, pero ¿qué se proponía hacer allí? Mi territorio privado ya se había convertido en tierra de nadie en el centro de nuestra casa. Mi madre lo había dejado tal cual. Mi cama seguía deshecha, tal como yo la había dejado con las prisas de la mañana de mi muerte. Entre las sábanas y almohadas estaba mi hipopótamo floreado, junto con la ropa que había rechazado antes de decidirme por los pantalones amarillos de pernera ancha.

Lindsey cruzó la suave alfombra, y acarició la falda azul marino y el chaleco de ganchillo rojo y azul enmarañados que habían sido rechazados con pasión. Cogió el chaleco y, extendiéndolo sobre la cama, lo estiró. Era feo y querido al mismo tiempo, me daba cuenta. Ella lo acarició.

Lindsey recorrió el contorno de la bandeja dorada de encima de mi cómoda, llena de chapas de las elecciones y del colegio. Mi favorita era una chapa roja en la que se leía «Hippy-Dippy Says Love» que había encontrado en el aparcamiento, pero le había prometido a mi madre que no me la pondría. En esa bandeja yo guardaba un montón de chapas prendidas a una gigantesca bandera de fieltro de la Universidad de Indiana, donde había estudiado mi padre. Pensé que iba a robármelas o a llevarse un par para po-

nérselas, pero no lo hizo. Ni siquiera las cogió. Sólo recorrió con un dedo todo lo que había en la bandeja. Luego
vio una esquina blanca que asomaba por debajo de la ropa
interior. Tiró de ella.

Era la foto.

Respiró hondo y se sentó en el suelo, boquiabierta y
con la foto todavía en la mano. Se sentía como una tienda
de campaña cuyas cuerdas se han soltado de sus palos y se
agitan y golpetean a su alrededor. Como yo antes de la
mañana en que tomé la foto, ella tampoco había visto
nunca a la madre desconocida. Sólo había visto las fotos
siguientes. Mi madre con aire cansino pero sonriente. Mi
madre con *Holiday* delante del cornejo, con el sol traspa-
sándole la bata y el camisón. Pero yo había querido ser la
única persona de la casa que supiera que mi madre era
también alguien más, alguien misterioso y desconocido
para nosotros.

La primera vez que rompí la barrera fue sin querer. Era el
23 de diciembre de 1973.

Buckley dormía, y mi madre había llevado a Lindsey al
dentista. Esa semana habían acordado que todos los días,
como familia, dedicarían tiempo a tratar de avanzar. Mi
padre se había asignado la tarea de limpiar la habitación
de huéspedes del piso de arriba, que hacía tiempo que se
había convertido en su guarida.

Su padre le había enseñado a construir barcos dentro
de botellas. Era algo que a mi madre y a mis hermanos no
podía importarles menos, y algo que a mí me entusiasma-
ba. El estudio estaba atestado de ellos.

Todo el día en la oficina hacía números –con la debi-
da diligencia para la compañía de seguros Chadds Ford– y
por la noche construía los barcos o leía libros sobre la guerra civil para relajarse. Cuando estaba preparado para izar
la vela, me llamaba. Para entonces el barco ya estaba pegado al fondo de la botella. Yo entraba y mi padre me pe-

día que cerrara la puerta. A menudo, o eso parecía, el timbre del comedor sonaba inmediatamente, como si mi madre tuviera un sexto sentido para las cosas que la excluían. Pero cuando fallaba ese sentido, mi cometido era sostenerle la botella.

—No te muevas —diría—. Eres mi segundo de a bordo.

Con delicadeza, él tiraba de la única cuerda que todavía salía del cuello de la botella y, *voilà*, se izaban todas las velas, desde un simple mástil hasta un clíper. Teníamos nuestro barco. Yo no podía aplaudir porque tenía la botella en las manos, pero siempre me quedaba con ganas. Mi padre entonces se apresuraba a quemar el extremo del cabo dentro de la botella con una mecha que había calentado previamente sobre la llama de una vela. Si lo hacía mal, el barco se estropearía o, peor aún, las diminutas velas de papel prenderían y de repente, con un enorme rugido, yo tendría en las manos una botella en llamas.

Con el tiempo mi padre construyó un soporte de madera de balsa para sustituirme. Lindsey y Buckley no compartían mi fascinación. Después de tratar de despertar suficiente entusiasmo en los tres, mi padre se rindió y se retiró a su estudio. Los barcos que había dentro de las botellas eran todos iguales, por lo que se refería al resto de la familia.

Pero ese día, mientras ponía orden, me habló.

—Susie, hija mía, mi pequeña marinera —dijo—, a ti siempre te gustaron estas cosas.

Lo vi trasladar las botellas con barcos en miniatura de la estantería a su escritorio, colocándolas en hilera. Utilizó una falda vieja de mi madre que había rasgado en varios trozos para quitar el polvo de los estantes. Debajo de su escritorio había botellas vacías, hileras de ellas, que había recogido para construir nuestros barcos futuros. En el armario había más barcos, los barcos que había construido con su padre, los que había construido él solo y los que habíamos hecho los dos juntos. Algunos eran perfectos, pero las velas se habían vuelto marrones; otros se habían combado o inclinado con los años. Luego estaba el que había estallado en llamas la semana anterior a mi muerte.

Ése fue el primero que rompió.

Se me paró el corazón. Él se volvió y vio el resto, todos los años que señalaban y las manos que los habían sostenido. Las de su padre muerto, las de su hija muerta. Lo observé mientras hacía pedazos los demás. Bautizó las paredes y la silla de madera con la noticia de mi muerte, y se quedó en el centro del cuarto de huéspedes-estudio, rodeado de trozos de cristal verde. Las botellas, todas ellas, estaban hechas añicos por el suelo, las velas y los barcos desparramados entre ellas. Se quedó parado en medio de las ruinas. Fue entonces cuando, sin saber cómo, yo me revelé. En cada trozo de cristal, en cada esquirla y medialuna proyecté mi cara. Mi padre miró hacia abajo y a su alrededor, recorriendo la habitación con la mirada. Desorbitada. Sólo fue un segundo, y desaparecí. Él guardó silencio un momento y luego se echó a reír, un aullido que le brotó de las entrañas. Una risa tan fuerte y profunda que yo también me desternillé en mi cielo.

Salió del estudio y pasó por delante de las dos puertas que había hasta mi habitación. El pasillo era muy estrecho y mi puerta, como todas las demás, lo bastante hueca para atravesarla de un puñetazo. Estuvo a punto de romper el espejo que había encima de mi cómoda y arrancar con las uñas el papel de la pared, pero en lugar de eso se dejó caer en mi cama sollozando y estrujó en sus manos las sábanas azul lavanda.

–¿Papá? –dijo Buckley con una mano en el pomo de la puerta.

Mi padre se volvió, pero no fue capaz de dejar de llorar. Se deslizó hasta el suelo sin soltar las sábanas y abrió los brazos. Tuvo que pedírselo dos veces, cosa que nunca había tenido que hacer, pero Buckley se acercó a él.

Mi padre lo envolvió dentro de las sábanas, que olían a mí. Recordó el día en que yo había suplicado que pintaran y empapelaran mi cuarto de morado. Recordó que me había colocado los viejos *National Geographic* en el último estante de mi librería. (Yo había querido saturarme de fotografías de fauna y flora.) Recordó cuando sólo había una niña en la casa, durante un período brevísimo, antes de que llegara Lindsey.

–Eres muy especial para mí, hombrecito –dijo mi padre, abrazándolo.

Buckley se echó hacia atrás y miró la cara arrugada de mi padre, las brillantes manchas de las lágrimas en el rabillo de sus ojos. Asintió muy serio y besó a mi padre en la mejilla. Algo tan divino que nadie en el cielo podría haberlo inventado: la preocupación de un niño por un adulto.

Mi padre cubrió los hombros de Buckley con las sábanas y recordó las veces que yo me había caído de la alta cama de columnas a la alfombra sin despertarme. Sentado en la butaca verde de su estudio, leyendo un libro, le sobresaltaba el ruido de mi cuerpo al aterrizar. Se levantaba y recorría la corta distancia hasta mi cuarto. Le gustaba verme tan profundamente dormida, ajena a las pesadillas o incluso al duro suelo de madera. En aquellos momentos juraba que sus hijos serían reyes o gobernantes o artistas o médicos o fotógrafos de la naturaleza, lo que soñaran ser.

Unos meses antes de mi muerte me había encontrado así, pero conmigo entre las sábanas estaba Buckley en pijama, acurrucado con su osito contra mi espalda, chupándose el dedo, soñoliento. En ese instante mi padre experimentó la primera señal de la triste y extraña mortalidad de ser padre. Había traído al mundo tres hijos, y la cifra lo tranquilizó. No importaba lo que le ocurriera a él o a Abigail, ellos se tendrían los unos a los otros. En ese sentido, el linaje que había comenzado le pareció inmortal, como un resistente filamento de acero que se ensartaba en el futuro y se prolongaba, independientemente de dónde cayera él. Aun en la profunda y nívea vejez.

A partir de ahora encontraría a Susie dentro de su hijo menor. Daría ese amor a los vivos. Se lo repitió a sí mismo, habló en voz alta dentro de su cabeza, pero mi presencia parecía tirar de él, arrastrarlo hacia atrás, atrás, atrás. Miró fijamente al niño que tenía en los brazos. «¿Quién eres? –se sorprendió preguntándose–. ¿De dónde has salido?»

Observé a mi hermano y a mi padre. La verdad era muy distinta de lo que nos enseñaban en el colegio. La verdad era que la línea divisoria entre los vivos y los muertos podía ser, por lo visto, turbia y borrosa.

4

En las horas que siguieron a mi asesinato, mientras mi madre hacía llamadas telefónicas y mi padre empezaba a ir de puerta en puerta por el vecindario buscándome, el señor Harvey destruyó la madriguera del campo de trigo y se llevó los trozos de mi cuerpo en un saco. Pasó a dos casas de distancia de donde estaba mi padre hablando con los señores Tarking, y siguió el estrecho sendero que dividía las propiedades con dos hileras de setos enfrentados: el boj de los O'Dwyer y el solidago de los Stead. Rozó con el cuerpo las robustas hojas verdes al pasar, dejando atrás rastros de mí, olores que el perro de los Gilbert más tarde rastrearía hasta dar con mi codo, olores que el aguanieve y la lluvia de los tres días siguientes borrarían antes de que los perros policía tuvieran ocasión de pensar en ello siquiera. Me llevó a su casa y lo esperé mientras él entraba a lavarse.

Cuando la casa cambió de manos, los nuevos propietarios se quejaron de la mancha oscura que había en el suelo del garaje. Al mostrar la casa a posibles compradores, la agente inmobiliaria explicaba que era una mancha de aceite, pero era yo, que había goteado del saco del señor Harvey y me había derramado por el cemento. La primera de mis señales secretas al mundo.

Tardaría un tiempo en darme cuenta de lo que sin duda ya habréis deducido, que yo no era la primera niña a la que él había matado. Había sabido que debía sacar mi cuerpo del campo. Había sabido observar la meteorología y matar con un nivel de precipitación ni demasiado alto ni demasiado bajo, porque eso dejaría a la policía sin pruebas. Pero no era tan meticuloso como la policía quería creer. Se le cayó mi codo, utilizó un saco de tela para llevar mi cuerpo ensangrentado, y si alguien, quien fuera, hubiera estado observando, tal vez le habría extrañado ver a su vecino caminar entre dos propiedades por un paso que era demasiado estrecho hasta para los niños que se divertían imaginando que los setos enfrentados eran una guarida.

Mientras se frotaba el cuerpo con el agua caliente de su cuarto de baño de barrio residencial, uno con la misma distribución que el que compartíamos Lindsey, Buckley y yo, sus movimientos fueron lentos, no ansiosos. Notaba cómo le invadía la calma. Dejó apagada la luz del cuarto de baño y sintió cómo el agua caliente se me llevaba, y entonces pensó en mí. Mi grito amortiguado en su oído. Mi delicioso gemido al morir. La maravillosa carne blanca que nunca había visto el sol, como la de un bebé, y que se había abierto tan limpiamente bajo la hoja de su cuchillo. Se estremeció bajo el agua caliente, un placer hormigueante que le puso la piel de gallina por los brazos y las piernas. Me había metido en el saco de tela impermeabilizado y arrojado en él la espuma de afeitar y la cuchilla que tenía en el estante de tierra, su libro de sonetos y, por último, el cuchillo ensangrentado. Esos objetos daban vueltas con mis rodillas y con los dedos de mis manos y mis pies, pero él se acordó de sacarlos del saco esa noche, antes de que mi sangre se volviera demasiado pegajosa. Al menos rescató los sonetos y el cuchillo.

En mis veladas musicales había toda clase de perros. Y algunos, los que más me gustaban, levantaban la cabeza cuando olfateaban algo interesante en el aire. Si el olor era lo bastante fuerte y no conseguían identificarlo enseguida, o si, como podía ocurrir, sabían exactamente qué era –sus cerebros entonaban: «Mmm... bistec crudo»–, lo rastreaban hasta dar con la fuente. Y frente a la fuente del olor en sí, la verdadera historia, decidían qué hacer. Así era como funcionaban. No renunciaban a su deseo de averiguar de qué se trataba sólo porque el olor era desagradable o su fuente peligrosa. Lo buscaban por todas partes. Lo mismo que yo.

El señor Harvey llevó el saco anaranjado con mis restos a una profunda grieta que había a doce kilómetros de nuestro vecindario, una zona que hasta hacía poco había estado desierta salvo por las vías del tren y un taller de reparación de motos cercano. Sentado al volante, puso una emisora de radio que durante el mes de diciembre encadenaba villancicos navideños. Silbó dentro de su enorme furgoneta y se congratuló. Tarta de manzana, hamburguesa con queso, helado y café. Se sentía saciado. Cada vez era mejor, sin utilizar nunca un viejo patrón que lo aburriría, sino convirtiendo cada asesinato en una sorpresa para él, un regalo.

Dentro de la furgoneta el aire era frío y como quebradizo. Yo veía el vaho cuando él exhalaba, y me entraron ganas de palpar mis pétreos pulmones.

Condujo por la estrecha carretera que discurría entre dos polígonos industriales nuevos. La furgoneta coleó al pasar por un bache particularmente hondo, y la caja dentro de la cual estaba el saco con mi cuerpo se golpeó contra el neumático de repuesto, resquebrajando el plástico.

—Maldita sea —dijo el señor Harvey. Pero se puso de nuevo a silbar sin detenerse.

Recuerdo haber recorrido un día esa carretera con mi padre al volante y Buckley acurrucado contra mí —sólo había un cinturón de seguridad para los dos— en una salida ilegal.

Mi padre nos había preguntado si queríamos ver desaparecer una nevera.

—¡La tierra se la tragará! —dijo, poniéndose el gorro y los guantes de cordobán oscuro que yo codiciaba.

Yo sabía que llevar guantes significaba que eras adulto, mientras que los mitones significaban que no lo eras.

(Para las navidades de 1973 mi madre me había comprado unos guantes. Lindsey acabó con ellos, pero ella sabía que eran míos. Los dejó en el borde del campo de trigo un día al volver del colegio. Siempre me quitaba cosas.)

–¿La tierra tiene boca? –preguntó Buckley.

–Una gran boca redonda sin labios –respondió mi padre.

–Para, Jack –dijo mi madre–. ¿Sabes que le he pillado fuera gruñéndoles a las lagartijas?

–Voy –dije.

Mi padre me había explicado que había una mina subterránea abandonada y que se había derrumbado creando un pozo profundo. Me daba igual; tenía tantas ganas de ver cómo la tierra se tragaba algo como cualquier niño.

De modo que cuando vi que el señor Harvey me llevaba a la sima no pude menos de pensar en lo listo que era. Había metido el saco en una caja metálica, colocándome en el centro de todo ese peso.

Era tarde cuando llegó, y dejó la caja dentro de su Wagoneer mientras se acercaba a la casa de los Flanagan, que vivían en la propiedad donde estaba la sima. Los Flanagan se ganaban la vida cobrando a la gente para tirar en ella sus electrodomésticos.

El señor Harvey llamó a la puerta de la pequeña casa blanca y una mujer acudió a abrir. El olor a cordero con romero que salió de la parte trasera de la casa llenó mi cielo y las fosas nasales del señor Harvey. Vi a un hombre en la cocina.

–Buenas tardes, señor –dijo la señora Flanagan–. ¿Trae algo?

–Lo he dejado en la furgoneta –respondió el señor Harvey. Tenía un billete de veinte dólares preparado.

–¿Qué hay dentro, un cadáver? –bromeó ella.

Era lo último que tenía en la mente. Vivía en una casa bien caldeada, aunque pequeña. Y tenía un marido que siempre estaba en casa arreglando cosas y era amable con ella porque nunca había tenido que trabajar, y un hijo que

63

todavía era lo bastante pequeño para creer que su madre lo era todo en el mundo.

El señor Harvey sonrió, pero al ver la sonrisa en sus labios no desvié la mirada.

—La vieja caja fuerte de mi padre, que por fin me he decidido a traer —dijo—. Llevo años queriendo hacerlo. Nadie se acuerda de la combinación.

—¿Hay algo dentro?

—Aire viciado.

—Adelante, entonces. ¿Le echo una mano?

—Se lo agradecería —dijo él.

Los Flanagan no sospecharon ni por un momento que la niña sobre la que iban a leer en los próximos años en los periódicos —«Desaparecida, posible muerte violenta»; «Perro del vecindario encuentra un codo»; «Niña de catorce años, presuntamente asesinada en el campo de trigo Stolfuz»; «Advertencia a las demás jóvenes»; «El ayuntamiento recalifica los terrenos colindantes con el instituto»; «Lindsey Salmon, hermana de la niña fallecida, pronuncia un discurso de despedida»— estaba en la caja metálica de color gris que un hombre solitario había traído una noche y pagado veinte dólares para tirarla.

Al regresar a la furgoneta, el señor Harvey metió las manos en los bolsillos. En uno de ellos estaba mi pulsera de colgantes plateada. No recordaba habérmela quitado de la muñeca. No recordaba haberla guardado en el bolsillo de sus pantalones limpios. La carnosa yema de su dedo índice palpó el metal dorado y liso de la piedra de Pensilvania, la parte posterior de la zapatilla de ballet, el agujerito del diminuto dedal y los radios de las ruedas de la bicicleta, que giraban a la perfección. Al bajar por la carretera 202 se detuvo junto al arcén, se comió un sándwich de embutido de hígado que se había preparado un poco antes ese día y condujo hasta un polígono industrial que estaban construyendo al sur de Downingtown. No había nadie en la obra. En aquella época no había vigilancia en los barrios residenciales. Aparcó el coche cerca de una letrina portátil. Tenía una excusa preparada en el caso poco probable de que necesitara una.

Era en ese período inmediatamente posterior a mi asesinato en el que yo pensaba en el señor Harvey, y en cómo vagó por las lodosas excavaciones y se perdió entre los bulldozers durmientes cuyas monstruosas moles resultaban terroríficas en la oscuridad. El cielo de la Tierra estaba azul oscuro esa noche, y en esa zona abierta el señor Harvey alcanzaba a ver kilómetros a lo lejos. Yo preferí quedarme con él, contemplar con él los kilómetros que tenía ante sí. Quería ir a donde él fuera. Había dejado de nevar y soplaba el viento. Se adentró en lo que su instinto de albañil le dijo que no tardaría en ser un estanque artificial y se quedó allí parado, palpando los colgantes por última vez. Le gustaba la piedra de Pensilvania, en la que mi padre había grabado mis iniciales –mi colgante favorito era la pequeña bicicleta–, de modo que la arrancó y se la guardó en el bolsillo. Arrojó la pulsera con el resto de los colgantes al estanque artificial que no iban a tardar en construir.

Dos días después de Navidad, vi al señor Harvey leer un libro sobre los pueblos dogon y bambara de Malí. Observé cómo se le encendía una bombilla mientras leía sobre la tela y las cuerdas que utilizaban para construir refugios. Decidió que quería volver a construir algo, experimentar como había hecho con la madriguera, y se decidió por una tienda ceremonial como la que describía su libro. Reuniría los sencillos materiales y la montaría en unas pocas horas en el patio trasero.

Después de haber hecho añicos todas sus botellas, mi padre lo encontró allí.

Fuera hacía frío, pero el señor Harvey sólo llevaba una camisa fina de algodón. Había cumplido los treinta y seis ese año y probaba las lentillas duras. Éstas hacían que sus ojos estuvieran perpetuamente inyectados en sangre, y mucha gente, entre ellos mi padre, creían que se había dado a la bebida.

–¿Qué es eso? –preguntó mi padre.

A pesar de las enfermedades cardíacas que habían padecido los hombres Salmon, mi padre era robusto. Era más corpulento que el señor Harvey, de modo que cuando rodeó la parte delantera de la casa de tejas verdes y entró en el patio trasero, y lo vio levantar lo que parecían postes de una portería de fútbol, se le veía campechano y capaz. Iba como flotando después de haberme visto en los cristales rotos. Lo vi cruzar el césped con tranquilidad, como los chicos cuando van al instituto. Se detuvo cuando le faltaba poco para tocar con la mano el seto de saúco del señor Harvey.

–¿Qué es eso? –volvió a preguntar.

El señor Harvey se detuvo el tiempo justo para mirarlo y volvió de nuevo a lo que lo ocupaba.

–Una tienda.

–¿Y eso qué es?

–Señor Salmon –dijo–, siento mucho lo ocurrido.

Irguiéndose, mi padre respondió con la palabra de rigor:

–Gracias. –Era como una roca encaramada en su garganta.

Siguió un momento de silencio, y entonces el señor Harvey, al darse cuenta de que mi padre no tenía intención de marcharse, le preguntó si quería ayudarle.

Así fue como, desde el cielo, vi a mi padre construir una tienda con el hombre que me había matado.

Mi padre no aprendió gran cosa. Aprendió a atar piezas arqueadas a postes dentados y a colocar entre esas piezas varas más flexibles para formar semiarcos en el otro sentido. Aprendió a juntar los extremos de esas varas y a atarlas a los travesaños. Se enteró de que lo hacía porque el señor Harvey había estado leyendo sobre la tribu imezzureg y había querido reproducir exactamente una de sus tiendas. Se quedó allí de pie, reafirmado en la opinión del vecindario de que era un hombre raro. De momento, eso fue todo.

Pero cuando estuvo acabada la estructura –un trabajo de una hora–, el señor Harvey entró en su casa sin dar ninguna explicación. Mi padre supuso que era un descanso, que el señor Harvey había entrado para hacerse un café o preparar una tetera.

Se equivocó. El señor Harvey había entrado en la casa y subido la escalera para comprobar si el cuchillo de trinchar que había dejado en la mesilla de noche de su cuarto seguía allí. En ella también tenía el bloc donde a menudo, en mitad de la noche, dibujaba los diseños que veía en sueños. Miró dentro de una bolsa de papel arrugado de la tienda de comestibles. Mi sangre se había ennegrecido a lo largo del filo. Recordarlo, recordar lo que había hecho en la madriguera, le hizo rememorar lo que había leído sobre una tribu en particular en el sur de Ayr. Cómo, cuando construían una tienda para una pareja recién casada, las mujeres de la tribu hacían la tela que la cubría lo más bonita posible.

Fuera había empezado a nevar. Era la primera vez que nevaba desde mi muerte, y a mi padre no se le pasó por alto.

–Puedo oírte, cariño –me dijo aunque yo no hablara–. ¿Qué pasa?

Me concentré mucho en el geranio muerto que él tenía en su línea de visión. Pensé en que si lograba que floreciera él tendría su respuesta. En mi cielo floreció. En mi cielo los pétalos de geranio se arremolinaron hasta mi cintura. En la Tierra no pasó nada.

Pero a través de la nieve advertí lo siguiente: mi padre miraba la casa verde con otros ojos. Había empezado a hacerse preguntas.

Dentro, el señor Harvey se había puesto una gruesa camisa de franela, pero en lo primero que se fijó mi padre fue en lo que llevaba en los brazos: un montón de lo que parecían sábanas de algodón blancas.

–¿Para qué son? –preguntó mi padre. De pronto no podía dejar de ver mi cara.

–Están impermeabilizadas –respondió el señor Harvey.

Al pasarle unas cuantas a mi padre, le rozó los dedos con el dorso de su mano. Sintió una especie de electroshock.

–Usted sabe algo –dijo mi padre.

Él le sostuvo la mirada, pero no hablaron.

Trabajaron juntos mientras nevaba, muy poco. Y al moverse, mi padre experimentó una oleada de adrenalina. Reflexionó sobre lo que sabía. ¿Habían preguntado a ese hombre dónde estaba el día que yo desaparecí? ¿Había visto alguien a ese hombre en el campo de trigo? Sabía que habían interrogado a sus vecinos. De manera metódica, la policía había ido de puerta en puerta.

Mi padre y el señor Harvey extendieron las sábanas sobre el arco abovedado y las sujetaron a lo largo del cuadrado formado por los travesaños que unían los postes en forma de horquilla. Luego colgaron el resto de las sábanas de esos travesaños de modo que los extremos rozaran el suelo.

Cuando hubieron terminado, la nieve se había asentado poco a poco en los arcos cubiertos. Se coló por los agujeros de la camisa de mi padre y formó un montoncito en la parte superior de su cinturón. Suspiré. Me di cuenta de que nunca más saldría corriendo con *Holiday* a jugar con la nieve, ni empujaría a Lindsey en un trineo, nunca enseñaría a mi hermano pequeño a hacer bolas compactas de nieve, aun sabiendo que era un error. Estaba sola en un mar de pétalos brillantes. En la Tierra los copos de nieve caían con delicadeza e inocencia, como una cortina.

Dentro de la tienda, el señor Harvey pensó en la novia virgen que un miembro de los imezzureg traería a lomos de un camello. Cuando mi padre se le acercó, el señor Harvey levantó la mano con la palma hacia él.

–Ya es suficiente –dijo–. ¿Por qué no se va a casa?

Había llegado el momento de que mi padre dijera algo. Pero lo único que se le ocurrió fue:

—Susie —susurró, y la segunda sílaba salió disparada como una serpiente.

—Acabamos de construir una tienda juntos —dijo el señor Harvey—. Los vecinos nos han visto. Ahora somos amigos.

—Usted sabe algo —repitió mi padre.

—Váyase a casa. No puedo ayudarle.

El señor Harvey no sonrió ni dio un paso hacia delante. Se retiró en la tienda nupcial y dejó caer la última sábana de algodón blanco con sus iniciales.

5

Una parte de mí deseaba una rápida venganza, quería que mi padre se convirtiera en el hombre que nunca había sido, un hombre violento cuando se enfurecía. Eso es lo que ves en las películas, lo que lees que pasa en los libros. Un hombre corriente coge una pistola o un cuchillo, y acecha al asesino que ha matado a su familia; se toma la justicia por su mano como un Charles Bronson y todos aplauden.

Cómo era en realidad: todos los días se levantaba y, antes de despejarse, era el de siempre. Pero en cuanto su conciencia se despertaba, era como si se filtrara un veneno. Al principio ni siquiera podía levantarse de la cama. Se quedaba allí, tumbado bajo un gran peso. Pero luego sólo podía salvarlo el movimiento, y se movía sin parar. Sin embargo, ningún movimiento bastaba para acallar su sentimiento de culpabilidad, la mano de Dios que lo aplastaba diciendo: «No estabas allí cuando tu hija te necesitaba».

Cuando mi padre fue a casa del señor Harvey, dejó a mi madre sentada en el vestíbulo junto a la estatua de san Francisco que habían comprado. Ya no estaba allí cuando volvió. La llamó, pronunció tres veces su nombre, lo pronunció como si no quisiera que apareciera, luego subió la escalera hasta su guarida para anotar en una pequeña libreta de espiral: «¿Borrachín? Emborráchale. Tal vez sea un charlatán». A continuación escribió: «Creo que Susie me observa». Yo estaba eufórica en el cielo. Abracé a Holly, abracé a Franny. Mi padre lo sabía, pensé.

Luego Lindsey cerró de golpe la puerta de la calle, haciendo más ruido de lo habitual, y mi padre se alegró del ruido. Le asustaba ir más lejos en sus notas, escribir las palabras. El portazo le recordó la tarde tan extraña que había pasado y lo trajo de vuelta al presente, a la actividad, donde necesitaba estar para no ahogarse. Yo lo comprendí: no digo que no me molestara, que no me recordara las veces que, sentada a la mesa del comedor, había tenido que oír a Lindsey contar a mis padres lo bien que le había salido el test, o cómo el profesor de historia iba a recomendarla para la lista de condecorados del distrito, pero Lindsey vivía, y los vivos también merecían atención.

Subió pisando fuerte la escalera, y sus zuecos golpearon la madera de pino e hicieron estremecer la casa.

Es posible que yo tuviera celos del caso que le hacía mi padre, pero respetaba cómo llevaba la situación. De todos los miembros de la familia, Lindsey era la única que tenía que lidiar con lo que Holly llamaba el síndrome del Muerto Andante: cuando otras personas ven a la persona muerta y no te ven a ti.

Cuando la gente miraba a Lindsey, hasta mis padres me veían a mí. Ni siquiera ella era inmune. Evitaba los espejos, y ahora se duchaba en la oscuridad.

Dejaba la luz de la ducha apagada y se acercaba a tientas al toallero. A oscuras se sentía a salvo, mientras de las baldosas que la rodeaban seguía elevándose el húmedo vaho de la ducha. Tanto si la casa estaba silenciosa como si oía murmullos abajo, sabía que nadie la molestaría. Era entonces cuando pensaba en mí, y lo hacía de dos maneras: o pensaba en Susie, sólo esa palabra, y se echaba a llorar, dejando que las lágrimas rodaran por sus mejillas ya húmedas, sabiendo que nadie la veía, nadie cuantificaría esa peligrosa sustancia como dolor, o bien me imaginaba corriendo, me imaginaba escapando, se imaginaba a sí misma atrapada y forcejeando hasta zafarse. Contenía la incesante pregunta: «¿Dónde está Susie ahora?».

Mi padre oyó a Lindsey entrar en su cuarto. ¡Bang!, la

puerta se cerró con un portazo. ¡Pum!, los libros cayeron al suelo. ¡Crac!, ella se arrojó sobre la cama. Se quitó los zuecos, bum, bum, y los dejó caer al suelo. Unos minutos después él estaba al otro lado de la puerta.

–Lindsey –dijo llamando con los nudillos.

No hubo respuesta.

–Lindsey, ¿puedo entrar?

–Vete –llegó la resuelta respuesta.

–Vamos, cariño –suplicó él.

–¡Vete!

–Lindsey –dijo mi padre tomando aire–, ¿por qué no me dejas entrar?

Apoyó la frente contra la puerta del dormitorio. La madera estaba fría al tacto y por un segundo olvidó las palpitaciones de sus sienes, la sospecha que tenía ahora y que no cesaba de repetirse: «Harvey, Harvey, Harvey».

En calcetines, Lindsey se acercó a la puerta sin hacer ruido. La abrió mientras su padre retrocedía y ponía una cara que esperaba que dijera: «No huyas».

–¿Qué? –dijo ella. Tenía una expresión tensa, con aire retador–. ¿Qué quieres?

–Quiero saber cómo estás –dijo él.

Pensó en la cortina que había caído entre él y el señor Harvey, en cómo éste había escapado de una captura segura, de una bonita acusación. Su familia salía a la calle y pasaba por delante de la casa de tejas verdes del señor Harvey para ir al colegio. Para que volviera a llegarle la sangre al corazón necesitaba a su hija.

–Quiero estar sola –dijo Lindsey–. ¿No está claro?

–Estoy aquí si me necesitas –dijo él.

–Papá –dijo mi hermana, haciendo una concesión por él–, prefiero afrontarlo yo sola.

¿Qué podía hacer él con esa respuesta? Podría haber roto el código y decir «Pues yo no, yo no puedo, no me obligues a hacerlo», pero se quedó allí un segundo y emprendió la retirada.

–Lo comprendo –dijo al principio, aunque no era cierto.

Yo quería levantarlo del suelo, como las estatuas que había visto en los libros de historia del arte. Una mujer levantando a un hombre. El rescate al revés. Hija a padre diciendo: «No te preocupes. Todo irá bien. No dejaré que te hagan daño».

En lugar de eso observé cómo se iba a llamar por teléfono a Len Fenerman.

Esas primeras semanas, la policía se mostró casi reverente. Los casos de niñas muertas desaparecidas no eran muy frecuentes en los barrios residenciales. Pero sin pistas sobre dónde estaba mi cuerpo o quién me había matado, la policía se estaba poniendo nerviosa. Había una ventana en el tiempo gracias a la cual solían encontrarse pruebas físicas: la ventana cada vez era más pequeña.

–No quiero parecer irracional, detective Fenerman –dijo mi padre.

–Por favor, llámeme Len.

Debajo de la esquina del secante en forma de rodillo de su escritorio estaba mi foto del colegio, que Len Fenerman había conseguido de mi madre. Antes de que nadie lo expresara en palabras, él sabía que yo estaba muerta.

–Estoy seguro de que hay un hombre en el vecindario que sabe algo –dijo mi padre.

Miraba por la ventana de su estudio del piso de arriba, hacia el campo de trigo. El dueño del campo había dicho a la prensa que iba a dejarlo en barbecho por el momento.

–¿Quién es y qué le ha llevado a creer algo así? –preguntó Len Fenerman.

Escogió un lápiz pequeño, grueso y mordisqueado de la bandeja metálica del cajón de su escritorio.

Mi padre le habló de la tienda, de cómo el señor Harvey le había dicho que se marchara a casa, de que había pronunciado mi nombre y de lo raro que creía el vecindario que era el señor Harvey, sin un empleo fijo ni hijos.

–Lo investigaré –dijo Len Fenerman, porque era su deber. Era el papel que le había tocado. Pero la información que le había dado mi padre apenas era un punto de partida–. No hable con nadie ni vuelva a acercarse a él –advirtió.

Cuando mi padre colgó sintió una extraña sensación de vacío. Agotado, abrió la puerta de su estudio y la cerró sin hacer ruido detrás de él. En el pasillo, por segunda vez, llamó a mi madre:

–Abigail.

Ella estaba en el cuarto de baño del piso de abajo, comiendo a escondidas los macarrones de almendras que la compañía de mi padre siempre nos enviaba por Navidad. Los comía con avidez; eran como soles reventando en su boca. El verano que estuvo embarazada de mí no se quitó de encima un vestido premamá a cuadros, negándose a gastar dinero en otro, y comió todo lo que quiso, frotándose la barriga y diciendo «Gracias, bebé», mientras el chocolate le chorreaba sobre los pechos.

Alguien llamó con los nudillos en la parte inferior de la puerta.

–¿Mamá?

Ella volvió a esconder los macarrones en el botiquín, tragando los que ya tenía en la boca.

–¿Mamá? –repitió Buckley, soñoliento–. ¡Mamaaaaaá! Ella no hizo caso.

Cuando abrió la puerta, mi hermano pequeño se aferró a sus rodillas y apretó la cara contra sus muslos.

Al oír movimiento, mi padre fue a reunirse con mi madre en la cocina. Juntos se consolaron ocupándose de Buckley.

–¿Dónde está Susie? –preguntó Buckley mientras mi padre untaba Fluffernutter en pan de trigo.

Preparó tres rebanadas: una para él, una para mi madre y otra para su hijo de cuatro años.

–¿Has recogido tu juego? –dijo mi padre, preguntándose por qué se empecinaba en eludir el tema con la única persona que lo abordaba de frente.

–¿Qué le pasa a mamá? –preguntó Buckley.

Juntos observaron a mi madre, que tenía la mirada perdida en el fregadero vacío.

–¿Te gustaría ir al zoo esta semana? –preguntó mi padre.

Se odiaba por ello. Odiaba el soborno y la burla, el engaño. Pero ¿cómo iba a decirle a su hijo que su hermana mayor podía estar descuartizada en alguna parte?

Pero Buckley oyó la palabra zoo y todo lo que eso significaba, que para él era sobre todo ¡monos!, y emprendió el serpenteante camino de olvidar un día más. La sombra de los años no era tan grande sobre su cuerpecito. Sabía que yo me había ido, pero cuando la gente se iba siempre volvía.

Cuando Len Fenerman había ido de puerta en puerta por el vecindario, en casa de George Harvey no había averiguado nada singular. El señor Harvey era un hombre solo, según dijo, que había tenido intención de venirse a vivir allí con su mujer. Ésta había muerto poco antes de la mudanza. Él construía casas de muñecas para tiendas especializadas y era muy reservado. Era lo único que sabía la gente. Aunque no habían florecido precisamente las amistades a su alrededor, las simpatías del vecindario siempre habían estado con él. Cada casa de dos plantas encerraba una historia. Para Len Fenerman sobre todo, la de George Harvey parecía convincente.

No, dijo Harvey, no conocía bien a los Salmon. Había visto a los niños. Todo el mundo sabía quién tenía hijos y quién no, comentó con la cabeza ligeramente inclinada hacia la izquierda.

–Ves juguetes en el jardín. Hay más bullicio en las casas –observó con voz entrecortada.

–Tengo entendido que ha tenido recientemente una conversación con el señor Salmon –dijo Len en su segundo viaje a la casa verde oscura.

–Sí, ¿hay algún problema? –preguntó el señor Harvey.

Miró a Len con los ojos entornados, pero luego tuvo que hacer una pausa–. Deje que vaya por las gafas –dijo–. Estaba investigando sobre un segundo imperio.

–¿Un segundo imperio? –preguntó Len.

–Ahora que se han acabado mis pedidos de Navidad, puedo experimentar –explicó el señor Harvey.

Len lo siguió a la parte trasera, donde había una mesa de comedor colocada contra una pared. Encima había amontonados lo que parecían ser paneles de madera en miniatura.

«Un poco raro –pensó Fenerman–, pero eso no le convierte en asesino.»

El señor Harvey cogió las gafas y al instante se animó.

–Sí, el señor Salmon estaba dando uno de sus paseos y me ayudó a construir la tienda nupcial.

–¿La tienda nupcial?

–Es algo que construyo todos los años para Leah –dijo–. Mi mujer. Soy viudo.

Len tuvo la impresión de estar entrometiéndose en los rituales privados de ese hombre.

–Entiendo –dijo.

–Lamento muchísimo lo que le ha pasado a esa niña –dijo el señor Harvey–. He tratado de decírselo al señor Salmon. Pero sé por experiencia que nada tiene sentido en momentos como ésos.

–Entonces, ¿todos los años levanta esa tienda? –preguntó Len Fenerman.

Eso era algo que los vecinos podrían confirmar.

–Otros años lo hacía dentro de casa, pero este año he tratado de hacerlo fuera. Nos casamos en invierno. Pensé que aguantaría hasta que se ponga a nevar en serio.

–¿Dónde, dentro?

–En el sótano. Puedo enseñárselo si quiere. Tengo todas las cosas de Leah allá abajo.

Pero Len no insistió.

–Ya me he entrometido demasiado –dijo–. Sólo quería comprobar una segunda vez el vecindario.

–¿Cómo va la investigación? –preguntó el señor Harvey–. ¿Han averiguado algo?

A Len no le gustaban esa clase de preguntas, aunque suponía que era un derecho que tenía la gente cuyas vidas invadía.

–A veces creo que las pistas llegan en el momento adecuado –dijo–. Si quieren que las encontremos, claro está.

Era una respuesta críptica, algo así como un dicho de Confucio, pero funcionaba con casi todos los civiles.

–¿Ha hablado con el chico Ellis? –preguntó el señor Harvey.

–Hemos hablado con la familia.

–He oído decir que ha hecho daño a algunos animales del vecindario.

–Parece un mal chico, estoy de acuerdo –dijo Len–, pero estaba trabajando en el centro comercial cuando ocurrió.

–¿Tiene testigos?

–Sí.

–Eso es lo único que se me ocurre –dijo el señor Harvey–. Ojalá pudiera hacer más.

Len tuvo la sensación de que era sincero.

–Le falta un tornillo, desde luego –dijo Len cuando llamó mi padre–, pero no tengo nada contra él.

–¿Qué le dijo de la tienda?

–Que la construyó para Leah, su mujer.

–Recuerdo que la señora Stead le dijo a Abigail que su mujer se llamaba Sophie –dijo mi padre.

Len comprobó sus notas.

–No, Leah. Lo anoté.

Mi padre se mostró incrédulo. ¿De dónde había sacado él si no el nombre de Sophie? Estaba seguro de haberlo oído él también, pero hacía años, en una fiesta del vecindario donde los nombres de los niños y de las esposas habían volado como confeti entre las anécdotas que contaba la gente para establecer relaciones de buena vecindad, y las presentaciones habían sido demasiado vagas para recordarlas al día siguiente.

Sí recordaba que el señor Harvey no había asistido a la fiesta. Nunca había asistido a ninguna. Eso lo hacía raro a los ojos de muchos vecinos, pero no a los ojos de mi padre, que nunca se había sentido del todo cómodo en esos forzados esfuerzos de cordialidad.

Mi padre escribió en su cuaderno «¿Leah?», y a continuación «¿Sophie?». Sin darse cuenta, había empezado a confeccionar una lista de los muertos.

El día de Navidad mi familia se habría sentido más a gusto en el cielo. En el cielo no se prestaba mucha atención a la Navidad. Algunos se vestían de blanco y fingían ser copos de nieve, pero eso era todo.

Esa Navidad, Samuel Heckler nos hizo una visita inesperada. No iba vestido como un copo de nieve. Llevaba la cazadora de cuero de su hermano mayor y unos pantalones militares que no eran de su talla.

Mi hermano estaba en la sala de estar con sus juguetes. Mi madre se alegraba de haber ido tan pronto a comprar sus regalos. Lindsey recibió unos guantes y un pintalabios con sabor a cereza. Mi padre, cinco pañuelos blancos que mi madre había encargado meses antes en el centro comercial. Menos Buckley, nadie quería nada, de todos modos. Los días anteriores las luces del árbol permanecieron apagadas. Sólo ardió la vela que mi padre tenía en la ventana de su estudio. La encendía en cuanto anochecía, pero mi madre y mis hermanos habían dejado de salir a partir de las cuatro de la tarde. Sólo la veía yo.

–¡Hay un hombre fuera! –gritó mi hermano. Había estado jugando al Skyscraper y el rascacielos todavía tenía que derrumbarse–. ¡Lleva una maleta!

Mi madre dejó el ponche de huevo en la cocina y fue a la parte delantera de la casa. En vacaciones Lindsey se veía obligada a hacer acto de presencia en la sala de estar y jugaba con mi padre al Monopoly, pasando por alto las casillas más crueles por el bien de ambos. No había impuesto de lujo y no hacían caso de las cartas de mala suerte.

En el vestíbulo, mi madre deslizó las manos a lo largo de los costados de su falda. Se colocó detrás de Buckley y le rodeó los hombros.

–Espera a que llamen –dijo ella.

–Puede que sea el reverendo Strick –le dijo mi padre a Lindsey, cogiendo sus quince dólares por ganar el segundo premio en un concurso de belleza.

–Por el bien de Susie, espero que no –se aventuró a decir Lindsey.

Mi padre se aferró a eso, a que mi hermana pronunciara mi nombre. Sacó un doble y movió su ficha hasta Marvin Gardens.

–Son veinticuatro dólares –dijo–, pero me conformo con diez.

–Lindsey –llamó mi madre–. Tienes visita.

Mi padre observó a mi hermana levantarse y salir de la habitación. Los dos lo hicimos. Luego me senté con mi padre. Yo era el fantasma a bordo. Él se quedó mirando fijamente el viejo zapato que estaba colocado de lado en la caja. Me habría gustado levantarlo y hacerlo saltar de Boardwalk a Baltic, donde yo siempre había afirmado que vivía la mejor gente. «Eso es porque eres un espécimen regio», diría Lindsey. Y mi padre diría: «Me enorgullezco de no haber criado a una esnob».

–La estación de tren, Susie –dijo–. Siempre te gustó tenerla.

Para acentuar el pico entre las entradas de su pelo y domar un remolino, Samuel Heckler insistía en peinarse el pelo hacia atrás. A sus trece años y vestido de cuero negro, eso le daba un aspecto de vampiro adolescente.

–Feliz Navidad, Lindsey –le dijo a mi hermana, y le tendió una cajita envuelta en papel azul.

Yo vi lo que ocurría: el cuerpo de Lindsey se puso rígido. Se esforzaba por dejar a todos fuera, a todos, pero Samuel Heckler le hacía gracia. El corazón, como el ingrediente de una receta, se le redujo; a pesar de mi muerte, tenía trece años, él le gustaba y había venido a verla el día de Navidad.

—Ya me he enterado de que estás entre los talentosos —dijo él, porque nadie hablaba—. Yo también.

Mi madre reaccionó y encendió el piloto automático de anfitriona.

—¿Quieres pasar y sentarte? —logró decir—. Tengo ponche de huevo en la cocina.

—Me encantaría —dijo Samuel Heckler, y para sorpresa de Lindsey y mía, ofreció el brazo a mi hermana.

—¿Qué es? —preguntó Buckley, siguiéndolos y señalando lo que había creído que era una maleta.

Lindsey habló entonces.

—Samuel toca el saxo alto.

—Muy poco —dijo Samuel.

Mi hermano no preguntó qué era un saxo. Sabía que Lindsey estaba siendo lo que yo llamaba esnob, como cuando decía: «Tranquilo, Buckley, Lindsey está siendo esnob». Normalmente le hacía cosquillas mientras lo decía, otras apretaba la cabeza contra su barriga, repitiendo la palabra una y otra vez hasta que sus carcajadas me inundaban.

Buckley siguió a los tres hasta la cocina y preguntó, como hacía al menos una vez al día:

—¿Dónde está Susie?

Se produjo un silencio. Samuel miró a Lindsey.

—Buckley —llamó mi padre desde la habitación contigua—, ven a jugar al Monopoly conmigo.

A mi hermano nunca le habían invitado a jugar al Monopoly. Todo el mundo decía que era demasiado pequeño, pero ésa era la magia de la Navidad. Fue corriendo a la sala de estar, y mi padre lo levantó y lo sentó en sus rodillas.

—¿Ves este zapato? —dijo mi padre.

Buckley asintió.

—Quiero que escuches bien todo lo que voy a decirte sobre él, ¿de acuerdo?

–¿Susie? –preguntó mi hermano, relacionando por alguna razón las dos cosas.

–Sí, voy a decirte dónde está Susie.

Yo empecé a llorar en el cielo. ¿Qué otra cosa podía hacer?

–Este zapato es la ficha con que jugaba Susie al Monopoly –dijo–. Yo jugaba con el coche y a veces con la carretilla. Lindsey juega con la plancha, y cuando tu madre juega, escoge el cañón.

–¿Eso es un perro?

–Sí, es un Scottie.

–¡Para mí!

–Muy bien –dijo mi padre. Se mostraba paciente. Había encontrado una manera para explicarlo. Tenía a su hijo en el regazo y, mientras hablaba, sentía el cuerpo menudo de Buckley sobre sus rodillas, su peso humano, tibio y vivo. Le reconfortaba–. Entonces, de ahora en adelante el Scottie será tu ficha. ¿Cuál hemos dicho que es la pieza de Susie?

–El zapato –dijo Buckley.

–Bien, y yo soy el coche, tu hermana la plancha y tu madre el cañón.

Mi padre se concentró mucho.

–Ahora vamos a poner todas las piezas en el tablero, ¿de acuerdo? Vamos, hazlo tú.

Buckley cogió un puñado de fichas y luego otro, hasta que todas estuvieron colocadas entre las cartas de la suerte y las de la caja de comunidad.

–Digamos que las demás fichas son nuestros amigos.

–¿Como Nate?

–Exacto, tu amigo Nate será el sombrero. Y el tablero es el mundo. Ahora bien, si yo te dijera que, cuando tiro los dados, me quitan una de las fichas, ¿qué significa eso?

–¿Que no pueden seguir jugando?

–Exacto.

–¿Por qué? –preguntó Buckley.

Levantó la vista hacia su padre, que vaciló.

–¿Por qué? –repitió mi hermano.

Mi padre no quería decir «Porque la vida es injusta», ni «Porque así son las cosas». Quería decir algo ingenioso, algo que explicara la muerte a un niño de cuatro años. Puso una mano en la parte inferior de la espalda de Buckley.

–Susie está muerta –dijo, incapaz de hacerlo encajar en las reglas del juego–. ¿Sabes lo que eso significa?

Buckley le cogió la mano y cubrió el zapato con ella. Levantó la mirada para ver si era la respuesta adecuada.

Mi padre asintió.

–No vas a volver a ver a Susie, cariño. Ninguno de nosotros va a hacerlo. –Y se echó a llorar.

Buckley lo miró a los ojos, sin comprenderlo del todo.

Guardó el zapato en su cómoda, hasta que un día desapareció de allí y, por mucho que lo buscó, no logró dar con él.

En la cocina, mi madre se terminó su ponche y se excusó. Fue a la sala de estar y contó la cubertería de plata, ordenando metódicamente los tres tipos de tenedores, cuchillos y cucharas, haciéndoles «subir la escalera» como le habían enseñado a hacer cuando trabajaba en la tienda para novias Wanamaker, antes de que yo naciera. Quería fumarse un cigarrillo y que los hijos que le quedaban desaparecieran un rato.

–¿Vas a abrir tu regalo? –preguntó Samuel Heckler a mi hermana.

Estaban junto a la encimera, apoyados contra el lavavajillas y los cajones de las servilletas y trapos de cocina. En la habitación de su derecha estaban sentados mi padre y mi hermano; al otro lado de la cocina, mi madre pensaba en nombres de marcas: Wedgwood Florentine, Cobalt Blue; Royal Worcester, Mountbatten; Lenox, Eternal.

Lindsey sonrió y tiró de la cinta blanca de la caja.

–El lazo lo ha hecho mi madre –dijo Samuel Heckler. Ella retiró el papel azul de la caja de terciopelo negro, que sostuvo con cuidado en la palma de la mano una vez desenvuelta. En el cielo me emocioné. Cuando Lindsey y yo jugábamos con Barbies, Barbie y Ken se casaban a los dieciséis años. Para nosotras, en la vida de cada uno sólo existía un amor verdadero; para nosotras no existía el concepto de hacer concesiones o volver a intentarlo.

–Ábrelo –dijo Samuel Heckler.

–Tengo miedo.

–No lo tengas.

Le puso una mano en el antebrazo y, ¡guau!, no sabes lo que sentí cuando lo hizo. ¡Lindsey estaba en la cocina con un chico guapo, vampiro o no! Era un notición; de pronto me enteraba de todo. Ella nunca me lo habría contado.

Lo que había dentro de la caja era típico o decepcionante o un milagro, según se mirara. Era típico porque se trataba de un chico de trece años, y era decepcionante porque no era un anillo de boda, y era un milagro. Le había regalado medio corazón. Era de oro, y de su camisa Hukapoo sacó la otra mitad. La llevaba colgada al cuello con un cordón de cuero.

Lindsey se puso colorada; yo me puse colorada en el cielo.

Olvidé a mi padre en el cuarto de estar y a mi madre contando la cubertería de plata. Vi a Lindsey acercarse a Samuel Heckler. Lo besó; fue maravilloso. Yo casi volvía a estar viva.

6

Dos semanas antes de mi muerte, salí de casa más tarde que de costumbre, y cuando llegué al colegio, vi que el círculo de asfalto donde solían estar los autocares escolares estaba vacío.

En la entrada, uno de los encargados de la disciplina apuntaba tu nombre si tratabas de cruzar las puertas después del primer timbrazo, y yo no quería que me llamaran por megafonía durante la clase para que fuera a sentarme en el duro banco que había a la puerta del despacho del señor Peterford, donde, como era bien sabido, te hacía inclinarte y te atizaba en el trasero con una vara. Había pedido al profesor de manualidades que hiciera en ella unas perforaciones para disminuir la resistencia del viento y aumentar el dolor cuando aterrizaba en tus vaqueros.

Yo nunca había llegado lo bastante tarde ni me había portado lo bastante mal como para probarla, pero me la imaginaba tan bien en cualquier otro niño que me escocía el culo. Clarissa me había dicho que los porreros novatos, como se les llamaba en el colegio, utilizaban la puerta del fondo del escenario del auditorio que siempre dejaba abierta Cleo, el portero, que había abandonado los estudios siendo porrero en toda la extensión de la palabra.

De modo que ese día entré con sigilo por detrás del escenario, mirando bien por dónde caminaba, con cuidado de no tropezar con las distintas cuerdas y cables. Me detuve cerca de un andamio y dejé la cartera en el suelo para peinarme. Había tomado la costumbre de salir de casa con el gorro de cascabeles y, en cuanto me ponía a cubierto detrás de la casa de los O'Dwyer, me lo cambiaba por una vieja gorra del regimiento escocés de mi padre. La operación me dejaba el pelo tan lleno de electricidad que mi primera parada solía ser el lavabo de las chicas para peinarme.

–Eres guapa, Susie Salmon.

Oí la voz, pero no la localicé enseguida. Miré alrededor.

–Estoy aquí –dijo la voz.

Levanté la vista, y vi la cabeza y el torso de Ray Singh inclinados sobre la parte superior del andamio, por encima de mí.

–Hola –dijo.

Sabía que Ray Singh estaba colado por mí. Había venido de Inglaterra el año anterior, pero Clarissa decía que había nacido en la India. Que alguien tuviera la cara de un país y el acento de otro, y luego fuera a vivir a un tercer país me parecía demasiado increíble para entenderlo. Lo convertía instantáneamente en un chico interesante. Además, parecía darnos mil vueltas al resto de la clase, y estaba colado por mí. Lo que al final me di cuenta de que eran poses –la chaqueta de esmoquin que llevaba a veces a clase y sus cigarrillos extranjeros, que en realidad eran de su madre–, me parecían pruebas de su educación superior. Él sabía y veía cosas que el resto no sabíamos ni veíamos. Esa mañana, cuando me habló desde arriba, me dio un vuelco el corazón.

–¿No ha sonado ya la primera llamada? –pregunté.

–Tengo al señor Morton de tutor –dijo él.

Eso lo explicaba todo. El señor Morton tenía una resaca perpetua que estaba en su punto álgido a primera hora. Nunca pasaba lista.

–¿Qué estás haciendo ahí arriba?

–Sube y lo verás –dijo, y su cabeza y sus hombros desaparecieron.

Titubeé.

–Vamos, Susie.

Fue el único día de mi vida que iba a portarme mal, o que iba a fingir al menos intentarlo. Puse un pie en el escalón inferior del andamio y alargué los brazos hasta el primer travesaño.

–Sube tus cosas –me aconsejó Ray.

Volví por mis cosas y subí de modo vacilante.

–Deja que te ayude –dijo él, y me sujetó por las axilas, de las que me sentía insegura pese a tenerlas cubiertas por mi parka de invierno.

Me quedé un momento sentada con los pies colgando.

–Mételos –dijo él–. Así no nos verá nadie.

Así lo hice y me quedé mirándolo un momento. De pronto me sentía tonta, sin saber por qué estaba allí arriba.

–¿Te vas a quedar aquí todo el día? –pregunté.

–Sólo hasta que termine lengua y literatura inglesas.

–¡Vas a saltarte lengua y literatura! –Fue como si dijera que había robado un banco.

–He visto todas las obras de Shakespeare que ha representado la Royal Shakespeare Company –dijo Ray–. Esa bruja no tiene nada que enseñarme.

Lo sentí por la señora Dewitt. Si parte de portarse mal era llamar bruja a la señora Dewitt, que no contara conmigo.

–A mí me gusta *Otelo* –aventuré a decir.

–Tal como nos lo enseña ella, son tonterías condescendientes. La versión de *Black Like Me* de un moro.

Ray era listo. Eso combinado con el hecho de que fuera indio de Inglaterra lo convertía en un marciano en Norristown.

–El tipo de la película parecía bastante estúpido con el maquillaje negro –dije.

–Te refieres a sir Laurence Olivier.

Ray y yo estábamos quietos. Lo bastante quietos para oír la campana que señalaba el fin del pase de lista y, cinco minutos después, la campana que nos reclamaba en el primer piso, en la clase de la señora Dewitt. Yo tenía cada vez más calor, y sentía cómo la mirada de Ray se detenía en mi cuerpo, abarcando mi parka azul marina y mi minifalda de intenso verde amarillento con mis medias

Danskin a juego. Tenía los zapatos a mi lado, dentro de la cartera. Llevaba puestas las botas de piel sintética de borrego, con el sucio vellón sintético asomando por la parte superior y por las costuras como las entrañas de un animal. De haber sabido que ésa iba a ser la escena de sexo de mi vida, me habría preparado un poco y aplicado de nuevo mi Kissing Potion fresón-plátano al entrar por la puerta.

Sentí cómo el cuerpo de Ray se inclinaba hacia mí, haciendo crujir el andamio al moverse. «Es de Inglaterra», pensaba yo. Sus labios se acercaron más y el andamio se escoró peligrosamente. Yo me sentía mareada, a punto de sumergirme en la ola de mi primer beso, cuando los dos oímos algo. Nos quedamos inmóviles.

Ray y yo nos quedamos tumbados el uno al lado del otro, mirando las luces y cables que colgaban sobre nuestras cabezas. Un momento después se abrió la puerta del escenario y entraron el señor Peterford y la profesora de arte, la señorita Ryan, a quienes reconocimos por la voz. Con ellos había una tercera persona.

–Esta vez no vamos a tomar medidas, pero lo haremos si sigues así –decía el señor Peterford–. Señorita Ryan, ¿ha traído el material?

–Sí.

La señorita Ryan había venido a Kennet desde un colegio católico y sustituido en el departamento de arte a dos ex hippies a los que habían despedido después de que estallara el horno. En las clases de arte habíamos pasado de hacer disparatados experimentos con metales fundidos y arrojar barro día tras día, a dibujar perfiles de figuras de madera que ella colocaba en rígidas posiciones al comienzo de cada clase.

–Sólo hacía los deberes.

Era Ruth Connors. Tanto Ray como yo reconocimos su voz. Los tres teníamos lengua y literatura inglesas con la señora Dewitt el primer año.

–Eso no eran los deberes –dijo el señor Peterford.

Ray me cogió la mano y me la apretó. Sabíamos de qué hablaban. Una fotocopia de uno de los dibujos de Ruth había pasado de mano en mano en la biblioteca hasta acabar en las de un chico sentado junto al fichero, a quien se le había adelantado el bibliotecario.

–Si no me equivoco –dijo la señorita Ryan–, en nuestro modelo de anatomía no hay pechos.

Se trataba del dibujo de una mujer recostada con las piernas cruzadas. Y no era una figura de madera con ganchos que le sujetaban los miembros. Era una mujer de verdad, y las manchas de carbón de sus ojos –ya fuera por casualidad o intencionadamente– le proporcionaban una mirada lasciva que había incomodado o dejado bastante contentos a todos los alumnos que la habían visto.

–Tampoco tiene nariz o boca el modelo de madera –dijo Ruth–, pero usted nos ha animado a dibujarle una cara.

Ray volvió a apretarme la mano.

–Ya basta, jovencita –dijo el señor Peterford–. Es evidente que es la postura de reposo de ese dibujo en concreto lo que llevó al alumno Nelson a fotocopiarla.

–¿Tengo yo la culpa?

–Sin el dibujo no tendríamos ningún problema.

–Entonces yo tengo la culpa.

–Te invito a que reflexiones sobre la situación en que pones al colegio, y a que nos ayudes dibujando lo que la señorita Ryan te enseña a dibujar en su clase, sin hacer añadidos innecesarios.

–Leonardo da Vinci dibujaba cadáveres –dijo Ruth en voz baja.

–¿Entendido?

–Sí –respondió Ruth.

La puerta del escenario se abrió y se cerró, y un momento después Ray y yo oímos a Ruth Connors llorar. Ray articuló con la boca la palabra «Ve», y yo me acerqué al borde del andamio y dejé que los pies me colgaran hasta encontrar un punto de apoyo.

Esa semana Ray me besaría junto a mi taquilla. No ocurrió en el andamio, cuando él había querido. Nuestro único beso fue algo así como fortuito: un bonito arco iris de gasolina.

Bajé del andamio de espaldas a Ruth. Ella no se movió ni se escondió, se limitó a mirarme cuando me volví. Estaba sentada en una caja de madera cerca del fondo del escenario. A su izquierda colgaban un par de viejos telones. Me vio acercarme a ella, pero no se secó los ojos.

–Susie Salmon –dijo sólo para confirmarlo.

La posibilidad de que yo me saltara la primera clase y me escondiera detrás del escenario del auditorio había sido hasta ese día tan remota como que la chica más lista de nuestra clase recibiera una reprimenda del encargado de la disciplina.

Me quedé delante de ella con el gorro en la mano.

–Ese gorro es ridículo –dijo.

Levanté el gorro de cascabeles y lo miré.

–Lo sé. Me lo hizo mi madre.

–Entonces, ¿lo has oído todo?

–¿Puedo verlo?

Ruth desdobló la manoseada fotocopia y yo me quedé mirándola.

Con un bolígrafo azul, Brian Nelson había hecho un obsceno agujero donde se cruzaban las piernas. Retrocedí y ella me observó. Vi vacilación en sus ojos, luego se inclinó y sacó de su mochila un cuaderno de bocetos encuadernado en cuero negro.

Por dentro era precioso. Dibujos en su mayoría de mujeres, pero también de animales y hombres. Nunca había visto nada igual. Cada página estaba cubierta de dibujos suyos. De pronto me di cuenta de lo subversiva que era Ruth, no por sus dibujos de mujeres desnudas que eran utilizados indebidamente por sus compañeros, sino porque tenía más talento que sus profesores. Era el tipo de rebelde más silencioso. Impotente, en realidad.

–Eres realmente buena, Ruth –dije.

–Gracias –dijo ella.

Yo seguí mirando las páginas de su cuaderno y empapándome de él. Me asustó y excitó a la vez lo que había debajo de la línea negra del ombligo, lo que mi madre llamaba la «maquinaria para hacer bebés».

Yo le había dicho a Lindsey que nunca tendría uno, y cuando cumplí los diez años, me pasé los primeros seis meses haciendo saber a todo adulto que me escuchara mi intención de hacerme ligar las trompas. No sabía qué significaba eso exactamente, pero sabía que era algo drástico, requería una intervención quirúrgica y hacía reír con ganas a mi padre.

Ruth pasó de ser rara a querida para mí. Los dibujos eran tan buenos que en ese momento olvidé las normas del colegio, todas las campanas y silbatos a los que se supone que tenemos que responder los alumnos.

Después de que acordonaran el campo de trigo, lo rastrearan y finalmente lo abandonaran, Ruth empezó a pasear por él. Se envolvía en un gran chal de su abuela y encima se ponía el viejo y raído chaquetón marinero de su padre. No tardó en comprobar que, menos el de gimnasia, los profesores no informaban si hacía novillos. Se alegraban de no tenerla en clase; su inteligencia la convertía en un problema. Exigía atención y aceleraba el temario.

Y empezó a pedir a su padre que la llevara al colegio por la mañana para ahorrarse el autocar. Él salía muy temprano y se llevaba su fiambrera metálica roja de tapa inclinada que le había dejado utilizar como casita para sus Barbies cuando era pequeña, y en la que ahora llevaba bourbon. Antes de dejarla en el aparcamiento vacío, detenía el motor pero dejaba la calefacción encendida.

–¿Vas a estar bien hoy? –le preguntaba siempre.

Ruth asentía.

–¿Uno para el camino?

Y esta vez sin asentir, ella le pasaba la fiambrera. Él la

abría, destapaba el bourbon, bebía un largo trago y luego se la ofrecía. Ella echaba la cabeza hacia atrás de manera teatral y, o ponía la lengua contra el vidrio para que sólo cayera un poco en su boca, o bien bebía un pequeño trago con una mueca si él la observaba.

Luego ella se bajaba de la alta cabina. Hacía frío, un frío glacial, antes de que saliera el sol. Entonces recordaba algo que nos habían enseñado en una de nuestras clases: las personas en movimiento tenían más calor que las personas en reposo. De modo que echaba a andar derecha hacia el campo de trigo, a buen paso. Hablaba consigo misma y a veces pensaba en mí. A menudo descansaba un momento apoyada contra la valla de tela metálica que separaba el campo de fútbol del camino, mientras observaba cómo el mundo cobraba vida a su alrededor.

De modo que esos primeros meses nos reunimos allí todas las mañanas. El sol salía sobre el campo de trigo, y *Holiday*, al que mi padre había soltado, venía a cazar conejos entre los tallos altos y secos de trigo muerto. A los conejos les encantaba el césped cortado de las pistas de atletismo, y Ruth veía, al acercarse, cómo sus formas oscuras se alineaban a lo largo de los más alejados límites señalados con tiza blanca, como una especie de equipo diminuto. Le atraía la idea, como a mí. Ella creía que los animales disecados se movían por las noches mientras los seres humanos dormían. Seguía creyendo que en la fiambrera de su padre podía haber vacas y ovejas diminutas que encontraban tiempo para pastar en el bourbon y las salchichas ahumadas.

Cuando Lindsey me dejó los guantes que le habían regalado en Navidad entre el borde más alejado del campo de fútbol y el campo de trigo, miré hacia abajo una mañana para ver a los conejos investigar, olisqueando los bordes de los guantes forrados de su propia piel. Luego vi a Ruth cogerlos antes de que los agarrara *Holiday*. Dio la vuelta a un guante, de modo que la piel quedara por fuera, y se lo llevó a la cara. Levantó la mirada hacia el cielo y dijo «Gracias». Me gustaba pensar que hablaba conmigo.

Llegué a querer a Ruth esas mañanas, sintiendo de una manera que nunca podríamos explicar, cada una a un lado del Intermedio, que habíamos nacido para hacernos compañía mutuamente. Niñas raras que nos habíamos encontrado de la manera más extraña, en el escalofrío que experimentó cuando yo había pasado por su lado.

A Ray le gustaba mucho andar, como a mí, y vivía en el otro extremo de nuestra urbanización, que rodeaba el colegio. Había visto a Ruth Connors pasear sola por los campos de fútbol. Desde Navidad había ido y vuelto del colegio lo más deprisa que había podido, sin entretenerse nunca. Deseaba que capturaran a mi asesino casi tanto como mis padres. Hasta que lo hicieran no podría desembarazarse del todo de la sospecha, a pesar de contar con una coartada.

Aprovechó una mañana que su padre no iba a dar clases a la universidad para llenar su termo con el té dulce de su madre. Salió temprano para esperar a Ruth y montó un pequeño campamento sobre la plataforma circular de cemento para lanzamiento de peso, sentándose en la curva metálica contra la que apoyaban los pies los lanzadores.

Al verla al otro lado de la valla de tela metálica que separaba el colegio del campo de deporte más reverenciado: el de fútbol americano, se frotó las manos y preparó lo que quería decirle. Esta vez el coraje no le vino de haberme besado —una meta que se había propuesto un año antes de alcanzarla—, sino de sentirse, a sus catorce años, profundamente solo.

Vi a Ruth acercarse al campo de fútbol, creyendo que estaba sola. En una vieja casa donde había ido a hurgar en busca de algo rescatable, su padre había encontrado un regalo para ella acorde con su nuevo pasatiempo: una antología de poemas. Ella lo tenía en las manos.

–¡Hola, Ruth Connors! –llamó él, agitando los brazos.

Ruth lo miró y acudió a su mente el nombre de Ray Singh. Pero no sabía mucho más aparte de eso. Había oído los rumores de que la policía había estado en su casa, pero ella opinaba como su padre –«¡Eso no lo ha hecho ningún niño!»–, de modo que se acercó a él.

–He preparado té y lo tengo en este termo –dijo Ray.

Me puse colorada por él en el cielo. Era listo cuando se trataba de *Otelo*, pero se estaba comportando como un cretino.

–No, gracias –dijo Ruth.

Se quedó de pie cerca de él, pero entre ellos seguía habiendo unos pocos pero decisivos pasos más de los normales. Clavó las uñas en la gastada portada de su antología de poesía.

–Yo también estaba allí el día que tú y Susie hablasteis entre bastidores –dijo Ray. Le ofreció el termo. Ella no se acercó ni reaccionó–. Susie Salmon –aclaró él.

–Sé a quién te refieres –dijo ella.

–¿Vas a ir al funeral?

–No sabía que iba a haber uno –respondió ella.

–Yo no creo que vaya.

Yo me quedé mirando sus labios. Los tenía más rojos que de costumbre, por el frío. Ruth dio un paso hacia delante.

–¿Quieres crema de labios? –preguntó.

Ray se llevó a los labios sus guantes de algodón, que se quedaron enganchados en la superficie cuarteada que yo había besado. Ruth se metió la mano en el bolsillo de su chaquetón de marinero y sacó su Chap Stick.

–Aquí tienes –dijo–. Tengo un montón. Puedes quedártela.

–Muy amable –dijo él–. ¿Vas a sentarte aquí conmigo al menos hasta que lleguen los autocares?

Se sentaron en la plataforma para lanzamiento de peso. Yo veía una vez más algo que nunca habría visto viva: a los dos juntos. Eso hacía a Ray más atractivo que nunca para mí. Sus ojos eran del gris más oscuro. Cuando yo lo observaba desde el cielo no dudaba en zambullirme en ellos.

Se convirtió en un ritual para los dos. Los días que el padre de Ray daba clases, Ruth traía un poco de bourbon del termo de su padre; si no, bebían té dulce. Pasaban un frío del demonio, pero no parecía importarles.

Hablaban de qué se sentía siendo extranjero en Norristown. Leían en voz alta poemas de la antología de Ruth. Hablaban de cómo llegar a ser lo que se habían propuesto. Ray, médico; Ruth, pintora y poeta. Formaron un club secreto con los demás bichos raros de la clase. Había casos obvios como Mike Bayles, que se había metido tanto ácido que nadie entendía cómo continuaba en el colegio, o Jeremiah, de Luisiana, que era tan extranjero como Ray. Luego estaban los callados. Artie, que hablaba excitado a todo el mundo de los efectos del formaldehído. Harry Orland, que era tan tímido que daba pena y llevaba los pantalones cortos de gimnasia encima de los vaqueros. Y Vicki Kurtz, que era aprobada por todos después de la muerte de su madre, pero a quien Ruth había visto durmiendo en un lecho de agujas de pino detrás de la planta de regulación del colegio. Y a veces hablaban de mí.

–Es muy raro –dijo Ruth–. Quiero decir que llevábamos desde el parvulario en la misma clase, pero ese día en el escenario fue la primera vez que nos miramos.

–Era increíble –dijo Ray. Pensó en el contacto de nuestros labios cuando nos quedamos solos junto a la hilera de taquillas. Cómo había sonreído yo con los ojos cerrados y luego casi había huido–. ¿Crees que la encontrarán?

–Supongo. ¿Sabes que sólo estamos a cien metros de donde pasó?

–Lo sé –dijo él.

Estaban los dos sentados en el estrecho borde metálico de la plataforma para lanzamiento de peso, sosteniendo sus tazas con las manos enguantadas. El campo de trigo se había convertido en un lugar adonde nadie iba. Cuando se escapaba un balón del campo de fútbol, algún chico hacía frente al desafío de adentrarse en él para recuperarlo. Esa mañana el sol se elevaba por encima de los tallos muertos, pero no calentaba.

–Los encontré aquí –dijo ella, señalando los guantes de piel.

–¿Piensas alguna vez en ella? –preguntó él.

Volvieron a quedarse callados.

–Todo el tiempo –dijo Ruth. Sentí un escalofrío a lo largo de la columna vertebral–. A veces pienso que tiene suerte, ¿sabes? Odio este lugar.

–Yo también –dijo Ray–. Pero he vivido en otros lugares. Sólo es un infierno temporal, no es para siempre.

–No estarás insinuando…

–Ella está en el cielo, si crees en estas cosas.

–¿Tú no?

–No, creo que no.

–Yo sí –dijo Ruth–. No me refiero a todas esas chorradas de ángeles con alas cantando lalalá, pero sí creo que hay un cielo.

–¿Es feliz?

–Es el cielo, ¿no?

–Pero ¿qué significa eso?

El té se había quedado helado y ya había sonado la primera campana. Ruth sonrió hacia su taza.

–Bueno, como diría mi padre, significa que está fuera de este agujero de mierda.

Cuando mi padre tocó el timbre de la casa de Ray Singh, la madre de Ray, Ruana, lo dejó sin habla. Ella no se mostró inmediatamente cordial, y a él no le pareció ni mucho menos risueña, pero algo en su pelo moreno y sus ojos grises, incluso en la extraña manera en que pareció retroceder en cuanto abrió la puerta, lo abrumó.

Había oído los comentarios descorteses que había hecho la policía sobre ella. Para ellos era una mujer fría y esnob, altiva, extraña. Y eso era lo que él esperaba encontrar.

—Pase y siéntese —había dicho ella cuando él pronunció el nombre de su hijo.

Al oír la palabra Salmon, sus ojos habían pasado de ser puertas cerradas a abiertas, habitaciones oscuras por donde él quería viajar personalmente.

Casi perdió el equilibrio mientras ella lo conducía a la pequeña y atestada sala de estar. Por el suelo había libros con los lomos mirando hacia arriba que procedían de estantes de tres en fondo. Ella llevaba un sari amarillo encima de lo que parecían unos ceñidos pantalones de lamé dorado. Iba descalza. Cruzó la moqueta sin hacer ruido y se detuvo junto al sofá.

—¿Quiere beber algo? —preguntó ella, y él asintió—. ¿Frío o caliente?

—Caliente.

Mientras ella doblaba la esquina y desaparecía en una habitación que él no alcanzaba a ver, mi padre se sentó en el sofá de tela a cuadros marrones. Las ventanas que tenía enfrente, debajo de las cuales había hileras de libros, estaban cubiertas de largas cortinas de muselina a través de las cuales la luz del día tenía que luchar por filtrarse. De pronto se sintió muy a gusto y casi olvidó por qué esa mañana había comprobado dos veces la dirección de los Singh.

Al cabo de un rato, mientras mi padre pensaba en lo cansado que estaba y en que había prometido a mi madre recoger unas prendas que llevaban mucho tiempo en la tintorería, la señora Singh volvió con té en una bandeja que dejó en la alfombra delante de él.

—No tenemos muchos muebles, me temo. El doctor Singh todavía está tratando de conseguir un puesto permanente en la universidad.

Fue a la habitación contigua y trajo un cojín morado para ella, que colocó en el suelo delante de él.

—¿Es profesor el señor Singh? —preguntó mi padre, aunque ya lo sabía, sabía demasiadas cosas acerca de esa atractiva mujer y su casa escasamente amueblada para sentirse cómodo.

–Sí –respondió ella, y sirvió el té. No hizo ruido. Le tendió una taza y, mientras él la cogía, dijo–: Ray estaba con él el día que mataron a su hija.

Él quiso desmayarse.

–Debe de haber venido por eso –continuó ella.

–Sí –dijo él–. Quería hablar con él.

–Todavía no ha vuelto del colegio –dijo ella–. Ya lo sabe.

Tenía las piernas dobladas hacia un lado, las uñas de los pies largas y sin pintar, con la superficie curvada tras años de bailar.

–Quería venir para asegurarle que no es mi intención perjudicarle –dijo mi padre.

Yo nunca lo había visto así. Las palabras le habían brotado como si se librara de cargas, verbos y nombres acumulados, pero se fijó en cómo los pies de ella se curvaban contra la moqueta de color pardo, y en cómo el haz de la luz que se filtraba por las cortinas le rozaba la mejilla derecha.

–Él no ha hecho nada malo. Y quería a su hija. Aunque fuese un enamoramiento de colegial.

La madre de Ray era continuamente objeto de enamoramientos por parte de colegiales. El adolescente que repartía el periódico se detenía con su bicicleta, esperando que ella estuviera cerca de la puerta cuando oyera caer en el porche el *Philadelphia Inquirer*. Que saliera y, si lo hacía, que lo saludara con la mano. No tenía ni que sonreír, y ella raras veces lo hacía fuera de su casa; eran sus ojos, su figura de bailarina, la forma en que parecía deliberar sobre el menor movimiento de su cuerpo.

Cuando la policía había ido, habían entrado dando traspiés en el vestíbulo oscuro en busca de un asesino, pero antes de que Ray llegara a lo alto de las escaleras, Ruana los había confundido de tal modo que aceptaron una taza de té y se sentaron en cojines de seda. Habían esperado que ella incurriera en el parloteo que esperaban de todas las mujeres atractivas, pero ella se limitó a erguirse aún más mientras ellos se esforzaban encarecidamente por congraciarse con ella, y se quedó de pie, muy tiesa, junto a las ventanas mientras ellos interrogaban a su hijo.

–Me alegro de que Susie tuviera como amigo a un buen chico –dijo mi padre–. Quisiera agradecérselo a su hijo.

Ella sonrió, sin enseñar los dientes.

–Le escribió una nota de amor –añadió él.

–Sí.

–Ojalá hubiera sabido lo suficiente para hacer lo mismo –dijo él–. Para decirle que la quería ese último día.

–Sí.

–Su hijo, en cambio, lo hizo.

–Sí.

Se miraron un momento.

–La policía debe de haber enloquecido con usted –dijo él, y sonrió más para sí que para ella.

–Vinieron a acusar a Ray –dijo ella–. No me preocupó lo que pensaran de mí.

–Imagino que ha sido muy duro para él –dijo mi padre.

–No, no voy a permitirlo –dijo ella con severidad, dejando la taza de nuevo en la bandeja–. No puede compadecer a Ray o a nosotros.

Mi padre trató de balbucir unas palabras de protesta.

Ella levantó una mano.

–Usted ha perdido a una hija y ha venido aquí con algún propósito. Sólo le permitiré eso, pero no que intente ponerse en nuestro lugar, eso nunca.

–No era mi intención ofenderla –dijo él–. Yo sólo...

Volvió a alzar la mano.

–Ray estará en casa dentro de veinte minutos. Yo hablaré antes con él para prepararlo, luego podrá hablar con él de su hija.

–¿Qué he dicho?

–Me gusta tener tan pocos muebles. Eso me permite pensar que algún día podríamos hacer las maletas e irnos.

–Espero que se queden –dijo mi padre.

Lo dijo porque le habían entrenado para ser educado desde una edad muy temprana, entrenamiento que me había transmitido, pero también lo dijo porque parte de él quería más de ella, de esa fría mujer que no era exactamente fría, esa roca que no era piedra.

–Con todo el respeto –dijo ella–, usted ni siquiera me conoce. Esperaremos a Ray juntos.

Mi padre había salido de casa en medio de una discusión entre Lindsey y mi madre. Ésta había intentado convencer a Lindsey para que la acompañara a la YMCA a nadar. Sin pensarlo, Lindsey había bramado a voz en grito: «¡Antes me muero!». Mi padre había visto cómo mi madre se había quedado inmóvil y a continuación había estallado y huido a su habitación para llorar detrás de la puerta. Él había metido sin decir nada su cuaderno en el bolsillo de su chaqueta, había cogido las llaves del coche del perchero que había junto a la puerta trasera y había salido con sigilo.

En aquellos primeros meses, mis padres se movieron en direcciones opuestas. Cuando uno se quedaba en casa, el otro salía. Mi padre se quedaba dormido en la butaca verde de su estudio, y cuando se despertaba, entraba con cuidado en el dormitorio y se metía en la cama. Si mi madre tenía todas las sábanas, renunciaba a ellas y se hacía un ovillo, listo para saltar en cuanto lo avisaran, listo para cualquier cosa.

–Sé quién la mató. –Se oyó a sí mismo decírselo a Ruana Singh.

–¿Se lo ha dicho a la policía?

–Sí.

–¿Y qué le han dicho?

–Dicen que de momento no hay nada que lo relacione con el crimen aparte de mis sospechas.

–Las sospechas de un padre... –empezó a decir ella.

–Tan convincentes como la intuición de una madre.

Esta vez, a Ruana se le vieron los dientes al sonreír.

–Vive en el vecindario.

–¿Qué se propone hacer?

–Estoy investigando todas las pistas –dijo mi padre, sabiendo cómo sonaba al decirlo.

–Y mi hijo…

–Es una pista.

–Tal vez le asusta a usted demasiado el otro hombre.

–Pero tengo que hacer algo –protestó él.

–Volvemos a estar en las mismas, señor Salmon –dijo ella–. Me ha interpretado mal. No estoy diciendo que no haya hecho bien viniendo aquí. En cierto modo, es lo que debe hacer. Quiere encontrar algo tierno, algo emotivo en todo este asunto. Su búsqueda lo ha traído aquí. Eso está bien. Sólo me preocupa que no esté tan bien para mi hijo.

–No quiero hacerle daño.

–¿Cómo se llama el hombre?

–George Harvey. –Era la primera vez que lo decía en voz alta a alguien que no fuese Len Fenerman.

Ella guardó silencio y se levantó. Volviéndole la espalda, se acercó primero a una ventana y luego a la otra para descorrer las cortinas. Era la luz de después del colegio que tanto le gustaba. Buscó a Ray con la mirada y lo vio acercarse por la carretera.

–Ya viene. Saldré a su encuentro. Si me disculpa, necesito ponerme el abrigo y las botas. –Se detuvo–. Señor Salmon, yo haría exactamente lo que está haciendo usted: hablaría con todo el mundo con quien necesitara hablar, no diría a mucha gente el nombre del individuo. Y cuando estuviera segura –añadió–, encontraría una manera silenciosa de matarlo.

Él la oyó en el vestíbulo, el ruido metálico de perchas al descolgar su abrigo. Unos minutos después, la puerta se abrió y se cerró. Entró una fría brisa y a continuación vio en la carretera a una madre saludando a su hijo. Ninguno de los dos sonrió. Bajaron la cabeza. Movieron los labios. Ray encajó la noticia de que mi padre lo esperaba en su casa.

Al principio, mi madre y yo pensamos que era sólo lo obvio lo que distinguía a Len Fenerman del resto de la policía. Era más menudo que los robustos agentes uniformados que solían acompañarlo. Luego estaban los rasgos menos obvios: que a menudo parecía estar ensimismado, y que no estaba para bromas y se ponía muy serio cuando hablaba de mí y de las circunstancias del caso. Pero al hablar con mi madre, Len Fenerman se había revelado como lo que era: un optimista. Creía que capturarían a mi asesino.

–Tal vez no sea hoy ni mañana –dijo a mi madre–, pero algún día hará algo incontrolable. Hay demasiadas cosas incontroladas en sus costumbres para que no lo haga.

Mi madre se quedó sola para atender a Len Fenerman hasta que mi padre volvió de casa de los Singh. En la mesa de la sala estaban los lápices de Buckley desparramados sobre el papel de la carnicería que le había dado mi madre. Buckley y Nate habían dibujado hasta que sus cabezas habían empezado a inclinarse como flores pesadas, y mi madre los había cogido en brazos, primero a uno y después al otro, y los había llevado al sofá. Dormían allí, uno en cada extremo, con los pies casi tocándose en el centro.

Len Fenerman tenía suficiente experiencia para saber que debía hablar bajito, pero, según advirtió mi madre, no sentía mucha adoración por los niños. La observó mientras los cogía en brazos, pero no se levantó para ayudarla ni comentó nada sobre ellos como siempre hacían los demás policías, definiéndola por sus hijos, tanto vivos como muertos.

–Jack quiere hablar contigo –dijo mi madre–. Pero seguramente estás demasiado ocupado para esperar.

–No estoy demasiado ocupado.

Vi cómo a mi madre se le caía un mechón de pelo negro de detrás de la oreja. Le suavizaba la cara. Vi que Len también lo veía.

–Ha ido a casa del pobre Ray Singh –dijo ella, y volvió a colocarse el mechón caído.

–Siento haber tenido que interrogarlo –dijo Len.

–Sí –dijo ella–. Ningún chico joven sería capaz de...

–No fue capaz de decirlo y él no la ayudó.

–Tenía una coartada a toda prueba.

Mi madre cogió uno de los lápices de encima del papel.

Len Fenerman la observó dibujar monigotes. Buckley y Nate hacían ruiditos mientras dormían en el sofá. Mi hermano estaba acurrucado en posición fetal y un momento después se metió el pulgar en la boca. Era una costumbre que mi madre nos había dicho que entre todos debíamos ayudarle a abandonar. En esos momentos envidió su tranquilidad.

–Usted me recuerda a mi mujer –dijo él tras un largo silencio durante el cual mi madre había dibujado un caniche anaranjado y lo que parecía un caballo azul sometido a una terapia de electroshock.

–¿Tampoco sabe dibujar?

–No era muy habladora cuando no había nada que decir.

Pasaron unos minutos más. Un sol redondo y amarillo. Una casa marrón con flores en la puerta: rosas, azules y moradas.

–Ha hablado en pasado.

Los dos oyeron la puerta del garaje.

–Murió poco después de que nos casáramos –dijo él.

–¡Papá! –gritó Buckley, y se levantó de un salto, olvidando a Nate y a todos los demás.

–Lo siento –le dijo ella a Len.

–Yo también lo de Susie –dijo él–. De verdad.

En la parte trasera de la casa, mi padre saludó a Buckley y a Nate con gran alborozo, pidiendo a gritos «¡Oxígeno!» como hacía siempre que nos abalanzábamos sobre él tras una dura jornada. Aunque sonaba falso, esos momentos en que se obligaba a levantar el ánimo por mi hermano eran los mejores del día.

Mi madre miró fijamente a Len Fenerman mientras mi padre se dirigía al salón desde la parte trasera. Ve corriendo al fregadero, tenía ganas de decirle, y mira por el desagüe el interior de la tierra. Estoy allá abajo, esperando; estoy aquí arriba, observando.

Len Fenerman había sido el primero en pedir a mi madre mi foto del colegio cuando la policía aún creía que era posible encontrarme con vida. La llevaba en su cartera con un montón de fotos más. Entre esos niños y desconocidos muertos estaba su mujer. Si el caso se había resuelto, escribía detrás de la foto la fecha de su resolución. Si seguía abierto, abierto en su cabeza aunque no lo estuviera en los archivos oficiales de la policía, la dejaba en blanco. Detrás de la mía no había nada escrito. Tampoco detrás de la de su mujer.

–Len, ¿cómo está? –preguntó mi padre.

Holiday se levantó y meneó la cola para que mi padre lo acariciara.

–Tengo entendido que ha ido a visitar a Ray Singh –dijo Len.

–Niños, ¿por qué no vais a jugar a la habitación de Buckley? –sugirió mi madre–. El detective Fenerman y papá necesitan hablar.

7

—¿La ves? —preguntó Buckley a Nate mientras subían la escalera con *Holiday* a la zaga—. Es mi hermana.

—No —respondió Nate.

—Se fue un tiempo, pero ahora sé que ha vuelto. ¡Carrera!

Y los tres —dos niños y un perro— subieron a todo correr el resto de la larga curva de la escalera.

Yo nunca me había permitido añorar a Buckley por miedo a que viera mi imagen en un espejo o en el tapón de una botella. Como todos los demás, trataba de protegerlo.

—Es demasiado pequeño —le dije a Franny.

—¿De dónde crees que salen los amigos imaginarios?

Los dos niños se quedaron un momento sentados bajo el calco enmarcado de una lápida que colgaba al lado de la puerta de la habitación de mis padres. Era de una tumba de un cementerio de Londres. Mi madre nos había contado a Lindsey y a mí cómo mi padre y ella habían querido colgar cuadros en las paredes, y una anciana que habían conocido en su luna de miel les había enseñado a hacer calcos de lápidas en latón. Para cuando yo cumplí los diez años habían bajado al sótano la mayoría de los calcos, y las marcas que habían dejado en nuestras paredes de barrio residencial habían sido sustituidas por alegres grabados que pretendían estimular a los niños. Pero a Lindsey y a mí nos encantaban los calcos, sobre todo el que esa tarde tenían Nate y Buckley encima de sus cabezas.

Lindsey y yo nos tumbábamos en el suelo debajo de él. Yo fingía que era el caballero que representaba y *Holiday*, el perro fiel, se acurrucaba a mis pies. Lindsey era la esposa que él había dejado atrás. Siempre acabábamos riendo a carcajadas, por muy serias que empezáramos. Lindsey le decía al caballero muerto que una esposa tenía que continuar viviendo, que no podía quedarse atrapada el resto de su vida por un hombre paralizado en el tiempo. Yo reaccionaba de manera tormentosa y enloquecida, pero nunca duraba mucho. Al final, ella describía a su nuevo amante: el gordo carnicero que le regalaba trozos de carne de primera calidad, el ágil herrero que le hacía ganchos. «Estás muerto, caballero –decía–. Es hora de seguir con mi vida.»

–Anoche entró y me besó en la mejilla –dijo Buckley.

–No lo hizo.

–Sí lo hizo.

–¿En serio?

–Sí.

–¿Se lo has dicho a tu madre?

–Es un secreto –dijo Buckley–. Susie me ha dicho que aún no está preparada para hablar con ellos. ¿Quieres ver otra cosa?

–Claro –dijo Nate.

Los dos se levantaron para dirigirse al lado de la casa reservada para los niños, dejando a *Holiday* dormido bajo el calco.

–Ven a ver esto –dijo Buckley.

Estaban en mi habitación. Lindsay se había llevado la foto de mi madre. Después de pensárselo bien, también había vuelto en busca de la chapa de «Hippy-Dippy Says Love».

–Es la habitación de Susie –dijo Nate.

Buckley se llevó los dedos a los labios. Había visto a mi madre hacerlo cuando quería que nos estuviéramos callados, y ahora quería eso de Nate. Se tumbó boca abajo e hizo gestos a Nate para que lo siguiera, y se retorcieron como *Holiday* para abrirse paso entre las borras de polvo de debajo de mi cama hasta mi escondite secreto.

En la tela que cubría la parte inferior de los muelles había un agujero, y era dentro de él donde yo guardaba las cosas que no quería que nadie viera. Tenía que protegerlo de *Holiday* o lo arañaría para intentar arrancar los objetos. Eso era exactamente lo que había ocurrido veinticuatro horas después de que yo desapareciera. Mis padres habían registrado mi habitación esperando encontrar una nota aclaratoria, y habían dejado la puerta abierta al salir. *Holiday* se había llevado el regaliz que yo guardaba allí. Desparramados debajo de mi cama estaban los objetos que yo había escondido, y Buckley y Nate sólo reconocieron uno. Buckley desenvolvió un viejo pañuelo de mi padre y allí estaba: la ramita ensangrentada y manchada.

El año anterior se la había tragado un Buckley de tres años. Nate y él se habían dedicado a meterse piedras por la nariz en nuestro patio trasero, y Buckley había encontrado una ramita bajo el roble al que mi madre ataba un extremo de la cuerda de tender. Se la metió en la boca como si fuera un cigarrillo. Yo le observaba desde el tejado, al lado de la ventana de mi habitación, donde me había sentado a pintarme las uñas de los pies con el Brillo Morado de Clarissa y a leer *Seventeen*.

Yo estaba perpetuamente encargada de vigilar a mi hermano pequeño. Lindsey no era lo bastante mayor, creían. Además, ella era un futuro cerebro, lo que significaba que gozaba de libertad para pasarse esa tarde de verano, por ejemplo, dibujando con todo detalle el ojo de una mosca en papel milimetrado con sus ciento treinta lápices de colores Prisma.

Fuera no hacía demasiado calor, a pesar de que era verano, y me proponía dedicar mi encierro en casa a embellecerme. Había empezado por la mañana duchándome, lavándome el pelo y haciendo vahos. En el tejado me había secado el pelo al aire y me había puesto laca.

Ya me había aplicado dos capas de Brillo Morado cuando una mosca se posó en el aplicador del frasco. Oí a Nate hacer ruidos desafiantes y amenazadores, y miré la mosca con los ojos entornados para distinguir todos los cuadrantes de sus ojos, que Lindsey coloreaba dentro de casa. Me llegaba una brisa que agitaba los flecos de los vaqueros contra mis muslos.

–¡Susie! ¡Susie! –gritaba Nate.

Bajé la vista y vi a Buckley tumbado en el suelo.

Ése era el día que yo siempre explicaba a Holly cuando hablábamos de rescates. Yo lo creía posible; ella no.

Me di la vuelta con las piernas en el aire y entré apresuradamente por la ventana abierta, colocando un pie en el taburete de la máquina de coser y el otro justo delante, en la alfombra a cuadros, y luego me puse de rodillas y salí disparada como una atleta que toma impulso en los tacos de salida.

Eché a correr por el pasillo y me deslicé por la barandilla de la escalera, cosa que tenía prohibida. Llamé a Lindsey y luego me olvidé de ella, salí corriendo al patio trasero por el porche cubierto de tela metálica y salté la cerca del perro hasta el roble.

Buckley se ahogaba y se sacudía. Lo cogí en brazos y, con Nate a la zaga, lo llevé al garaje, donde estaba el valioso Mustang de mi padre. Había visto a mis padres conducir, y mi madre me había enseñado a ir marcha atrás. Senté a Buckley en el asiento trasero y cogí las llaves de la maceta vacía donde las escondía mi padre, y me dirigí a toda velocidad al hospital. Me cargué el freno de mano, pero a nadie pareció importarle.

«Si ella no hubiera estado allí, habría perdido a su hijo pequeño», había dicho más tarde el médico a mi madre.

La abuela Lynn predijo que yo iba a tener una vida larga porque había salvado la de mi hermano. Como de costumbre, la abuela se equivocó.

–¡Guau! –dijo Nate con la ramita en la mano, asombrado de cómo se había ennegrecido la sangre roja.

–Sí –dijo Buckley.

Se le revolvió el estómago al recordarlo. Qué doloroso

había sido, y cómo habían cambiado las caras de los adultos alrededor de su enorme cama de hospital. Sólo las había visto tan serias en otra ocasión. Pero mientras estuvo en el hospital, los ojos de todos habían mostrado preocupación, y luego habían dejado de hacerlo, inundados de tanta luz y alivio que se había sentido arropado, mientras que ahora los ojos de nuestros padres se habían vuelto mates y no reflejaban nada.

Ese día en el cielo me mareé. Volví dando tumbos al cenador y abrí los ojos de golpe. Estaba oscuro, y al otro lado había un edificio grande en el que nunca había estado.

De pequeña había leído *James y el melocotón gigante*, y el edificio era como la casa de sus tíos. Enorme, oscuro y victoriano. En el tejado había una especie de plataforma con balaustrada. Por un momento, mientras mis ojos se acostumbraban a la oscuridad, me pareció ver una larga hilera de mujeres de pie en la plataforma, señalándome. Pero enseguida vi algo más. Unos cuervos se habían posado en hilera con ramitas retorcidas en los picos. Cuando me levanté para ir a mi dúplex, emprendieron el vuelo y me siguieron. ¿Me había visto realmente mi hermano o no era más que un niño pequeño diciendo bonitas mentiras?

8

Durante tres meses, el señor Harvey soñó con edificios. Vio una parte de Yugoslavia donde las viviendas con techo de paja construidas sobre pilotes dejaban pasar torrentes de agua que corrían por debajo. Encima de él había un cielo azul. A lo largo de los fiordos y en el oculto valle de Noruega vio iglesias de madera cuyas vigas habían sido talladas por constructores de barcos vikingos: dragones y héroes locales hechos de madera. Pero el que más a menudo aparecía en sus sueños era una catedral de Vologda: la iglesia de la Transfiguración. Y fue ese sueño, su favorito, el que tuvo la noche de mi asesinato y las noches que siguieron hasta que regresaron los demás. Los sueños «en movimiento», los de las mujeres y las niñas.

Yo podía retroceder en el tiempo hasta ver al señor Harvey en los brazos de su madre, mirando por encima de una mesa cubierta de cristales de colores. Su padre los clasificaba en montones por forma y tamaño, anchura y peso. Con sus ojos de joyero examinaba con detenimiento cada muestra en busca de grietas y desperfectos. Y George Harvey volvía su atención a la única joya que colgaba del cuello de su madre, una gran pieza ovalada de ámbar engastada en plata dentro de la cual había una mosca entera en perfecto estado.

«Constructor» era todo lo que decía el señor Harvey de pequeño. Luego dejó de responder a la pregunta de en qué trabajaba su padre. ¿Cómo iba a decir que trabajaba en el desierto y construía cabañas con cristales rotos y madera vieja? Le explicaba a George Harvey lo que distinguía a un buen edificio, y cómo asegurarte de que construías cosas que iban a durar.

De modo que eran los viejos cuadernos de bocetos de su padre lo que miraba el señor Harvey cuando regresaban los sueños en movimiento. Se sumergía en las imágenes de otros lugares y otros mundos, esforzándose por querer lo que no quería. Y luego empezaba a soñar con su madre la última vez que la había visto, corriendo a través de un campo a un lado de la carretera. Iba vestida toda de blanco, con unos pantalones ceñidos blancos y una camiseta blanca de cuello de barco. Su padre y ella habían discutido por última vez en el coche caldeado a las afueras de Truth or Consequences, Nuevo México, y luego él la había obligado a bajarse del coche. George Harvey se había quedado totalmente inmóvil en el asiento trasero, con los ojos como platos y más petrificado que asustado, observándolo todo como lo hacía entonces, a cámara lenta. Ella había corrido sin parar hasta que su cuerpo blanco, delgado y frágil había desaparecido mientras su hijo aferraba el collar de ámbar que ella se había arrancado del cuello para dárselo. Su padre se había quedado mirando la carretera. «Ya se ha ido, hijo –había dicho–. No volverá.»

9

Mi abuela llegó la víspera de mi funeral con su habitual estilo. Le gustaba alquilar limusinas y venir del aeropuerto bebiendo champán envuelta en lo que llamaba su «grueso y fabuloso animal», un abrigo de visón que se había comprado de segunda mano en el mercadillo de la iglesia. Mis padres no la habían invitado sino más bien incluido, por si quería estar presente. A finales de enero, el director Caden había propuesto la idea. «Será bueno para sus hijos y para todos los alumnos del colegio», había dicho, y se había encargado de organizar la ceremonia en nuestra iglesia. Mis padres se comportaban como sonámbulos respondiendo a sus preguntas afirmativamente, asintiendo con la cabeza a flores o altavoces. Cuando mi madre se lo mencionó a su madre por teléfono, se sorprendió al oír las palabras:

–Voy a ir.

–Pero no tienes por qué hacerlo, madre.

Hubo un silencio en el extremo de la línea de mi abuela.

–Abigail –dijo–, es el funeral de Susan.

La abuela Lynn hacía avergonzar a mi madre al empeñarse en pasear con sus gastadas pieles por el vecindario, y al haber asistido en una ocasión a una fiesta de la urbanización muy maquillada. No paró de hacer preguntas a mi madre hasta tener localizados a todos los asistentes: si había visto sus casas por dentro, en qué trabajaba el marido, qué coches tenían. Hizo un grueso catálogo de los vecinos, lo que era una manera, ahora me doy cuenta, de intentar entender mejor a su hija. Un mal calculado dar vueltas, un triste baile sin pareja.

–¡Jacky! –dijo mi abuela al acercarse a mis padres, que estaban en el porche delantero–, ¡necesitamos un trago fuerte! –Entonces vio a Lindsey escabullirse escaleras arriba para ganar unos pocos minutos antes de los saludos de rigor–. Los niños me odian –dijo, y se le heló la sonrisa de dentadura perfecta y blanca.

–Madre –dijo mi madre, y yo quise zambullirme en los océanos llenos de pérdida de sus ojos–. Estoy segura de que Lindsey sólo ha ido a ponerse presentable.

–¡Algo imposible en esta casa! –dijo mi abuela.

–Lynn –dijo mi padre–, esta casa ha cambiado desde la última vez que estuviste aquí. Te serviré una copa, pero te pido que la respetes.

–Tan encantador como siempre, Jack –dijo mi abuela.

Cogió el abrigo de mi abuela. Habían encerrado a *Holiday* en el estudio de mi padre en cuanto Buckley había gritado desde su puesto en la ventana del piso de arriba: «¡La abuela!». Mi hermano alardeaba delante de Nate o de quien lo escuchara de que su abuela tenía los coches más grandes del mundo entero.

–Estás muy guapa, madre –dijo mi madre.

–Mmm… –y cuando mi padre no podía oírla, mi abuela preguntó–: ¿Cómo está él?

–Lo estamos sobrellevando, pero es duro.

–¿Sigue murmurando cosas sobre el hombre que lo ha hecho?

–Sigue creyendo que fue él, sí.

–Os demandarán, ¿lo sabes? –dijo ella.

–No se lo ha dicho a nadie aparte de la policía.

No sabían que mi hermana estaba sentada en lo alto de la escalera.

–Y no debe hacerlo. Comprendo que necesite echarle la culpa a alguien, pero…

–Lynn, ¿*seven and seven* o martini? –preguntó mi padre regresando al vestíbulo.

–¿Qué vas a tomar tú?

–Estos días no bebo, la verdad –respondió mi padre.

–Ése es tu problema. Ya voy yo. ¡No tenéis que decirme dónde están las bebidas fuertes!

Sin su grueso y fabuloso animal, mi abuela era como un palillo. «Pasar hambre» era como lo llamó cuando me consoló a los once años. «Tienes que pasar hambre, cariño, antes de que se te asienten demasiado tiempo las carnes. Las carnes infantiles son sinónimo de fealdad.» Ella y mi madre habían discutido sobre si yo era lo bastante mayor para tomar benzedrina; «su salvador personal», lo llamaba ella, como cuando decía: «¿Le ofrezco a tu hija mi salvador personal y tú se lo niegas?».

Cuando yo vivía, todo lo que hacía mi abuela estaba mal. Pero sucedió algo extraño cuando llegó ese día en su limusina alquilada, abrió la puerta de nuestra casa y entró sin llamar. Con toda su odiosa elegancia estaba trayendo de nuevo la luz.

–Necesitas ayuda, Abigail –dijo después de comer la primera comida de verdad que mi madre había cocinado desde mi desaparición.

Mi madre se quedó perpleja. Se había puesto sus guantes azules y llenado el fregadero de agua jabonosa, y se disponía a lavar los platos. Lindsey iba a secarlos. Suponía que su madre pediría a Jack que le sirviera su copa de después de comer.

–Eres muy amable, madre.

–No tiene importancia –dijo ella–. Voy corriendo por mi bolsa mágica.

–Oh, no –oí decir a mi madre en un susurro.

–Oh, sí, la bolsa mágica –dijo Lindsey, que no había abierto la boca en toda la comida.

–¡Por favor, madre! –protestó mi madre cuando volvió la abuela Lynn.

–Muy bien, niños, quitad la mesa y traed aquí a vuestra madre. Voy a maquillarla.

–Estás loca, madre. Tengo que lavar todos estos platos.

–Abigail –dijo mi padre.

–Ah, no. Puede que a ti te incite a beber, pero a mí no se me va a acercar con todos esos instrumentos de tortura.

–No estoy bebido –replicó él.

–Pues estás sonriendo –dijo mi madre.

–Demándalo entonces –dijo la abuela Lynn–. Buckley, coge a tu madre de la mano y arrástrala hasta aquí.

Mi hermano la complació. Le divertía ver a su madre recibir órdenes.

–¿Abuela Lynn? –preguntó Lindsey con timidez.

Buckley conducía a mi madre a una silla de la cocina que mi abuela había colocado delante de ella.

–¿Qué?

–¿Puedes enseñarme a maquillar?

–¡Cielo santo, alabado sea el Señor, sí!

Mi madre se sentó y Buckley se subió a su regazo.

–¿Qué te pasa, mamá?

–¿Estás riéndote, Abbie? –Mi padre sonrió.

Así era. Reía y lloraba a la vez.

–Susie era una buena chica, cariño –dijo la abuela Lynn–. Como tú. –No hizo ninguna pausa–. Ahora, levanta la barbilla y deja que eche un vistazo a esas bolsas que tienes debajo de los ojos.

Buckley se bajó y se sentó en una silla.

–Esto es un rizador de pestañas, Lindsey –instruyó la abuela–. Todo esto se lo enseñé a tu madre.

–Clarissa tiene uno –dijo Lindsey.

Mi abuela colocó los extremos de goma del rizador a cada lado de las pestañas de mi madre, y ésta, sabiendo cómo funcionaban, alzó los ojos.

–¿Has hablado con Clarissa? –preguntó mi padre.

–La verdad es que no –dijo Lindsey–. Siempre está con Brian Nelson. Se han saltado suficientes clases para que los expulsen tres días.

–No esperaba eso de Clarissa –dijo mi padre–. Tal vez no fuera la manzana más sana del cesto, pero nunca se metía en líos.

–Cuando me la cruzo apesta a marihuana.

–Espero que no te dé por eso –dijo la abuela Lynn. Apuró su *seven and seven* y dejó el vaso en la mesa con un golpe–. ¿Ves, Lindsey, cómo las pestañas rizadas hacen más grandes los ojos de tu madre?

Lindsey trató de imaginar sus propias pestañas, pero en su lugar vio las pobladas y brillantes pestañas de Samuel Heckler cuando acercó la cara a la suya para besarla. Se le dilataron las pupilas, palpitando con ferocidad de color oliva.

–Me dejas sin habla –dijo la abuela, y se puso en jarras, con los dedos de una mano todavía enganchados en el rizador.

–¿Qué?

–Lindsey Salmon, tú tienes novio –dijo la abuela, anunciándolo a los presentes.

Mi padre sonrió. De pronto le caía bien la abuela Lynn. A mí también.

–No –replicó Lindsey.

Mi abuela estaba a punto de hablar cuando mi madre susurró:

–Sí lo tienes.

–Dios te bendiga, cariño –dijo mi abuela–, debes tener novio. En cuanto acabe con tu madre voy a hacerte el magnífico tratamiento de la abuela Lynn. Jack, prepárame un *apéritif*.

–Un *apéritif* es algo que… –empezó mi madre.

–No me contradigas, Abigail.

Mi abuela agarró una trompa. Dejó a Lindsey como un payaso, o como mi abuela dijo para sí: «Una ramera de la mejor clase». Mi padre acabó lo que ella describió como «sutilmente embriagado». Lo más asombroso es que mi madre se fue a la cama dejando los platos en el fregadero.

Mientras todos dormían, Lindsey se observó en el espejo del cuarto de baño. Se quitó parte del colorete, se frotó los

115

labios y recorrió con los dedos las partes hinchadas y recién depiladas de sus cejas anteriormente pobladas. En el espejo vio algo diferente que yo también vi: una adulta capaz de valerse por sí misma. Debajo del maquillaje estaba la cara que ella siempre había identificado como suya hasta que en poco tiempo se había convertido en una cara que hacía pensar a la gente en mí. El lápiz de labios y el delineador de ojos habían definido el contorno de sus facciones, que estaban en su cara como piedras preciosas importadas de algún lugar lejano donde los colores eran más intensos que los que se habían visto alguna vez en nuestra casa. Era cierto lo que decía nuestra abuela: el maquillaje hacía resaltar el azul de sus ojos. Las cejas depiladas le cambiaban la forma de la cara. El colorete le marcaba los pómulos («Esos pómulos que nunca está de más marcar», señaló mi abuela). Y los labios... Practicó sus expresiones faciales. Hizo un mohín, besó, sonrió de oreja a oreja como si ella también se hubiera tomado un cóctel, y bajó la mirada y fingió rezar como una niña buena, pero miró con un ojo para verse la cara de buena. Luego se fue a la cama y durmió boca arriba para no estropear su nueva cara.

La señora Bethel Utemeyer era la única persona muerta que habíamos visto mi hermana y yo. Se vino a vivir con su hijo a nuestra urbanización cuando yo tenía seis años y Lindsey cinco.

Mi madre decía que había perdido parte del cerebro y que a veces se marchaba de su casa y no se sabía adónde iba. A menudo terminaba en nuestro patio delantero, debajo del cornejo, mirando hacia la calle como si esperara un autobús. Mi madre la invitaba a sentarse en nuestra cocina y preparaba té para las dos, y después de calmarla, llamaba a su hijo para decirle dónde estaba. A veces no había nadie en casa, y la señora Utemeyer se sentaba a nuestra mesa de la cocina y se quedaba mirando el centro durante horas. Se quedaba allí hasta que volvíamos del colegio. Sentada, nos sonreía. A menudo llamaba a Lindsey «Natalie», y alargaba una mano para acariciarle el pelo.

Cuando murió, su hijo animó a mi madre a que nos llevara a Lindsey y a mí al funeral. «Mi madre parecía tener un cariño especial a sus hijas», escribió.

–Si ni siquiera sabía cómo me llamaba, mamá –gimoteó Lindsey mientras nuestra madre abotonaba el infinito número de botones redondos del abrigo de Lindsey. «Otro regalo poco práctico de la abuela Lynn», pensó mi madre.

–Al menos te llamaba de alguna manera –dijo.

Era después de Semana Santa y había habido una ola de calor primaveral.

Toda la nieve del invierno se había fundido menos la más obstinada, y en el cementerio de la iglesia donde se celebraba el funeral de la señora Utemeyer todavía se aferraba a la base de las lápidas mientras cerca asomaban los primeros ranúnculos.

La iglesia era lujosa. «De un católico subido», había dicho mi padre en el coche. Y a Lindsey y a mí nos pareció muy gracioso. Mi padre no había querido ir, pero mi madre estaba tan embarazada de Buckley que no cabía detrás del volante. Estaba tan incómoda la mayor parte del tiempo que evitábamos estar cerca de ella por temor a que nos sometiera a su servidumbre.

Pero su embarazo le permitió escapar de algo sobre lo que Lindsey y yo hablamos sin parar durante semanas y con lo que soñamos hasta mucho tiempo después: la visión del cadáver. Yo veía que mis padres no querían que ocurriera, pero el señor Utemeyer vino derecho a nosotras dos en cuanto llegó el momento de desfilar por delante del ataúd.

–¿A cuál de las dos llamaba Natalie? –preguntó.

Nos quedamos mirándolo. Yo señalé a Lindsey.

–Me gustaría que os acercarais a decirle adiós –dijo. Olía a un perfume más dulzón que el que se ponía a veces mi madre, y el punzante olor en la nariz, junto con la sensación de verme excluida, me dieron ganas de llorar–. Ven tú también –me dijo, alargando una mano para que lo escoltáramos por el pasillo.

No era la señora Utemeyer. Era otra persona. Pero, al mismo tiempo, sí que era la señora Utemeyer. Traté de clavar la mirada en los brillantes anillos dorados de sus dedos.

–Madre –dijo el señor Utemeyer–, te he traído a la niña a la que llamabas Natalie.

Lindsey y yo reconocimos más tarde que habíamos esperado que la señora Utemeyer hablara, y que habíamos decidido, cada una por su cuenta, que si lo hacía íbamos a cogernos de la mano y echar a correr como locas.

Un par de insoportables segundos después todo terminó y él volvió a dejarnos con nuestros padres.

No me sorprendí mucho la primera vez que vi a la señora Bethel Utemeyer en el cielo, ni me chocó cuando Holly y yo la encontramos paseando cogida de la mano de una niña pequeña y rubia que nos presentó como su hija, Natalie.

La mañana de mi funeral, Lindsey se quedó todo lo que pudo en su habitación. No quería que mi madre viera que seguía maquillada hasta que fuera demasiado tarde para hacer que se lavase la cara. Se había convencido también de que no pasaba nada si cogía un vestido de mi armario. Que a mí no me importaría.

Pero era extraño verlo.

Abrió la puerta de mi habitación, una cámara acorazada que hacia el mes de febrero era visitada cada vez más a menudo, aunque nadie, ni mi madre ni mi padre ni Buckley ni Lindsey, confesaba haber entrado o cogido cosas que no tenían pensado devolver. Hacían la vista gorda a los rastros que dejaban todos los que iban a verme allí y echaban la culpa de cualquier alteración a *Holiday*, aunque fuera imposible achacársela a él.

Lindsey quería estar guapa para Samuel. Abrió las puertas dobles de mi armario y contempló el desorden. Yo nunca había sido lo que se dice ordenada, de modo que cada vez que mi madre nos decía que arregláramos la habitación, metía dentro del armario, de cualquier modo, lo que había en el suelo o encima de la cama.

Lindsey siempre había querido la ropa que yo estrenaba y que ella siempre heredaba.

–Guau –susurró hacia la oscuridad del armario. Se dio cuenta, con una mezcla de remordimientos y alegría, de que todo lo que veía ante ella ahora era suyo.

–¿Hola? Toc, toc –dijo la abuela Lynn.

Lindsey dio un brinco.

–Perdona que te moleste, cariño –dijo–. Me ha parecido oírte aquí dentro.

Mi abuela llevaba uno de sus vestidos a lo Jackie Kennedy, como los llamaba mi madre. Nunca había comprendido por qué, a diferencia del resto de la familia, su madre no tenía caderas y podía ponerse un vestido de corte recto que incluso a sus sesenta y dos años le quedaba como un guante.

–¿Qué estás haciendo aquí? –preguntó Lindsey.

–Necesito que me ayudes con la cremallera.

La abuela Lynn se volvió, y Lindsey vio lo que nunca había visto en nuestra madre. La parte posterior del sostén negro y la parte superior de la combinación de la abuela Lynn. Dio el par de pasos que la separaban de nuestra abuela y, tratando de no tocar nada más que la cremallera, se la subió.

–¿Y el corchete de arriba? –añadió la abuela Lynn–. ¿Llegas?

El cuello de nuestra abuela olía a polvos de talco y a Chanel número 5.

–Es una de las razones para tener a un hombre, no puedes hacer estas cosas tú sola.

Lindsey era tan alta como nuestra abuela, y seguía creciendo. Al coger el corchete con ambas manos, vio los finos mechones de pelo rubio teñido en la nuca. Vio el sedoso vello grisáceo que le cubría la espalda y el cuello. Abrochó el vestido y se quedó donde estaba.

–He olvidado cómo era –dijo Lindsey.

–¿Qué? –La abuela Lynn se volvió.

–No logro acordarme, ¿sabes? –dijo Lindsey–. Me refiero a su cuello. ¿Lo miré alguna vez?

–Oh, cariño, ven aquí –dijo la abuela Lynn, abriendo los brazos, pero Lindsey se volvió hacia el armario.

–Necesito estar guapa –dijo.

–Eres guapa –dijo la abuela Lynn.

Lindsey se quedó sin aliento. Si algo no hacía la abuela Lynn era repartir cumplidos. Cuando llegaban eran como un regalo inesperado.

–Vamos a encontrarte un bonito conjunto –dijo la abuela Lynn, y se acercó a grandes zancadas a mi ropa.

Nadie sabía rebuscar entre perchas como la abuela Lynn. En las raras ocasiones que venía a vernos al comienzo del curso, salía de compras con nosotras. Nos maravillábamos al observar sus hábiles dedos tocar las perchas como si fueran teclas. De pronto vacilaba sólo un instante, sacaba un vestido o una camisa y lo sostenía en alto. «¿Qué os parece?», preguntaba. Siempre era perfecto.

Mientras observaba mis prendas sueltas, las sacaba y las colocaba sobre el torso de mi hermana, dijo:

–Tu madre está fatal, Lindsey. Nunca la he visto así.

–Abuela.

–Chisss. Estoy pensando. –Sostuvo en alto mi vestido favorito para ir a la iglesia. Era de algodón oscuro, con un cuello a lo Peter Pan. Me gustaba sobre todo porque la falda era tan larga que podía sentarme con las piernas cruzadas en el banco y estirar el dobladillo hasta el suelo–. ¿Dónde consiguió este saco? –preguntó–. Tu padre también está fatal, pero él por lo menos está furioso.

–¿Sobre qué hombre le preguntabas a mamá?

Ella se puso rígida al oír la pregunta.

–¿Qué hombre?

–Le preguntaste a mamá si papá seguía creyendo que ese hombre lo había hecho. ¿Qué hombre?

–*Voilà!*

La abuela Lynn sostuvo en alto un corto vestido azul marino que mi hermana nunca había visto. Era de Clarissa.

–Es demasiado corto –dijo Lindsey.

–Estoy pasmada con tu madre –dijo la abuela Lynn–. ¡Que haya dejado a su hija comprarse algo tan elegante!

Mi padre gritó desde el pasillo que nos esperaba a todos abajo en diez minutos.

La abuela Lynn se apresuró. Ayudó a Lindsey a ponerse el vestido por la cabeza, corrieron juntas a la habitación de Lindsey en busca de zapatos, y por último en el pasillo, bajo la luz del techo, le arregló la raya y el rímel. Terminó con unos toques de colorete que le aplicó en sentido ascendente en cada mejilla. No fue hasta que mi abuela bajó y mi madre comentó lo corto que era el vestido de Lindsey mirando con recelo a la abuela Lynn cuando mi hermana y yo caímos en la cuenta de que la abuela iba con la cara lavada. Buckley se sentó entre ellas en el asiento trasero, y cuando se acercaban a la iglesia, observó a la abuela Lynn y le preguntó qué hacía.

–Cuando no tienes tiempo para ponerte colorete, esto les da un poco de vida –respondió ella, y Buckley la copió y se pellizcó las mejillas.

Samuel Heckler estaba junto a las piedras que delimitaban el sendero que conducía a la puerta de la iglesia. Iba vestido completamente de negro, y a su lado estaba su hermano mayor, Hal, con la machacada cazadora de cuero que Samuel había llevado el día de Navidad.

Su hermano era una copia de Samuel en más moreno. Tenía la cara bronceada y curtida de ir en moto a toda velocidad por las carreteras rurales. Cuando mi familia se acercó, Hal se volvió rápidamente y se alejó.

–Éste debe de ser Samuel –dijo mi abuela–. Yo soy la abuela mala.

–¿Entramos? –dijo mi padre–. Me alegro de verte, Samuel.

Lindsey y Samuel entraron los primeros mientras mi abuela se quedaba atrás y caminaba al otro lado de mi madre. Un frente unido.

El detective Fenerman estaba junto al umbral con un traje que tenía todo el aspecto de picar. Saludó a mis padres con la cabeza y pareció no apartar los ojos de mi madre.

–¿Nos acompaña? –preguntó mi padre.

–Gracias –dijo él–, pero sólo quiero estar cerca.

–Se lo agradecemos.

Entraron en el atestado vestíbulo de la iglesia. Yo quería reptar por la espalda de mi padre, rodearle el cuello y hablarle en susurros al oído. Pero ya estaba allí, en cada poro y en cada grieta.

Se había despertado resacoso y se había dado media vuelta en la cama para observar la respiración poco profunda de mi madre contra la almohada. Su encantadora mujer, su encantadora niña. Sintió deseos de ponerle una mano en la mejilla, apartarle el pelo negro de la cara, besarla... pero mientras dormía estaba tranquila. Él no se había despertado ni una sola mañana desde mi muerte sin ver el día como algo que sobrellevar. Pero la verdad era que el día del funeral no iba a ser peor. Al menos era sincero. Era un día que giraba en torno a lo que tan absortos los tenía: mi ausencia. Ese día no iba a tener que fingir que volvía a la normalidad, fuera cual fuese. Ese día podía llevar su dolor con la cabeza alta, lo mismo que Abigail. Pero sabía que, en cuanto ella se despertara, él pasaría el resto del día sin mirarla, sin mirarla de verdad y ver a la mujer que había creído que era antes del día que les habían dado la noticia de mi muerte. Después de casi dos meses, la noción de eso se desdibujaba en el corazón de todos menos en el de mi familia y en el de Ruth.

Ella llegó con su padre. Se quedó de pie en un rincón, cerca de la vitrina donde guardaban un cáliz utilizado durante la guerra de la Independencia norteamericana, durante la cual habían convertido la iglesia en hospital. Los señores Dewitt charlaban con ellos. Encima del escritorio de su casa, la señora Dewitt tenía un poema de Ruth. El lunes se proponía ir con él al asesor psicológico. Era un poema sobre mí.

–Mi mujer parece estar de acuerdo con el director Caden –decía el padre de Ruth– en que el funeral ayudará a todos los niños a aceptarlo.

–¿Y qué opina usted? –preguntó el señor Dewitt.

–Creo que es mejor olvidar el pasado y dejar a la familia tranquila. Pero Ruthie ha insistido en venir.

Ruth vio a mi familia saludar a la gente y se fijó horrorizada en la nueva imagen de mi hermana. Ella no creía en el maquillaje. Le parecía que degradaba a las mujeres. Samuel Heckler y Lindsey iban cogidos de la mano. Acudió a su mente una palabra que había leído: «subyugación». Pero luego la vi mirar por la ventana y fijarse en Hal Heckler. Estaba junto a las viejas tumbas de la parte delantera, fumando un cigarrillo.

–¿Qué pasa, Ruthie? –preguntó su padre.

Ella volvió a centrar su atención en él y lo miró.

–¿Qué?

–Estabas mirando fijamente al vacío –dijo él.

–Me gusta el aspecto del cementerio.

–Ah, niña, eres un ángel –dijo él–. Vamos a sentarnos antes de que se acaben los buenos sitios.

Clarissa estaba allí con un Brian Nelson de aire cohibido que llevaba un traje de su padre. Se abrió paso hacia mi familia, y en cuanto el director Caden y el señor Botte la vieron, se retiraron para dejar que se acercara.

Ella estrechó primero la mano de mi padre.

–Hola, Clarissa –dijo él–. ¿Cómo estás?

–Bien. ¿Cómo están usted y la señora Salmon?

–Estamos bien, Clarissa –respondió él. «Qué mentira

más extraña», pensé yo–. ¿Quieres sentarte con nosotros en el banco reservado para la familia?

–Mmm... –Ella bajó la vista hacia sus manos–. Estoy con mi novio.

Mi madre entró como en trance y se quedó mirando fijamente a Clarissa a la cara. Clarissa estaba viva y yo muerta. Clarissa empezó a notar los ojos que la taladraban y quiso huir. Luego vio el vestido.

–Eh –dijo, cogiendo del brazo a mi hermana.

–¿Qué pasa, Clarissa? –replicó mi madre.

–Esto... nada –respondió ella.

Volvió a mirar el traje y comprendió que no podía pedir que se lo devolvieran.

–¿Abigail? –llamó mi padre con una voz que estaba en sintonía con la de ella, con su cólera.

Algo iba mal.

La abuela Lynn, que estaba un poco más atrás, le guiñó un ojo a Clarissa.

–Acabo de fijarme en lo guapa que está Lindsey –dijo Clarissa.

Mi hermana se sonrojó.

La gente del vestíbulo empezó a moverse y a hacerse a un lado. Era el reverendo Strick, que caminaba con sus vestiduras hacia mis padres.

Clarissa retrocedió para buscar a Brian Nelson. Cuando lo encontró, se reunió con él entre las tumbas.

Ray Singh no asistió. Me dijo adiós a su manera: mirando mi foto –el retrato de estudio– que yo le había dado ese otoño.

Escudriñó los ojos de esa foto y vio a través de ellos el fondo de ante veteado delante del cual había tenido que sentarse cada niño bajo un brillante foco. ¿Qué significaba estar muerto?, se preguntaba. Significaba extraviado, significaba paralizado, significaba desaparecido. Sabía que nadie era realmente como salía en las fotos. Sabía que a él no se le veía tan furioso ni tan asustado como cuando estaba solo. Mientras miraba fijamente mi foto llegó a darse cuenta de algo: que no era yo. Yo estaba en el aire que flotaba a su alrededor, estaba en las frías mañanas que pasaba ahora con Ruth, estaba en el silencioso tiempo que pasaba solo estudiando. Yo era la niña que él había elegido besar. Quería ponerme en libertad de alguna manera. No quería ni quemar mi foto ni tirarla, pero tampoco quería mirarme más. Lo vi guardar la fotografía en uno de los enormes volúmenes de poesía india en los que él y su madre prensaban flores frágiles que poco a poco quedaban reducidas a polvo.

En el funeral dijeron cosas bonitas sobre mí. El reverendo Strick. El director Caden. La señora Dewitt. Pero mis padres aguantaron en un estado de atontamiento hasta el final. Samuel no paraba de apretar la mano de Lindsey, pero ella no parecía notarlo. Apenas parpadeaba. Buckley se quedó sentado con un pequeño traje que le había prestado para la ocasión Nate, que había asistido a una boda el año anterior. Se movía inquieto en su asiento y observaba a mi padre. Fue la abuela Lynn quien hizo lo más importante ese día.

Durante el último himno, mientras mi familia se ponía en pie, se inclinó hacia Lindsey y susurró:

—Junto a la puerta, es ése.

Lindsey miró.

Justo detrás de Len Fenerman, que ahora cantaba dentro de la iglesia, había un hombre del vecindario. Iba vestido con ropa más informal que el resto, con unos pantalones caqui forrados de franela y una gruesa camisa también de franela. Por un instante, Lindsey creyó reconocerlo. Se miraron, y de pronto ella se desmayó.

En medio del alboroto para atenderla, George Harvey se escabulló entre las tumbas de la guerra de la Independencia norteamericana que había detrás de la iglesia y se alejó de allí sin que nadie reparara en él.

10

Todos los veranos, en el Simposio de Talentos del estado, los alumnos con talento del séptimo al noveno cursos se recluían cuatro semanas en una casa para –o, al menos, eso me parecía a mí– haraganear por el bosque y exprimirse el cerebro unos a otros. Alrededor de una hoguera cantaban oratorios en lugar de canciones populares, y en las duchas las chicas se desmayaban por el físico de Jacques d'Amboise o el lóbulo frontal de John Kenneth Galbraith.

Pero hasta los talentosos tenían sus camarillas. Estaban los Marcianos de las Ciencias y los Cerebros Matemáticos, que formaban el peldaño superior, aunque socialmente algo tullido, de la escalera de los talentosos. Luego estaban las Cabezas de Historia, que se sabían las fechas del nacimiento y la muerte de cualquier figura histórica de la que se hubiese oído hablar alguna vez. Pasaban junto a los demás campistas voceando períodos crípticos aparentemente sin sentido: «1769-1821», «1770-1831». Cuando Lindsey se cruzaba con ellos respondía para sí: «Napoleón», «Hegel».

También estaban los Maestros del Saber Arcano, cuya presencia entre los talentosos resultaba molesta a todos. Eran los chicos capaces de desmontar un motor y volver a montarlo sin necesidad de diagramas o instrucciones. Comprendían las cosas de una manera real, no teórica, y parecían traerles sin cuidado las notas.

Samuel era uno de ellos. Sus héroes eran Richard Feynman y su hermano Hal. Éste había abandonado los estudios y ahora llevaba el taller de reparación de motos que había cerca de la sima, donde tenía como clientela a toda clase de gente, desde los Ángeles del Infierno hasta la anciana que se paseaba en motocicleta por los aparcamientos de su residencia para ancianos. Hal fumaba, vivía encima del garaje de los Heckler y se llevaba a sus ligues a la trastienda.

Cuando la gente le preguntaba cuándo iba a madurar, él respondía: «Nunca». Inspirado por él, cuando los profesores le preguntaban a Samuel qué quería ser de mayor, respondía: «No lo sé. Acabo de cumplir catorce».

Casi con quince años, Ruth Connors ya lo sabía. En el cobertizo que había detrás de su casa, rodeada de los pomos de puertas y la quincalla que su padre había rescatado de las viejas casas destinadas a ser demolidas, Ruth se sentaba en la oscuridad y se concentraba hasta que le dolía la cabeza. Luego entraba corriendo en casa, cruzaba el cuarto de estar, donde su padre leía, y subía a su habitación, donde escribía a trompicones sus poemas. «Ser Susie», «Después de la muerte», «En pedazos», «A su lado ahora», y su favorito, el poema del que más orgullosa se sentía y que había llevado al simposio, doblado y desdoblado tantas veces que los pliegues estaban a punto de romperse: «El borde de la tumba».

Su padre tuvo que llevarla en coche al simposio porque esa mañana, cuando salía el autocar, ella todavía estaba en casa con un agudo ataque de gastritis. Estaba probando extraños regímenes vegetarianos y la noche anterior se había comido una col entera para cenar. Su madre se negaba a rendirse ante el vegetarianismo que Ruth había adoptado desde mi muerte.

–¡No es Susie, por el amor de Dios! –exclamaba, dejando caer delante de su hija un solomillo de dos dedos de grosor.

A las tres de la tarde, su padre la llevó en coche primero al hospital y luego al simposio, pasando antes por casa para recoger la bolsa de viaje que su madre había preparado y dejado al final del camino de entrada.

Mientras el coche entraba en el campamento, Ruth recorrió con la mirada la multitud de chicos que hacían cola para recibir una chapa con su nombre. Vio a mi hermana en medio de un grupo de Maestros. Lindsey había evitado poner su apellido en su chapa y había optado por dibujar en su lugar un pez. De ese modo no mentía exactamente, pero esperaba conocer a algún chico de los colegios de los alrededores que no estuviera enterado de mi muerte o que, al menos, no la relacionara con ella.

Toda la primavera había llevado el colgante del medio corazón, y Samuel había llevado la otra mitad. Les cohibía mostrarse afectuosos en público, y no se cogían de la mano en los pasillos del colegio ni se pasaban notas. Se sentaban juntos a la hora de comer, y Samuel la acompañaba a casa. El día que ella cumplió catorce años le llevó una magdalena con una vela. Por lo demás, se fundían con el mundo subdividido en sexos de sus compañeros.

A la mañana siguiente, Ruth se levantó temprano. Como Lindsey, Ruth deambulaba por el campamento de talentosos sin pertenecer a ningún grupo. Había participado en un paseo para amantes de la naturaleza y recogido plantas y flores a las que debía ayudar a poner nombre. Descontenta con las respuestas que le daba uno de los Marcianos de las Ciencias, decidió empezar a ponerles nombres ella misma. Dibujaba la hoja o la flor en su diario, apuntaba de qué sexo creía que era, y le ponía un nombre como «Jim» si era una planta de hoja simple o «Pasha» si era una flor más aterciopelada.

Cuando Lindsey se acercó al comedor, Ruth hacía cola para repetir huevos con salchichas. Había armado tanto revuelo para no comer carne en su casa que tenía que atenerse a ello, pero en el simposio nadie estaba al corriente del juramento que había hecho.

No había hablado con mi hermana desde mi muerte, y sólo lo había hecho para excusarse en el pasillo del colegio. Pero había visto a Lindsey volver a casa andando con Samuel y la había visto sonreírle. Vio a mi hermana decir sí a las crepes y no a todo lo demás. Había intentado ponerse en su lugar del mismo modo que había pasado tiempo poniéndose en el mío.

Cuando Lindsey se acercó a ciegas a la cola, Ruth se interpuso.

—¿Qué significa el pez? —preguntó señalando con la cabeza la chapa de mi hermana—. ¿Eres religiosa?

—Fíjate en la dirección de los peces —respondió Lindsey, deseando al mismo tiempo que hubiera natillas para desayunar. Irían perfectas con las crepes.

—Ruth Connors, poetisa —dijo Ruth a modo de presentación.

—Lindsey —dijo Lindsey.

—Salmon, ¿verdad?

—No lo digas, por favor —dijo Lindsey, y por un instante Ruth experimentó más intensamente qué se sentía al reconocer su parentesco conmigo: el hecho de que la gente, al ver a Lindsey, imaginase una niña cubierta de sangre.

Aun entre los talentosos, que se distinguían por hacer las cosas de manera diferente, la tendencia era emparejarse los primeros días. Eran sobre todo parejas de chicos o parejas de chicas —pocas relaciones serias empezaban a los catorce—, pero ese año hubo una excepción. Lindsey y Samuel.

Allá donde fuesen los recibían gritos de ¡están besándose! Sin carabina y con el calor del verano, algo creció dentro de ellos como la mala hierba. Era el deseo. Yo nunca lo había sentido de una forma tan pura ni lo había visto recorrer con tanta pasión a alguien conocido. Alguien con quien tenía genes en común.

Ellos eran cautelosos y se atenían a las reglas. Ningún orientador podía decir que había apuntado una linterna hacia el matorral más tupido que había junto al dormitorio de los chicos y encontrado a Salmon y a Hekcler. Se reunían brevemente detrás de la cafetería o junto a algún árbol en el que habían grabado sus iniciales. Se besaban. Querían ir más allá, pero no podían. Samuel quería que fuera algo especial. Era consciente de que debía ser perfecto. Lindsey sólo quería quitárselo de encima. Dejarlo atrás para poder hacerse adulta, trascender el lugar y el tiempo. Veía el sexo como las naves de *Star Trek*. Te evaporabas y te encontrabas navegando por otro planeta a los pocos segundos de recomponerte.

«Van a hacerlo», escribió Ruth en su diario. Yo había puesto mis esperanzas en que Ruth lo escribiera todo. En su diario explicaba cómo yo había pasado por su lado esa noche en el aparcamiento y cómo la había tocado, cómo creía que había alargado literalmente una mano hacia ella. Qué aspecto había tenido yo entonces. Cómo soñaba conmigo. Cómo se había formado la idea de que un espíritu podía ser como una segunda piel para alguien, una especie de capa protectora. Y cómo si perseveraba tal vez lograría liberarnos a las dos. Yo leía por encima de su hombro mientras ella anotaba sus pensamientos, y me preguntaba si alguien la creería algún día.

Cuando me imaginaba, se sentía mejor, menos sola, más conectada con algo que estaba allá fuera. Con alguien que estaba allá fuera. Veía en sus sueños el campo de trigo, y un nuevo mundo que se abría, un mundo donde tal vez podría encontrar también un asidero.

«Eres realmente una gran poetisa, Ruth», se imaginaba que yo le decía, y su diario la sumergía en una fantasía en la que era una poetisa tan extraordinaria que sus palabras tenían el poder de resucitarme.

Yo podía retroceder en el tiempo hasta la tarde en que Ruth había visto a su prima adolescente desvestirse para bañarse en el cuarto de baño donde ésta la había encerrado para cuidarla como le habían pedido. Ruth había deseado acariciar la piel y el pelo de su prima, había deseado que la abrazara. Yo me preguntaba si ese anhelo de una niña de tres años había desencadenado lo que llegó a los ocho. Esa confusa sensación de ser diferente, de que sus encaprichamientos con profesoras o con su prima eran más reales que los de las demás niñas. En los suyos había un deseo que iba más allá de la dulzura y la atención, alimentaba un anhelo que empezaba a florecer, verde y amarillo, en una sensualidad semejante al azafrán de primavera y cuyos delicados pétalos se abrían en su incómoda adolescencia. No era tanto que quisiera tener relaciones sexuales con mujeres, escribía en su diario, como que quería desaparecer para siempre dentro de ellas. Esconderse.

La última semana del simposio siempre se dedicaba a un último proyecto que los distintos colegios presentaban en un concurso la víspera del día que los padres regresaban para recoger a los alumnos. El concurso no se anunciaba hasta el desayuno del domingo de esa última semana, pero los chicos ya habían empezado a hacer planes. Siempre se trataba de una competición por construir la mejor ratonera, y el listón cada vez estaba más alto. Nadie quería repetir una ratonera que ya se había construido.

Samuel salió en busca de los niños con aparatos en los dientes porque necesitaba las pequeñas gomas que les daban los ortodoncistas. Servirían para mantener tenso el brazo de su ratonera. Lindsey le pidió al cocinero retirado del ejército papel de aluminio sin usar. La trampa que se proponían construir consistiría en reflejar la luz para confundir a los ratones.

–¿Y si se gustan cuando se miren? –le preguntó Lindsey a Samuel.

–No ven con tanta claridad –respondió él, al tiempo que arrancaba el envoltorio de los pequeños alambres que servían para cerrar las bolsas de basura. Si un chico miraba de una manera extraña algún objeto corriente que había por el campamento, lo más probable era que estuviera pensando en cómo utilizarlo para su ratonera.

–Son bastante bonitos –comentó Lindsey una tarde.

Se había pasado casi toda la noche capturando ratones de campo con cuerdas y dejándolos bajo la tela metálica de una conejera vacía.

Samuel los observaba con interés.

–Supongo que podría ser veterinario –dijo–, pero no creo que me gustara abrirlos.

–¿Tenemos que matarlos? –preguntó Lindsey–. Se trata de construir la mejor ratonera, no el mejor campo de exterminio para ratones.

–Artie está construyendo pequeños ataúdes con madera de balsa –dijo Samuel riendo.

–Qué mal gusto.

–Él es así.

–Se supone que estaba colado por Susie –dijo Lindsey.

–Lo sé.

–¿Habla de ella? –Lindsey cogió un palo largo y delgado, y lo metió por la tela metálica.

–La verdad es que ha preguntado por ti –dijo Samuel.

–¿Y qué le has dicho?

–Que estás bien, que estarás bien.

Los ratones no paraban de correr del palo al rincón, donde se amontonaban unos sobre otros en un vano intento de huir.

–Podríamos construir una ratonera con un sofá de terciopelo morado dentro e instalar una trampilla, de modo que, cuando se sienten en el sofá, se abra la trampilla y lluevan bolitas de queso. Podríamos llamarla el Reino de los Roedores.

Samuel no presionaba a mi hermana como lo hacían los adultos. Al contrario, hablaba con minuciosidad de la tapicería del sofá para ratones.

Ese verano empecé a pasar menos tiempo observando desde el cenador, porque seguía viendo la Tierra cuando paseaba por los campos del cielo. Al anochecer, las lanzadoras de jabalina y peso se marchaban a otros cielos. Cielos donde no encajaba una chica como yo. ¿Eran horribles esos otros cielos? ¿Peores que sentirse tan sola entre tus compañeros, que vivían y crecían? ¿O estaban hechos de las mismas cosas con que yo soñaba? Donde podías verte atrapado para siempre en un mundo de Norman Rockwell. Donde continuamente llevaban a una mesa a la cual se sentaba una familia con un pavo que un pariente jocoso y risueño trinchaba.

Si me alejaba demasiado y me hacía preguntas lo bastante alto, los campos cambiaban. Miraba hacia abajo y veía el trigo para los caballos, y entonces lo oía, un canto susurrante y gimoteante que me advertía que me apartara del borde. Me palpitaban las sienes y el cielo se oscurecía, y volvía a ser esa noche, ese perpetuo ayer revivido. Mi alma se solidificaba y se volvía más pesada. De ese modo llegué muchas veces al borde de mi tumba, pero todavía tenía que mirar dentro.

Sí, empecé a preguntarme qué significaba la palabra «cielo». Si esto fuera el cielo, pensaba, el cielo de verdad, aquí vivirían mis abuelos. Y el padre de mi padre, mi abuelo favorito, me cogería en brazos y bailaría conmigo. Yo sólo sentiría alegría y no tendría recuerdos, ni habría campo de trigo ni tumba.

–Puedes tener eso –me dijo Franny–. Mucha gente lo hace.

–¿Cómo haces el cambio? –pregunté.

–No es tan fácil como tal vez creas –respondió ella–. Tienes que dejar de desear ciertas cosas.

–No lo entiendo.

–Si dejas de preguntarte por qué te han matado a ti en lugar de a otro –explicó ella–, y dejas de investigar la sensación de vacío que ha dejado tu muerte y de preguntarte qué siente la gente que has dejado en la Tierra, entonces podrás ser libre. En otras palabras, tienes que renunciar a la Tierra.

Eso me pareció imposible.

Esa noche, Ruth entró a hurtadillas en la habitación de Lindsey.

—He soñado con ella —susurró.

Mi hermana la miró parpadeando, soñolienta.

—¿Con Susie? —preguntó.

—Siento lo ocurrido en el comedor —dijo Ruth.

Lindsey dormía en la cama de abajo de una litera triple. Sus vecinas de encima se movieron inquietas.

—¿Puedo meterme en tu cama? —preguntó Ruth.

Lindsey asintió.

Ruth se deslizó a su lado en la estrecha cama.

—¿Qué pasaba en tu sueño? —susurró Lindsey.

Ruth se lo dijo, volviendo la cara para que los ojos de Lindsey pudieran distinguir la silueta de su nariz, sus labios y su frente.

—Yo estaba dentro de la tierra —explicó— y Susie se acercaba a mí en el campo de trigo. Yo notaba que se acercaba y la llamaba, pero tenía la boca llena de tierra. Ella no me oía, por mucho que yo tratara de chillar. Luego me desperté.

—Yo no sueño con ella —dijo Lindsey—. Tengo pesadillas de ratas que me mordisquean las puntas del pelo.

Ruth se sentía a gusto al lado de mi hermana, le gustaba el calor que despedían sus cuerpos.

—¿Estás enamorada de Samuel?

—Sí.

—¿Echas de menos a Susie?

Porque estaban a oscuras, porque Ruth le volvía la cara y era prácticamente una desconocida, Lindsey confesó lo que sentía:

—Más de lo que nadie sabrá nunca.

El director del colegio Devon se vio obligado a ausentarse por un asunto familiar, y recayó en la recién nombrada subdirectora del Colegio Chester Springs la responsabilidad de organizar, de la noche a la mañana, el concurso de ese año. Quiso proponer algo que no fueran ratoneras.

¿ES POSIBLE SALIR IMPUNE DE UN CRIMEN? CÓMO COMETER EL ASESINATO PERFECTO, anunciaban los folletos que había diseñado apresuradamente.

A los chicos les encantó. Los músicos y poetas, las Cabezas de Historia y los artistas rebosaban de ideas. Mientras se zampaban sus huevos con beicon para desayunar, compararon los grandes asesinatos del pasado que seguían sin resolverse o enumeraron los objetos corrientes que podían utilizarse para infligir una herida mortal. Empezaron a pensar con quién podrían conspirar para asesinar. Todo fue muy divertido hasta las siete y cuarto, cuando entró mi hermana.

Artie la vio ponerse a la cola. Ella todavía no lo sabía, sólo notaba la excitación en el ambiente, que atribuyó a que habían anunciado el concurso de las ratoneras.

Él no apartaba la vista de ella, y vio que el cartel más próximo estaba colgado al final de los recipientes de la comida, encima de las bandejas de los cubiertos. Escuchaba una anécdota sobre Jack el Destripador que contaba alguien sentado a su mesa cuando se levantó para devolver la bandeja.

Se detuvo junto a mi hermana y carraspeó. Yo tenía todas mis esperanzas puestas en ese chico inseguro. «Alcánzala», dije en una oración dirigida a la Tierra.

–Lindsey –dijo Artie.

Lindsey lo miró.

–Sí.

Detrás del mostrador, el cocinero del ejército le sirvió una cucharada de huevos revueltos que cayó con un plaf en su bandeja.

–Soy Artie, de la clase de tu hermana.

–No necesito ataúdes –dijo Lindsey, deslizando su bandeja por la superficie metálica hacia donde estaban los zumos de naranja y manzana en grandes jarras de plástico.

–¿Qué?

–Samuel me ha dicho que este año estás construyendo ataúdes de madera de balsa para los ratones. No quiero ninguno.

–Han cambiado el concurso –dijo él.

Esa mañana, Lindsey había decidido arrancar el dobladillo del vestido de Clarissa. Sería perfecto para el sofá de los ratones.

–¿Por cuál?

–¿Quieres que vayamos fuera? –Artie utilizó su cuerpo para tapar el cartel e impedirle acceder a los cubiertos. Balbuceó–: Lindsey, el concurso va de asesinatos.

Ella se quedó mirándolo. Siguió agarrando su bandeja, con la vista clavada en Artie.

–Quería decírtelo antes de que leyeras el cartel.

Samuel entró precipitadamente en la carpa.

–¿Qué está pasando? –Lindsey miró impotente a Samuel.

–El concurso de este año va sobre cómo cometer el crimen perfecto –explicó Samuel.

Samuel y yo vimos el temblor. La sacudida interna de su corazón. Se estaba volviendo tan hábil que las grietas y fisuras eran cada vez más pequeñas. Pronto, como si se tratase de un perfeccionado truco de prestidigitación, nadie la vería hacerlo. Podría dejar fuera el mundo entero, ella incluida.

–Estoy bien –dijo.

Pero Samuel sabía que no era cierto.

Él y Artie la vieron alejarse.

–He intentado prevenirla –dijo Artie débilmente.

Volvió a su mesa y se puso a dibujar hipodérmicas. Cada vez apretaba más el bolígrafo al colorear el líquido para embalsamar del interior, y perfeccionó la trayectoria de las tres gotas que caían.

«Sola –pensé– en la Tierra como en el cielo.»

–Matas a la gente apuñalándola, rajándola y pegándole un tiro –dijo Ruth–. Es morboso.

–Estoy de acuerdo –dijo Artie.

Samuel se había llevado a mi hermana para hablar. Artie había visto a Ruth sentada a una de las mesas de fuera con su gran libro en blanco.

–Pero hay buenos motivos para matar –dijo Ruth.

–¿Quién crees que lo hizo? –preguntó Artie. Se sentó en el banco y apoyó los pies en la barra de debajo de la mesa.

Ruth estaba sentada casi inmóvil, con la pierna derecha cruzada sobre la izquierda, pero balanceaba el pie sin parar.

–¿Cómo te enteraste? –preguntó ella.

–Nos lo dijo mi padre –dijo Artie–. Nos llamó a mi hermana y a mí al salón e hizo que nos sentásemos.

–Mierda. ¿Y qué os dijo?

–Primero dijo que pasaban cosas horribles en el mundo, y cuando mi hermana dijo «Vietnam», él se quedó callado, porque siempre discuten cuando sale el tema. Luego dijo: «No, cariño, pasan cosas horribles cerca de casa, a gente que conocemos». Ella creyó que se refería a una de sus amigas.

Ruth sintió una gota de lluvia.

–Entonces mi padre se vino abajo y dijo que habían matado a una niña. Fui yo el que le pregunté que a quién. Me refiero a que, cuando dijo lo de «niña», me la imaginé pequeña, ya sabes. No como nosotros.

No había duda de que eran gotas, y empezaron a caer en la superficie de madera de secuoya.

–¿Quieres que entremos? –preguntó Artie.

–Todos los demás estarán dentro –dijo Ruth.

–Lo sé.

–Mojémonos.

Se quedaron un rato callados, contemplando cómo llovía a su alrededor, oyendo el ruido de las gotas contra las hojas de los árboles que había sobre sus cabezas.

–Yo sabía que estaba muerta, lo presentía –dijo Ruth–, pero luego vi que lo mencionaban en el periódico de mi padre y estuve segura. Al principio no dieron su nombre, sólo decía «Chica de catorce años». Le pedí a mi padre la página, pero no quiso dármela. Quiero decir que ¿quién aparte de ella y su hermana había faltado toda la semana?

–Quisiera saber quién se lo dijo a Lindsey –dijo Artie. Empezó a llover fuerte. Se metió debajo de la mesa y gritó–: ¡Vamos a calarnos!

Y tan de repente como había empezado, dejó de llover. El sol se filtró entre las ramas de los árboles y Ruth miró más allá de éstas.

–Creo que nos está escuchando –dijo demasiado bajito para que él la oyera.

En el simposio, pasó a ser del dominio público quién era mi hermana y cómo había muerto yo.

–Imagínate que te apuñalan –dijo alguien.

–No, gracias.

–A mí me parece que está bien.

–Piénsalo… ella es famosa.

–Vaya manera de alcanzar la fama. Prefiero ganar un premio Nobel.

–¿Sabe alguien qué quería ser de mayor?

–Anda, pregúntaselo a Lindsey.

E hicieron una lista de los muertos que conocían.

Una abuela, un abuelo, un tío, una tía, alguno tenía un padre, pocas veces era una hermana o un hermano que había muerto de una enfermedad, un problema del corazón, leucemia, una enfermedad impronunciable. Nadie conocía a nadie que hubiera muerto asesinado. Pero ahora me conocían a mí.

Bajo un bote de remos demasiado viejo y desvencijado para flotar, Lindsey estaba tumbada en el suelo con Samuel Heckler, y él la abrazaba.

–Sabes que estoy bien –dijo ella con los ojos secos–.

Nos quedaremos aquí tumbados y esperaremos a que se calmen las cosas.

Samuel tenía la espalda dolorida, y atrajo a mi hermana hacia él para protegerla de la humedad de la llovizna estival. El aliento de ambos empezó a calentar el reducido espacio del fondo del bote; sin poder evitarlo, una erección se abrió paso dentro de sus vaqueros.

Lindsey acercó una mano.

–Lo siento... –empezó a decir él.

–Estoy preparada –dijo mi hermana.

A los catorce años, mi hermana se alejaba de mí para adentrarse en un lugar donde yo nunca había estado. En las paredes de mi sexo había horror y sangre, mientras que en las paredes del suyo había ventanas.

«Cómo cometer el asesinato perfecto» era un viejo juego en el cielo. Yo siempre escogía el carámbano de hielo: el arma se derrite hasta desaparecer.

———————

Cuando mi padre se despertó a las cuatro de la madrugada, la casa estaba silenciosa. A su lado dormía mi madre,
roncando débilmente. Mi hermano, el único hijo ahora
que mi hermana estaba en el simposio, era como una roca
cubierta con una sábana. Mi padre se maravilló de lo profundamente que dormía, como yo. Cuando yo vivía, me
había divertido con Lindsey a costa de él, dando palma-
das, dejando caer libros y hasta entrechocando tapas de
cazuelas para ver si se despertaba.

Antes de salir de casa, mi padre echó un vistazo a Buckley para asegurarse de que estaba bien, sentir el aliento cá-
lido contra su palma. Luego se puso las zapatillas de deporte de suela fina y un chándal ligero. Lo último que hizo
fue ponerle el collar a *Holiday*.

Era tan temprano todavía que casi se veía el aliento.
A esa hora podía fingir que seguía siendo invierno, que las
estaciones no habían avanzado.

El paseo matinal del perro le dio una excusa para pasar por delante de la casa del señor Harvey. Aminoró un
poco el paso; nadie lo habría notado menos yo, o, si hubiese estado despierto, el señor Harvey. Mi padre estaba
convencido de que, si se quedaba mirando, si miraba el
rato suficiente, encontraría las pistas que necesitaba en
los marcos de las ventanas, en la capa de pintura verde
que cubría las tejas de madera o a lo largo del camino
del garaje, donde había dos grandes piedras pintadas de
blanco.

A finales del verano de 1974, no había habido ningún avance en mi caso. Ni cuerpo, ni asesino. Nada.

Mi padre pensó en Ruana Singh: «Cuando estuviera segura, encontraría una manera silenciosa de matarlo». No se lo había dicho a Abigail porque el consejo la habría asustado tanto que se habría visto obligada a decírselo a alguien, y sospechaba que ese alguien sería Len.

Desde el día que había visto a Ruana Singh y luego había vuelto a casa y encontrado a Len esperándolo, había notado que mi madre se apoyaba mucho en la policía. Si mi padre decía algo que contradecía las teorías de la policía o, tal como lo veía él, la ausencia de teorías, mi madre se apresuraba a llenar el vacío que había abierto la hipótesis de mi padre. «Len dice que eso no significa nada», o bien: «Confío en que la policía averigüe lo que pasó».

¿Por qué, se preguntaba mi padre, confiaba tanto la gente en la policía? ¿Por qué no se fiaban de su instinto? Era el señor Harvey, lo sabía. Pero Ruana había dicho «cuando estuviera segura». Saberlo, saberlo en lo más profundo de su ser como él lo sabía, no era, desde el punto de vista más objetivo de la ley, una prueba irrefutable.

Crecí en la misma casa donde nací. Como la del señor Harvey, tenía forma de cubo, y por eso yo envidiaba absurdamente las casas de los demás. Soñaba con miradores y cúpulas, balcones y buhardillas con los techos inclinados. Me encantaba la idea de que en el patio hubiera árboles más altos y más fuertes que las personas, espacios inclinados debajo de las escaleras, y tupidos setos tan crecidos que por dentro habría huecos de ramas muertas en los que meterme y sentarme. En mi cielo había porches y escaleras de caracol, ventanas con enrejado de hierro y una torre con una campana que daba la hora.

Me sabía de memoria el plano de la casa del señor Harvey. Había dejado una mancha tibia en el suelo de su garaje hasta que me enfrié. Él había llevado mi sangre a la casa en su ropa y su piel. Yo conocía su cuarto de baño. Sabía que mi madre había intentado decorar el de mi casa para la llegada tardía de Buckley dibujando con una plantilla buques de guerra en la parte superior de las paredes rosadas. En la casa del señor Harvey, el cuarto de baño y la cocina estaban impecables. La porcelana era amarilla y las baldosas del suelo verdes. Mantenía la casa fresca. En el piso de arriba, donde Buckley, Lindsey y yo teníamos nuestros cuartos, él no tenía casi nada. Tenía una silla de respaldo recto donde a veces se sentaba y miraba por la ventana el instituto, esperando a que le llegara a través del campo el sonido de la banda al ensayar, pero la mayor parte del tiempo lo pasaba en la parte trasera del piso de abajo, en la cocina, construyendo casas de muñecas, o en el salón, escuchando la radio o, cuando la lujuria se apoderaba de él, trazando planos para construir disparates como la madriguera o la tienda nupcial.

Nadie le había molestado a propósito de mí en varios meses. Durante el verano sólo había visto algún que otro coche patrulla delante de su casa. Era lo bastante listo para no dejar de hacer lo que estaba haciendo, y si había salido al garaje o al buzón, seguía andando.

Se ponía un par de despertadores, uno para saber cuándo abrir los postigos y otro para cerrarlos. En conjunción con esos despertadores encendía o apagaba las luces de toda la casa. Cuando de vez en cuando pasaba un chico para venderle tabletas de chocolate para un concurso escolar o para preguntarle si quería subscribirse al *Evening Bulletin*, se mostraba afable aunque serio, como un tipo corriente.

Coleccionaba cosas para contarlas, porque el acto de contar lo tranquilizaba. Eran cosas sencillas, como un anillo de boda, una carta dentro de un sobre cerrado, la suela de un zapato, unas gafas, una goma de borrar de un personaje de dibujos animados, un frasquito de perfume, una pulsera de plástico, mi colgante con una piedra de Pensilvania o el collar de ámbar de su madre. Los sacaba por la noche, una vez que se había asegurado de que ningún vendedor de periódicos ni ningún vecino iban a llamar a su puerta. Y los contaba como las cuentas de un rosario. Había olvidado los nombres de algunas. Yo los sabía. La suela del zapato había pertenecido a una niña llamada Claire, de Nutley, Nueva Jersey, a quien había convencido para que se subiera a la parte trasera de su furgoneta. Era más pequeña que yo. (Quiero creer que yo nunca me habría subido a una furgoneta. Quiero creer que fue mi curiosidad sobre cómo había construido una madriguera subterránea sin que se derrumbara.) Antes de dejarla marchar, le había arrancado la suela del zapato. Eso fue todo lo que hizo. La subió a la furgoneta y le quitó los zapatos. Ella se echó a llorar, y el ruido lo taladró. Suplicó a la niña que se callara y se marchara. Que se bajara de la furgoneta como por arte de magia, descalza y sin quejarse, mientras él se quedaba con sus zapatos. Pero en lugar de eso, ella lloró. Él empezó a arrancar con su navaja una de las suelas de los zapatos hasta que alguien aporreó la furgoneta por detrás. Oyó voces de hombres y a una mujer gritando algo sobre llamar a la policía. Abrió la puerta.

–¿Qué demonios le está usted haciendo a esa niña? –gritó uno de los hombres.

Su compañero cogió en brazos a la niña cuando ésta salió volando de la parte trasera, berreando.

–Trataba de arreglarle el zapato.

La niña estaba histérica. El señor Harvey era todo sensatez y calma. Pero Claire había visto lo mismo que yo, su mirada amenazadora, su deseo de algo impronunciable que al dárselo nos relegaría al olvido.

Mientras los hombres y la mujer se quedaban confundidos, incapaces de ver lo que Claire y yo sabíamos, el señor Harvey se apresuró a darle los zapatos a uno de los hombres y se despidió. Se quedó con una suela. Le gustaba sostener la pequeña suela de cuero y frotarla entre el pulgar y el índice: un objeto perfecto con que juguetear para calmar los nervios.

Yo conocía el rincón más oscuro de nuestra casa. Me había metido y permanecido en él un día entero, le dije a Clarissa, aunque en realidad habían sido cuarenta y cinco minutos. Era un espacio en el sótano al que sólo podía accederse a gatas. Dentro del nuestro había cañerías que iluminé con una linterna y toneladas de polvo. Eso era todo. No había bichos. Mi madre, como su madre antes que ella, llamaba a un exterminador a la menor invasión de hormigas.

En cuanto sonaba el despertador que le avisaba de que cerrara los postigos y a continuación el siguiente despertador que le indicaba que apagara las luces porque el vecindario ya dormía, el señor Harvey bajaba al sótano, donde no había rendijas por las que entrara la luz, dando motivos a la gente para decir que era un tipo raro. En la época en que me mató se había cansado de visitar ese espacio al que sólo se accedía a gatas, pero le gustaba instalarse en el sótano en una butaca vuelta hacia ese oscuro agujero en medio de la pared y alargar una mano para tocar las tablas del suelo de la cocina. A menudo se quedaba dormido, y allí dormía cuando mi padre pasó por delante de la casa verde hacia las 4.40 de la madrugada.

Joe Ellis era un bruto desagradable. Nos había pellizcado a Lindsey y a mí bajo el agua en la piscina, y, de tanto que lo odiábamos, nos había quitado las ganas de ir a las fiestas que se organizaban en la piscina. Tenía un perro al que arrastraba por ahí, le gustara o no. Era un perro pequeño que no podía correr muy deprisa, pero eso a Ellis no le importaba. Lo golpeaba o lo levantaba por la cola, haciéndole daño. Un día desapareció, lo mismo que un gato al que le habían visto torturar. Y empezaron a desaparecer los animales de todo el vecindario.

Lo que encontré cuando seguí la mirada del señor Harvey hasta el exiguo espacio de las cañerías fueron esos animales que habían desaparecido durante más de un año. La gente creyó que eso había dejado de suceder porque habían enviado a Ellis a una escuela militar. Cuando soltaban a sus animales de compañía por la mañana, volvían por las noches. Lo consideraban una prueba. Nadie podía imaginar un apetito como el de la casa verde. Alguien que extendía cal viva sobre los cuerpos de perros y gatos, impaciente por tener sólo sus huesos. Al contar los huesos y mantenerse lejos de la carta cerrada, el anillo de boda o el frasquito de perfume, trataba de mantenerse alejado de lo que más deseaba: subir por la escalera en la oscuridad, sentarse en la silla de respaldo recto y mirar hacia el instituto, imaginarse los cuerpos que acompañaban las voces de las animadoras, que llegaban en oleadas los días de otoño durante los partidos de fútbol, u observar cómo los autocares del colegio se vaciaban dos casas más abajo. Una vez había mirado mucho rato a Lindsey, la única niña del equipo de fútbol masculino, que corría por el vecindario casi al anochecer.

Creo que lo que más me costó comprender fue que él había intentado contenerse cada vez. Había matado a animales, había quitado vidas menores para no matar a una niña.

En agosto, Len quiso establecer ciertos límites por el bien de mi padre y de él mismo. Mi padre había llamado a la comisaría tantas veces que había exasperado a la policía, algo que no ayudaba a encontrar a nadie y que sólo iba a conseguir volverlos a todos contra él.

El colmo fue una llamada que habían recibido la primera semana de julio. Jack Salmon había explicado con todo detalle al operador cómo, en un paseo matinal, su perro se había parado delante de la casa del señor Harvey y se había puesto a ladrar y, por mucho que lo había intentado, no había logrado moverlo de allí ni hacerlo callar. Se convirtió en una broma en la comisaría: el señor Pez y su sabueso Huckleberry Hound.

Len esperó a acabar su cigarrillo en la entrada de nuestra casa. Todavía era temprano, pero había más humedad que el día anterior. Habían anunciado lluvias para toda la semana, la clase de tormentas con truenos y relámpagos típicas de la región, pero la única humedad de la que era consciente Len en esos momentos era la que cubría su cuerpo de sudor. Había hecho su última visita relajada a mis padres.

Oyó un canturreo, una voz femenina dentro de la casa. Apagó el cigarrillo debajo del seto y levantó la pesada aldaba de latón. Antes de que la soltara, la puerta se abrió.

—He olido su cigarrillo —dijo Lindsey.

—¿Eras tú la que cantaba?

—Eso lo matará.

Lindsey se hizo a un lado para dejarlo pasar.

—¡Papá! —gritó hacia la casa—. ¡Es Len!

—Has estado fuera, ¿verdad? —preguntó Len.

—Acabo de volver.

Mi hermana llevaba la camisa de *softball* de Samuel y unos extraños pantalones de chándal. Mi madre la había acusado de haber vuelto sin una sola prenda suya.

—Tus padres deben de haberte echado de menos.

—No esté tan seguro —dijo ella—. Creo que se alegraron de perderme de vista por un tiempo.

Len sabía que ella tenía razón. Mi madre había parecido menos frenética en la última visita del policía.

—Buckley le ha nombrado jefe de la brigada de policía que ha montado debajo de su cama —dijo Lindsey.

—Eso es un ascenso.

Los dos oyeron los pasos de mi padre en el pasillo del piso de arriba y a continuación la voz suplicante de Buckley. Lindsey sabía que, fuera lo que fuese lo que había pedido, nuestro padre había acabado concediéndoselo.

Mi padre y mi hermano bajaron juntos la escalera, todo sonrisas.

—Len —dijo, y le estrechó la mano.

—Buenos días, Jack —dijo Len—. ¿Cómo estamos esta mañana, Buckley?

Mi padre cogió la mano de Buckley y lo puso delante de Len, que se inclinó hacia él con solemnidad.

–Tengo entendido que me has nombrado jefe de policía –dijo.

–Sí, señor.

–No creo merecer el puesto.

–Usted más que nadie –dijo mi padre jovialmente.

Le encantaba que Len Fenerman se pasara por casa. Cada vez que lo hacía le confirmaba que había un consenso, un equipo detrás de él, que no estaba solo en todo eso.

–Necesito hablar con vuestro padre, chicos.

Lindsey se llevó a Buckley a la cocina con la promesa de prepararle cereales. Pensaba en lo que le había enseñado Samuel: una bebida llamada «medusa» que consistía en una cereza al marrasquino en el fondo de un vaso de ginebra y un poco de azúcar. Samuel y Lindsey habían sorbido las cerezas impregnadas de alcohol y azúcar hasta que les había dolido la cabeza y se les habían quedado los labios rojos.

–¿Llamo a Abigail? ¿Puedo ofrecerle un café o alguna cosa?

–Jack –dijo Len–, no estoy aquí para darles ninguna noticia, más bien al contrario. ¿Podemos sentarnos?

Vi a mi padre y a Len dirigirse a la sala de estar. La sala de estar donde nadie parecía estar en realidad. Len se sentó en el borde de una silla y esperó a que mi padre tomara asiento.

–Escuche, Jack –dijo–. Es sobre George Harvey.

Mi padre se animó.

–Creía que había dicho que no tenía noticias.

–Y así es. Hay algo que debo decirle en nombre de la comisaría y de mí mismo.

–Sí.

–Necesitamos que deje de llamar para hablar de George Harvey.

–Pero…

–Necesito que lo deje. Por mucho que intentemos relacionarlo con la muerte de Susie, no tenemos nada contra él. Perros que ladran y tiendas nupciales no son pruebas.

–Sé que lo hizo él –dijo mi padre.

–Es un tipo raro, no lo niego. Pero, que nosotros sepamos, no es un asesino.

–¿Cómo está tan seguro?

Len Fenerman habló, pero todo lo que oía mi padre eran las palabras que le había dicho Ruana Singh y que se había repetido a sí mismo delante de la casa del señor Harvey, sintiendo la energía que irradiaba de ella, la frialdad que había en el alma de ese hombre. El señor Harvey era insondable y, al mismo tiempo, la única persona del mundo que podría haberme matado. Cuanto más lo negaba Len, más convencido estaba mi padre.

–Va a dejar de investigarlo –dijo mi padre con firmeza.

Lindsey estaba en el umbral, como había hecho el día que Len y el agente uniformado habían traído el gorro de cascabeles idéntico al que ella tenía. Ese día había metido en silencio ese segundo gorro en una caja llena de muñecas viejas que guardaba en el fondo de su armario. No quería que mi madre volviera a oír el ruido de esos cascabeles.

Allí estaba nuestro padre, el corazón que sabíamos que nos sostenía a todos. Nos sostenía con fuerza y desesperación, las puertas de su corazón abriéndose y cerrándose con la rapidez de los pistones de un instrumento de viento, los impulsos delicadamente sentidos, los dedos fantasmales ejercitándose una y otra vez, y a continuación, de manera asombrosa, el sonido, la melodía y el calor. Lindsey dio un paso adelante desde la puerta.

–Hola de nuevo, Lindsey –dijo Len.

–Detective Fenerman.

–Le decía a tu padre...

–Que se rinde.

–Si hubiera un motivo razonable para sospechar que ese hombre...

–¿Ha terminado? –preguntó Lindsey.

De pronto era la esposa de nuestro padre, aparte de la hija mayor y más responsable.

–Sólo quiero que sepáis que hemos investigado todas las pistas.

Mi padre y Lindsey la oyeron, y yo la vi. Mi madre bajaba por la escalera. Buckley salió corriendo de la cocina y se lanzó a la carga, descargando todo su peso contra las piernas de mi padre.

–Len –dijo mi madre, cerrándose mejor el albornoz al verlo–, ¿le ha ofrecido café Jack?

Mi padre miró a su mujer y a Len Fenerman.

–La poli se raja –dijo Lindsey, sujetando a Buckley con suavidad por los hombros y atrayéndolo hacia sí.

–¿Se raja? –preguntó Buckley. Siempre daba vueltas en la boca a un sonido como si se tratase de un caramelo ácido, hasta que se hacía con el sabor y el tacto–. ¿Qué?

–El detective Fenerman ha venido para decirle a papá que deje de darles la lata.

–Lindsey –dijo Len–, yo no lo diría con esas palabras.

–Como usted quiera –dijo ella.

En esos momentos quería estar en algún lugar como el campamento del simposio, donde rigieran el mundo Samuel y ella, o incluso Artie, que a última hora había ganado el concurso del Asesinato Perfecto al introducir la idea del carámbano de hielo como arma del crimen.

–Vamos, papá –dijo.

Mi padre encajaba algo poco a poco. No tenía nada que ver con George Harvey ni conmigo. Estaba en los ojos de mi madre.

Esa noche, mi padre, como hacía cada vez más a menudo, se quedó despierto hasta tarde en su estudio. No podía creerse que el mundo se desmoronara a su alrededor, lo inesperado que había sido todo desde el estallido inicial de mi muerte. «Tengo la sensación de estar en medio de la erupción de un volcán –escribió en su cuaderno–. Abigail cree que Len Fenerman tiene razón respecto a Harvey.»

Mientras escribía, la vela de la ventana no paró de parpadear y, a pesar de la lámpara de su escritorio, el parpadeo lo distrajo. Se recostó en la vieja butaca de madera que tenía desde sus tiempos de universidad y oyó el tranquilizador crujido debajo de él. No atinaba a comprender qué quería de él la compañía para la que trabajaba. Se enfrentaba a diario con columna tras columna de cifras sin sentido que se suponía que tenía que hacer cuadrar con las reclamaciones de la compañía. Cometía errores con una frecuencia que daba miedo, y temía, más de lo que había temido los primeros días que siguieron a mi desaparición, no ser capaz de mantener a los dos hijos que le quedaban.

Se levantó y estiró los brazos por encima de su cabeza, tratando de concentrarse en los pocos ejercicios que el médico de la familia le había sugerido que hiciera. Observé cómo doblaba el cuerpo de una manera sorprendente e inquietante que yo nunca había visto. Podría haber sido un bailarín antes que un hombre de negocios. Podría haber bailado en Broadway con Ruana Singh.

Apagó bruscamente la lámpara de encima de su escritorio, dejando sólo la vela encendida.

En su butaca verde y baja era el lugar en que más a gusto se sentía ahora. Era donde a menudo yo lo veía dormir. La habitación era como una cámara acorazada, la butaca como el seno materno, y yo velaba por él. Se quedó mirando la vela de la ventana y se preguntó qué podía hacer; había intentado tocar a mi madre, pero ella lo había empujado hasta el borde de la cama. En cambio, en presencia de la policía ella parecía florecer.

Se había acostumbrado a la luz fantasmal de detrás de la llama de la vela, ese reflejo tembloroso en el cristal de la ventana. Se quedó mirando las dos, la llama de verdad y la fantasmal, y se adormeció sumido en sus cavilaciones, en la tensión y los acontecimientos del día.

Estaba a punto de entregarse al sueño cuando los dos vimos lo mismo: otra luz. Fuera.

Era como una linterna de bolsillo a lo lejos. Un haz blanco se movía despacio a través de los jardines en dirección al colegio. Mi padre lo observó. Eran más de las doce de la noche, y la luna no estaba lo bastante llena para distinguir el contorno de los árboles y las casas. El señor Stead, que montaba en bicicleta entrada la noche con un faro en la parte delantera que se activaba al pedalear, nunca envilecería los jardines de sus vecinos de ese modo. De todas maneras, era demasiado tarde para el señor Stead.

Mi padre se inclinó hacia delante en la butaca verde de su estudio y observó cómo la luz de la linterna se desplazaba hacia el campo de trigo en barbecho.

–Cabrón –susurró–. Cabrón asesino.

Se vistió rápidamente con la ropa que tenía en el estudio, una chaqueta de caza que no se había puesto desde una aciaga cacería, diez años atrás. En el piso de abajo, fue al armario del vestíbulo y cogió el bate de béisbol que le había regalado a Lindsey antes de que ésta mostrara predilección por el fútbol.

En primer lugar, apagó la luz del porche: la dejaban encendida toda la noche para mí y no se habían visto con fuerzas para dejar de hacerlo, a pesar de que habían pasado ocho meses desde que la policía había dicho que no me encontrarían con vida. Con una mano en el pomo de la puerta, respiró hondo.

Hizo girar el pomo y salió al porche oscuro. Cerró la puerta y se encontró de pie en su patio delantero con un bate de béisbol en las manos, y aquellas palabras: «Encontraría una manera silenciosa...».

Cruzó el patio y la calle, y a continuación el patio de los O'Dwyer, donde había visto la luz por primera vez. Pasó junto a la piscina a oscuras y los columpios oxidados. El corazón le latía con fuerza pero no sentía nada, aparte del convencimiento de que George Harvey acababa de matar a su última víctima.

Llegó al campo de fútbol. A su derecha, dentro del campo de trigo pero lejos de la zona que él conocía de memoria, la zona que había sido acordonada y evacuada, rastreada y excavada, vio la lucecita. Aferró el bate con más fuerza. Por un instante no pudo creer lo que estaba a punto de hacer, pero luego lo supo, con todo su ser.

Lo ayudó el viento, que recorrió el campo de fútbol junto al campo de trigo y le agitó los pantalones; lo empujaba hacia delante, a pesar suyo, y todo se desvaneció. En cuanto estuvo entre las hileras de trigo, concentrado únicamente en la luz, el viento ocultó su presencia. El ruido de sus pies al aplastar los tallos se fundió con el silbido y el estrépito del viento contra las plantas rotas.

Acudieron a su mente cosas que no tenían sentido: el ruido de unos patines de goma dura sobre la acera, el olor del tabaco de pipa de su padre, o la sonrisa de Abigail cuando la conocí, como una luz que traspasó su confuso corazón. Y de pronto la linterna se apagó, y todo se volvió indistinto y oscuro.

Dio unos pasos más y se detuvo.

–Sé dónde estás –dijo.

Yo inundé el campo de trigo, encendí hogueras a través de él para iluminarlo y envié tormentas de granizo y flores, pero no sirvieron para advertirlo. Me habían desterrado al cielo; sólo podía observar.

–Aquí me tienes –dijo mi padre con voz temblorosa.

Su corazón palpitaba con fuerza, la sangre llenaba los ríos de su pecho hasta desbordarlos. El aliento, el fuego y los pulmones absorbiendo y liberando mientras la adrenalina salvaba lo que quedaba. La sonrisa de mi madre había desaparecido de su mente y la mía había ocupado su lugar.

–Todos duermen –dijo mi padre–. He venido para acabar con esto.

Oyó un gemido. Yo quería proyectar un foco sobre el campo como hacían, torpemente, en el auditorio del colegio, sin iluminar siempre la parte del escenario apropiada. Allí estaría ella, lloriqueando acurrucada, y a pesar de su sombra de ojos azul y de las botas Baker estilo Oeste, se orinaría encima. Una cría.

No reconoció la voz impregnada de odio de mi padre.

–¿Brian? –brotó la temblorosa voz de Clarissa–. ¿Brian? –Empuñaba la esperanza como un escudo.

Mi padre soltó el bate.

–¿Hola? ¿Quién anda ahí?

Con el viento en los oídos, Brian Nelson, el desgarbado espantapájaros, detuvo el Spyder Corvette de su hermano mayor en el aparcamiento del colegio. Tarde, siempre llegaba tarde y se dormía en clase y en la mesa de comedor, pero nunca cuando un compañero tenía un *Playboy* o una chica guapa pasaba por su lado, nunca en una noche que lo esperaba una chica en el campo de trigo. Aun así, se lo tomó con calma. El viento, espléndido manto protector para lo que tenía previsto hacer, soplaba en sus oídos.

Brian se acercó al campo de trigo con la gigantesca linterna que su madre guardaba debajo del fregadero para casos de emergencia. Por fin, oyó lo que diría más tarde que eran gritos de Clarissa pidiendo socorro.

El corazón de mi padre era como una pesada piedra que transportaba dentro del pecho mientras corría y buscaba a tientas los gimoteantes sonidos de la chica. Su madre le tejía mitones, Susie pedía guantes, tanto frío hacía en el campo de trigo en invierno. ¡Clarissa! La estúpida amiga de Susie. Maquillaje, remilgados sándwiches de jamón y su bronceado tropical.

Chocó a ciegas con ella y la tiró al suelo en la oscuridad. Los gritos de Clarissa le llenaron los oídos y penetraron en los intersticios, rebotando dentro de él.

–¡Susie! –gritó él a su vez.

Al oír mi nombre, Brian echó a correr, reaccionando de golpe. Su linterna dio botes sobre el campo de trigo, y, por un deslumbrante segundo, iluminó al señor Harvey. Nadie lo vio excepto yo. La linterna de Brian iluminó su espalda mientras se arrastraba entre los tallos altos, atento a los gimoteos.

De pronto, el haz de luz dio en el blanco, y Brian levantó y apartó a mi padre de Clarissa para golpearlo. Lo golpeó en la cabeza, en la espalda y en la cara con la linterna de su equipo de emergencia. Mi padre gritó y gimió.

Brian vio de pronto el bate.

Yo empujé una y otra vez los límites inamovibles de mi cielo. Quería alargar una mano y levantar a mi padre, llevármelo lejos.

Clarissa echó a correr y Brian se volvió. Mi padre lo miró a los ojos, pero apenas podía respirar.

–¡Cabrón! –exclamó Brian, lleno de reproche.

Oí murmullos en la Tierra. Oí mi nombre. Me pareció probar la sangre de la cara de mi padre, alargar una mano para cubrirle los labios cortados con los dedos, yacer con él en mi tumba.

Pero tuve que volverle la espalda en mi cielo. No podía hacer nada, atrapada en mi mundo perfecto. La sangre que probé era amarga. Ácida. Quería que mi padre velara por mí, quería su celoso amor. Pero también quería que se marchara y me dejara. Me habían concedido una triste gracia. De nuevo en la habitación, donde la butaca verde conservaba el calor de su cuerpo, apagué la solitaria y parpadeante vela.

12

Me quedé a su lado en la habitación y lo observé dormir. A lo largo de la noche se había ido desenredando y desvelando la historia: el señor Salmon, enloquecido por la tristeza, había salido al campo de trigo en busca de venganza. Eso encajaba con lo que la policía sabía de él, sus persistentes llamadas telefónicas, su obsesión con el vecino y la visita que había hecho ese mismo día el detective Fenerman para comunicar a mis padres que, pese a todas sus buenas intenciones y propósitos, la investigación de mi asesinato había entrado en una fase de estancamiento. No quedaban pistas por investigar. No habían encontrado ningún cuerpo.

El cirujano tuvo que operarle la rodilla para reemplazar la rótula por una fruncida sutura que le inutilizaba parcialmente la articulación. Mientras observaba la operación, pensé en lo parecido que era a coser, y confié en que mi padre estuviera en manos más capaces que las mías. Yo había sido torpe en la clase de ciencias del hogar. Siempre me hacía un lío con el extremo de la cremallera y el hilvanado.

Pero el cirujano había tenido paciencia. Una enfermera le había informado de lo ocurrido mientras se lavaba y frotaba las manos. Él recordaba haber leído en los periódicos lo que me había ocurrido. Era de la edad de mi padre y también tenía hijos. Se estremeció al ponerse los guantes. Cuánto se parecían ese hombre y él. Y qué distintos eran.

En la oscura sala de hospital, un tubo fluorescente zumbaba justo detrás de la cama de mi padre. Era la única luz que había en la habitación poco antes del amanecer, hasta que entró mi hermana.

–Ve a despertar a tu padre –le dijo mi madre a Lindsey–. No puedo creer que no se haya despertado con el ruido.

De modo que mi hermana había subido. Todos sabían ahora dónde encontrarlo; en apenas seis meses la butaca verde se había convertido en su verdadera cama.

–¡No está aquí! –gritó mi hermana tan pronto como se dio cuenta–. ¡Se ha ido! ¡Mamá! ¡Mamá! ¡Papá se ha ido! –Por un insólito instante, Lindsey se comportó como una niña asustada.

–¡Maldita sea! –exclamó mi madre.

–¿Mamá? –dijo Buckley.

Lindsey entró corriendo en la cocina. Mi madre estaba vuelta hacia el hervidor de agua. Su espalda era un manojo de nervios mientras preparaba té.

–¿Mamá? –dijo Lindsey–. Tenemos que hacer algo.

–¿No ves...? –Mi madre se quedó como paralizada con una caja de Earl Grey suspendida en el aire.

–¿Qué?

Mi madre dejó el té, encendió un fuego y se volvió. Y de pronto lo vio: Buckley se había abrazado a su hermana y se chupaba ansioso el pulgar.

–Ha salido tras ese hombre y se ha metido en líos.

–Tenemos que salir a buscarlo, mamá –dijo Lindsey–. Tenemos que ayudarle.

–No.

–Mamá, tenemos que ayudar a papá.

–¡Buckley, deja de chuparte el dedo!

Mi hermano se echó a llorar de pánico, y mi hermana bajó los brazos para atraerlo más hacia sí. Miró a nuestra madre.

–Voy a salir a buscarlo –dijo Lindsey.

–No vas a hacer nada de eso –dijo mi madre–. Vendrá a casa cuando pueda. No vamos a mezclarnos en esto.

–Mamá –dijo Lindsey–, ¿y si está herido?

Buckley dejó de llorar el tiempo suficiente para mirar a mi hermana y luego a mi madre. Sabía lo que significaba «herido» y quién no estaba en casa.

Mi madre lanzó a Lindsey una mirada llena de intención.

–No hay más que hablar. Puedes esperar arriba en tu cuarto o aquí abajo conmigo, como quieras.

Lindsey estaba muda de asombro. Se quedó mirando a nuestra madre y supo lo que más deseaba hacer: huir, salir corriendo al campo de trigo donde estaba mi padre, donde estaba yo, donde de pronto sentía que se había trasladado el corazón de su familia. Pero Buckley seguía apoyado contra ella.

–Vamos arriba, Buckley –dijo–. Puedes dormir en mi cama.

Él empezaba a comprender: te trataban de manera especial y luego te decían algo horrible.

Cuando llegó la llamada de la policía, mi madre fue inmediatamente al armario del vestíbulo.

–¡Le han golpeado con un bate de béisbol! –exclamó, cogiendo el abrigo, las llaves y el carmín.

Mi hermana se sintió más sola que nunca, pero también más responsable. No podían dejar solo a Buckley, y Lindsey no sabía conducir. Además, era lo más lógico. ¿No debía acudir la esposa al lado del marido?

Pero en cuanto mi hermana logró hablar por teléfono con la madre de Nate –después de todo, el alboroto en el campo de trigo había despertado a todo el vecindario–, supo qué debía hacer. Llamó a Samuel. En menos de una hora llegó la madre de Nate para llevarse a Buckley, y Hal Heckler se detuvo en su moto delante de nuestra casa. Debía ser emocionante asirse al guapo hermano mayor de Samuel e ir en moto por primera vez, pero ella sólo podía pensar en nuestro padre.

Mi madre no estaba en la habitación de hospital de nuestro padre cuando entró Lindsey; sólo estábamos mi padre y yo. Se acercó y se quedó de pie al otro lado de la cama, y empezó a llorar en silencio.

–¿Papá? –dijo–. ¿Estás bien, papá?

La puerta se abrió un poco. Era Hal Heckler, un hombre atractivo, alto y delgado.

–Lindsey –dijo–, estaré en la sala de espera por si necesitas que te lleve a casa.

Vio las lágrimas de Lindsey cuando ésta se volvió.

–Gracias, Hal. Si ves a mi madre...

–Le diré que estás aquí.

Lindsey cogió la mano de mi padre y escudriñó su cara en busca de movimiento. Mi hermana crecía ante mis ojos. La oí susurrar la letra de la canción que él nos cantaba a las dos antes de que naciera Buckley:

> Piedras y huesos;
> nieve y escarcha;
> semillas, judías y renacuajos.
> Senderos y ramas, y una colección de besos.
> ¡Todos sabemos a quién añora papá!
> A sus dos hijitas rana, ¿a quién si no?
> Ellas saben dónde están. ¿Y tú? ¿Y tú?

Me habría gustado ver una sonrisa en los labios de mi padre, pero estaba en las profundidades, nadando contra fármacos, pesadillas y fantasías. Por un tiempo, la anestesia había atado unos pesos de plomo a las cuatro esquinas de su conciencia. Como una firme tapa, lo había cerrado herméticamente dentro de las felices horas en que no había hija muerta ni rótula extirpada, y en las que tampoco había una encantadora hija tarareando canciones infantiles.

–Cuando los muertos terminan con los vivos –me dijo Franny–, los vivos pueden pasar a otras cosas.

–¿Y qué hay de los muertos? –pregunté–. ¿Adónde vamos?

No me respondió.

Len Fenerman había acudido precipitadamente al hospital tan pronto como le habían pasado la llamada. Abigail Salmon preguntaba por él, le habían dicho.

Mi padre estaba en la sala de operaciones y mi madre se paseaba nerviosa cerca del mostrador de las enfermeras. Había ido en coche al hospital sólo con una gabardina encima de un fino camisón de verano. Llevaba sus zapatillas planas de ballet de estar por el jardín y no se había molestado en recogerse el pelo. En el oscuro y brumoso aparcamiento del hospital, se había detenido a examinarse la cara y a aplicarse su pintalabios rojo con mano experta.

Cuando vio a Len al final del largo pasillo blanco, se relajó.

–Abigail –dijo él al acercarse.

–Oh, Len –dijo ella.

Su cara reflejó confusión por no saber qué decir a continuación. Era su nombre lo que había necesitado suspirar. Todo lo que venía después no eran palabras.

Las enfermeras del mostrador volvieron la cabeza cuando Len y mi madre se cogieron las manos. Solían extender ese velo de privacidad por rutina, pero aun así vieron que aquel hombre significaba algo para aquella mujer.

–Hablemos en la sala de espera –dijo Len, y condujo a mi madre por el pasillo.

Mientras andaban, ella le informó de que mi padre estaba en el quirófano. Él le puso al corriente de lo ocurrido en el campo de trigo.

–Parece ser que confundió a la chica con George Harvey.

–¿Confundió a Clarissa con George Harvey? –Mi madre se detuvo a la puerta de la sala de espera, incrédula.

–Fuera estaba oscuro, Abigail. Creo que sólo vio la linterna de la niña. Mi visita de hoy no debe de haber ayudado mucho. Está convencido de que Harvey está involucrado.

–¿Clarissa está bien?

–Le han curado los arañazos y la han dejado marcharse. Estaba histérica, llorando y gritando. Ha sido una horrible coincidencia, siendo amiga de Susie.

Hal estaba desplomado en un rincón oscuro de la sala de espera, con los pies apoyados en el casco que había traído para Lindsey. Cuando oyó voces que se acercaban, cambió de postura.

Era mi madre con un policía. Volvió a recostarse y dejó que el pelo, que le llegaba a los hombros, le tapara la cara. Estaba bastante seguro de que mi madre no lo reconocería.

Pero ella reconoció la cazadora por habérsela visto a Samuel y por un momento pensó: «Está aquí Samuel». Pero enseguida se corrigió: «Su hermano».

–Sentémonos –dijo Len, señalando las sillas modulares del otro extremo de la sala.

–Prefiero seguir andando –dijo mi madre–. El médico ha dicho que no sabremos nada antes de una hora.

–¿Adónde?

–¿Tiene cigarrillos?

–Sabe que sí –dijo Len, sonriendo con aire culpable. Tuvo que buscar su mirada. Ésta no estaba concentrada en él, sino que parecía absorta, y sintió deseos de alargar una mano y enfocarla en el aquí y ahora. En él–. Entonces, busquemos una salida.

Encontraron una puerta que daba a un pequeño balcón de hormigón cerca de la sala donde dormía mi padre. Se trataba de un balcón de servicio ocupado por un aparato de calefacción, de modo que, aunque el espacio era reducido y hacía un poco de frío, el ruido y el vapor caliente que salía de la zumbante toma de agua que había al lado los aisló en una cápsula que parecía muy lejana. Fumaron y se miraron como si, de repente y sin previo aviso, hubiesen pasado a una nueva página donde el asunto apremiante ya hubiera sido subrayado para ser atendido con la mayor prontitud.

–¿Cómo murió su mujer? –preguntó mi madre.

–Se suicidó.

El pelo le tapaba casi toda la cara, y al verla pensé en Clarissa en su faceta más afectada. En su forma de comportarse con los chicos cuando íbamos al centro comercial. Reía demasiado y los seguía con la mirada para ver si miraban. Pero también me chocó la boca roja de mi madre, con el cigarrillo moviéndose arriba y abajo, y el humo elevándose. Sólo la había visto así una vez, en la fotografía. Esa madre nunca nos había tenido a nosotros.

–¿Por qué se mató?

–Es la pregunta que más absorto me tiene cuando no estoy absorto en casos como el asesinato de su hija.

En la cara de mi madre apareció una extraña sonrisa.

–Repítalo –dijo.

–¿Qué?

Len miró su sonrisa y sintió deseos de recorrer el borde de sus labios con los dedos.

–El asesinato de mi hija –dijo mi madre.

–Abigail, ¿está bien?

–No lo dice nadie. Nadie del vecindario habla de ello. La gente lo llama la «horrible tragedia» o alguna variante parecida. Sólo quiero que alguien hable de ello en voz alta. Que lo diga en voz alta. Estoy preparada... Antes no lo estaba.

Mi madre tiró su cigarrillo al suelo de hormigón y dejó que se consumiera. Cogió con las manos la cara de Len.

–Dilo –dijo.

–El asesinato de tu hija.

–Gracias.

Y yo observé cómo su boca roja cruzaba una línea invisible que la separaba del resto del mundo. Atrajo a Len hacia sí y lo besó despacio en la boca. Al principio él pareció vacilar. El cuerpo se le puso rígido diciéndole NO, pero ese NO se volvió vago y difuso, se volvió aire aspirado por el ventilador de la zumbante toma de agua que tenían a su lado. Ella levantó los brazos y se desabrochó la gabardina. Él puso una mano sobre la fina y vaporosa tela de su camisón de verano.

Mi madre era irresistible por su aire necesitado. De niña, yo había visto el efecto que tenía en los hombres. Cuando estábamos en la tienda de comestibles, los encargados se ofrecían a traerle lo que había anotado en su lista y nos ayudaban a llevarlo al coche. Como Ruana Singh, tenía fama de ser una de las madres más guapas del vecindario; ningún hombre podía evitar sonreírle al verla. Cuando ella preguntaba algo, sus palpitantes corazones se rendían.

Aun así, mi padre siempre había sido el único en lograr que su risa se propagara por todas las habitaciones de la casa, legitimando de alguna manera que ella se abandonara.

Haciendo horas extras aquí y allá, y saltándose almuerzos, mi padre había logrado volver temprano del trabajo todos los jueves cuando éramos pequeñas. Pero si los fines de semana estaban dedicados a la familia, esa tarde era el «tiempo de mamá y papá». Para Lindsey y para mí era el tiempo de portarse bien. Me refiero a que no nos vigilaban mientras permanecíamos sin hacer ruido en el otro extremo de la casa y utilizábamos como cuarto de jugar el estudio entonces semivacío de mi padre.

Mi madre empezaba a prepararnos a las dos de la tarde.

–Es la hora del baño –canturreaba, como si nos anunciara que podíamos salir al jardín a jugar.

Y al principio teníamos esa sensación. Las tres nos apresurábamos a ir a nuestras habitaciones a ponernos los albornoces. Nos reuníamos en el pasillo –tres crías–, y mi madre nos llevaba de la mano a nuestro cuarto de baño de color rosa.

En aquella época nos hablaba de mitología, que había estudiado en el colegio. Le gustaba contarnos historias sobre Perséfone y Zeus. Nos compró libros ilustrados de los dioses nórdicos que nos hacían tener pesadillas. Se había licenciado en literatura y lengua inglesas después de pelearse con uñas y dientes con la abuela Lynn para ir tan lejos en sus estudios, y todavía tenía la vaga fantasía de dedicarse a la enseñanza cuando las dos fuéramos lo bastante mayores para quedarnos solas.

Esos baños se han vuelto borrosos en mi mente, al igual que todos los dioses y diosas, pero lo que mejor recuerdo es ver cómo las cosas afectaban a mi madre mientras yo la miraba, cómo la vida que había deseado y perdido la alcanzaba en oleadas. Como su primogénita, yo tenía la sensación de haberle arrebatado todos esos sueños.

Mi madre sacaba de la bañera primero a Lindsey, la secaba y la oía parlotear sobre patos y pupas. Luego me sacaba a mí y, aunque yo trataba de estar callada, el agua caliente nos dejaba a mi hermana y a mí tan embriagadas que hablábamos a mi madre de todo lo que nos importaba. Los chicos que nos habían atormentado o que otra familia que vivía más abajo en nuestro edificio tenía un perrito y que por qué no podíamos tener nosotros también uno. Ella escuchaba muy seria, como si tomara mentalmente nota de nuestras cosas en una libreta de taquigrafía que más tarde consultaría.

–Bueno, lo primero es lo primero –resumía ella–. ¡Y eso significa una buena siesta para las dos!

Ella y yo arropábamos a Lindsey. Yo me quedaba de pie junto a la cama y, apartándole el pelo de la cara, le daba un beso en la frente. Creo que para mí empezaba la rivalidad allí. Quién conseguía el mejor beso, quién pasaba más rato con mamá después del baño.

Por suerte, yo siempre ganaba. Cuando miro atrás, me doy cuenta de que mi madre se había vuelto –y muy deprisa después de que se mudaran a esa casa– una persona solitaria. Puesto que yo era la mayor, me convertí en su mejor amiga.

Yo era demasiado pequeña para entender realmente lo que me decía, pero me encantaba dejarme arrullar por sus palabras. Una de las ventajas de mi cielo es que puedo retroceder hasta esos momentos, volver a vivirlos, y estar con mi madre de una manera en la que nunca habría podido estar. Atravieso con una mano el Intermedio y sostengo la mano de esa joven madre solitaria.

Lo que le explicaba a una niña de cuatro años sobre Helena de Troya: «Una mujer peleona que torcía las cosas». Sobre Margaret Sanger: «La juzgaron por su físico». Gloria Steinem: «No me gusta decirlo, pero ojalá se cortara esas uñas». Nuestros vecinos: «Una idiota con pantalones ceñidos; oprimida por el subnormal de su marido; típicamente provinciana y criticona».

–¿Sabes quién es Perséfone? –me preguntó con aire ausente un jueves.

Pero yo no respondí. Para entonces había aprendido a callar cuando me llevaba a mi cuarto. El tiempo de mi hermana y mío era en el cuarto de baño, mientras nos secaba con la toalla. Lindsey y yo hablábamos entonces de cualquier cosa. En mi cuarto, era el tiempo de mamá.

Ella cogía la toalla y la colgaba de la cama de columnas.

–Imagínate a nuestra vecina la señora Tarking como Perséfone –dijo.

Abrió el cajón de la cómoda y me dio unas braguitas. Siempre me daba la ropa por partes, para no agobiarme. Enseguida entendió mis necesidades. Si yo hubiera sido consciente de que tenía que atarme los cordones no habría sido capaz de ponerme los calcetines.

–Lleva sobre los hombros una larga túnica blanca, como una sábana, pero hecha de una bonita tela brillante o ligera como la seda. Y lleva sandalias de oro y está rodeada de antorchas que son luces hechas de llamas...

Se acercó a la cómoda para coger mi camiseta y me la

puso distraídamente por la cabeza en lugar de dejarme hacerlo a mí. Cuando mi madre se lanzaba a hablar, yo podía aprovecharme de ello para volver a ser una niña. Así, nunca protestaba ni reivindicaba que ya era mayor. Esas tardes consistían en escuchar a mi misteriosa madre.

Ella me tapaba con la colcha Sears de pana rústica, y yo me escabullía hacia el otro lado y me pegaba a la pared. Ella siempre consultaba entonces el reloj y decía: «Sólo un rato». Y se quitaba los zapatos y se deslizaba bajo las sábanas, a mi lado.

Para las dos se trataba de perdernos. Ella se perdía en su historia, yo en su parloteo.

Me hablaba de la madre de Perséfone, Deméter, o de Cupido y Psique, y yo la escuchaba hasta que me dormía. A veces me despertaba la risa de mis padres en la habitación contigua o los ruidos que producían al hacer el amor a media tarde. Medio dormida en la cama, escuchaba. Me gustaba imaginar que estaba en los cálidos brazos de uno de los barcos de una de las historias que nos leía mi padre, y que todos estábamos en el mar y las olas se alzaban con suavidad contra los costados del barco. La risa, los pequeños gemidos amortiguados, me hacían abandonarme de nuevo al sueño.

Pero la huida de mi madre, su retorno a medias al mundo exterior, se había hecho añicos cuando yo tenía diez años y Lindsey nueve. Había tenido una falta, y había hecho el decisivo trayecto en coche hasta la consulta del médico. Detrás de su sonrisa y sus exclamaciones había fisuras que conducían a lo más profundo de su ser. Pero porque yo era una niña, porque no quería hacerlo, opté por no seguirlas. Me aferré a la sonrisa como un premio y me adentré en el prodigioso mundo de si iba a ser la hermana de un niño o de una niña.

Si hubiera prestado atención, habría notado algo. Ahora veo los cambios, cómo el montón de libros de la mesilla de noche de mis padres pasó de catálogos de universidades locales, enciclopedias de mitología y novelas de James, Eliot y Dickens, a las obras del doctor Spock. Luego llegaron los libros de jardinería y cocina, hasta que para su cumpleaños, dos meses antes de que yo muriera, me pareció que el regalo perfecto para ella era *Better Homes and Gardens Guide to Entertaining*. Cuando se dio cuenta de que estaba embarazada por tercera vez, encerró a la madre más misteriosa. Contenida durante años detrás de ese muro, la parte necesitada de ella, lejos de menguar, había crecido, y en Len, el anhelo de salir, destruir, abolir, se apoderó de ella. Su cuerpo la guiaba, y tras él irían las piezas que le quedaban.

No me resultó fácil ser testigo de eso, pero lo fui.

Su primer abrazo fue apresurado, torpe, apasionado.

–Abigail –dijo Len, con una mano a cada lado de su cintura debajo de la gabardina, el vaporoso camisón apenas un velo entre ellos–. Piensa en lo que estás haciendo.

–Estoy cansada de pensar –dijo ella.

El pelo le flotaba con el ventilador que tenía a su lado, en una aureola. Len parpadeó al mirarla. Maravillosa, peligrosa, salvaje.

–Tu marido –dijo.

–Bésame –dijo ella–. Por favor.

Yo veía a mi madre suplicar indulgencia. Se desplazaba físicamente en el tiempo para huir de mí. Yo no podía retenerla.

Len le besó la frente y, cerrando los ojos, deslizó una mano hasta su pecho. Ella le susurró algo al oído. Yo sabía lo que ocurría. La rabia de mi madre, su sensación de pérdida, su desesperación. Toda la vida perdida salía formando un arco de ese techo, obstruyendo su ser. Necesitaba que Len expulsara de ella a su hija muerta.

Él la hizo retroceder hasta la superficie de estuco de la pared mientras se besaban, y mi madre se aferró a él como si al otro lado del beso pudiera haber una nueva vida.

Al volver del colegio, a veces me paraba a la puerta de nuestra casa y observaba a mi madre montada en la segadora serpenteando entre los pinos, y recordaba entonces cómo silbaba por las mañanas al prepararse su té, y cómo mi padre le traía caléndulas los jueves por la tarde y a ella se le iluminaba la cara de alegría. Habían estado profunda, separada y completamente enamorados; dejando aparte a sus hijos, mi madre podía reivindicar ese amor, pero con los hijos empezó a ir a la deriva. Fue mi padre quien se volvió más próximo a nosotros con los años; mi madre se distanció.

Junto a la cama del hospital, Lindsey se había quedado dormida sosteniendo la mano de nuestro padre. Mi madre, todavía despeinada, pasó junto a Hal Heckler en la sala de espera, y un momento después lo hizo Len. Hal no necesitó nada más. Cogió el casco y salió al pasillo.

Tras una breve visita al lavabo, mi madre se encaminó a la habitación de mi padre. Hal la detuvo.

–Su hija está dentro –le dijo. Ella se volvió, y él añadió–: Hal Heckler, el hermano de Samuel. Estuve en el funeral.

–Ah, sí. Lo siento, no te había reconocido.

–No tenía por qué hacerlo –dijo él.

Hubo un silencio incómodo.

–Lindsey me ha llamado, y la he traído aquí hace una hora.

–Oh. –Ella lo miraba fijamente. Sus ojos mostraron que estaba subiendo a la superficie. Utilizó la cara de él para regresar.

–¿Se encuentra bien?

–Estoy un poco afectada... es comprensible, ¿no?

–Desde luego –dijo él, hablando despacio–. Sólo quería avisarle de que su hija está con su marido. Estaré en la sala de espera por si me necesitan.

–Gracias –dijo ella. Lo vio darse la vuelta y se quedó

un momento allí, escuchando cómo las suelas gastadas de sus botas reverberaban en el suelo de linóleo del vestíbulo.

Luego volvió en sí y con un estremecimiento regresó al presente, sin sospechar ni por un segundo que ése había sido el propósito de Hal al saludarla.

La habitación estaba casi a oscuras, el tubo fluorescente de detrás de la cama de mi padre parpadeaba tan débilmente que sólo iluminaba las masas más obvias de la habitación. Mi hermana estaba sentada en una silla que había acercado a la cama, con la cabeza apoyada en el borde y una mano alargada hacia mi padre. Éste dormía profundamente, boca arriba. Mi madre no sabía que yo estaba allí con ellos, que estábamos los cuatro, tan cambiados desde los tiempos en que ella nos arropaba a Lindsey y a mí, y luego iba a hacer el amor con su marido, nuestro padre. De pronto vio las piezas. Vio que mi hermana y mi padre, juntos, se habían convertido en una sola pieza, y se alegró de ello.

Al hacerme mayor, yo había jugado con el amor de mi madre a una especie de juego del escondite, tratando de ganarme su aprobación y su atención con recursos que nunca había tenido que utilizar con mi padre.

Ya no me hacía falta jugar. Mientras observaba a mi hermana y a mi padre en la oscura habitación, descubrí una de las cosas que significaba el cielo. Yo tenía una alternativa, y ésta no iba a ser dividir a mi familia en mi corazón.

Entrada la noche, el aire sobre los hospitales y las residencias de ancianos a menudo estaba lleno de almas. Las noches que no teníamos sueño, Holly y yo a veces lo observábamos. Llegamos a darnos cuenta de que esas muertes parecían coreografiadas desde algún lugar lejano que no era nuestro cielo. Así, empezamos a sospechar que había un lugar que abarcaba más.

Al principio, Franny venía a observar con nosotras.

–Es uno de mis placeres secretos –admitió–. Después de todos estos años, me sigue encantando ver las almas flotando y dando vueltas en masa, todas gritando a la vez dentro del aire.

–Yo no veo nada –dije esa primera vez.

–Observa con atención y calla –dijo ella.

Pero antes de verlas las sentí, unas pequeñas chispas a lo largo de mis brazos. Y allí estaban, unas luciérnagas que se encendían y expandían en remolinos y aullidos a medida que abandonaban los cuerpos humanos.

–Como los copos de nieve –dijo Franny–, todas son distintas y, sin embargo, desde aquí parecen exactamente iguales.

13

Cuando Lindsey volvió al colegio en el otoño de 1974, no sólo era la hermana de la niña asesinada, sino también la hija de un «chiflado», un «pirado», un «lunático», y esto último le dolió más porque no era verdad.

Los rumores que oyeron Samuel y ella las primeras semanas de curso zigzaguearon por entre las hileras de taquillas de los alumnos como las serpientes más persistentes. El remolino aumentó hasta abarcar a Brian Nelson y Clarissa, que ese año habían empezado el instituto, gracias a Dios. En el Fairfax, Brian y Clarissa se volvieron inseparables y explotaron el incidente, utilizando la degradación de mi padre para dárselas de enrollados al contar por todo el instituto lo que había ocurrido esa noche en el campo de trigo.

Ray y Ruth pasaron por el lado interior de la cristalera que miraba a la sala al aire libre. En las rocas falsas donde se suponía que se sentaban los chicos malos vieron a Brian rodeado de admiradores. Ese año había pasado de andar como un espantapájaros ansioso a hacerlo con un viril contoneo. Clarissa, riendo bobamente de miedo y lujuria, había abierto sus partes pudendas y se había acostado con él. Aunque, de cualquier manera, todos mis conocidos se hacían mayores.

Buckley empezó ese año el parvulario y volvió a casa enamorado de su profesora, la señorita Koekle. Ésta le cogía de la mano con tanta delicadeza cuando lo acompañaba al cuarto de baño o le explicaba una tarea, que su fuerza era irresistible. Por un lado, se aprovechó –ella a menudo le daba a escondidas una galleta de más o un asiento más cómodo–, pero, por otro, eso lo aisló y marginó de sus compañeros. Mi muerte le hacía distinto en el único grupo –niños– donde tal vez habría pasado desapercibido.

Samuel acompañaba a Lindsey a casa, y luego bajaba por la carretera principal y hacía autoestop hasta el taller de motos de Hal. Contaba con que los colegas de su hermano lo reconocieran, y llegaba a su destino en varias motos y furgonetas que Hal ponía a punto cuando se paraban.

Tardó un tiempo en entrar en nuestra casa. No lo hacía nadie aparte de la familia. En octubre, mi padre empezó a levantarse y moverse por la casa. Los médicos le habían dicho que la pierna derecha siempre le quedaría rígida, pero si la estiraba y hacía ejercicios de flexibilidad no sería un gran impedimento. «Correr no, pero todo lo demás...», le había dicho el cirujano la mañana siguiente de su operación, cuando mi padre se despertó y vio a Lindsey a su lado y a mi madre junto a la ventana mirando el aparcamiento.

Buckley pasó de disfrutar del calor de la señorita Koekle a amadrigarse en la cueva vacía del corazón de mi padre. Hizo miles de preguntas sobre la «rodilla de mentira», y mi padre se entusiasmó con él.

–La rodilla ha venido del espacio sideral –decía mi padre–. Trajeron trozos de la luna y los distribuyeron, y ahora los utilizan para hacer cosas así.

–¡Guau! –decía Buckley sonriendo–. ¿Cuándo podrá verla Nate?

–Pronto, Buck, pronto –decía mi padre. Pero su sonrisa se debilitaba.

Cuando Buckley reproducía esas conversaciones a nuestra madre –«La rodilla de papá está hecha de huesos de la luna», le decía, o «La señorita Koekle ha dicho que mis lápices de colores son muy buenos»–, ella asentía. Había tomado conciencia de sus actos. Cortaba zanahorias y apio en trozos de una longitud comestible. Lavaba los termos y las fiambreras, y cuando Lindsey decidió que era demasiado mayor para llevar una fiambrera al colegio, mi madre se sorprendió a sí misma contentísima cuando encontró unas bolsas forradas de papel encerado que impedirían que el almuerzo de su hija goteara y le manchara la ropa. Que ella lavaba. Que ella doblaba. Que ella planchaba cuando hacía falta y colgaba en perchas. Que ella recogía del suelo o retiraba del coche o desenredaba de la toalla mojada dejada sobre la cama que ella hacía por las mañanas, metiendo las esquinas y ahuecando las almohadas, colocando encima animales de peluche y abriendo las persianas para dejar entrar la luz.

En los momentos que Buckley la buscaba, ella a menudo hacía un cambio. Se concentraba en él unos minutos y a continuación se permitía alejarse mentalmente de su casa y su hogar, y pensar en Len.

Hacia el mes de noviembre, mi padre había dominado lo que él llamaba una «hábil cojera» y, cuando Buckley lo incitaba, se contorsionaba dando un salto que, siempre y cuando hiciera reír a su hijo, no le hacía pensar en lo extraño y desesperado que podía parecerle a un desconocido o a mi madre. Todos menos Buckley sabíamos qué se aproximaba: el primer aniversario.

Buckley y mi padre pasaron las frías y vigorizantes tardes de otoño con *Holiday* en el patio cercado. Mi padre se sentaba en la vieja silla de hierro del jardín, con la pierna estirada delante de él y ligeramente apoyada en un llamativo limpiabarros que la abuela Lynn había encontrado en una tienda de objetos curiosos de Maryland.

Buckley arrojaba la chillona vaca de juguete a *Holiday* y éste corría a cogerla. Mi padre disfrutaba viendo el cuerpo ágil de su hijo de cinco años y sus carcajadas de placer cuando *Holiday* lo derribaba y le hundía el morro o le lamía la cara con su larga lengua rosada. Pero no podía librarse de un pensamiento: a él también –a ese niño perfecto– se lo podían arrebatar.

Había sido una combinación de cosas, entre ellas, y no la menos importante, su lesión, lo que le había hecho quedarse en casa y prolongar su baja por enfermedad. Su jefe se comportaba de manera distinta delante de él, al igual que sus colegas de trabajo. Pasaban sin hacer ruido por delante de su oficina y se detenían a unos pasos de su escritorio como si temiesen que, si se relajaban demasiado en su presencia, les ocurriera lo mismo que a él, como si tener una hija muerta fuera algo contagioso. Nadie sabía cómo era capaz de seguir haciendo lo que hacía, y al mismo tiempo querían que cogiera todos los signos de dolor, los metiera en una carpeta y la guardara en un cajón que nadie tuviera que volver a abrir. Él telefoneaba con regularidad, y su jefe enseguida se mostraba conforme con que se tomara otra semana, otro mes si era necesario, y él lo consideraba un premio por haber sido siempre puntual o haber estado siempre dispuesto a trabajar hasta tarde. Pero se mantuvo alejado del señor Harvey y hasta trató de eludir todo pensamiento relacionado con él. No utilizaba su nombre excepto en su cuaderno, que guardaba escondido en su estudio, que mi madre, con sorprendente facilidad, había convenido en no volver a limpiar. Se había disculpado ante mí en su cuaderno: «Necesito descansar, cariño. Necesito discurrir la forma de ir tras ese hombre. Espero que lo entiendas».

Pero se había fijado volver a trabajar el día 2 de diciembre, justo después del día de Acción de Gracias. Quería estar de nuevo en la oficina para el aniversario de mi desaparición. Estar ya funcionando y poniéndose al día de trabajo en el lugar más público y distraído que se le ocurría. Y lejos de mi madre, si era sincero consigo mismo.

Cómo volver a ella, cómo alcanzarla de nuevo. Ella se apartaba bruscamente, toda su energía estaba en contra de la casa, mientras que toda la energía de él estaba dentro.

Él se concentró en recuperar sus fuerzas y diseñar una estrategia para ir tras el señor Harvey. Era más fácil echar la culpa a alguien que sumar las cifras cada vez más elevadas de lo que había perdido.

Esperaban a la abuela Lynn para el día de Acción de Gracias, y Lindsey había seguido el método de belleza que la abuela le había recomendado por carta. Se había sentido tonta la primera vez que se había puesto rodajas de pepino en los ojos (para disminuir la hinchazón), avena en copos en la cara (para limpiar los poros y absorber el exceso de aceites) o yemas de huevo en el pelo (para darle brillo). El uso de alimentos había hecho reír a mi madre y a continuación preguntarse si ella no debería hacer lo mismo. Pero sólo fue un segundo, porque estaba pensando en Len, no porque estuviera enamorada de él, sino porque estar con él era la manera más rápida que conocía de olvidar.

Dos semanas antes de que llegara la abuela Lynn, Buckley y mi padre estaban con *Holiday* en el patio. Buckley y *Holiday* jugaban a un corre que te pillo cada vez más hiperactivo, yendo de una gran montaña de hojas de roble a otra.

—Cuidado, Buck —dijo mi padre—. Vas a lograr que *Holiday* te muerda. —Y con razón.

Mi padre dijo que quería probar algo.

—Vamos a ver si tu viejo padre puede volver a llevarte a caballo. Pronto serás demasiado grande.

Así, con torpeza, en la intimidad del patio donde, si mi padre se caía, sólo lo verían un niño y un perro, los dos aunaron fuerzas para hacer realidad lo que ambos querían: la vuelta a la normalidad de su relación padre-hijo. Cuando Buckley se puso de pie en la silla de hierro —«Ahora salta sobre mi espalda —dijo mi padre agachándose—, y agárrate a mis hombros», sin saber si iba a tener fuerzas para levantarlo desde allí—, yo toqué madera en el cielo y contuve el aliento. En el campo de trigo, sí, pero también en

174

ese momento, al reparar el tejido más básico de sus vidas cotidianas anteriores y desafiar su lesión para recuperar un instante así, mi padre se convirtió en mi héroe.

–Agáchate, agáchate otra vez –dijo al entrar por la puerta, brincando torpe pero alegremente, y subir la escalera, cada paso un esfuerzo por mantener el equilibrio y una mueca de dolor. Y con *Holiday* pasando a todo correr por su lado y Buckley alegre en su montura, supo que al desafiar sus fuerzas había hecho lo que debía.

Cuando los dos con el perro encontraron a Lindsey en el cuarto de baño del piso de arriba, ella protestó audiblemente.

–¡Papaaaá!

Mi padre se irguió y Buckley alcanzó con la mano el aplique de la luz del techo.

–¿Qué estás haciendo? –preguntó mi padre.

–¿Qué te parece que estoy haciendo?

Estaba sentada sobre la tapa del inodoro, envuelta en una gran toalla blanca (las toallas que mi madre blanqueaba con lejía, las toallas que mi madre tendía, las toallas que doblaba y ponía en una cesta y colocaba en el armario de la ropa blanca...). Tenía la pierna izquierda apoyada en el borde de la bañera, cubierta de espuma de afeitar. En la mano sostenía la cuchilla de mi padre.

–No te enfurruñes –dijo mi padre.

–Lo siento –dijo mi hermana bajando la vista–. Sólo quería un poco de intimidad, eso es todo.

Mi padre levantó a Buckley por encima de su cabeza.

–En la encimera, en la encimera, hijo –dijo, y Buckley se emocionó al verse de pie en la prohibida encimera del cuarto de baño, manchando la baldosa con sus pies cubiertos de barro–. Ahora baja de un salto. –Y él así lo hizo. *Holiday* le hizo frente–. Eres demasiado pequeña para afeitarte las piernas, cariño –dijo mi padre.

–La abuela Lynn empezó a los once.

–Buckley, ¿puedes irte a tu habitación y llevarte al perro? Enseguida voy.

–Sí, papá.

Buckley todavía era un niño pequeño a quien mi padre, con paciencia y unas cuantas maniobras, podía llevar a hombros para que fueran un padre y un hijo típicos. Pero ahora vio en Lindsey algo que le produjo doble dolor. Yo era una niña pequeña en la bañera, una niña a la que él levantaba en brazos hasta el lavabo, una niña que no había llegado por muy poco a sentarse como lo hacía ahora mi hermana.

En cuanto Buckley salió, dirigió su atención a mi hermana. Cuidaría a sus dos hijas cuidando a una.

–¿Tienes cuidado? –preguntó.

–Acabo de empezar –dijo Lindsey–. Me gustaría estar sola, papá.

–¿Es la misma cuchilla que estaba puesta cuando la has cogido de mi estuche de afeitar?

–Sí.

–Debe de estar sucia de mi barba. Iré a buscarte una nueva.

–Gracias, papá –dijo mi hermana, y de nuevo era la dulce Lindsey que él había llevado a hombros.

Él salió y recorrió el pasillo hacia el otro lado de la casa, hasta el cuarto de baño que él y mi madre todavía compartían, aunque ya no dormían juntos en la misma habitación. Al introducir una mano en el armario en busca de un paquete de cuchillas nuevas, sintió una punzada en el pecho. No hizo caso y se concentró en lo que hacía. Fue un pensamiento fugaz: «Es Abigail la que debería estar haciendo esto».

Le llevó las cuchillas a Lindsey, le enseñó a cambiarlas y le dio algunos consejos sobre cómo afeitarse mejor.

–Cuidado con el tobillo y la rodilla –dijo–. Tu madre siempre los llamaba las zonas peligrosas.

–Puedes quedarte si quieres –dijo ella, preparada ahora para dejarlo entrar–. Pero podría acabar toda ensangrentada. –Ella quiso darse de bofetadas–. Perdona, papá. Ya me muevo... Siéntate tú aquí.

Se levantó y fue a sentarse en el borde de la bañera. Abrió el grifo mientras mi padre se sentaba en la tapa del inodoro.

—Gracias, cariño —dijo—. Hace tiempo que no hablamos de tu hermana.

—¿A quién le hace falta? —dijo mi hermana—. Está en todas partes.

—Tu hermano parece estar bien.

—Está pegado a ti.

—Sí —dijo él, y se dio cuenta de que eso le gustaba, ese esfuerzo que estaba haciendo su hijo por ganarse a su padre.

—Ay —dijo Lindsey, y un hilillo de sangre empezó a correr entre la espuma blanca—. Es un verdadero fastidio.

—Apriétalo un momento con el dedo. Ayuda a detener la hemorragia. Podrías hacerlo sólo hasta la rodilla —sugirió él—. Así es como lo hace tu madre, a menos que vayamos a la playa.

Lindsey hizo una pausa.

—Vosotros nunca vais a la playa.

—Antes íbamos.

Mi padre había conocido a mi madre cuando los dos trabajaban en Wanamaker, durante las vacaciones de verano de la universidad. Él acababa de comentar con tono desagradable que la sala de los empleados apestaba a tabaco cuando ella sonrió y sacó un paquete de Pall Mall que entonces siempre llevaba encima.

«Touché», dijo él, y no se apartó de ella a pesar de que el apestoso olor de sus cigarrillos lo envolvió de la cabeza a los pies.

—He estado tratando de decidir a quién me parezco —dijo Lindsey—, si a la abuela Lynn o a mamá.

—Siempre he pensado que tú y tu hermana os parecéis a mi madre —dijo él.

—¿Papá?

—¿Sí?

—¿Sigues convencido de que el señor Harvey tuvo algo que ver?

Fue como dos palos que por fin echan chispas al frotarlos: prendieron fuego.

—No tengo ninguna duda, cariño. Ninguna.

—Entonces, ¿por qué Len no lo arresta?

Ella deslizó la cuchilla descuidadamente hacia arriba y terminó con su primera pierna. Titubeó, esperando.

—Ojalá fuera fácil de explicar —respondió él, y las palabras le salían como en espirales. Nunca había hablado largamente de su sospecha con nadie—. Cuando lo encontré ese día en su patio trasero y construimos esa tienda, la que dijo que había construido para su esposa, cuyo nombre entendí que era Sophie mientras que Len tenía anotado Leah, algo en sus movimientos me hizo estar seguro.

—Todo el mundo cree que es un poco raro.

—Es cierto, y lo entiendo —dijo él—. Pero nadie lo ha tratado mucho tampoco. No saben si su rareza es benigna o no.

—¿Benigna?

—Inofensiva.

—A *Holiday* no le gusta —dijo Lindsey.

—Exacto. Nunca he visto al perro ladrar tan fuerte. Ese día hasta se le erizó el pelo.

—Pero los polis creen que tú estás chiflado.

—No hay pruebas, es todo lo que dicen. Sin pruebas y sin... perdona, cariño, sin cuerpo, no tienen nada para seguir investigando ni bases para arrestar a nadie.

—¿Qué quieres decir con bases?

—Supongo que algo que lo relacionara con Susie. Que alguien lo hubiera visto en el campo de trigo o merodeando por el colegio, o algo así.

—¿O si tuviera algo suyo?

Tanto mi padre como Lindsey hablaban con apasionamiento, la segunda pierna cubierta de espuma pero sin afeitar, porque al prender fuego los dos palos de su interés habían iluminado la idea de que yo estaba en alguna parte de esa casa. En el sótano, en la planta baja, en el piso superior o en la buhardilla. Para no tener que admitir un pensamiento tan atroz –pero, ay, si fuera verdad sería una prueba tan clara, tan perfecta y concluyente...–, recordaron cómo iba vestida yo ese día, lo que llevaba, la goma de borrar de Frito Bandito que yo atesoraba, la chapa de David Cassidy prendida dentro de mi bolsa, la de David Bowie fuera. Enumeraron todos los accesorios de lo que sería la mejor y más espantosa evidencia que podrían encontrar: mi cuerpo troceado, mis ojos en blanco y pudriéndose.

Mis ojos: el maquillaje que le había regalado la abuela Lynn ayudaba, pero no resolvía el problema de que todos vieran mis ojos en los de Lindsey. Cuando aparecían en la polvera que utilizaba la niña del pupitre de al lado o en un inesperado reflejo en el escaparate de una tienda, desviaba la mirada. Sobre todo era doloroso para mi padre. Y al hablar con él se dio cuenta de que, mientras tocaban ese tema –el señor Harvey, mi ropa, mi cartera con mis libros, mi cuerpo, yo–, mi padre estaba tan atento a mi recuerdo que la veía de nuevo como a Lindsey y no como una trágica combinación de sus dos hijas.

–Entonces, ¿te gustaría poder entrar en su casa? –preguntó ella.

Se miraron, reconociendo de manera casi imperceptible que era una idea peligrosa. Cuando él vaciló antes de responder por fin que eso sería ilegal y que no, que no había pensado en ello, ella supo que mentía. También supo que necesitaba que alguien lo hiciera por él.

–Deberías terminar de afeitarte, cariño –dijo él.

Ella le dio la razón y se volvió, consciente de lo que le había dicho.

La abuela Lynn llegó el lunes anterior a Acción de Gracias. Con los mismos ojos láser que buscaron de inmediato alguna imperfección antiestética en mi hermana, vio algo detrás de la sonrisa de su hija, en sus movimientos aplacados y serenos, en cómo su cuerpo respondía cuando venía el detective Fenerman o la policía.

Cuando esa noche, después de cenar, mi madre rechazó el ofrecimiento de mi padre de ayudarla a lavar los platos, los ojos láser se convencieron. Con firmeza, y con gran asombro de todos los comensales y alivio de mi hermana, la abuela Lynn anunció algo.

–Abigail, voy a ayudarte a lavar los platos. Un asunto entre madre e hija.

–¿Qué?

Mi madre había previsto deshacerse fácilmente de Lindsey y pasar el resto de la noche frente al fregadero, lavando despacio los platos y mirando por la ventana hasta que la oscuridad le devolviera su reflejo, los ruidos del televisor dejaran finalmente de oírse y volviera a estar sola.

–Ayer mismo me hice las uñas –dijo la abuela después de ponerse el delantal encima de su vestido de diseño beige–, de modo que secaré yo.

–Madre, de verdad, no es necesario.

–Lo es, cariño, créeme –dijo mi abuela.

Había algo sobrio y cortante en ese «cariño».

Buckley se llevó a mi padre de la mano a la sala contigua, donde estaba el televisor. Se sentaron, y Lindsey, que había recibido una reprimenda, subió a su habitación para llamar a Samuel.

Era extraño verlo. Algo muy fuera de lo normal. Mi abuela con un delantal y sosteniendo un trapo de cocina como si se tratase de un capote de torero, lista para el primer plato que llegara a sus manos.

Permanecieron calladas mientras trabajaban, y el silencio –los únicos sonidos eran las salpicaduras que producía mi madre al sumergir las manos en el agua hirviendo, el chirrido de platos y el tintineo de cubiertos– hizo que la tensión que llenaba la estancia se volviera insoportable. Los ruidos del partido en la habitación contigua eran igualmente extraños para mí. Mi padre nunca había visto el fútbol; el único deporte que le interesaba era el baloncesto. La abuela Lynn nunca había lavado los platos;

los alimentos congelados y las comidas para llevar eran sus armas predilectas.

–Oh, Dios mío –dijo por fin–. Toma. –Devolvió el plato recién lavado a mi madre–. Quiero tener una conversación de verdad, pero me temo que se me van a caer estos platos de las manos. Vamos a dar un paseo.

–Madre, necesito…

–Yo necesito dar un paseo.

–Después de fregar.

–Escucha –dijo mi abuela–, sé que yo soy quien soy y tú eres quien eres y lo que te hace feliz, pero reconozco algunas cosas cuando las veo y sé que está ocurriendo algo que no está bien. *Capisce?*

A mi madre le temblaba la cara, blanda y maleable, casi tan blanda y maleable como su reflejo en el agua sucia del fregadero.

–¿Qué?

–Tengo mis sospechas, y no quiero hablar de ellas aquí.

«Mensaje recibido, abuela Lynn», pensé yo. Nunca la había visto tan nerviosa.

No les iba a resultar difícil salir de casa a las dos solas. A mi padre, con la rodilla fastidiada, jamás se le ocurriría apuntarse al paseo y, últimamente, fuese donde fuese o dejase de ir, lo seguía mi hermano Buckley.

Mi madre guardó silencio. No tenía otra alternativa. En el garaje, se quitaron los delantales en el último momento y los dejaron sobre el techo del Mustang. Mi madre se agachó para abrir la puerta del garaje.

Aún era pronto, de modo que al comienzo de su paseo todavía habría luz.

–Podríamos sacar a *Holiday* –tanteó mi madre.

–Sólo tú y yo –dijo mi abuela–. La pareja más aterradora que te puedas imaginar.

Nunca habían tenido una relación estrecha. Las dos lo sabían, pero era algo que ninguna reconocía. Bromeaban sobre ello como dos niños que no se caen particularmente bien pero son los dos únicos niños en un vecindario grande y desolado. De pronto, sin haberlo intentado antes, después de haber dejado siempre a su hija correr lo más deprisa posible en la dirección que quisiera, mi abuela descubrió que estaba alcanzándola.

Habían pasado por delante de la casa de los O'Dwyer y se acercaban a la de los Tarking cuando mi abuela dijo lo que tenía que decir.

–Encubrí con sentido del humor mi aceptación –dijo mi abuela–. Tu padre tuvo una aventura amorosa en New Hampshire durante mucho tiempo. La primera inicial de ella era F, y nunca supe a qué correspondía. Encontré mil opciones con los años.

–¿Madre?

Mi abuela siguió andando sin volverse. Descubrió que el aire frío y vigorizante del invierno ayudaba, llenándole los pulmones hasta que los sintió más limpios que hacía unos minutos.

–¿Lo sabías?

–No.

–Supongo que nunca te lo dije –dijo–. No me pareció que te hiciera falta saberlo. Ahora sí te hace falta, ¿no crees?

–No estoy segura de por qué lo dices.

Habían llegado a la curva de la carretera que las llevaría de regreso dando la vuelta. Si seguían por allí sin detenerse, al final se encontrarían delante de la casa del señor Harvey. Mi madre se quedó inmóvil.

–Pobrecita hija mía, dame la mano –dijo mi abuela.

Se sentían incómodas. Mi madre podía contar con los dedos las veces que su alto padre se había inclinado para besarla cuando era niña. Y su barba, que pinchaba y olía a una colonia que, tras años de buscarla, nunca había logrado identificar. Mi abuela le cogió la mano mientras echaban a andar en sentido contrario.

Entraron en una parte del vecindario donde parecían estar instalándose nuevas familias. Recordé que mi madre las llamaba las casas-ancla, porque estaban a ambos lados de la calle que conducía a toda la urbanización: anclaban el vecindario a una carretera original construida antes de que el municipio fuera un municipio. La carretera que llevaba a Valley Forge, a George Washington y a la Revolución.

—La muerte de Susie me ha hecho pensar de nuevo en tu padre —dijo mi abuela—. Nunca me permití llorarlo debidamente.

—Lo sé —dijo mi madre.

—¿Me guardas rencor por eso?

Mi madre reflexionó.

—Sí.

Mi abuela dio unas palmaditas a mi madre en la espalda con la mano libre.

—Bueno, eso es algo.

—¿Algo?

—Algo está saliendo de todo esto. De ti y de mí. Una pizca de verdad entre nosotras.

Cruzaron las parcelas de media hectárea donde durante veinte años habían crecido árboles. Aunque no sobresalían mucho, eran dos veces tan altos como los hombres que los habían sostenido en sus brazos por primera vez y que habían pisado con fuerza la tierra a su alrededor con sus zapatos de fin de semana.

—¿Sabes lo sola que me he sentido siempre? —preguntó mi madre a su madre.

—Por eso estamos paseando, Abigail —dijo la abuela Lynn.

Mi madre clavó la vista al frente, pero siguió en contacto con su madre a través de la mano. Pensó en lo solitaria que había sido su niñez. Como cuando había visto a sus dos hijas atar una cuerda entre dos tazas de papel e ir a habitaciones distintas para susurrarse secretos, no había podido decir que sabía qué se sentía. En su casa no había habido nadie más aparte de sus padres, y luego su padre se había marchado.

Se quedó mirando las copas de los árboles, que, a kilómetros de nuestra urbanización, eran lo más alto que había por los alrededores. Se hallaban en una colina alta que nunca habían talado para construir casas y donde seguían viviendo un puñado de granjeros viejos.

–No puedo describir lo que estoy sintiendo –dijo–. A nadie.

Llegaron al final de la urbanización en el preciso momento en que el sol se ocultaba tras la colina ante ellas. Transcurrió un momento sin que ninguna de las dos se diera la vuelta. Mi madre observó cómo la última luz brillaba en un charco seco al final de la calle.

–No sé qué hacer –dijo–. Todo se ha acabado.

Mi abuela no estaba segura de a qué se refería, pero no la presionó.

–¿Volvemos? –sugirió.

–¿Cómo? –preguntó mi madre.

–A casa, Abigail. Si volvemos a casa.

Dieron la vuelta y echaron a andar de nuevo. Las casas, una tras otra, eran idénticas en su estructura. Sólo las distinguía lo que mi abuela llamaba sus accesorios. Nunca había comprendido esa clase de lugares, lugar donde su propia hija había escogido vivir.

–Cuando lleguemos a la curva –dijo mi madre–, quiero que pasemos por delante.

–¿De su casa?

–Sí.

Vi a mi abuela Lynn volverse cuando mi madre se volvió.

–¿Me prometes no ver más a ese hombre? –preguntó mi abuela.

–¿A quién?

–Al hombre con quien tienes un lío. De eso he estado hablando.

–No tengo un lío con nadie –replicó mi madre. Su mente volaba como un pájaro de un tejado a otro–. ¿Madre? –añadió, volviéndose.

–¿Abigail?

–Si necesito marcharme un tiempo, ¿podría instalarme en la cabaña de papá?

–¿Me has escuchado?

Les llegó un olor, y la mente ágil e inquieta de mi madre volvió a escabullirse.

–Alguien está fumando –dijo.

La abuela Lynn miraba fijamente a su hija. La pragmática y remilgada señora que siempre había sido mi madre había desaparecido. Se mostraba frívola y distraída. Mi abuela no tenía nada más que decirle.

–Son cigarrillos extranjeros –dijo mi madre–. ¡Vamos a buscarlos!

Y a la luz cada vez más tenue mi abuela observó, estupefacta, cómo mi madre empezaba a rastrear el olor.

–Yo regreso –dijo.

Pero mi madre siguió andando.

Encontró el origen del humo bastante pronto. Era Ruana Singh, que estaba detrás de una higuera alta en el patio trasero de su casa.

–Hola –dijo mi madre.

Ruana no se sobresaltó, como supuse que haría. Su serenidad era algo que había adquirido con la práctica. Era capaz de contener la respiración durante el suceso más sorprendente, ya fuera su hijo acusado de asesinato por la policía o su marido presidiendo una cena como si fuera una reunión del comité académico. Había dado permiso a Ray para subir a su cuarto, y ella había desaparecido por la puerta trasera y no la habían echado de menos.

–Señora Salmon –dijo Ruana, exhalando el embriagador humo de sus cigarrillos. Y en una ráfaga de humo y afecto mi madre estrechó la mano que le tendía–. Me alegro mucho de verla.

–¿Celebran una fiesta? –preguntó mi madre.

–Mi marido está dando una fiesta. Yo soy la anfitriona.

Mi madre sonrió.

–Las dos vivimos en un lugar extraño –dijo Ruana.

Se miraron, y mi madre asintió. En alguna parte de la calle estaba su madre, pero en ese preciso momento tanto ella como Ruana se encontraban en una isla silenciosa lejos de tierra firme.

–¿Tiene otro cigarrillo?

–Por supuesto, señora Salmon. –Ruana buscó en el bolsillo de su largo suéter negro, y le ofreció el paquete y el encendedor–. Dunhill, espero que le gusten.

Mi madre encendió un cigarrillo y le devolvió el paquete dorado.

–Abigail –dijo mientras exhalaba el humo–. Por favor, llámeme Abigail.

Desde su habitación a oscuras, Ray alcanzaba a oler los cigarrillos de su madre, que ella nunca le acusaba de birlarle, del mismo modo que él nunca le decía que sabía que los tenía. Le llegaban voces de abajo, los estridentes sonidos de su padre con sus colegas hablando seis idiomas distintos y riendo encantados del verano tan americano que se aproximaba. No sabía que mi madre estaba con su madre fuera, en el jardín, ni que yo lo veía sentado en su ventana, inhalando el dulce olor de sus cigarrillos. Enseguida se volvería de espaldas a la ventana y encendería la pequeña lámpara de la mesilla de noche para leer. La señora McBride les había pedido que buscaran un soneto que les gustara sobre el que hacer un trabajo, pero mientras leía los versos de su *Norton Anthology*, no paraba de pensar en el instante que deseaba recuperar y volver a vivir. Si me hubiera besado en el andamio, tal vez las cosas habrían sido distintas.

La abuela Lynn siguió andando, y allí estaba, por fin, la casa que habían tratado de olvidar viviendo sólo dos casas más abajo. «Jack tenía razón», pensó la abuela. Lo percibía en la oscuridad. Ese lugar irradiaba algo malévolo. Se estremeció y empezó a oír los grillos y a ver las luciérnagas que revoloteaban por encima de los parterres de flores del jardín delantero. De pronto pensó que no podía menos de compadecer a su hija. Vivía en medio de una zona cero donde ninguna aventura amorosa de su marido podía abrirle los ojos. Por la mañana le diría que las llaves de la cabaña siempre estarían a su disposición si las necesitaba.

Esa noche mi madre tuvo lo que le pareció un sueño maravilloso. Soñó con la India, donde nunca había estado. Había conos anaranjados de tráfico y bonitos insectos de color lapislázuli con mandíbulas doradas. Una joven era conducida por las calles hacia una pira, donde la envolvían en una sábana y la colocaban encima de una plataforma de madera. El brillante fuego que la consumía provocaba en mi madre esa profunda y alegre dicha como de ensueño. Quemaban a la joven viva, pero antes había sido un cuerpo, limpio y entero.

Lindsey se dedicó durante una semana a reconocer el terreno de mi asesino. Estaba haciendo exactamente lo que él hacía a los demás.

Había decidido entrenar todo el año con el equipo de fútbol masculino a fin de prepararse para el desafío que el señor Dewitt y Samuel le habían animado a afrontar: clasificarse para jugar en la liga de fútbol masculina del instituto. Y Samuel, para demostrarle su apoyo, entrenaba con ella, sin querer demostrar nada aparte de que era «el chico más rápido en pantalones cortos», según dijo.

Sabía correr, pero era muy malo a la hora de interceptar y devolver la pelota, o en verla venir. Y así, cuando corrían por el vecindario, cada vez que Lindsey echaba un vistazo a la casa del señor Harvey, Samuel iba delante de ella marcándole el ritmo, ajeno a todo lo demás.

Dentro de la casa verde, el señor Harvey miraba por la ventana. La vio mirar y empezó a ponerse nervioso. Ya había pasado casi un año, pero los Salmon seguían empeñados en acosarlo.

Había ocurrido antes en otras ciudades y estados. La familia de una niña sospechaba de él, pero nadie más. Había perfeccionado la perorata que soltaba a la policía, cierta inocencia obsequiosa teñida de asombro ante sus procedimientos, o ideas inútiles que sugería como si pudieran serles de utilidad. Mencionar al alumno Ellis al hablar con Fenerman había sido un buen golpe, y la mentira de que era viudo siempre ayudaba. Se inventaba una mujer a partir de una de las víctimas de las que recientemente había obtenido placer en sus recuerdos, y para darle cuerpo siempre tenía a su madre.

Todos los días salía de la casa un par de horas por la tarde. Compraba las provisiones que necesitaba, y luego conducía hasta Valley Forge Park y se paseaba por los caminos pavimentados y los senderos sin pavimentar hasta encontrarse de pronto en medio de excursiones escolares en la cabaña de troncos de George Washington o en la capilla del Washington Memorial. Eso le levantaba el ánimo, esos momentos en que veía a los niños impacientes por contemplar la historia, como si fuera posible encontrar enganchado en el tosco extremo de un leño un cabello blanco y largo de la peluca de Washington.

De vez en cuando, uno de los guías o profesores advertía su presencia, desconocida aunque amistosa, y lo miraban con aire interrogante. Tenía mil frases que ofrecer: «Traía a mis hijos aquí», o «Aquí fue donde conocí a mi mujer». Fundamentaba lo que decía en relación con alguna familia imaginaria, y entonces las mujeres le sonreían. En una ocasión, una atractiva y corpulenta mujer había tratado de entablar conversación con él mientras el guía del parque explicaba a los niños el invierno de 1776 y la Batalla de las Nubes.

Había utilizado la historia de su viudedad y hablado de una mujer llamada Sophie Cichetti, convirtiéndola en su esposa ya fallecida y su verdadero amor. Para esa mujer su historia había sido como un manjar exquisito y, mientras la oía hablar de sus gatos y de su hermano, y de que tenía tres hijos a los que adoraba, él se la imaginó sentada en la silla de su sótano, muerta.

Después de eso, cuando un profesor le sostenía la mirada inquisitivamente, retrocedía con timidez y se internaba en el parque. Observaba a las madres con sus hijos todavía en cochecitos, caminando con garbo por los senderos. Veía a los adolescentes que habían hecho novillos, besuqueándose en los campos sin segar o a lo largo de senderos interiores. Y en el punto más elevado del parque había un bosquecillo junto al que a veces aparcaba. Se quedaba sentado en su Wagoneer y observaba a los hombres solitarios que aparcaban a su lado y se apeaban. A veces le lanzaban una mirada inquisitiva. Si estaban lo bastante cerca, esos hombres veían a través de su parabrisas lo mismo que veían sus víctimas: su lujuria desenfrenada y sin límites.

El 26 de noviembre de 1974, Lindsey vio al señor Harvey salir de su casa verde y empezó a rezagarse del grupo de chicos con el que corría. Más tarde les diría que le había venido la menstruación y todos callarían, incluso se sentirían satisfechos, ya que eso demostraba que el plan tan poco popular del señor Dewitt nunca funcionaría: ¡una chica en los regionales!

Observé a mi hermana y me quedé asombrada. Se estaba convirtiendo en todo a la vez. Mujer. Espía. El condenado al ostracismo: un hombre solo.

Echó a andar sujetándose el costado para simular que tenía un calambre e hizo señas a los chicos para que no se detuvieran. Continuó andando con una mano en la cintura hasta que los vio doblar la esquina. Una hilera de altos y frondosos pinos que llevaban años sin podarse bordeaba la propiedad del señor Harvey. Se sentó debajo de uno, fingiendo aún que estaba agotada por si algún vecino miraba por la ventana, y cuando le pareció que era el momento oportuno, se hizo un ovillo y rodó entre dos pinos. Esperó. Los chicos dieron una vuelta más. Los vio pasar de largo y los siguió con la mirada cuando atajaron a través del aparcamiento vacío para regresar al instituto. Estaba sola. Calculó que disponía de cuarenta y cinco minutos antes de que nuestro padre empezara a preguntarse dónde estaba. Habían hecho el trato de que, si entrenaba con el equipo de fútbol masculino, Samuel la acompañaría a casa a eso de las cinco.

Las nubes se cernieron durante todo el día en el cielo, y el frío de finales de otoño le puso la piel de gallina en las piernas y los brazos. Correr siempre le hacía entrar en calor, pero cuando llegaba al vestuario, donde compartía las duchas con el equipo de hockey sobre hierba, empezaba a tiritar hasta que el agua caliente le caía en el cuerpo. Sin embargo, en el césped de la casa verde, la piel de gallina también se debía al miedo.

Cuando los chicos cruzaron el sendero, ella se acercó gateando a la ventana lateral del sótano del señor Harvey. Ya tenía una excusa preparada si la sorprendían. Estaba persiguiendo un gatito que había visto cruzar los pinos a todo correr. Diría que era gris y muy rápido, y había salido disparado hacia la casa del señor Harvey y ella lo había seguido sin pararse a pensar.

Veía el interior del sótano, que estaba oscuro. Trató de abrir la ventana, pero estaba cerrada por dentro. Tendría que romper el cristal. Mientras las ideas se le agolpaban en la mente, pensó con preocupación en el ruido, pero ya había ido demasiado lejos para detenerse ahora. Pensó en su padre en casa, siempre atento al reloj que tenía junto a su butaca, y luego se quitó la camiseta y se la enrolló alrededor de los pies. Sentada, se abrazó el cuerpo y golpeó una, dos, tres veces con los dos pies hasta que la ventana se hizo añicos con un crujido amortiguado.

Se descolgó con cuidado, buscando en la pared un punto de apoyo para los pies, pero tuvo que saltar los últimos palmos sobre los cristales rotos y el hormigón.

La habitación parecía ordenada y barrida, a diferencia de nuestro sótano, donde los montones de cajas con rótulos –Huevos de Pascua y Hierba Verde, Estrella/Adornos de Navidad– nunca habían vuelto a los estantes que había instalado mi padre.

Entraba el frío de fuera, y la corriente de aire en la nuca la impulsó a apartarse del brillante semicírculo de cristales rotos y adentrarse más en la habitación. Vio la tumbona con una mesilla al lado. Vio el enorme despertador de números luminosos que había en el estante metálico. Yo quería guiar sus ojos hasta el hueco donde encontraría los huesos de los animales, pero también sabía que, a pesar de haber dibujado en papel milimetrado los ojos de una mosca y de haber destacado ese otoño en la clase de biología del señor Botte, creería que los huesos eran míos. Por eso me alegré de que no se acercara a ellos.

A pesar de mi incapacidad para aparecer ante ella o susurrarle algo, empujarla o guiarla, Lindsey sintió algo. Algo cambió en el aire del frío y húmedo sótano que la hizo encogerse. Estaba a sólo unos pasos de la ventana abierta, y sabía que, pasara lo que pasara, se adentraría más y, pasara lo que pasara, tenía que calmarse y concentrarse en buscar pistas; pero en ese preciso momento, y por un instante, pensó en Samuel corriendo delante de ella. Esperaría encontrarla en la última vuelta y, al no verla, volvería corriendo al instituto, creyendo que la encontraría fuera. Por último, supondría, aunque con el primer rastro de duda, que se estaba duchando, y que él también debería ducharse y esperarla antes de hacer nada. ¿Cuánto tiempo la esperaría? Mientras desplazaba la mirada por las escaleras hasta el primer piso, deseó que Samuel estuviera allí y subiera detrás de ella, que siguiera sus movimientos borrando su soledad, acoplándose a sus miembros. Pero no se lo había dicho a propósito, no se lo había dicho a nadie. Estaba haciendo algo inaceptable –un acto delictivo–, y lo sabía.

Más tarde diría que había necesitado tomar aire y que por eso había subido. Al subir la escalera, recogió con la punta de los zapatos pequeñas borras de polvo blanquecino, pero no prestó atención.

Hizo girar el pomo de la puerta del sótano, que se abría a la planta baja. Sólo habían pasado cinco minutos. Le quedaban cuarenta, o eso creía. Seguía habiendo un poco de luz, que se filtraba por las persianas cerradas. Mientras permanecía de nuevo de pie titubeando en esa casa idéntica a la nuestra, oyó el golpe sordo del *Evening Bulletin* al caer en el porche y al repartidor tocar el timbre de su bicicleta al pasar.

Mi hermana se dijo a sí misma que se hallaba en una

serie de habitaciones donde, si las registraba a conciencia, tal vez encontraría lo que necesitaba, un trofeo que llevar a nuestro padre, liberándose de ese modo de mí. Siempre habría rivalidad, incluso entre los vivos y los muertos. Vio las losetas del pasillo, del mismo verde oscuro y gris que las nuestras, y se visualizó gateando detrás de mí cuando yo acababa de aprender a andar. Luego vio mi cuerpo de niña alejarse corriendo para entrar en la habitación contigua, y se recordó a sí misma alargando una mano y dando sus primeros pasos mientras yo la atormentaba desde la sala de estar.

Pero la casa del señor Harvey estaba mucho más vacía que la nuestra, y en ella no había alfombras que dieran calor a la decoración. Lindsey pasó de las losetas al suelo de pino encerado de la habitación que en nuestra casa correspondía a la sala de estar. El ruido de cada uno de sus movimientos hizo eco en el vestíbulo delantero, alcanzándola.

No podía evitar que la asaltaran los recuerdos, cada uno con información cruel. Buckley sobre mis hombros en el piso de arriba. Nuestra madre sujetándome mientras Lindsey observaba, celosa, mis intentos de alcanzar la punta del árbol de Navidad con la estrella plateada en las manos. Yo deslizándome por la barandilla y diciéndole que me siguiera. Las dos suplicando a mi padre que nos diese las tiras cómicas después de cenar. Todos corriendo detrás de *Holiday* mientras él ladraba sin parar. Y las innumerables sonrisas exhaustas que adornaban nuestras caras para las fotos de los cumpleaños, las vacaciones y a la salida del colegio. Dos hermanas vestidas exactamente igual, con trajes de terciopelo o a cuadros o amarillo de pascua. Sosteniendo en las manos cestas de conejitos y huevos de pascua que habíamos sumergido en tinte. Zapatos de charol con tiras y hebilla rígidas. Sonriendo forzadamente mientras nuestra madre trataba de enfocar con la cámara. Las fotos siempre borrosas, y nuestros ojos, puntos rojos brillantes. Nada de todo eso contendría para la posteridad los momentos de antes y de después, cuando las dos jugábamos en casa o nos peleábamos por los juguetes. Cuando éramos hermanas.

Entonces lo vio. Mi espalda entrando a toda velocidad en la habitación contigua. Nuestro comedor, la habitación donde él guardaba sus casas de muñecas terminadas. Yo era una niña que corría delante de ella.

Echó a correr detrás de mí.

Me persiguió por las habitaciones del piso de abajo y, aunque se estaba entrenando en serio para jugar al fútbol, cuando volvió al vestíbulo delantero estaba sin aliento. Se mareó.

Yo pensé en lo que mi madre siempre había dicho sobre un chico de la parada del autobús que tenía el doble de años que nosotras pero que seguía en segundo curso. «No sabéis la fuerza que tiene, de modo que tened cuidado cuando estéis cerca de él.» Le gustaba dar fuertes abrazos a todo el que era agradable con él, y veías cómo ese amor atontolinado recorría sus rasgos y despertaba su anhelo de tocar. Antes de que lo sacaran del colegio corriente y lo enviaran a otro del que nadie hablaba, había cogido a una niña pequeña llamada Daphne y la había apretado tanto que se cayó al suelo cuando él la soltó. Yo empujaba con tanta fuerza desde el Intermedio para llegar a Lindsey que de pronto se me ocurrió que tal vez le estaba haciendo daño cuando lo que quería era ayudar.

Mi hermana se sentó en la amplia escalera del fondo del vestíbulo y cerró los ojos, concentrándose en recuperar el aliento y en el principal motivo que la había llevado a la casa del señor Harvey. Se sentía revestida de algo pesado, como una mosca atrapada en la red con forma de embudo de una araña, envuelta en su gruesa seda. Sabía que nuestro padre había acudido al campo de trigo poseído por lo mismo que se estaba apoderando ahora de ella. Su intención había sido proporcionarle pistas que pudiera utilizar como peldaños para subir de nuevo hasta ella, afianzarlo con hechos, afirmar todo lo que le había dicho a Len. En lugar de eso, se vio caer detrás de él en un pozo sin fondo.

Quedaban veinte minutos.

Dentro de la casa mi hermana era el único ser vivo, pero no estaba sola y yo no era la única que la acompañaba. La arquitectura de la vida de mi asesino, los cuerpos de las niñas que había dejado atrás, empezaron a desfilar ante mí, ahora que mi hermana estaba en esa casa. En el cielo pronuncié sus nombres:

Jackie Meyer. Delaware, 1967. Trece años.

Una silla volcada. Acurrucada en el suelo y vuelta hacia ella, la niña llevaba una camiseta a rayas y nada más. Cerca de su cabeza, un pequeño charco de sangre.

Flora Hernández. Delaware, 1963. Ocho años.

Él sólo había querido tocarla, pero ella gritó. Una niña bajita para su edad. Más tarde encontraron el calcetín y el zapato izquierdos. No se recuperó el cuerpo. Los huesos están en el sótano de tierra de un viejo edificio de apartamentos.

Leah Fox. Delaware, 1969. Doce años.

La mató en un sofá cubierto con una funda bajo la rampa de acceso de una autopista, con mucho sigilo. Se quedó dormido encima de ella, arrullado por el ruido de los coches que pasaban por encima. No fue hasta diez horas más tarde, cuando un vagabundo derribó la pequeña cabaña que el señor Harvey había construido con puertas abandonadas, cuando él empezó a recoger sus cosas para marcharse con el cuerpo de Leah Fox.

Sophie Cichetti. Pensilvania, 1960. Cuarenta y nueve años.

Como propietaria, había dividido en dos su piso y levantado un fino tabique. A él le gustaba la ventana semicircular creada por la división, y el alquiler era barato. Pero ella hablaba demasiado de su hijo e insistía en leerle poemas de un libro de sonetos. Le hizo el amor en su parte del piso, y cuando ella empezó a hablar, le rompió el cráneo y se llevó el cadáver a la orilla de un riachuelo cercano.

Leidia Johnson. 1960. Seis años.

Condado de Buck, Pensilvania. Excavó una cueva abovedada dentro de una colina cercana a la cantera y esperó. Fue la más pequeña.

Wendy Richter. Connecticut, 1971. Trece años.

Esperaba a su padre a la puerta de un bar. La violó entre los matorrales y luego la estranguló. Esa vez, mientras él tomaba conciencia de sus actos y salía del estupor en el que a menudo se sumía, oyó ruidos. Volvió la cara de la niña muerta hacia él y, mientras las voces se acercaban más, le mordió la oreja.

–Perdona, hombre –oyó decir a dos borrachos que se habían metido en los matorrales para orinar.

Yo veía esa ciudad de tumbas flotantes, frías y azotadas por los vientos, adonde acudían las víctimas de asesinato en la mente de los vivos. Veía a las otras víctimas del señor Harvey en el momento en que habían ocupado su casa, esos vestigios de recuerdos dejados atrás antes de huir de esta tierra. Pero ese día me solté para acudir al lado de mi hermana.

Lindsey se levantó en cuanto volví a concentrarme en ella. Subimos juntas la escalera. Ella se sentía como los zombis de las películas que tanto les gustaban a Samuel y a Hal. Colocando un pie delante del otro y mirando al frente sin comprender, llegó a lo que equivalía al dormitorio de mis padres en nuestra casa, y no encontró nada. Dio vueltas por el pasillo del piso de arriba. Nada. Luego entró en lo que habría sido mi dormitorio en nuestra casa y encontró la del asesino.

Era la habitación menos vacía de la casa, y ella hizo lo posible por no mover nada al recorrer con una mano los jerséis amontonados en el estante, preparada para encontrar cualquier cosa en sus tibias entrañas: un cuchillo, un arma, un bolígrafo Bic mordisqueado por *Holiday*. Nada. Luego, mientras oía algo que no logró identificar, se volvió hacia la cama y vio la mesilla de noche y, en el círculo de luz de una lámpara de lectura que Harvey había dejado encendida, su cuaderno de bocetos. Al acercarse a él volvió a oír algo, pero no llegó a relacionar los ruidos. Un coche deteniéndose. Frenando con un chirrido. La puerta cerrándose de golpe.

Pasó las páginas del cuaderno y miró los dibujos a tinta de vigas transversales y soportes, cabestrantes y contrafuertes, y vio medidas y notas que para ella no tenían ningún sentido. Al pasar la última página le pareció oír pasos fuera, muy cerca.

El señor Harvey hacía girar la llave en la cerradura de la puerta principal cuando ella se fijó en el boceto hecho a lápiz que tenía delante. Era un dibujo de unos tallos encima de un hoyo, un detalle de un estante visto de lado, una chimenea para expulsar el humo de un fuego, y lo que más le impactó: con una caligrafía de trazos finos e inseguros, él había escrito «Campo de trigo Stolfuz». De no haber sido por los artículos del periódico después del hallazgo de mi codo, ella no habría sabido que el campo de trigo era propiedad de un hombre llamado Stolfuz. De pronto vio lo que yo quería que comprendiera. Yo había muerto dentro de ese hoyo; había gritado y forcejeado, y había perdido.

Ella arrancó la hoja. El señor Harvey estaba en la cocina preparándose algo para comer: el embutido de paté de hígado por el que tenía predilección y un bol de uvas verdes dulces. Oyó crujir una tabla del suelo y se puso rígido. Oyó otro crujido y se irguió de golpe al comprender.

Se le cayeron al suelo las uvas, que aplastó con el pie izquierdo mientras Lindsey, en el piso de arriba, corría hacia las persianas y abría la obstinada ventana. El señor Harvey subió los escalones de dos en dos. Mi hermana rasgó la mosquitera, saltó al tejado del porche y bajó rodando por él, rompiendo el canalón al golpearlo con el cuerpo, mientras el señor Harvey se acercaba a todo correr. Llegó al dormitorio cuando ella aterrizaba entre los arbustos, las zarzamoras y el barro.

Pero no se hizo daño. Salió milagrosamente ilesa. Milagrosamente joven. Se levantó en el preciso momento en que él llegaba a la ventana y se detenía. La vio correr hacia el saúco. El número que llevaba estampado en la espalda le gritaba: «¡Cinco!, ¡cinco!, ¡cinco!».

Lindsey Salmon con su camiseta de fútbol.

Samuel estaba sentado con mis padres y la abuela Lynn cuando Lindsey regresó a casa.

–¡Oh, Dios mío! –exclamó mi madre, que fue la primera en verla por las ventanitas cuadradas que había a cada lado de nuestra puerta principal.

Y antes de que mi madre la abriera, Samuel ya había corrido a colarse entre ellos. Ella entró cojeando y, sin mirar ni a mi madre ni a mi padre, fue derecha a los brazos de Samuel.

–Dios mío, Dios mío, Dios mío –dijo mi madre al ver la tierra y los rasguños.

Mi abuela se detuvo a su lado.

Samuel peinó a mi hermana con la mano.

–¿Dónde has estado?

Pero Lindsey se volvió hacia mi padre, a quien ahora se le veía como menguado, más menudo y más débil que esa hija furiosa. Lo llena de vida que estaba ella me consumió completamente ese día.

–¿Papá?

–Sí, cariño.

–Lo he hecho. He entrado en su casa. –Temblaba ligeramente y trataba de no llorar.

–¿Que has qué? –preguntó mi madre, negando con la cabeza.

Pero mi hermana no la miró ni una sola vez.

–Te he traído esto. Creo que puede ser importante.

Tenía en la mano el dibujo arrugado. Había hecho más dolorosa la caída, pero había logrado escapar.

En ese momento acudió a la mente de mi padre una frase que había leído ese día. La pronunció en voz alta mientras miraba a Lindsey a los ojos.

–«A ninguna condición se adapta más rápidamente el hombre que al estado de guerra.»

Lindsey le dio el dibujo.

–Voy a recoger a Buckley –dijo mi madre.

–¿No vas a mirarlo siquiera, mamá?

–No sé qué decir. Está aquí tu abuela. Tengo compras que hacer, un ave que cocinar. Nadie parece darse cuenta de que tenemos una familia. Tenemos una familia, una familia y un hijo, y yo me voy.

La abuela Lynn acompañó a mi madre a la puerta trasera, pero no trató de detenerla.

En cuanto mi madre se marchó, mi hermana le cogió la mano a Samuel. Mi padre vio en la caligrafía de trazos finos e inseguros del señor Harvey lo mismo que había visto Lindsey: el posible plano de mi tumba. Levantó la mirada.

–¿Me crees ahora? –le preguntó a Lindsey.

–Sí, papá.

Mi padre, inmensamente agradecido, tenía que hacer una llamada.

–Papá –dijo ella.

–Sí.

–Creo que me ha visto.

No se me habría ocurrido una bendición mayor ese día que saber que mi hermana estaba físicamente a salvo. Al marcharme del cenador, temblé por el miedo que se había apoderado de mí, lo que habría supuesto perderla, no sólo para mi padre, mi madre, Buckley y Samuel, sino también, egoístamente, para mí.

Franny salió de la cafetería y se acercó a mí. Yo apenas levanté la cabeza.

–Susie –dijo–. Tengo algo que decirte.

Me llevó a la luz de una de las anticuadas farolas y luego lejos de ella, y me dio un trozo de papel doblado en cuatro.

–Cuando te sientas más fuerte, léelo y ve allí.

Dos días después, el mapa de Franny me condujo a un campo por delante del cual había pasado a menudo, pero que, a pesar de lo bonito que era, nunca había explorado. En el dibujo se veía una línea de puntos que señalaba un sendero. Nerviosa, busqué una entrada entre las innumerables hileras de trigo. La vi más adelante, y mientras echaba a andar hacia allí, el papel se deshizo en mi mano.

Un poco más adelante, alcancé a ver un hermoso y viejo olivo.

El sol estaba alto, y delante del olivo había un claro. Esperé sólo un momento, hasta que vi cómo el trigo del otro extremo empezaba a estremecerse con la llegada de alguien que no sobresalía por encima de los tallos.

Era bajita para su edad, como lo había sido en la Tierra, y llevaba un vestido de algodón estampado y deshilachado en el dobladillo y los puños.

Se detuvo y nos miramos.

–Vengo aquí todos los días –dijo–. Me gusta oír los ruidos.

Reparé en que a nuestro alrededor los tallos del trigo susurraban al entrechocar por el viento.

–¿Conoces a Franny? –pregunté.

La niña asintió con solemnidad.

–Me dio un mapa para llegar aquí.

–Entonces debes de estar preparada –dijo ella, pero ella también estaba en su cielo, y eso hacía que diera vueltas y que se le arremolinara la falda.

Me senté en el suelo debajo del árbol y la observé.

Cuando terminó, se acercó a mí y se sentó a mi lado, sin aliento.

–Yo me llamo Flora Hernández –dijo–. ¿Y tú?

Se lo dije y me eché a llorar, reconfortada al conocer a otra niña a la que él había matado.

Y mientras Flora daba vueltas vinieron otras niñas y mujeres por el campo, de todas partes. Vaciamos las unas en las otras nuestro dolor como agua de una taza a otra, y cada vez que yo contaba mi historia, perdía una gotita de dolor. Fue ese día cuando me di cuenta de que quería contar la historia de mi familia. Porque el horror de la Tierra es real y cotidiano. Es como una flor o como el sol; no puede contenerse.

15

Al principio nadie los detenía, y era algo con lo que su madre disfrutaba tanto –el gorjeo de su risa cuando doblaban la esquina de un almacén cualquiera y ella le enseñaba todo lo que había robado– que George Harvey reía con ella y, en cuanto veía una oportunidad, la abrazaba mientras ella estaba absorta en su premio más reciente.

Era un respiro para los dos escapar de su padre por la tarde e ir en coche a la ciudad más cercana para conseguir comida y otras provisiones. Eran, en el mejor de los casos, hurgadores de escombros que hacían dinero recogiendo chatarra y botellas viejas que llevaban a la ciudad en la parte trasera de la anticuada furgoneta de Harvey padre.

La primera vez que los pillaron a su madre y a él, la mujer de la caja registradora los trató con benevolencia. «Si puede pagarlo, hágalo. Si no, déjelo en el mostrador tal como está», dijo alegremente, guiñándole un ojo a un George Harvey de ocho años. Su madre sacó de su bolsillo el pequeño frasco de aspirinas y lo dejó en el mostrador con timidez. Puso cara de hundida. «No eres mejor que el niño», le reprendía a menudo el padre de George Harvey.

La amenaza de que los pillaran se convirtió en otro de los miedos de la vida de George Harvey –esa desagradable sensación que se instalaba en la boca de su estómago, como huevos que se baten en un bol–, y por la expresión sombría y la mirada intensa sabía cuándo la persona que se acercaba a ellos por el pasillo era un dependiente del almacén que había visto robando a una mujer.

Ella entonces empezaba a pasarle las cosas que había robado para que se las escondiera por el cuerpo, y él lo hacía porque ella quería que lo hiciera. Si lograban escapar en la furgoneta, ella sonreía y golpeaba el volante con las palmas, llamándolo su pequeño cómplice, y la cabina se llenaba por un rato de su desenfrenado e impredecible amor. Y hasta que éste se atenuaba y veían a un lado de la carretera algún objeto que brillaba y del que tendrían que estudiar lo que su madre llamaba sus «posibilidades», él se sentía libre. Libre y eufórico.

Recordaba el consejo que le había dado ella la primera vez que, al recorrer un tramo de la carretera de Texas, habían visto a un lado del camino una cruz de madera blanca. Alrededor de ella había ramos de flores frescas y muertas, y su ojo de hurgador de escombros se había visto inmediatamente atraído por los colores.

–Tienes que ser capaz de mirar más allá de los muertos –dijo su madre–. A veces encuentras baratijas interesantes que llevarte.

Aun entonces, él se dio cuenta de que eso no estaba bien. Los dos bajaron de la furgoneta y se acercaron a la cruz, y los ojos de su madre cambiaron y se convirtieron en los dos puntos negros que él estaba acostumbrado a ver cuando buscaban algo. Ella encontró un colgante en forma de ojo y otro en forma de corazón, y los sostuvo en alto para que él los viera.

–No sé qué haría tu padre con ellos, pero vamos a quedárnoslos tú y yo. –Tenía un alijo secreto de objetos que nunca había enseñado a su padre–. ¿Quieres el ojo o el corazón?

–El corazón –respondió él.

–Creo que estas rosas están lo bastante frescas para rescatarlas, quedarán bonitas en la furgoneta.

Esa noche durmieron en la furgoneta porque su madre no se vio capaz de conducir de vuelta a donde su padre estaba empleado temporalmente, partiendo y rajando tablones a fuerza de brazos.

Durmieron los dos acurrucados como hacían con cierta frecuencia, convirtiendo el interior de la cabina en un incómodo nido. Su madre, como un perro que juguetea con una manta, daba vueltas y se movía inquieta en su asiento. George Harvey había aprendido de anteriores forcejeos que lo mejor era relajarse y dejar que ella lo moviera a su antojo. Hasta que su madre estaba cómoda, él no pegaba ojo.

En medio de la noche, cuando él soñaba con los lujosos interiores de los palacios que había visto en los libros ilustrados de las bibliotecas públicas, alguien golpeó el techo, y su madre y él se irguieron de golpe. Eran tres hombres que miraban por las ventanas de un modo que George Harvey reconoció. Era la misma mirada que veía en su propio padre cuando se emborrachaba. Tenía un efecto doble: la mirada se centraba totalmente en su madre al tiempo que dejaba de lado a su hijo.

Él sabía que no debía gritar.

—Estate quieto. No han venido por ti —le susurró su madre.

Él empezó a temblar debajo de las viejas mantas del ejército que lo tapaban. Uno de los hombres se había plantado delante de la furgoneta, y los otros dos, a los lados, golpeaban el techo, riendo y sacando la lengua.

Su madre sacudió la cabeza con vehemencia, pero sólo logró ponerlos furiosos. El hombre que bloqueaba la furgoneta empezó a balancear las caderas hacia delante y hacia atrás contra el capó, lo que hizo reír más fuerte a los otros dos.

—Voy a moverme despacio —susurró su madre— fingiendo que voy a bajar de la furgoneta. Quiero que te inclines hacia delante y, cuando te lo diga, arranques.

Sabía que ella le estaba diciendo algo muy importante. Que lo necesitaba. A pesar de la ensayada calma de su madre, él notó entereza en su voz, y cómo su fortaleza se disolvía en el miedo.

Ella sonrió a los hombres, y cuando ellos gritaron hurras y se relajaron, ella utilizó el codo para mover la palanca de cambios.

–Ya –dijo con voz monótona, y George Harvey se inclinó hacia delante e hizo girar la llave de contacto, y la furgoneta cobró vida con el estruendo de su viejo motor.

La expresión de los hombres cambió, y de un ansioso regocijo pasó a la indecisión mientras se quedaban mirando cómo ella daba marcha atrás un buen trecho y gritaba a su hijo:

–¡Al suelo!

Él sintió la sacudida del cuerpo del hombre al estrellarse contra la furgoneta a pocos centímetros de donde él estaba acurrucado dentro. Luego el cuerpo cayó bruscamente sobre el techo y se quedó un segundo allí, hasta que su madre volvió a dar marcha atrás. En ese momento, él tuvo un momento de clarividencia sobre cómo debía vivirse la vida: nunca como un niño o como una mujer. Eso era lo peor que se podía ser.

El corazón le había palpitado con fuerza al ver a Lindsey correr hasta el seto de saúco, pero se calmó inmediatamente. Era una habilidad que le había enseñado su madre, y no su padre: actuar sólo después de haber considerado las peores consecuencias posibles de cada opción. Vio el bloc de notas cambiado de sitio y la hoja que faltaba de su cuaderno de bocetos. Comprobó la bolsa donde guardaba su cuchillo y se la llevó al sótano, donde la dejó caer en el orificio cuadrado cavado en los cimientos. Cogió de los estantes metálicos la colección de colgantes que guardaba de las mujeres, arrancó la piedra de Pensilvania de mi pulsera y la sostuvo en la mano. Le traería buena suerte. Envolvió los demás objetos en su pañuelo blanco y ató los cuatro extremos para formar un pequeño hatillo. Se tumbó boca abajo en el suelo y metió el brazo hasta el hombro. Buscó a tientas, palpando con los dedos libres hasta dar con el oxidado saliente de un soporte metálico por encima del cual los albañiles habían derramado el cemento. Colgó de él su bolsa de trofeos y, sacando el brazo, se levantó. El libro de sonetos lo había enterrado poco antes, ese verano, en el bosque de Valley Forge Park, despojándose poco a poco de las pruebas, como siempre hacía; ahora sólo tenía que esperar, sin dormirse en los laureles.

Habían pasado como mucho cinco minutos. Podían justificarse con su shock y su indignación. Y comprobando lo que para los demás era valioso: gemelos, dinero en metálico, herramientas. Pero sabía que no podía dejar pasar más tiempo. Tenía que llamar a la policía.

Hizo lo posible para parecer agitado. Dio vueltas por la habitación, respirando entrecortadamente, y cuando la operadora respondió, habló con voz nerviosa.

—Han entrado en mi casa. Póngame con la policía —dijo, escribiendo el guión del primer acto de su versión de los hechos mientras calculaba para sus adentros lo deprisa que podía largarse de allí y qué se llevaría con él.

Cuando mi padre llamó a la comisaría, preguntó por Len Fenerman. No estaba localizable, pero le informaron de que ya habían enviado a dos agentes uniformados para investigar. Lo que éstos encontraron cuando el señor Harvey abrió la puerta fue a un hombre consternado y lloroso que —salvo cierta cualidad repelente que atribuyeron al hecho de tratarse de un hombre que no tenía escrúpulos en llorar— daba en todos los sentidos la impresión de estar reaccionando racionalmente ante los hechos denunciados.

A pesar de que les habían informado por la radio del dibujo que se había llevado Lindsey, los agentes se dejaron impresionar más por la prontitud con que el señor Harvey les había invitado a registrar su casa. También les pareció sincero al compadecer a la familia Salmon.

La incomodidad de los agentes aumentó. Registraron la casa como por obligación, y no encontraron nada salvo indicios de lo que interpretaron como una exagerada soledad y una habitación llena de bonitas casas de muñecas en el piso de arriba, donde cambiaron de tema y le preguntaron cuánto tiempo llevaba haciéndolas.

Advirtieron, según afirmaron más tarde, un cambio instantáneo y amistoso en su comportamiento. Entró en el dormitorio y cogió el cuaderno de bocetos sin mencionar el dibujo que le habían robado. La policía notó que su entusiasmo iba en aumento al enseñarles las casas de muñecas. Las siguientes preguntas las hicieron con delicadeza.

–Podríamos llevarle a la comisaría para seguir haciéndole preguntas, señor –sugirió un agente–, y tiene derecho a llamar a un abogado, pero...

–No tengo inconveniente en responder las preguntas que quieran hacerme aquí –lo interrumpió el señor Harvey–. Soy la parte agraviada, aunque no tengo ningún deseo de presentar cargos contra esa pobre chica.

–La joven que entró en su casa –empezó a decir el otro agente– se llevó algo. Era un dibujo del campo de trigo y una especie de estructura en él...

La forma en que Harvey encajó la noticia, según describirían los agentes al detective Fenerman, fue instantánea y muy convincente. Les dio una explicación tan concluyente que no vieron el peligro de que huyera, sobre todo porque no lo veían como un asesino.

–Oh, esa pobre chica –dijo. Se llevó los dedos a sus labios fruncidos, luego se volvió hacia el cuaderno de bocetos y pasó páginas hasta llegar a un dibujo muy parecido al que se había llevado Lindsey–. Es un dibujo parecido a éste, ¿verdad?

Los agentes, que se habían convertido en público, asintieron.

–Trataba de resolverlo –confesó el señor Harvey–. Reconozco que ese atroz incidente me ha tenido obsesionado. Creo que todo el vecindario ha estado dando vueltas a cómo podríamos haberlo prevenido. Por qué no oímos nada ni vimos nada. Porque seguro que la niña gritó.

»Aquí tienen –les dijo a los dos hombres, señalando

con un bolígrafo su dibujo–. Perdonen, pero yo pienso en estructuras. Y cuando me enteré de la enorme cantidad de sangre que habían encontrado en el campo de trigo y de lo revuelta que estaba la tierra donde la habían encontrado, decidí que tal vez... –Los miró, escudriñando sus ojos. Los dos agentes querían seguir lo que estaba diciendo. Querían seguirlo. No tenían ninguna pista, ni cuerpo. Tal vez ese extraño hombre podía ofrecer una hipótesis factible–. En fin, que la persona que lo hizo había construido algo bajo tierra, una especie de madriguera, y confieso que empecé a devanarme los sesos y a imaginar los detalles como hago con las casas de muñecas, y le puse una chimenea y un estante, y, bueno, es el vicio que tengo. –Hizo una pausa–. Dispongo de mucho tiempo para mí.

–¿Y funcionó? –preguntó uno de los dos agentes.

–Siempre pensé que había encontrado algo.

–¿Por qué no nos telefoneó, entonces?

–Eso no iba a devolverles a su hija. Cuando el detective Fenerman me interrogó, le dije que sospechaba del joven Ellis, y resultó que estaba totalmente equivocado. No quería enredarle con otra de mis teorías de aficionado.

Los agentes se disculparon porque al día siguiente el detective Fenerman volvería a hacerle una visita y seguramente querría examinar el mismo material. Ver el cuaderno de bocetos, escuchar sus explicaciones sobre el campo de trigo. El señor Harvey dijo que lo consideraba como parte de sus deberes de ciudadano, a pesar de que él había sido la víctima. Los agentes documentaron la entrada de mi hermana en la casa por la ventana del sótano y su salida, a continuación, por la del dormitorio. Hablaron de los daños, que el señor Harvey se ofreció a pagar de su bolsillo, insistiendo en que se hacía cargo del dolor abrumador del que habían dado muestras los Salmon en los pasados meses y que parecía haber contagiado ahora a la hermana de la pobre niña.

Vi cómo disminuían las posibilidades de que capturaran a Harvey mientras contemplaba el fin de mi familia tal y como yo la había conocido.

Después de ir a buscar a Buckley a casa de Nate, mi madre se paró en un teléfono público de la carretera 30 y le pidió a Len que se reuniera con ella en una ruidosa y bulliciosa tienda del centro comercial que había cerca de la tienda de comestibles. Él se puso en camino inmediatamente. Al salir del garaje sonó el teléfono de su casa, pero él no lo oyó. Estaba aislado dentro de su coche, pensando en mi madre y en que todo estaba mal, pero era incapaz de negarle nada por motivos que no era capaz de sostener el tiempo suficiente para analizarlos o rechazarlos.

Mi madre condujo la breve distancia que la separaba del centro comercial y llevó a Buckley de la mano a través de las puertas de cristal hasta un parque circular situado a un nivel más bajo, donde los padres podían dejar a sus hijos para que jugaran mientras ellos hacían sus compras.

Buckley se puso eufórico.

–¡El parque! ¿Puedo ir? –dijo al ver a otros niños pegar botes en el gimnasio como si estuviesen en la selva y dar volteretas en el suelo cubierto de colchonetas.

–¿Seguro que te apetece, cariño? –preguntó ella.

–Por favor –dijo él.

Ella respondió como si se tratara de una concesión maternal.

–Bueno. –Y al verlo salir disparado hacia el tobogán rojo, dijo tras él–: Pero pórtate bien. –Nunca le había dejado jugar allí solo.

Dio su nombre al monitor que vigilaba el parque y dijo que estaría comprando en el piso inferior, cerca de Wanamaker's.

Mientras el señor Harvey explicaba su teoría sobre mi asesinato, mi madre sintió el roce de una mano en el hombro dentro de una tienda de baratijas llamada Spencer's. Al volverse con expectante alivio, vio la espalda de Len Fenerman salir de la tienda. Pasando junto a máscaras que brillaban en la oscuridad, ocho pelotas de plástico negro, llaveros de gnomos peludos y una gran calavera sonriente, salió tras él.

Él no se volvió. Ella lo siguió, al principio excitada y luego enfadada. Entre paso y paso tenía tiempo para pensar, y no quería hacerlo.

Finalmente, lo vio abrir una puerta blanca en la pared en la que nunca se había fijado.

Supo por los ruidos que oía al fondo del oscuro pasillo que Len la había llevado a las entrañas del centro comercial: el sistema de filtración de aire o la planta de bombeo de agua. No le importó. En la oscuridad se imaginó dentro de su propio corazón, y acudió simultáneamente a su mente el dibujo ampliado que había colgado en la consulta de su médico y la imagen de mi padre, con su bata de papel y sus calcetines negros, sentado en el borde de la camilla mientras el médico les explicaba los peligros de una insuficiencia cardíaca congestiva. Justo cuando estaba a punto de abandonarse a la aflicción y echarse a llorar, tropezar y caer en la confusión, llegó al final del pasillo. Éste se abría a una sala enorme de tres plantas que vibraba y zumbaba, y a lo largo de la cual había lucecitas colocadas al azar en cisternas y bombas. Se detuvo y escuchó, a la espera de oír algún ruido aparte del ensordecedor martilleo del aire al ser succionado y reacondicionado para ser expulsado de nuevo. Nada.

Vi a Len antes que mi madre. La observó un instante en la penumbra, localizando la necesidad en sus ojos. Lo sentía por mi padre, por mi familia, pero había caído en ellos. «Podría ahogarme en esos ojos, Abigail», quería decirle, pero sabía que no le estaba permitido.

Mi madre empezó a distinguir cada vez más formas en la brillante confusión de metal interconectado, y por un instante sentí que la habitación empezaba a bastarle, ese territorio desconocido bastaba para sosegarla. La sensación de que nadie podía alcanzarla.

De no haber sido porque la mano de Len le rozó los

dedos, yo podría haberla retenido allí para mí. La habitación podría haber seguido siendo un breve paréntesis en su vida como señora Salmon.

Pero él la tocó y ella se volvió. Aun así, ella no lo miraba realmente. Él aceptó esa ausencia.

Yo daba vueltas mientras los observaba, y me sujeté al banco del cenador, respirando con dificultad. Ella no podía saber, pensé, que mientras asía el pelo de Len y él alcanzaba la parte inferior de su espalda, atrayéndola hacia sí, el hombre que me había asesinado acompañaba a dos agentes a la puerta de su casa.

Sentí los besos que descendían por el cuello de mi madre hasta su pecho, como las ligeras patitas de los ratones y como los pétalos de flores caídos que eran. Destructivos y maravillosos a la vez. Eran susurros que la llamaban, alejándola de mí, de mi familia y de su dolor. Ella los siguió con el cuerpo.

Mientras Len le cogía la mano y la apartaba de la pared acercándola a la maraña de tuberías cuyo ruido se sumaba al estruendo general, el señor Harvey empezó a recoger sus pertenencias; mi hermano conoció a una niña que jugaba al Hula-Hoop en el parque; mi hermana estaba tumbada en su cama con Samuel, los dos totalmente vestidos y nerviosos; mi abuela se bebió tres copitas en el comedor vacío; mi padre no apartaba la vista del teléfono.

Mi madre tiró con avidez del abrigo y la camisa de Len, y él la ayudó. La observó mientras se desnudaba, quitándose por la cabeza el jersey de cuello alto hasta quedarse en ropa interior y blusita de tirantes. Se quedó mirándola.

Samuel besó la nuca de mi hermana. Olía a jabón y a Bactine, y, aun así, deseó no separarse nunca de ella.

Len estaba a punto de decir algo; mi madre lo vio abrir los labios, y cerró los ojos y ordenó al mundo que callara, gritando las palabras dentro de su cabeza. Cuando volvió a abrir los ojos y lo miró, él estaba callado, con la boca cerrada. Ella se quitó por la cabeza la blusita de tirantes y luego las bragas. Tenía el cuerpo que yo nunca tendría. Pero la luna le iluminaba la piel y sus ojos eran océanos. Estaba vacía, perdida, abandonada.

El señor Harvey se marchó de su casa por última vez mientras a mi madre se le concedía su deseo más temporal. Encontrar en su arruinado corazón una puerta a un feliz adulterio.

———————

16

Un año después de mi muerte, el doctor Singh llamó a su casa para decir que no iría a cenar. Pero Ruana hizo sus ejercicios de todos modos. Si estirada en la alfombra en el rincón más calentito de la casa en invierno no podía evitar dar vueltas y más vueltas a las ausencias de su marido, dejaba que éstas la consumieran hasta que el cuerpo le suplicaba que las soltara, se concentrara –mientras se inclinaba hacia delante con los brazos extendidos hacia los dedos de los pies– y se moviera, desconectara la mente y olvidara todo menos el ligero y agradable anhelo de los músculos al estirarse y de su propio cuerpo al doblarse.

Llegando casi al suelo, la ventana del comedor sólo estaba interrumpida por el rodapié metálico de la calefacción, que a Ruana le gustaba dejar apagada porque le molestaban los ruidos que hacía. Fuera veía el cerezo, con todas las hojas y las flores caídas. El comedero para los pájaros, vacío, se balanceaba ligeramente en su rama.

Hizo estiramientos hasta que entró en calor y se olvidó de sí misma, y la casa donde se encontraba se desvaneció. Sus años. Su hijo. Aun así, la figura de su marido se acercaba con sigilo a ella. Tenía un presentimiento. No creía que fuera una mujer o alguna estudiante que lo adorara lo que le hacía llegar cada vez más tarde a casa. Sabía qué era porque ella también lo había experimentado y se había desprendido de ello después de haber sido herida hacía mucho tiempo. Era ambición.

De pronto oyó ruidos. *Holiday* ladraba dos calles más abajo y el perro de los Gilbert le respondía, y Ray se movía por la habitación del piso de arriba. Por fortuna, al cabo de un momento Jethro Tull volvió a irrumpir, dejando fuera al resto del mundo.

Salvo un cigarrillo de vez en cuando, que fumaba tan a hurtadillas como podía para no dar mal ejemplo a Ray, Ruana se había mantenido en forma. Muchas de las mujeres del vecindario le comentaban lo bien que se conservaba y algunas hasta le habían preguntado si no le importaría contarles su secreto, aunque ella siempre había entendido esas peticiones simplemente como una forma de entablar conversación con una solitaria vecina nacida en un país extranjero. Pero mientras estaba en la postura *sukhasana* y su respiración se iba acompasando hasta volverse profunda, no fue capaz de soltarse y abandonarse del todo. La agobiante idea de qué hacer cuando Ray se hiciera mayor y su marido trabajara cada vez más horas se le metió por los pies, le subió por las pantorrillas hasta la parte posterior de las rodillas y empezó a treparle hasta el regazo.

Sonó el timbre de la puerta.

Ruana se alegró de escapar, y a pesar de que el orden era para ella una especie de meditación, se levantó de un salto, se enrolló alrededor de la cintura un chal que colgaba del respaldo de una silla y, con la música de Ray bajando a todo volumen por la escalera, fue a abrir. Sólo por un instante pensó que tal vez era un vecino. Un vecino que venía a quejarse de la música e iba a verla con leotardos rojos y chal.

En el umbral estaba Ruth con una bolsa.

–Hola –dijo Ruana–. ¿Puedo ayudarte en algo?

–He venido a ver a Ray.

–Pasa.

Todo eso tuvo que ser dicho casi a gritos a causa del estruendo que llegaba del piso de arriba. Ruth entró en el vestíbulo.

–Sube –gritó Ruana, señalando las escaleras.

Observé cómo Ruana abarcaba con la mirada el holgado peto de Ruth, el jersey de cuello alto, la parka. «Podría empezar con ella», se dijo.

Ruth estaba en la tienda de comestibles con su madre cuando vio las velas entre los platos de papel y los cubiertos de plástico. Ese día, en clase, había sido muy consciente del día que era, y aunque lo que había hecho hasta entonces –tumbarse en la cama a leer *La campana de cristal*, ayudar a su madre a ordenar lo que su padre insistía en llamar su cobertizo de herramientas y ella veía como su cobertizo de poesía, y acompañarla a la tienda de comestibles– no era nada que pudiera señalar el aniversario de mi muerte, estaba decidida a hacer algo.

Al ver las velas supo inmediatamente que iría a casa de Ray y le pediría que la acompañara. Debido a sus encuentros en la plataforma de lanzamiento de peso, los compañeros de clase los habían tomado por pareja, a pesar de todas las pruebas que demostraban lo contrario. Ruth ya podía dibujar tantos desnudos femeninos como quisiera, cubrirse la cabeza con pañuelos, escribir sobre Janis Joplin y protestar a voz en cuello contra la opresión de tener que afeitarse las piernas y las axilas. A los ojos de sus compañeros seguía siendo una niña rara que había sido sorprendida BESÁNDOSE con un chico raro.

Lo que nadie comprendía –y no podían decir siquiera– era que había sido un experimento entre ellos. Ray sólo me había besado a mí y Ruth nunca había besado a nadie, de modo que los dos habían decidido besarse y ver qué pasaba.

–No siento nada –había dicho Ruth después, tumbada al lado de él entre las hojas de un arce detrás del aparcamiento de los profesores.

–Yo tampoco –reconoció Ray.

–¿Sentiste algo cuando besaste a Susie?

–Sí.

–¿Qué?

–Que quería más. Esa noche soñé que volvía a besarla y me pregunté si ella pensaba lo mismo.

–¿Y en sexo?

–Aún no había ido tan lejos –dijo Ray–. Ahora te beso a ti y no es lo mismo.

–Podríamos seguir intentándolo –dijo Ruth–. Estoy dispuesta, si no se lo dices a nadie.

–Creía que te gustaban las chicas –dijo Ray.

–Hagamos un pacto –dijo Ruth–. Imagínate que soy Susie y yo haré lo mismo.

–Eso es totalmente neurótico –dijo Ray sonriendo.

–¿Estás diciendo que no quieres? –lo atormentó Ruth.

–Enséñame otra vez tus dibujos.

–Puede que yo sea una neurótica –dijo Ruth, sacando de su cartera su cuaderno de bocetos; estaba lleno de desnudos que había copiado de *Playboy*, reduciendo o agrandando ciertas partes y añadiendo pelo y arrugas en las zonas retocadas con aerógrafo–, pero al menos no soy un pervertido del carboncillo.

Ray bailaba en su cuarto cuando entró Ruth. Llevaba las gafas de las que trataba de prescindir en el instituto porque eran de cristales gruesos y su padre había escogido las menos caras, de montura resistente. Iba con unos vaqueros holgados y manchados, y una camiseta con la que Ruth imaginaba, y yo sabía, que había dormido.

Cuando la vio en la puerta con la bolsa dejó de bailar. Se llevó al instante las manos a las gafas para quitárselas y, sin saber qué hacer con ellas, las agitó en su dirección.

–Hola –dijo.

–¿Puedes bajar el volumen? –gritó Ruth.

–Claro.

Al cesar el ruido, los oídos de Ruth resonaron un segundo, y en ese segundo vio un brillo en los ojos de Ray.

Estaba en el otro lado de la habitación y entre ambos estaba la cama, con las sábanas arrugadas y hechas un ovillo, y encima un retrato que ella me había hecho de memoria.

—Lo has colgado —dijo Ruth.

—Creo que es muy bueno.

—Tú y yo y nadie más.

—Mi madre también lo cree.

—Es una mujer tan especial... —dijo Ruth, dejando la bolsa—. No me extraña que seas tan estrambótico.

—¿Qué llevas en esa bolsa?

—Velas —dijo Ruth—. Las he comprado en la tienda de comestibles. Hoy es seis de diciembre.

—Lo sé.

—Pensé que podríamos ir al campo de trigo y encenderlas. Para decirle adiós.

—¿Cuántas veces se puede decir?

—Sólo era una idea —dijo Ruth—. Iré sola.

—No —dijo Ray—, voy contigo.

Ruth se sentó con su cazadora y su peto, y esperó a que él se cambiara de camiseta. Lo observó vuelto de espaldas, lo delgado que estaba, pero también cómo se ondulaban los músculos de sus brazos, como se suponía que debían hacer, y el color de su piel, como el de su madre, mucho más tentador que el de la suya.

—Podemos besarnos un rato, si quieres.

Y él se volvió sonriendo. Había empezado a disfrutar con los experimentos. Ya no pensaba en mí, aunque no podía decírselo a Ruth.

Le gustaba que ella maldijera y odiara el instituto. Le gustaba lo inteligente que era y que fingiera que no le importaba que el padre de él fuera médico (aunque no fuera un médico de verdad, como señaló) mientras que el suyo hurgaba en casas viejas, o que los Singh tuvieran hilera tras hilera de libros en su casa mientras que ella se moría por ellos.

Se sentó a su lado en la cama.

—¿Quieres quitarte la parka?

Ella se la quitó.

Y así, el día del aniversario de mi muerte, Ray se lanzó sobre Ruth y los dos se besaron y en cierto momento ella lo miró a la cara.

–¡Mierda! –dijo–. Creo que siento algo.

Cuando Ray y Ruth llegaron al campo de trigo lo hicieron callados y cogidos de la mano. Ella no sabía si él se la cogía porque velaban juntos por mí o porque le gustaba hacerlo. Su mente era un torbellino, la perspicacia que le caracterizaba la había abandonado.

Luego vio que ella no era la única que había pensado en mí. Hal y Samuel Heckler estaban en el campo de trigo, de espaldas a ella y con las manos en los bolsillos. Ruth vio los narcisos amarillos en el suelo.

–¿Los has traído tú? –le preguntó a Samuel.

–No –dijo Hal, respondiendo por su hermano–. Ya estaban aquí cuando hemos llegado.

La señora Stead observaba desde el cuarto de su hijo, en el piso de arriba. Decidió ponerse el abrigo y salir al campo sin pararse a pensar si le correspondía estar allí o no.

Grace Tarking doblaba la esquina cuando vio a la señora Stead salir de su casa con una flor de pascua. Charlaron en la calle durante unos momentos. Grace dijo que iba a pasar antes por casa, pero que se reuniría con ellos.

Grace hizo dos llamadas, una a su novio, que vivía a poca distancia, en una urbanización ligeramente más próspera, y otra a los Gilbert. Éstos aún no se habían recuperado del extraño papel que habían desempeñado en la investigación de mi muerte: que su fiel perro ladrador hubiera descubierto la primera prueba. Grace se ofreció a acompañarlos, dado que eran ancianos y atravesar los jardines de los vecinos y el accidentado suelo del campo de trigo sería un reto para ellos, y sí, el señor Gilbert quiso ir. Necesitaban hacerlo, le dijo a Grace Tarking, sobre todo su mujer, aunque yo veía lo destrozado que estaba también él. Siempre disimulaba su dolor mostrándose atento con su mujer. Aunque se les había pasado por la cabeza regalar su perro, era un consuelo para ambos.

El señor Gilbert se preguntó si lo sabía Ray, que les hacía recados y era un buen chico que había sido erróneamente juzgado, de modo que llamó a casa de los Singh. Ruana dijo que le parecía que su hijo ya estaba allí, pero que ella también iría.

Lindsey miraba por la ventana cuando vio a Grace Tarking cogida del brazo de la señora Gilbert y al novio de Grace sosteniendo al señor Gilbert mientras cruzaban el jardín de los O'Dwyer.

–Pasa algo en el campo de trigo, mamá –dijo.

Mi madre estaba leyendo a Molière, que con tanto apasionamiento había estudiado en la universidad y desde entonces no había vuelto a mirar. A su lado estaban los libros que la habían señalado como estudiante ultramoderna: Sartre, Colette, Proust, Flaubert. Los había bajado de la estantería de su cuarto y se había prometido releerlos ese año.

–No me interesa –le dijo a Lindsey–, pero estoy segura de que a tu padre sí que le interesará cuando llegue a casa. ¿Por qué no subes a jugar con tu hermano?

Mi hermana llevaba semanas andando detrás de nuestra madre, tratando de ganársela, sin hacer caso de las señales que ésta le enviaba. Al otro lado de la superficie de hielo había algo, Lindsey estaba segura de ello. Se quedó sentada al lado de mi madre, observando a nuestros vecinos desde la ventana.

Cuando se hizo de noche, las velas que los últimos en llegar habían tenido la previsión de llevar consigo iluminaban el campo de trigo. Parecía que estaba allí toda la gente que yo había conocido alguna vez o con la que me había sentado en clase desde el parvulario hasta octavo. El señor Botte había visto que pasaba algo al volver del colegio de preparar su experimento anual del día siguiente, que iba sobre la digestión animal. Se había acercado, y al darse cuenta de lo que ocurría, había vuelto al colegio para hacer varias llamadas. Había una secretaria a quien le había afectado mucho mi muerte y que vino con su hijo. Había profesores que no habían acudido al funeral oficial del colegio.

Los rumores acerca de la presunta culpabilidad del señor Harvey habían empezado a abrirse paso entre los vecinos la noche de Acción de Gracias. De lo único de que se hablaba en el vecindario la tarde siguiente era: ¿era posible? ¿Podía haber matado a Susie Salmon ese hombre extraño que había vivido tan discretamente entre ellos? Pero nadie se había atrevido a abordar a mi familia para averiguar los detalles. A los primos de los amigos o a los padres de los chicos que les cortaban el césped se les preguntó si sabían algo. Todo el que podía estar al corriente de qué hacía la policía se había visto muy solicitado la semana anterior, de tal modo que mi funeral fue tanto una manera de señalar mi recuerdo como una forma de que mis vecinos se consolaran los unos a los otros. Un asesino había vivido entre ellos, había caminado por la calle, había comprado galletas a sus hijas *girl scouts* y suscripciones de revistas a sus hijos.

En mi cielo, yo vibraba de energía y calor a medida que llegaba cada vez más gente al campo de trigo, encendían sus velas y empezaban a cantar muy bajito una especie de canto fúnebre con el que el señor O'Dwyer evocó el lejano recuerdo de su abuelo de Dublín. Mis vecinos se sintieron incómodos al principio, pero en cuanto el señor O'Dwyer se puso a cantar, la secretaria del colegio se unió a él con su voz menos melódica. Ruana Singh permaneció rígida en el borde del corro, lejos de su hijo. El doctor Singh había llamado justo cuando ella salía para decirle que iba a quedarse a dormir en la oficina. Pero otros padres que volvían del trabajo aparcaron el coche en los caminos de acceso de sus casas, bajaron y se reunieron con sus vecinos. ¿Cómo iban a trabajar para mantener a sus familias y al mismo tiempo vigilar a sus hijos para cerciorarse de que estaban fuera de peligro? Como grupo aprenderían que era imposible, por muchas normas que establecieran. Lo que me había pasado a mí podía pasarle a cualquiera.

Nadie había telefoneado a nuestra casa. Dejaron a mi familia tranquila. La impenetrable barrera que rodeaba las tejas de madera, el hueco de la chimenea, el montón de leña, el camino del garaje, la cerca, era como una capa de hielo transparente que cubría los árboles cuando llovía y luego helaba. Nuestra casa parecía igual que las demás casas de la manzana, pero no lo era. El asesinato tenía una puerta sanguinolenta al otro lado de la cual estaba todo lo que a todos les parecía inconcebible.

El cielo se había vuelto de color rosa moteado cuando Lindsey se dio cuenta de lo que ocurría. Mi madre no levantó la vista de su libro.

–Están celebrando una ceremonia por Susie –dijo Lindsey–. Escucha. –Abrió un poco la ventana, y entraron el aire frío de diciembre y el lejano rumor de un canto.

Mi madre empleó toda su energía.

–Ya hemos tenido un funeral –dijo–. Para mí se ha acabado.

–¿Qué se ha acabado?

Mi madre tenía los codos apoyados en los brazos del sillón de orejas amarillo. Se inclinó ligeramente hacia delante y su cara quedó en la sombra, haciendo más difícil que Lindsey viera su expresión.

–No creo que ella esté esperándonos ahí fuera. No creo que encender velas y hacer todo eso honre su recuerdo. Hay otras maneras de honrarlo.

–¿Cuáles? –preguntó Lindsey.

Estaba sentada con las piernas cruzadas en la alfombra delante de mi madre, que estaba sentada en el sillón de orejas, con un dedo marcando el lugar donde se había quedado en su lectura de Molière.

–Quiero ser algo más que una madre.

Lindsey creyó comprenderlo. Ella quería ser algo más que una chica.

Mi madre dejó el libro de Molière encima de la mesa de centro y se deslizó hacia delante hasta sentarse sobre la alfombra. Yo me sorprendí. Mi madre nunca se sentaba en el suelo, lo hacía en el escritorio de pagar facturas o en los sillones de orejas o a veces en el extremo del sofá, con *Holiday* acurrucado a su lado.

Cogió la mano de mi hermana entre las suyas.

–¿Vas a dejarnos? –preguntó Lindsey.

Mi madre titubeó. ¿Cómo iba a decirle lo que ya sabía? En lugar de eso, mintió.

–Te prometo que no voy a dejarte.

Lo que más deseaba era volver a ser la chica libre y sin compromisos que apilaba porcelana en Wanamaker's, escondía del gerente del Wedgwood una taza con el asa rota, soñaba con vivir en París como De Beauvoir y Sartre, y volvía a casa ese día riéndose para sus adentros del extraño Jack Salmon, que era bastante guapo aunque no soportase el tabaco. Los cafés de París estaban llenos de cigarrillos, le había dicho ella, y él había parecido impresionado. Cuando al final de ese verano ella lo invitó a subir e hicieron el amor por primera vez, ella se fumó un cigarrillo en la cama, y él, en broma, también se fumó uno. Cuando ella le pasó la taza de porcelana rota como cenicero, empleó todas sus palabras favoritas para embellecer la historia de cómo había roto y escondido dentro de su abrigo la ahora familiar taza de Wedgwood.

–Ven aquí, hija mía –dijo mi madre, y Lindsey obedeció. Apoyó la espalda en el pecho de mi madre y ésta la meció con torpeza en la alfombra–. Lo estás haciendo muy bien, Lindsey, estás manteniendo vivo a tu padre. –Y oyeron el coche detenerse en el camino del garaje.

Lindsey dejó que mi madre la abrazara mientras ésta pensaba en Ruana Singh fumando detrás de su casa. El dulce aroma de los Dunhill había llegado hasta la calle y transportado a mi madre muy lejos. Al último novio que había tenido antes que mi padre le encantaban los Gauloises. «Era un tipo pretencioso», pensó, pero en cierto modo tan serio que le había permitido a ella ser también muy seria.

–¿Ves las velas, mamá? –preguntó Lindsey, mirando fijamente por la ventana.

–Ve a buscar a tu padre –dijo mi madre.

Mi hermana encontró a mi padre en el vestíbulo, colgando las llaves y el abrigo. Sí, iban a ir, dijo. Por supuesto que iban a ir.

–¡Papá! –gritó mi hermano desde el piso de arriba, y mi hermana y mi padre fueron a su encuentro.

–Te toca a ti –dijo mi padre cuando Buckley lo inmovilizó con el cuerpo.

–Estoy cansada de protegerlo –dijo Lindsey–. No me parece bien excluirlo. Susie nos ha dejado, y él lo sabe.

Mi hermano alzó la vista y la miró.

–Están dando una fiesta por Susie –dijo Lindsey–, y papá y yo vamos a llevarte.

–¿Está enferma mamá? –preguntó Buckley.

Lindsey no quería mentirle, pero le pareció que era una descripción exacta de la situación.

–Sí.

Quedó en reunirse abajo con su padre mientras llevaba a Buckley a su cuarto para cambiarle de ropa.

–La veo, ¿sabes? –dijo Buckley, y Lindsey lo miró–. Viene y habla conmigo, y pasamos tiempo juntos mientras tú juegas al fútbol.

Lindsey no sabía qué decir, pero lo cogió y lo atrajo hacia sí como él a menudo hacía con *Holiday*.

–Eres un niño extraordinario –le dijo–. Yo siempre estaré aquí, pase lo que pase.

Mi padre bajó despacio la escalera, aferrándose con la mano izquierda a la barandilla de madera, hasta que llegó al vestíbulo.

Mi madre lo oyó acercarse y, cogiendo el libro de Molière, entró con sigilo en el comedor, donde él no la viera. Se puso a leer de pie en un rincón del comedor, escondiéndose de su familia. Esperó a que la puerta se abriera y se cerrara.

Mis vecinos y profesores, amigos y familiares se colocaron en círculo alrededor de un lugar escogido al azar, no muy lejos de donde me habían matado. Mi padre y mis hermanos volvieron a oír los cantos en cuanto salieron. Todo en mi padre se inclinó y lanzó hacia el calor y la luz. Quería desesperadamente que yo estuviera presente en la mente y en el corazón de todos. Mientras observaba, me di cuenta de algo: casi todos se despedían de mí. Me había convertido en una de las muchas niñas desaparecidas. Ellos volverían a sus casas y me enterrarían, como una carta del pasado que no volvería a abrirse o leerse. Y yo tenía una oportunidad para despedirme de ellos y desearles lo mejor, bendecirlos de alguna manera por sus buenos pensamientos. Un apretón de manos en la calle, un objeto caído recogido y devuelto, o un afable saludo con la mano desde una ventana lejana, un movimiento de la cabeza, una sonrisa, unos ojos que se fijan en la travesura de un niño.

Ruth fue la primera en ver a los tres miembros de mi familia, y tiró a Ray de la manga.

–Ve a ayudarlos –susurró.

Y Ray, que había conocido a mi padre el primer día de lo que resultaría ser un largo trayecto para intentar dar con mi asesino, se adelantó. Samuel también se separó de la gente. Como jóvenes pastores, condujeron a mi padre y a mis hermanos hasta el grupo, que se apartó para dejarles pasar y guardó silencio.

Mi padre llevaba meses sin salir de casa salvo para ir y volver del trabajo o sentarse en el patio trasero, y no había visto a sus vecinos. Ahora los miró, uno por uno, y se dio cuenta de que me habían querido personas que él ni siquiera reconocía. Sintió una oleada de afecto como no había experimentado en lo que le parecía mucho tiempo, con la excepción de los breves instantes olvidados con Buckley, los amorosos accidentes con su hijo.

Miró al señor O'Dwyer.

–Stan –dijo–, Susie se quedaba delante de la ventana en verano y te escuchaba cantar en tu patio. Le encantaba. ¿Quieres cantar para nosotros?

Y con la clase de gracia que se concede –aunque en contadas ocasiones y no cuando más se desea– para salvar a un ser querido de la muerte, al señor O'Dwyer le tembló la voz sólo en la primera nota, y luego cantó alto, claro y entonado.

Todos cantaron con él.

Recordé las noches de verano de las que había hablado mi padre. Cómo la oscuridad tardaba una eternidad en llegar, y con ella siempre esperaba que refrescara. A veces, de pie junto a la ventana abierta, sentía una brisa, y con esa brisa llegaba la música de la casa de los O'Dwyer. Mientras escuchaba al señor O'Dwyer cantar todas las baladas irlandesas que se sabía, la brisa traía un olor a tierra y a aire, y un olor como a musgo que sólo podía significar tormenta.

En esos momentos reinaba un maravilloso silencio temporal mientras Lindsey estudiaba en el viejo sofá de su habitación, mi padre leía en su estudio y mi madre bordaba o lavaba los platos en el piso de abajo.

A mí me gustaba ponerme un camisón largo de algodón y salir al porche trasero, donde, mientras empezaban a caer gruesas gotas contra el tejado, la brisa entraba a través de la tela metálica y me pegaba el camisón al cuerpo. Era agradable y maravilloso, y de pronto llegaba un relámpago seguido de un trueno.

Junto a la puerta abierta del porche estaba mi madre, que después de soltarme su típica advertencia –«Vas a coger un resfriado de muerte»– se quedaba callada. Juntas

escuchábamos cómo caía la lluvia y retumbaban los truenos, y olíamos la tierra que se elevaba para saludarnos.

–Pareces invencible –me dijo mi madre una noche.

Me encantaban esos momentos en los que parecía que
sentíamos lo mismo. Me volví hacia ella, envuelta en mi
fino camisón, y dije:

–Lo soy.

FOTOS

Con la cámara que me regalaron mis padres saqué montones de fotos a mi familia. Tantas, que mi padre me obligó a seleccionar los carretes que creía que merecía la pena revelar. A medida que aumentaba el precio de mi obsesión, empecé a tener en mi armario dos cajas: «Carretes para revelar» y «Carretes para guardar». Fue, según mi madre, el único indicio de mis dotes organizativas.

Me encantaba cómo los flashes de la Kodak Instamatic señalaban un instante que había pasado y que ya habría desaparecido para siempre si no fuera por la foto. Una vez utilizados, me pasaba los flashes cúbicos de una mano a otra hasta que se enfriaban. Los filamentos rotos se volvían de un azul intenso o ennegrecían el fino cristal con el humo. Yo había rescatado el instante al utilizar mi cámara, y de ese modo había descubierto una forma de detener el tiempo y conservarlo. Nadie podía arrebatarme esa imagen, porque me pertenecía.

Una tarde del verano de 1975, mi madre se volvió hacia mi padre y le dijo:

–¿Has hecho alguna vez el amor en el mar?

Y él respondió:

–No.

–Yo tampoco –dijo mi madre–. Hagamos ver que esto es el mar, y que yo me voy y tal vez no nos volvamos a ver.

Al día siguiente se marchó a la cabaña de su padre en New Hampshire.

Ese mismo verano, Lindsey, Buckley o mi padre, al abrir la puerta de la calle, encontraban en el umbral una cazuela o un bizcocho. A veces una tarta de manzana, la favorita de mi padre. La comida era impredecible. Los guisos que preparaba la señora Stead eran asquerosos. Los bizcochos de la señora Gilbert no estaban lo bastante secos, pero eran pasables. Las tartas de manzana eran de Ruana: el cielo en la Tierra.

En su estudio, en las largas noches que siguieron a la partida de mi madre, mi padre trataba de abstraerse releyendo pasajes de las cartas que Mary Chesnut le había escrito a su marido durante la guerra civil. Trató de desprenderse de todo sentimiento de culpabilidad, de toda esperanza, pero era imposible. Una vez logró esbozar una pequeña sonrisa.

—Ruana Singh hace una tarta de manzana formidable —escribió en su cuaderno.

Una tarde de otoño, contestó al teléfono y oyó la voz de la abuela Lynn.

—Jack —anunció mi abuela—, estoy pensando en irme a vivir con vosotros.

Mi padre guardó silencio, pero la línea se llenó de su vacilación.

—Me gustaría ponerme a tu disposición y a la de los niños. Ya llevo demasiado tiempo deambulando por este mausoleo.

—Lynn, estamos empezando de nuevo —tartamudeó él. Aun así, no podía contar con que la madre de Nate cuidara eternamente de Buckley. Cuatro meses después de que mi madre se marchara, su ausencia temporal empezaba a sentirse como permanente.

Mi abuela insistió. Yo la vi resistir la tentación de apurar el vodka de su vaso.

—Me abstendré de beber hasta... —Se quedó pensativa un buen rato y añadió—: Las cinco de la tarde... Qué demonios, lo dejaré del todo si lo crees necesario.

–¿Eres consciente de lo que estás diciendo?

Mi abuela sintió cómo la clarividencia le recorría desde la mano que sostenía el teléfono hasta sus pies enfundados en zapatillas.

–Sí, creo que sí.

Sólo cuando colgó el teléfono mi padre se permitió preguntarse: «¿Dónde vamos a meterla?».

Era obvio para todos.

En diciembre de 1975 hacía un año que el señor Harvey había hecho las maletas, pero seguía sin haber rastro de él. Por un tiempo, hasta que la cinta adhesiva se ensució o el papel se rasgó, los dueños de las tiendas colgaron en sus escaparates una foto de él. Lindsey y Samuel paseaban por el vecindario o frecuentaban el taller de motos de Hal. Ella no iba al restaurante al que iban los otros chicos. El dueño del restaurante era un defensor del orden público, y había ampliado dos veces el dibujo de George Harvey y lo había pegado en la puerta. Y explicaba con mucho gusto los espeluznantes detalles a cualquier cliente que se los preguntara: niña, campo de trigo, sólo se había encontrado un codo.

Al final, Lindsey le pidió a Hal que la llevara a la comisaría. Quería saber exactamente qué estaban haciendo.

Se despidieron de Samuel en el taller y Hal llevó a Lindsey en su moto a través de la húmeda nieve de diciembre.

Desde el primer momento, la juventud y la determinación de Lindsey habían cogido a la policía desprevenida. Cada vez eran más los agentes que sabían quién era, y cada vez la evitaban más. Allí estaba esa chica de quince años de ideas fijas y un poco loca, de pechos pequeños pero perfectos, piernas larguiruchas pero bien formadas, ojos como sílex y pétalos de flor.

Mientras esperaba sentada con Hal en un banco de madera a la puerta de la oficina del capitán de policía, le pareció ver en el otro extremo de la sala algo que reconoció. Estaba encima del escritorio del detective Fenerman y destacaba en la habitación por su color: lo que su madre siempre había descrito como rojo chino, un rojo más intenso que el de las rosas, el rojo de las barras de labios clásicas que tan pocas veces se encontraba en la naturaleza. Nuestra madre se enorgullecía de su facilidad para vestir de rojo chino, y cada vez que se anudaba un pañuelo al cuello comentaba que era de un color que ni siquiera la abuela Lynn se atrevería a llevar.

–Hal –dijo ella con todos los músculos tensos mientras contemplaba el objeto cada vez más familiar encima del escritorio de Fenerman.

–¿Sí?

–¿Ves esa tela roja?

–Sí.

–¿Puedes ir a cogerla?

Cuando Hal la miró, ella añadió:

–Creo que es de mi madre.

Hal se levantaba para ir a cogerla cuando Len entró en la sala por detrás de donde estaba sentada Lindsey. Le dio unos golpecitos en el hombro en el preciso momento en que se daba cuenta de lo que Hal iba a hacer. Lindsey y el detective Fenerman se miraron.

–¿Qué hace aquí el pañuelo de mi madre?

Él tartamudeó.

–Debió de dejárselo algún día en mi coche.

Lindsey se levantó y se encaró con él. Tenía una mirada penetrante y avanzaba a toda velocidad hacia una noticia aún peor.

–¿Qué hacía ella en su coche?

–Hola, Hal –dijo Len.

Hal tenía el pañuelo en la mano. Lindsey se lo cogió y habló con una voz cada vez más indignada.

–¿Qué hace usted con el pañuelo de mi madre?

Y aunque Len era el detective, Hal fue el primero en verlo: fue como un arco iris desplegado sobre ella, como los colores de un prisma. Lo mismo ocurría en la clase de álgebra o de lengua y literatura inglesas cuando era mi hermana la que despejaba el valor de una x o señalaba a sus compañeros las expresiones con doble sentido. Hal puso una mano en el hombro de Lindsey.

–Deberíamos irnos –dijo.

Más tarde, ella desahogó su incredulidad con Samuel en la trastienda del taller de motos.

Cuando mi hermano cumplió siete años me construyó un fuerte. Era algo que habíamos quedado en hacer juntos, y algo que mi padre no se había visto con fuerzas de hacer. Le recordaba demasiado a la tienda que había construido con el desaparecido señor Harvey.

Un matrimonio con cinco hijas pequeñas se había mudado a la casa del señor Harvey. La risa llegaba al estudio de mi padre desde la piscina que habían instalado en la primavera, después de que George Harvey huyera. Los gritos de niñas pequeñas, muchas niñas.

La crueldad de todo era como cristal haciéndose añicos en los oídos de mi padre. En la primavera de 1976, con mi madre lejos, cerraba la ventana de su estudio incluso las tardes más calurosas, para no oír los gritos. Observaba a su hijo solitario entre los tres arbustos de sauce blanco, hablando consigo mismo. Buckley llevó macetas de terracota vacías del garaje y arrastró el limpiabarros olvidado hasta el lateral de la casa, cualquier cosa con que construir las paredes del fuerte. Con ayuda de Samuel, Hal y Lindsey, trasladó dos enormes piedras de delante de la casa al patio trasero. Fue un golpe de suerte tan inesperado que impulsó a Samuel a preguntar:

–¿Y cómo piensas hacer el tejado?

Y Buckley lo miró perplejo mientras Hal repasaba mentalmente lo que había en su taller de motos y recordaba dos láminas de chapa de cinc apoyadas contra la pared trasera.

Así, una noche calurosa que mi padre miró hacia abajo, no vio a su hijo. Buckley se había refugiado dentro de su fuerte. A cuatro patas, metía las macetas de terracota detrás de él y apoyaba contra ellas un tablero que llegaba casi hasta el tejado ondulado. Entraba suficiente luz para leer. Hal le había complacido, y al otro lado de la puerta de madera contrachapada había escrito, en grandes letras negras: PROHIBIDA LA ENTRADA.

Sobre todo leía libros de los Vengadores y los Hombres X. Soñaba con ser Wolverine, que tenía un esqueleto hecho del metal más resistente del universo y se curaba de cualquier clase de herida de la noche a la mañana. En los momentos más raros pensaba en mí, echaba de menos mi voz, deseaba que saliera de la casa, golpeara el tejado de su fuerte y le pidiera que le dejara entrar. A veces deseaba que Samuel y Lindsey anduvieran más cerca, o que su padre jugara con él como antes. Que jugara sin esa expresión siempre preocupada detrás de su sonrisa, esa desesperada preocupación que ahora lo rodeaba todo como un campo de fuerzas invisibles. Sin embargo, mi hermano no se permitía echar de menos a mi madre. Se sumergía en historias donde hombres débiles se convertían en semianimales con una gran fuerza que lanzaban rayos por los ojos, utilizaban martillos mágicos para atravesar acero o escalar rascacielos. Era Hulk cuando se enfadaba y Spidey el resto del tiempo. Cuando sentía que le dolía el corazón, se convertía en un ser más fuerte que un niño, y crecía de ese modo. Mientras yo observaba, pensé en lo que a la abuela Lynn le gustaba decir cuando Lindsey y yo poníamos los ojos en blanco o hacíamos muecas a sus espaldas: «Cuidado con las caras que ponéis. Podríais quedaros petrificadas con una de ellas».

Un día Buckley, que ya está en segundo, volvió del colegio con una redacción que había escrito: «Érase una vez un niño llamado Billy al que le gustaba explorar. Vio un hoyo y se metió en él, pero nunca salió. Fin».

Mi padre estaba demasiado absorto para ver algo en

eso. Imitando a mi madre, la pegó en la puerta de la nevera, donde habían estado los dibujos hacía tiempo olvidados de Buckley del Intermedio. Pero mi hermano sabía que su redacción tenía un problema. Lo supo al ver la cara de su profesor al reaccionar tarde, como hacían los personajes de sus libros de cómics. La despegó y la llevó a mi antiguo cuarto mientras la abuela Lynn estaba abajo. La dobló en un pequeño cuadrado y lo metió en las entrañas ahora vacías de mi cama de columnas.

Un caluroso día de otoño de 1976, Len Fenerman hizo una visita a la gran caja fuerte de la sala de pruebas. Allí estaban los huesos de los animales del vecindario que habían encontrado en el sótano del señor Harvey, junto con los resultados del laboratorio de la prueba de cal viva. Había supervisado la investigación, pero por mucho y muy hondo que habían excavado, no habían encontrado huesos o cadáveres en la propiedad. La mancha de sangre en el suelo de su garaje era mi única tarjeta de visita. Len había pasado semanas, meses, estudiando una fotocopia del dibujo que había robado Lindsey. Había vuelto a llevar al campo a un equipo, y habían excavado y vuelto a excavar. Por fin encontraron en el otro extremo del campo una vieja lata de Coca-Cola. Allí había una prueba consistente: huellas dactilares que correspondían con las huellas del señor Harvey que estaban por toda su casa, junto con huellas dactilares que correspondían con las de mi certificado de nacimiento. Ya no tenía ninguna duda: Jack Salmon había tenido razón desde el principio.

Pero por mucho que habían buscado al hombre en cuestión, era como si se hubiera evaporado en el aire al llegar al límite de la propiedad. No había encontrado ningún documento con ese nombre. Oficialmente, no existía.

Lo único que George Harvey había dejado atrás eran sus casas de muñecas. Len llamó al hombre que se las vendía y le pasaba los encargos de los grandes almacenes selectos y de la gente adinerada que pedía réplicas de sus propias casas. Nada. Había llamado a los fabricantes de las sillas en miniatura, de las diminutas puertas y ventanas de cristal biselado y del material de latón, así como al fabricante de los matorrales y árboles de tela. Nada.

Se quedó sentado ante las pruebas esparcidas sobre una desolada mesa común en el sótano de la comisaría. Revisó el montón de carteles de más que mi padre había mandado hacer. Había memorizado mi cara, pero aun así los miró. Empezaba a creer que lo más beneficioso para mi caso iba a ser el creciente desarrollo de la urbanización de la zona. Con toda la tierra removida, tal vez encontraran nuevas pistas que proporcionaran la respuesta que él necesitaba.

En el fondo de la caja estaba la bolsa con el gorro de borla y cascabeles. Cuando se lo había dado a mi madre, ésta se había desmayado en la alfombra. Seguía sin saber en qué momento se había enamorado de ella. Yo sabía que fue el día en que se había sentado en nuestra sala mientras mi madre dibujaba figuras en el papel de la carnicería, y Buckley y Nate dormían en el sofá, cada uno en un extremo. Lo lamenté por él. Había tratado de resolver mi asesinato sin éxito. Había tratado de querer a mi madre, también sin éxito.

Len miró el dibujo del campo de trigo que había robado Lindsey y se obligó a reconocer que, en su prudencia, había permitido que el asesino saliera impune. No podía quitarse de encima el sentimiento de culpabilidad. Sabía, aun cuando nadie más lo hiciera, que el haber estado con mi madre ese día en el centro comercial le hacía culpable de que George Harvey estuviera en libertad.

Se sacó la billetera del bolsillo trasero y dejó en la mesa las fotos de todos los casos sin resolver en los que había trabajado. Entre ellas estaba la de su mujer. Las puso boca abajo. «Fallecida», había escrito en cada una de ellas. Ya no esperaba que llegara el día en que comprendería quién, por qué o cómo. Nunca averiguaría todas las razones por las que su mujer se había quitado la vida. Nunca comprendería por qué habían desaparecido tantas niñas. Dejó esas fotos en la caja de las pruebas de mi caso y apagó las luces de la fría habitación.

Pero no sabía que, en Connecticut, el 10 de septiembre de 1976, un cazador había visto en el suelo, al regresar a su coche, algo que brillaba. Mi colgante con la piedra de Pensilvania. Y vio que cerca de allí, en el suelo, un oso había estado cavando parcialmente y había dejado a la vista algo que, sin lugar a dudas, era un pie infantil.

Mi madre sólo aguantó un invierno en New Hampshire antes de que se le ocurriera la idea de ir en coche hasta California. Era algo que siempre había querido hacer pero nunca había hecho. Un hombre que había conocido en New Hampshire le había comentado que había trabajo en las bodegas de los valles de San Francisco. Era fácil llegar allí, y el trabajo sólo requería esfuerzo físico y podía ser, si querías, muy anónimo. A mi madre, esas tres condiciones le parecieron bien.

Ese hombre también había querido acostarse con mi madre, pero ella había rehusado. Para entonces ya sabía que ésa no era la salida. Desde la primera noche con Len en las entrañas del centro comercial había sabido que no tenían futuro. En realidad, ni siquiera lo había sentido.

Hizo las maletas para irse a California y envió postales a mis hermanos desde cada ciudad por la que pasaba. «Hola, estoy en Dayton. El pájaro típico de Ohio es el cardenal», «Llegué al Mississippi anoche al atardecer. Es un río realmente enorme».

En Arizona, ocho estados más allá de lo más lejos que nunca había llegado, alquiló una habitación y se llevó una bolsa de cubitos de hielo de la máquina de fuera. Al día siguiente llegaría a California y, para celebrarlo, había comprado una botella de champán. Pensó en lo que le había explicado el hombre de New Hampshire, cómo se había pasado un año entero rascando el moho de los enormes barriles de vino. Tumbado de espaldas, había tenido que utilizar un cuchillo para arrancar las capas de moho. El moho tenía el color y la textura del hígado, y por mucho que se bañara seguía atrayendo a las moscas de la fruta horas después.

Ella se bebió el champán en un vaso de plástico y se miró en el espejo. Se obligó a mirarse.

Se recordó a sí misma sentada en la sala de nuestra casa conmigo, mis hermanos y mi padre la primera Nochevieja que nos habíamos quedado levantados los cinco. Todo su día se había centrado en asegurarse de que Buckley durmiera lo suficiente.

Cuando él se despertó después del anochecer, estaba convencido de que esa noche iba a venir alguien mejor que Papá Noel. En su imaginación tenía una imagen explosiva de las mejores vacaciones posibles, en las que sería transportado hasta el país de los juguetes.

Horas después, mientras bostezaba recostado en el regazo de mi madre y ella le pasaba los dedos por el pelo, mi padre entró a hurtadillas en la cocina para preparar chocolate caliente, y mi hermana y yo servimos pastel de chocolate alemán. Cuando el reloj dio las doce y sólo se oyeron unos gritos lejanos y unos cuantos disparos al aire en nuestro vecindario, mi hermano no podía creérselo. Se llevó un chasco tan grande que mi madre no sabía qué hacer. Lo vio como un *Is that all there is?* de una Peggy Lee pequeña seguido de un berrido.

Recordó que en ese momento mi padre había cogido a Buckley en brazos y se había puesto a cantar. Los demás cantamos con él. «Let ole acquaintance be forgot and never brought to mind, should ole acquaintance be forgot and days of auld lang syne!»

Y Buckley se quedó mirándonos. Capturó las extrañas palabras como burbujas flotando en el aire.

—¿«Lang syne»? —repitió con cara de desconcierto.

—¿Qué significa? —pregunté a mis padres.

–Los viejos tiempos –dijo mi padre.

–Días que pasaron hace mucho –explicó mi madre. Pero de pronto había empezado a reunir las migas del pastel en el plato.

–Eh, Ojos de Océano –dijo mi padre–. ¿Adónde has ido?

Y ella recordó que había reaccionado a la pregunta cerrándose, como si su espíritu hubiera tenido un grifo y lo hubiera girado a la derecha, y luego se había puesto de pie y me había pedido que la ayudara a recoger.

Cuando, en el otoño de 1976, llegó a California, fue directamente a la playa y detuvo el coche. Se sentía como si hubiera conducido a través de familias durante días –familias peleándose, familias chillando, familias desgañitándose, familias bajo la milagrosa presión de la cotidianidad– y, al contemplar las olas a través del parabrisas de su coche, se sintió aliviada. No pudo evitar pensar en los libros que había leído en la universidad. *The Awakening*. Y lo que le había ocurrido a una escritora, Virginia Woolf. Todo le había parecido tan maravilloso entonces, tan romántico y diáfano… con piedras en los bolsillos, caminar entre las olas…

Bajó por el acantilado después de atarse el jersey a la cintura. Abajo no veía más que rocas desiguales y olas. Tuvo cuidado, pero yo estaba más pendiente de sus pies que del panorama que ella contemplaba, me preocupaba que resbalara.

Ella sólo pensaba en su deseo de llegar a esas olas y mojarse los pies en otro océano en el otro extremo del país: el objetivo puramente bautismal de ese gesto. Un remojón y podías volver a empezar. ¿O la vida se parecía más a una horrible gincana que te hacía correr de acá para allá en un recinto cerrado, cogiendo y colocando bloques de madera sin parar? Ella pensaba: «Llega hasta las olas, las olas, las olas». Y yo observaba cómo sus pies se movían por las rocas, y cuando lo oímos, lo hicimos juntas, y levantamos la vista sorprendidas.

Había un bebé en la playa.

Entre las rocas había una cueva de arena y, gateando sobre una manta extendida en la arena, mi madre vio a una niña con un gorrito de punto rosa, camiseta y botas. Estaba sola sobre una manta con un muñeco blanco que a mi madre le pareció un cordero.

De espaldas a mi madre mientras bajaba por las rocas había un grupo de adultos de aspecto estresado y muy profesional, vestidos de negro y azul marino, con sombreros sofisticadamente ladeados y botas. De pronto mis ojos de fotógrafa de la naturaleza se fijaron en los trípodes y los círculos plateados bordeados de alambre que, cada vez que un joven los movía hacia la izquierda o la derecha, hacían que la luz rebotara en la niña sobre la manta.

Mi madre se echó a reír, pero sólo un ayudante se volvió y advirtió su presencia entre las rocas; todos los demás estaban demasiado ocupados. Estaban filmando un anuncio, imaginé yo, pero ¿de qué? ¿Niñas nuevas para reemplazar a los propios hijos? Mientras mi madre reía y yo veía cómo se le iluminaba la cara, también la vi torcer el gesto.

Vio detrás de la niña las olas, lo hechizantes que eran; podían acercarse con sigilo y llevarse a la niña. Toda esa gente elegante correría tras ella, pero ella se ahogaría en el acto y nadie, ni siquiera una madre con instinto para anticipar el desastre, podría salvarla si las olas daban un salto, si la vida seguía su curso y algún accidente monstruoso alcanzaba la tranquila playa.

Esa misma semana encontró empleo en la bodega Krusoe, situadas en un valle sobre la bahía. Escribió a mis hermanos postales llenas de los alegres fragmentos de su vida, esperando parecer optimista en el limitado espacio de una postal.

Los días de fiesta paseaba por las calles de Sausalito o Santa Rosa, pequeñas ciudades emprendedoras donde todo el mundo era forastero y, por mucho que intentara concentrarse en las promesas de lo desconocido, en cuanto entraba en una tienda de objetos de regalo o en un café, las cuatro paredes que la rodeaban empezaban a respirar como un pulmón. Entonces sentía, trepando por sus pantorrillas hasta sus entrañas, el violento ataque, la llegada del dolor, las lágrimas como un pequeño ejército que se acercaba implacable al frente de sus ojos, y ella inhalaba hondo, tomaba una gran bocanada de aire para contener el llanto en un lugar público. En un restaurante pidió un café con una tostada y la untó de lágrimas. Entró en una floristería y pidió narcisos, y cuando le dijeron que no tenían, se sintió despojada. Era un capricho tan pequeño: una flor amarilla.

El primer funeral improvisado en el campo de trigo despertó en mi padre la necesidad de más, y ahora todos los años organizaba un funeral al que asistían cada vez menos vecinos. Estaban los incondicionales, como Ruth y los Gilbert, pero el grupo estaba compuesto cada vez más por chicos del instituto que con el tiempo sólo me conocían por el nombre, e incluso éste era un rumor oscuro invocado como advertencia a todo alumno que anduviera demasiado solo. Sobre todo las niñas.

Cada vez que esos desconocidos pronunciaban mi nombre yo sentía como un alfilerazo. No era la agradable sensación que experimentaba cuando lo decía mi padre o cuando Ruth lo escribía en su diario. Era la sensación de ser resucitada y enterrada a la vez dentro del mismo aliento. Como si en la clase de economía me hubieran hecho introducirme en una lista de mercancías transmutables: los Asesinados. Sólo unos pocos profesores, como el señor Botte, me recordaban como una niña de verdad. A veces, en la hora del almuerzo, iba a sentarse en su Fiat rojo y pensaba en la hija que se le había muerto de leucemia. A lo lejos, más allá del parabrisas, se extendía, imponente, el campo de trigo. A menudo rezaba una oración por mí.

En sólo unos años, Ray Singh se volvió tan guapo que irradiaba una especie de hechizo cuando se unía a un grupo. Aún no se le había asentado la cara de adulto, pero estaba a la vuelta de la esquina, ahora que tenía diecisiete años. Exudaba una soñolienta asexualidad que le hacía atractivo tanto a hombres como a mujeres, con sus largas pestañas y sus párpados caídos, su pelo negro y abundante, y las mismas facciones delicadas que seguían siendo las de un niño.

Yo veía a Ray con una añoranza distinta a la que había experimentado nunca por nadie. Un anhelo de tocarlo y abrazarlo, de comprender el mismo cuerpo que él examinaba con la mirada más fría. Se sentaba ante su escritorio y leía su libro favorito, *Gray's Anatomy*, y según lo que leía, utilizaba los dedos para palparse la arteria carótida o apretarse con el pulgar y recorrer el músculo más largo del cuerpo, el sartorio, que se extendía desde el lado exterior de la cadera hasta el interior de la rodilla. Su delgadez era entonces una gran ventaja, los huesos y músculos se le marcaban claramente bajo la piel.

Cuando hizo las maletas para irse a Pensilvania, había memorizado tantas palabras con sus definiciones que me tenía preocupada. Con todo eso, ¿cómo iba a caber algo más en su cabeza? La amistad de Ruth, el amor de su madre y mi recuerdo se verían empujados a un segundo plano mientras hacía sitio a las lentes cristalinas de los ojos y a su cápsula, a los canales semicirculares del oído, o a lo que a mí más me gustaba, las características del sistema nervioso simpático.

No tenía por qué preocuparme. Ruana buscó por la casa algo que su hijo pudiera llevarse consigo que rivalizara en influencia y peso con *Gray's* y mantuviera viva, confiaba, su afición a coger flores. Sin que él se enterara, había metido en su maleta el libro de poesía india. Dentro estaba mi foto, hacía mucho tiempo olvidada. Cuando él deshizo la maleta en el dormitorio de Hill House, mi foto cayó al suelo. A pesar de que podía diseccionarla –los vasos de mi globo ocular, la anatomía quirúrgica de mis fosas nasales, la débil coloración de mi epidermis– no pudo dejar de ver los labios que había besado una vez.

En junio de 1977, el día que yo me habría graduado, Ruth y Ray ya se habían marchado. Las clases diurnas del Fairfax habían terminado, y Ruth se había ido a Nueva York con la vieja maleta roja de su madre llena de ropa negra nueva. Después de haberse graduado antes de hora, Ray ya estaba acabando su primer año en Pensilvania.

Ese mismo día, en nuestra cocina, la abuela Lynn le regaló a Buckley un libro de jardinería. Le explicó que las plantas nacían de semillas. Que los rábanos que él tanto detestaba crecían más deprisa, pero que las flores que tanto le gustaban también podían salir de semillas. Y empezó a enseñarle los nombres: zinnias y caléndulas, pensamientos y lilas, claveles, petunias y dondiegos de día.

De vez en cuando mi madre telefoneaba desde California. Mis padres tenían conversaciones apresuradas y difíciles. Ella le preguntaba por Buckley, Lindsey y *Holiday*. Preguntaba qué tal la casa y si había algo que necesitaba decirle.

–Seguimos echándote de menos –le dijo él en diciembre de 1977, cuando ya habían caído todas las hojas y las habían rastrillado o habían volado, pero la tierra seguía esperando que nevara.

–Lo sé –dijo ella.

–¿Qué hay de la enseñanza? Creía que ése era tu plan.

–Y lo era –concedió ella. Llamaba desde la oficina de la bodega. Tras la avalancha del almuerzo las cosas se habían calmado, pero esperaban cinco limusinas de señoras mayores que estarían como cubas. Ella guardó silencio y luego dijo algo que nadie, y menos aún mi padre, habría contradicho–: Pero los planes cambian.

En Nueva York, Ruth vivía en el Lower East Side, en una habitación con acceso directo a la calle que le había alquilado una anciana. Era lo único que podía permitirse pagar, y de todos modos no tenía intención de quedarse mucho tiempo allí. Todos los días enrollaba su futón para tener un poco de sitio para vestirse. Sólo iba a la habitación una vez al día, y no se quedaba mucho rato si podía evitarlo. Sólo la utilizaba para dormir y tener una dirección, un sólido aunque diminuto asidero en la ciudad.

Trabajaba en un bar, y en sus horas libres se pateaba hasta el último rincón de Manhattan. Yo la veía pisar el cemento con sus botas con aire desafiante, convencida de que fuese donde fuese, allí se asesinaban a mujeres. Debajo de huecos de escaleras y en lo alto de bonitos edificios de apartamentos. Se paraba bajo las farolas y recorría con la mirada la calle de enfrente. Escribía breves oraciones en su diario en los cafés y en los bares, donde se detenía para utilizar los aseos después de pedir lo más barato de la carta.

Se había convencido de que poseía una clarividencia que nadie más tenía. No sabía qué iba a hacer con ella, aparte de tomar muchas notas para el futuro, pero ya no le asustaba. El mundo de mujeres y niños muertos que veía se había vuelto tan real para ella como el mundo en el que vivía.

En la biblioteca, en Pensilvania, Ray leía sobre la vejez bajo el título en negrita: «Las condiciones de la muerte». Se trataba de un estudio realizado en residencias de ancianos donde un elevado porcentaje de pacientes informaban a los médicos y enfermeras de que veían a alguien al pie de su cama por las noches. A menudo esa persona trataba de hablar con ellos o llamarlos por su nombre. A veces los pacientes estaban en tal estado de agitación durante esos delirios que tenían que administrarles más sedantes o atarlos a la cama.

El texto pasaba a explicar que esas visiones eran resultado de pequeñas apoplejías que a menudo predecían la muerte. «Lo que el hombre de la calle tiende a creer que es el Ángel de la Muerte cuando se habla de ello con la familia del paciente, debería explicarse como una serie de pequeñas apoplejías que se suman a un empeoramiento ya en picado.»

Por un momento, utilizando el dedo como punto de libro, Ray imaginó cómo reaccionaría si, plantado al pie de la cama de un paciente anciano, en el lugar más expuesto posible, sintiera que algo le pasaba rozando, como a Ruth hacía tantos años, en el aparcamiento.

El señor Harvey había llevado una vida desordenada en el Corredor del Nordeste, que se extendía desde los barrios periféricos de Boston hasta las zonas más al norte de los estados sureños, adonde había ido en busca de empleo fácil y menos preguntas, y de vez en cuando un intento de reformarse. Siempre le había gustado Pensilvania, y había cruzado el largo estado de un lado a otro, acampando a veces detrás de la tienda de comestibles que estaba justo en la carretera local de nuestra urbanización, en la que sobrevivía una zona de bosque, entre la tienda abierta toda la noche y las vías del tren, y donde encontraba cada vez más latas y colillas. Todavía le gustaba, cuando podía, pasear en coche cerca de su viejo vecindario. Asumía tales riesgos a primera hora de la mañana o entrada la noche, cuando los faisanes en otro tiempo tan abundantes cruzaban la carretera rozando el suelo y los faros del coche enfocaban el hueco resplandor de las cuencas de sus ojos. Ya no había adolescentes ni niños cogiendo moras en los límites de nuestra urbanización, porque la cerca de la vieja granja de la que colgaban las zarzamoras había sido derribada para hacer sitio a más casas. Con el tiempo había aprendido a coger setas y a veces se atracaba de ellas cuando pasaba la noche en los abandonados campos del Valley

Forge Park. Una noche de ésas lo vi acercarse a dos campistas novatos que habían muerto por comer setas venenosas. Con delicadeza, despojó sus cuerpos de todo objeto valioso y siguió su camino.

Hal, Nate y *Holiday* eran los únicos a los que Buckley había dejado entrar alguna vez en su fuerte. La hierba que había bajo las rocas se había marchitado y cuando llovía el interior del fuerte se convertía en un charco maloliente, pero se mantenía en pie, a pesar de que Buckley cada vez pasaba menos tiempo en él, y fue Hal quien acabó rogándole que hiciera mejoras.

—Necesitamos protegerlo de la lluvia, Buck —dijo un día—. Tienes diez años... eres lo bastante mayor para utilizar una pistola para enmasillar.

Y la abuela Lynn, a quien le encantaban los hombres, no pudo contenerse. Alentó a Buck a hacer lo que le decía Hal, y cuando supo que éste iba a venir, se acicaló.

—¿Qué estás haciendo? —preguntó mi padre un sábado por la mañana, saliendo de su estudio atraído por el agradable olor de los limones, la mantequilla y la masa dorada que subía dentro de sus moldes.

—Bollos de chocolate y nueces —respondió la abuela Lynn.

Mi padre la miró fijamente para comprobar si había perdido el juicio. La temperatura era de más de treinta grados a las diez de la mañana y él seguía en albornoz, pero ella llevaba medias e iba maquillada. Luego vio a Hal en camiseta en el patio.

—Dios mío, Lynn —dijo—, ese chico es lo bastante joven...

—¡Pero es i-rre-sis-ti-ble!

Mi padre se sentó a la mesa de la cocina, sacudiendo la cabeza.

—¿Cuándo estarán los bollos, Mata Hari?

En diciembre de 1981, Len no quería recibir la llamada que recibió de Delaware, donde habían relacionado un asesinato en Wilmington con el cuerpo de una niña hallado en 1976 en Connecticut. Un detective que hacía horas extra se había esforzado en averiguar la procedencia del colgante de piedra del caso de Connecticut hasta dar con la lista de objetos perdidos de mi asesinato.

–Ese expediente está cerrado –le dijo Len al hombre que estaba al otro lado de la línea.

–Nos gustaría ver qué tiene.

–George Harvey –dijo Len en voz alta, y los detectives de las mesas vecinas se volvieron hacia él–. El crimen se cometió en diciembre de mil novecientos setenta y tres. La víctima fue Susie Salmon, de catorce años.

–¿Se encontró el cuerpo de la pequeña Simon?

–Salmon, como el pez. Encontramos un codo –replicó Len.

–¿Tiene familia?

–Sí.

–Tienen la dentadura de Connecticut. ¿Tiene su ficha dental?

–Sí.

–Eso tal vez le ahorre algún dolor a la familia –le dijo el hombre a Len.

Len volvió a la caja de pruebas que había esperado no tener que volver a mirar. Tendría que telefonear a mi familia. Pero esperaría todo lo posible, hasta estar seguro de que el detective de Delaware tenía algo.

Durante casi ocho años, después de que Samuel mencionara el dibujo que Lindsey había robado, Hal había utilizado discretamente su red de amigos motorizados para averiguar el paradero de George Harvey. Pero, al igual que Len, se había jurado no decir nada hasta estar seguro de tener alguna pista. Y nunca había llegado a estar seguro. Cuando una noche un Ángel del Infierno llamado Ralph

Cichetti, que confesaba abiertamente que había estado una temporada en la cárcel, comentó que creía que a su madre la habían asesinado su inquilino, Hal empezó a hacer las preguntas habituales. Preguntas que contenían elementos de eliminación sobre la estatura, el peso y los intereses. El hombre no se había llamado George Harvey, aunque eso no significaba nada. Pero el asesinato en sí no se parecía en nada. Sophie Cichetti tenía cuarenta y nueve años. La habían matado en su casa con un objeto contundente y habían encontrado su cadáver intacto en las proximidades. Él había leído suficientes novelas policíacas como para saber que los asesinos seguían unas pautas, tenían una manera particular de hacer las cosas. De modo que arregló la cadena de distribución de la estrafalaria Harley de Cichetti, cambiaron de tema y finalmente se quedaron callados. Fue entonces cuando Cichetti mencionó algo más que puso los pelos de punta a Hal.

–El tipo hacía casas de muñecas –dijo Ralph Cichetti.

Hal llamó a Len.

Pasaron los años. Los árboles de nuestro patio crecieron. Yo observaba a mi familia, a los amigos y vecinos, a los profesores que había tenido o había imaginado tener, el instituto con el que había soñado. Sentada en el cenador, fingía que estaba sentada en la rama más alta del arce debajo del cual mi hermano se había tragado un palo y donde todavía jugaba con Nate al escondite. Me sentaba en la barandilla de una escalera en Nueva York y esperaba a que Ruth pasara. Estudiaba con Ray. Iba en coche con mi madre por la carretera de la costa del Pacífico en una calurosa tarde con el aire cargado de sal. Pero terminaba todos los días con mi padre en su estudio.

Extendía en mi mente esas fotos que había reunido observando sin parar, y veía cómo un solo incidente, mi muerte, relacionaba todas esas imágenes con un único origen. Nadie podía haber previsto cómo mi muerte iba a cambiar pequeños instantes en la Tierra. Pero yo me aferraba a esos instantes, los atesoraba. Ninguno se perdería mientras yo estuviese allí, observando.

En una de mis veladas musicales, mientras Holly tocaba el saxo y la señora Bethel Utemeyer se unía a ella, lo vi: vi a *Holiday* pasar corriendo junto a un samoyedo peludo y blanco. Había vivido hasta una edad avanzada en la Tierra y dormido a los pies de mi padre después de que se marchara mi madre, sin querer perderlo de vista. Había estado con Buckley mientras éste construía su fuerte y era el único que había tenido permiso para estar en el porche cuando Lindsey y Samuel se habían besado. Y en los últimos años de su vida, todos los domingos por la mañana la abuela Lynn le había hecho una crepe de mantequilla de cacahuete que dejaba plana en el suelo, sin cansarse nunca de ver cómo intentaba levantarla con el hocico.

Yo esperé a que me olfateara, impaciente por saber si aquí, al otro lado, seguía siendo la niña pequeña con la que él había dormido. No tuve que esperar mucho; se alegró tanto de verme que me tiró al suelo.

17

A los veintiún años, Lindsey era muchas cosas que yo nunca sería, pero eso apenas me entristecía ya. Aun así, vagaba por donde ella vagaba. Recogí mi diploma de la universidad, y me subí a la moto de Samuel, rodeándole la cintura con los brazos y apretándome contra su espalda en busca de calor...

Está bien, era Lindsey. Lo sé. Pero descubrí que, al observarla a ella, era capaz de perderme más que con cualquier otra persona.

La noche de su graduación en la Temple University, ella y Samuel volvieron en moto a casa después de haber prometido a mi padre y a mi abuela Lynn repetidas veces que no tocarían el champán que llevaban en la bolsa de la moto hasta que llegaran. «¡Después de todo, somos licenciados universitarios!», había dicho Samuel. Mi padre era blando porque tenía plena confianza en Samuel; habían pasado los años y el chico siempre se había comportado correctamente con la hija que le quedaba.

Pero al volver en moto de Filadelfia por la carretera 30 empezó a llover. Al principio ligeramente, pequeños alfilerazos que se clavaban en mi hermana y en Samuel a ochenta kilómetros por hora. La lluvia fría golpeaba el asfalto seco y caliente de la carretera, y arrancaba de él olores que se habían cocido todo el día bajo el sol abrasador de junio. A Lindsey le gustaba apoyar la cabeza entre los omóplatos de Samuel e inhalar el olor de la carretera y de los arbustos y matorrales desiguales que la bordeaban. Había recordado cómo, horas antes de la tormenta, la brisa había hinchado los trajes blancos de todos los graduados a las puertas del Macy Hall. Por un instante, había parecido que todos estaban a punto de alejarse flotando.

Recorrieron un tramo de carretera más rodeado de vegetación, la clase de tramo que había entre dos áreas comerciales y que poco a poco, por adición, eran eliminados por otra área comercial o un almacén de piezas de recambios de automóviles. La moto se tambaleó, pero no cayó en la grava mojada del arcén. Samuel frenó ayudándose con los pies y, como le había enseñado Hal, esperó a que mi hermana se bajara y se apartó un poco antes de bajarse él.

Levantó la visera de su casco para decirle a gritos:

–Es peligroso. Voy a llevarla debajo de esos árboles.

Lindsey lo siguió, con el ruido de la lluvia amortiguado dentro de su casco acolchado. Se abrieron paso entre la grava y el barro, pisando las ramas y los escombros amontonados al lado de la carretera. Parecía que llovía con más fuerza, y mi hermana se alegró de haberse quitado el vestido que había llevado en la ceremonia de graduación y haberse puesto los pantalones y la cazadora de cuero que Hal había insistido en darle pese a sus protestas de que parecía una pervertida.

Samuel empujó la moto hasta la hilera de robles que había junto a la carretera, y Lindsey lo siguió. La semana anterior habían ido a cortarse el pelo al mismo barbero de la calle Market, y aunque Lindsey tenía el pelo más claro y fino que Samuel, el barbero les había hecho el mismo corte puntiagudo. En cuanto se quitaron los cascos, las grandes gotas que se colaban entre los árboles les mojaron el pelo, y a Lindsey se le empezó a correr el rímel. Observé cómo Samuel le limpiaba la mejilla con el pulgar. «Feliz graduación», dijo en la oscuridad, y se agachó para besarla.

Desde su primer beso en nuestra cocina dos semanas después de mi muerte, yo había sabido que él era –como mi hermana y yo lo habíamos llamado riendo bobamente con nuestras Barbies o cuando veíamos a Bobby Sherman por la televisión– el hombre de su vida. Samuel se había hecho tan imprescindible para ella que su relación enseguida se había consolidado. Habían estudiado juntos en la Temple University, codo con codo. Él la había odiado, pero Lindsey lo había animado a continuar. Verla disfrutar tanto le había permitido sobrevivir.

–Busquemos la parte más tupida de esta maleza –dijo.

–¿Y la moto?

–Hal seguramente tendrá que rescatarnos cuando deje de llover.

–Mierda –dijo Lindsey.

Samuel rió y le cogió la mano para empezar a andar. En ese preciso momento oyeron el primer trueno, y Lindsey pegó un bote. Él la abrazó con más fuerza. Los relámpagos todavía estaban lejos, y los truenos cobrarían intensidad, siguiéndolos de cerca. A ella nunca le habían fascinado como a mí. La ponían histérica y nerviosa. Pensaba en árboles partiéndose por la mitad, casas estallando en llamas y perros escondiéndose en los sótanos de los barrios residenciales.

Caminaron a través de la maleza, que estaba empapada a pesar de los árboles. Aunque era media tarde, estaba oscuro salvo por la linterna de Samuel. Aun así, vieron rastros de gente; sus botas aplastaban latas y se tropezaban con envases vacíos. Y de pronto, en medio de las tupidas malas hierbas y la oscuridad, los dos vieron la ventana con los cristales rotos del piso superior de una vieja casa victoriana. Samuel apagó la linterna inmediatamente.

–¿Crees que habrá alguien dentro? –preguntó Lindsey.

–Está oscuro.

–Es espeluznante.

Se miraron, y mi hermana dijo en voz alta lo que los dos pensaban:

–¡Allí no nos mojaremos!

Se cogieron de la mano bajo la intensa lluvia y echaron a correr lo más deprisa posible hacia la casa, tratando de no tropezar o resbalarse en el barro cada vez más abundante.

Al acercarse más, Samuel se fijó en la pronunciada inclinación del tejado, así como en la pequeña cruz de madera de los aguilones. Casi todas las ventanas del piso de abajo estaban cerradas con tablones, pero la puerta delantera se balanceaba sobre sus goznes, golpeando la pared de yeso de dentro. Aunque parte de él quería quedarse fuera, bajo la lluvia, para examinar los aleros y las cornisas, entró en la casa precipitadamente con Lindsey. Se quedaron a unos pasos del umbral, temblando y mirando hacia el bosque que los rodeaba. Luego registraron rápidamente las habitaciones de la vieja casa. Estaban solos. No había monstruos espeluznantes agazapados en las esquinas ni había echado raíces allí ningún vagabundo.

Cada vez eran más escasos esos terrenos sin urbanizar que habían marcado más que ninguna otra cosa mi niñez. Vivíamos en una de las primeras urbanizaciones de la región que se habían construido en tierra de labranza, una urbanización que iba a convertirse en modelo e inspiración de lo que ahora parecía un millar de ellas, pero yo siempre había soñado con el tramo de carretera que no se había llenado de tejas de madera de colores chillones y tubos de desagüe, caminos de acceso pavimentados y buzones de tamaño desmesurado. Y lo mismo podía decirse de Samuel.

–¡Guau! ¿Cuántos años crees que tiene? –La voz de Lindsey resonó como en una iglesia.

–Vamos a explorar –dijo Samuel.

Las ventanas cubiertas con tablones del primer piso hacían difícil que se viera algo, pero con la ayuda de la linterna lograron distinguir una chimenea y la guardasilla que se extendía a lo largo de las paredes.

–Fíjate en el suelo –dijo Samuel. Se arrodilló, tirando de ella–. ¿Ves el trabajo de machihembrado? Esta gente tenía más dinero que sus vecinos.

Lindsey sonrió. Del mismo modo que a Hal sólo le importaba el funcionamiento interno de las motos, Samuel se había vuelto un obseso de la carpintería.

Recorrió el suelo con los dedos y pidió a Lindsey que lo imitara.

—Es una ruina maravillosa —dijo.

—¿Victoriana? —preguntó Lindsey, tratando de adivinar.

—Me alucina decirlo —dijo Samuel—, pero creo que es neogótico. Me he fijado en los soportes en diagonal en los bordes de los aguilones, lo que significa que es posterior a mil ochocientos sesenta.

—Mira —dijo Lindsey.

Alguien había hecho una hoguera hacía tiempo en medio del suelo.

—Eso sí que es una tragedia —dijo Samuel.

—¿Por qué no utilizaron la chimenea? Hay una en cada habitación.

Pero Samuel estaba absorto mirando por el agujero que había abierto el fuego en el techo, tratando de distinguir el trabajo de carpintería de los marcos de las ventanas.

—Vamos arriba —dijo.

—Tengo la sensación de estar en una cueva —dijo Lindsey mientras subían por la escalera—. Hay tanto silencio que casi no se oye la lluvia.

Al subir, Samuel golpeó el yeso con un puño.

—Podrías emparedar a alguien en este lugar.

Y de pronto tuvo lugar uno de esos instantes que ellos habían aprendido a dejar correr y que yo vivía esperando. Planteaba una pregunta primordial: ¿Dónde estaba yo? ¿Me mencionarían? ¿Sacarían el tema y hablarían de mí? Por lo general, a esas alturas la respuesta era un decepcionante no. Ya no era el festival de Susie en la Tierra.

Pero algo tenían esa casa y esa noche —los días señalados, como las ceremonias de graduación y los cumpleaños, siempre reavivaban mi recuerdo, me hacían ocupar un lugar más prominente en sus pensamientos— para que en ese momento Lindsey pensara en mí más de lo que normalmente pensaba. Aun así, no lo dijo en voz alta. Recordó la embriagadora sensación que había tenido en la casa del señor Harvey y que había experimentado a menudo desde entonces: que yo estaba con ella de alguna manera, en sus pensamientos y en sus miembros, moviéndome con ella como una hermana gemela.

En lo alto de la escalera encontraron la puerta de la habitación que se habían quedado mirando desde fuera.

–Quiero esta casa –dijo Samuel.

–¿Qué?

–Esta casa me necesita, lo noto.

–Tal vez deberías esperar a que salga el sol para decidirlo –dijo ella.

–Es lo más bonito que he visto nunca –dijo él.

–Samuel Heckler, reparador de cosas rotas –dijo mi hermana.

–Así se habla.

Se quedaron un momento en silencio, oliendo la humedad del aire que entraba por el hueco de la chimenea e inundaba la habitación. Aun con el ruido de la lluvia, Lindsey tenía la sensación de estar escondida, arropada en un seguro rincón del mundo con la persona que más quería.

Le cogió la mano y caminó con él hasta una pequeña habitación de la parte delantera. Sobresalía por encima del vestíbulo del piso de abajo y tenía forma octogonal.

–Miradores –dijo Samuel, y se volvió hacia Lindsey–. Las ventanas, cuando se construyen así, como una habitación diminuta, se llaman miradores.

–¿Te excitan? –preguntó Lindsey sonriendo.

Los dejé en la oscuridad y la lluvia. Me pregunté si Lindsey había notado que, en cuanto empezaron a desabrocharse las cazadoras, los relámpagos habían parado y había cesado el ruido en la garganta de Dios, ese trueno aterrador.

En su estudio, mi padre sostenía en la mano una bola de nieve. El frío del cristal en los dedos lo reconfortaba, y lo sacudió para ver cómo el pingüino desaparecía bajo la nieve ligera y volvía a aparecer poco a poco.

Hal había vuelto de la ceremonia de graduación en su moto, pero en lugar de tranquilizar a mi padre al proporcionarle cierta garantía de que, si una moto había sido capaz de sortear una tormenta y llevar a su conductor a salvo hasta su puerta, otra también podría hacerlo, pareció buscar en su mente las probabilidades de lo contrario.

La ceremonia de graduación de Lindsey le había reportado lo que podría llamarse un doloroso placer. Buckley se había sentado a su lado, indicándole solícito cuándo sonreír y reaccionar. A menudo sabía cuándo hacerlo, pero sus sinapsis ya no eran tan rápidas como las de la gente normal, o al menos así era como se lo explicaba a sí mismo. Era como el tiempo de reacción en las demandas de seguro que él estudiaba. Para la mayoría de la gente había una media de segundos entre el momento en que veían venir algo –otro coche, una roca que bajaba rodando por un terraplén– y el momento en que reaccionaban. Los tiempos de reacción de mi padre eran más lentos que los de la mayoría, como si se moviera en un mundo donde una inevitabilidad aplastante le había arrebatado toda esperanza de percepción aguda.

Buckley llamó a la puerta entreabierta del estudio de su padre.

–Pasa –dijo él.

–Estarán bien, papá. –A sus doce años, mi hermano se había vuelto serio y considerado. Aunque no pagara las facturas ni cocinara, era él quien llevaba la casa.

–Te sienta bien el traje, hijo –dijo mi padre.

–Gracias. –Eso le importaba a mi hermano. Quería que mi padre se sintiera orgulloso de él y se había esmerado en arreglarse, pidiéndole incluso a la abuela Lynn esa mañana que le cortara los mechones que le caían sobre los ojos. Estaba en la fase más incómoda de la adolescencia, cuando no se es niño ni hombre. Casi siempre ocultaba su cuerpo bajo camisetas grandes y vaqueros desaliñados, pero ese día le había gustado llevar traje–. La abuela nos espera abajo con Hal –dijo.

–Enseguida bajo.

Esta vez Buckley cerró la puerta del todo.

Ese otoño mi padre había hecho revelar el último carrete que había encontrado en mi armario en la caja de «Carretes para guardar», y ahora, como hacía a menudo cuando pedía un minuto antes de cenar o veía algo por la televisión o leía un artículo del periódico que le provocaba dolor, abrió el cajón de su escritorio y sacó las fotos con cautela.

Me había sermoneado muchas veces, diciendo que lo que yo llamaba mis «fotos artísticas» eran temerarias, pero el mejor retrato que había tenido nunca se lo había hecho yo en ángulo, de tal modo que su cara llenara todo el cuadro cuando lo sostenías como un rombo.

Debí de hacer caso de sus consejos sobre los ángulos de la cámara y la composición cuando saqué las fotos que él tenía ahora en las manos. No había sabido en qué orden iban los carretes ni qué había en ellos cuando los había hecho revelar. Había un número excesivo de fotos de *Holiday*, y muchas de mis pies en la hierba, borrones grisáceos en el aire que eran pájaros y un granulado intento de atardecer sobre el sauce blanco. Pero en un momento dado yo había decidido hacerle fotos a mi madre. Cuando mi padre recogió el carrete del laboratorio, se quedó sentado en el coche mirando fijamente unas fotos de una mujer que tenía la sensación de que ya casi no conocía.

Desde entonces las había sacado demasiadas veces del cajón para contarlas, pero cada vez que había examinado la cara de esa mujer, había tenido la sensación de que algo crecía dentro de él. Le llevó mucho tiempo comprender qué era. Hacía muy poco que sus sinapsis heridas le habían permitido ponerle nombre. Se había vuelto a enamorar.

No comprendía cómo dos personas que estaban casadas, que se veían todos los días, podían olvidar el aspecto que tenían, pero si tenía que describir de algún modo lo que había ocurrido, era eso. Y las últimas dos fotos del carrete proporcionaban la clave. Él había vuelto a casa del trabajo (yo recordaba que había tratado de mantener la atención de mi madre cuando *Holiday* se puso a ladrar al oír detenerse el coche en el garaje).

–Ya vendrá –le dije–. Espera.

Y ella así lo hizo. Parte de lo que me fascinaba de la fotografía era el poder que me otorgaba sobre la gente que estaba al otro lado de la cámara, incluidos mis propios padres.

Con el rabillo del ojo vi a mi padre cruzar la puerta lateral del patio. Llevaba la delgada cartera que, años atrás, Lindsey y yo habíamos registrado emocionadas para encontrar muy pocas cosas de interés. Los ojos de mi madre ya habían empezado a reflejar distracción y ansiedad, deslizándose por debajo de una máscara. En la foto siguiente la máscara estaba casi en su sitio, y en la última, en la que mi padre se inclinaba ligeramente para besarla en la mejilla, estaba puesta del todo.

–¿Te hice yo eso? –preguntó él a la imagen de mi madre mirando fijamente las fotos, colocadas en fila–. ¿Cómo ocurrió?

–Han parado los relámpagos –dijo mi hermana. La humedad que le cubría la piel ya no era de la lluvia, sino del sudor.

–Te quiero –dijo Samuel.

–Lo sé.

–No, quiero decir que te quiero y quiero casarme contigo, ¡y quiero vivir en esta casa!

–¿Cómo?

–¡Ya se ha acabado esa mierda de universidad odiosa! –gritó Samuel. La pequeña habitación absorbió de tal manera su voz que en sus finas paredes apenas hubo eco.

–Para mí no –dijo mi hermana.

Samuel se levantó del suelo, donde había estado tumbado al lado de mi hermana, y se arrodilló delante de ella.

–Cásate conmigo.

–¿Samuel?

–Estoy cansado de hacer siempre lo que está bien. Cásate conmigo y dejaré esta casa como nueva.

–¿Y quién nos mantendrá?

–Nosotros –dijo él–, como sea.

Ella se incorporó y se arrodilló frente a él. Estaban los dos medio vestidos y empezaban a tener frío a medida que se disipaba su calor.

–De acuerdo.

–¿De acuerdo?

–Creo que puedo –dijo mi hermana–. ¡Quiero decir que sí!

Algunos clichés yo sólo los comprendía cuando llegaban a toda velocidad a mi cielo. Nunca había visto un pollo decapitado, nunca había significado mucho para mí, aparte de ser una criatura que había recibido un trato muy parecido al mío. Pero en ese momento corrí por mi cielo como... ¡un pollo decapitado! Estaba tan contenta que grité una y otra vez. ¡Mi hermana! ¡Mi Samuel! ¡Mi sueño!

Ella lloraba, y él la abrazaba y la mecía contra él.

–¿Estás contenta, mi amor? –preguntó.

Ella asintió contra su pecho desnudo.

–Sí –dijo, y luego se quedó inmóvil–. Mi padre. –Levantó la cabeza y miró a Samuel–. Sé que está preocupado.

–Sí –dijo él, tratando de cambiar de estrategia.

–¿Cuántos kilómetros hay hasta casa?

–Unos quince –dijo Samuel–. Tal vez menos.

–Podríamos hacerlo –dijo ella.

–Estás loca.

–En la otra bolsa de la moto están las zapatillas de deporte.

No podían correr con sus trajes de cuero, de modo que se quedaron en ropa interior y camiseta, lo más cerca de lo que nadie de mi familia estaría jamás de esas personas que corren desnudas en lugares públicos. Samuel marcó el ritmo, corriendo delante de mi hermana como había hecho durante años para que ella no se desanimara. Casi no pasaban coches por la carretera, pero cuando alguno lo hacía, de los charcos de los lados se levantaba una pared de agua que los dejaba a los dos jadeando, luchando por volver a llenarse los pulmones de aire. Los dos habían corrido antes bajo la lluvia, pero nunca en plena tormenta. Mientras corrían, jugaron a ver quién se guarecía mejor de la lluvia, zigzagueando para protegerse bajo cualquier rama que colgara por encima de ellos, aunque el barro les salpicara las piernas. Pero a los cinco kilómetros estaban callados, avanzando a un ritmo natural que llevaban años practicando, concentrados en el sonido de su propia respiración y el de sus zapatillas mojadas al golpear el asfalto.

En un momento dado, al cruzar chapoteando un gran charco sin molestarse ya en esquivarlo, ella pensó en la piscina local de la que habíamos sido socios hasta que mi muerte puso fin a la existencia cómodamente pública de mi familia. Había estado en alguna parte de esa carretera, pero no levantó la cabeza para buscar la conocida valla de tela metálica. En su lugar, un recuerdo acudió a su mente. Estábamos ella y yo metidas en el agua con nuestros bañadores con falditas de volantes. Teníamos los ojos abiertos debajo del agua, una nueva habilidad, sobre todo para ella, y nos mirábamos los cuerpos suspendidos bajo el agua. Nuestro pelo flotaba, las falditas flotaban, y teníamos las mejillas infladas, conteniendo la respiración. Luego nos cogíamos de la mano y, juntas, salíamos disparadas del agua rompiendo la superficie. Nos llenábamos los pulmones de aire, se nos destapaban los oídos y reíamos a la vez.

Observé a mi atractiva hermana correr con los pulmones y las piernas bombeando, y vi que utilizaba de nuevo esa habilidad que había aprendido en la piscina, luchando por ver a través de la lluvia, luchando por seguir levantando las piernas al ritmo que le marcaba Samuel, y supe que no huía de mí ni corría hacia mí. Como alguien que ha sobrevivido a un disparo en el estómago, la herida se había ido cerrando en una cicatriz durante ocho largos años.

Estaban a un kilómetro de mi casa cuando la intensidad de la lluvia bajó y la gente empezó a mirar por las ventanas a la calle.

Samuel aflojó la marcha y ella lo alcanzó. Tenían las camisetas pegadas al cuerpo.

Lindsey sintió una punzada en el costado, pero en cuanto desapareció corrió con Samuel a toda velocidad. De pronto se sorprendió con toda la piel de gallina y sonriendo de oreja a oreja.

—¡Vamos a casarnos! —gritó, y él se detuvo en seco y la cogió en brazos, y seguían besándose cuando un coche pasó junto a ellos tocando el claxon.

Cuando sonó el timbre de la puerta de nuestra casa eran las cuatro, y Hal estaba en la cocina con uno de los viejos delantales blancos de mi madre, cortando galletas para la abuela Lynn. Le gustaba que le dieran trabajo, sentirse útil, y a mi abuela le gustaba utilizarlo. Formaban un equipo compenetrado. En cambio, a Buckley, el niño guardaespaldas, le encantaba comer.

—Ya voy yo —dijo mi padre.

Había soportado la tormenta con vasos de whisky con soda que le había ido preparando la abuela Lynn.

Se movía ahora con una agilidad desgarbada, como un bailarín de ballet retirado que tiende a apoyarse más sobre una pierna que sobre la otra después de muchos años de saltar con un solo pie.

—Estaba muy preocupado —dijo al abrir la puerta.

Lindsey tenía los brazos cruzados sobre el pecho, y hasta mi padre tuvo que reír cuando, desviando la mirada, se apresuró a coger las mantas que guardaban en el armario del vestíbulo. Samuel cubrió primero a Lindsey con una mientras mi padre le cubría los hombros a él lo mejor que podía y se formaban charcos de agua en el suelo de losetas. Justo cuando Lindsey se hubo tapado, Buckley, Hal y la abuela Lynn salieron al vestíbulo.

–Buckley –dijo la abuela Lynn–, ve a buscar unas toallas.

–¿Has podido ir en moto con esta lluvia? –preguntó Hal con incredulidad.

–No, hemos venido corriendo –dijo Samuel.

–¿Qué?

–Pasad a la sala –dijo mi padre–. Encenderemos el fuego.

Cuando los dos estuvieron sentados de espaldas a la chimenea, temblando al principio y bebiendo a sorbos el brandy que la abuela Lynn había pedido a Buckley que les sirviera en una bandeja de plata, todos oyeron la historia de la moto y la casa de la habitación octogonal que había puesto eufórico a Samuel.

–¿Está bien la moto? –preguntó Hal.

–Hemos hecho lo que hemos podido –dijo Samuel–, pero necesitaremos un remolque.

–Estoy muy contento de que estéis bien –dijo mi padre.

–Hemos venido corriendo por usted, señor Salmon.

Mi abuela y mi hermano se habían sentado en el otro extremo de la habitación, lejos del fuego.

–No queríamos que os preocuparais –dijo Lindsey.

–Lindsey no quería que usted en concreto se preocupara.

Se produjo un silencio en la habitación. Lo que Samuel había dicho era verdad, por supuesto, pero también señalaba con demasiada claridad un hecho seguro: que Lindsey y Buckley habían llegado a vivir sus vidas en directa proporción al efecto que sus actos podían tener en un padre frágil.

La abuela Lynn atrajo la mirada de mi hermana y le guiñó un ojo.

–Entre Hal, Buckley y yo hemos hecho galletas de chocolate y nueces –dijo–. Y, si queréis, tengo lasaña congelada. –Se levantó y mi hermano la imitó, listo para ayudar.

–Me encantarían unas galletas, Lynn –dijo Samuel.

–¿Lynn? Así me gusta –dijo–. ¿Vas a empezar a llamar a Jack «Jack»?

–Tal vez.

Una vez que Buckley y la abuela Lynn hubieron salido de la habitación, Hal notó un nuevo nerviosismo en el ambiente.

–Creo que voy a echar una mano –dijo.

Lindsey, Samuel y mi padre oyeron los atareados ruidos de la cocina. También oían el tictac del reloj del rincón, el que mi madre había llamado nuestro «rústico reloj colonial».

–Sé que me preocupo demasiado –dijo mi padre.

–Eso no es lo que quería decir Samuel –dijo Lindsey.

Samuel guardó silencio y yo lo observé.

–Señor Salmon –dijo por fin; no estaba del todo preparado para llamarlo «Jack»–. Le he pedido a Lindsey que se case conmigo.

Lindsey tenía el corazón en la garganta, pero no miraba a Samuel. Miraba a mi padre.

Buckley entró con una fuente de galletas, y Hal lo siguió con copas de champán entre los dedos y una botella de Dom Pérignon de 1978.

–De parte de tu abuela, en el día de vuestra ceremonia de graduación –dijo.

La abuela Lynn entró a continuación con las manos vacías, a excepción de su gran vaso de whisky, que reflejó la luz, brillando como un jarro de diamantes de hielo.

Para Lindsey era como si no hubiera nadie más allí aparte de ella y su padre.

–¿Qué dices, papá? –preguntó.

–Digo –logró decir él, levantándose para estrechar la mano de Samuel– que no podría desear un yerno mejor.

La abuela Lynn estalló al oír la última palabra.

–¡Dios mío, cariño! ¡Felicidades!

Hasta Buckley se relajó, liberándose del nudo que solía inmovilizarlo y abandonándose a una alegría poco habitual en él. Pero yo vi el delgado y tembloroso hilo que seguía uniendo a mi hermana a mi padre. El cordón invisible que puede matar.

Descorcharon la botella.

–¡Como un maestro! –le dijo mi abuela a Hal mientras servía el champán.

Fue Buckley quien me vio, mientras mi padre y mi hermana se incorporaban al grupo y escuchaban los innumerables brindis de la abuela Lynn. Me vio bajo el rústico reloj colonial y se quedó mirándome, bebiendo champán. De mí salían cuerdas que se alargaban y se agitaban en el aire. Alguien le pasó una galleta y él la sostuvo en las manos, pero no se la comió. Me vio el cuerpo y la cara, que no habían cambiado, el pelo con la raya aún en medio, el pecho todavía plano y las caderas sin desarrollar, y quiso pronunciar mi nombre. Fue sólo un instante, y luego desaparecí.

Con los años me cansé de observar, y me sentaba en la parte trasera de los trenes que entraban y salían de la estación de Filadelfia. Los pasajeros subían y bajaban mientras yo escuchaba sus conversaciones entremezcladas con el ruido de las puertas del tren al abrirse y cerrarse, los gritos de los revisores al anunciar las estaciones, el arrastrar y repiquetear de suelas de zapatos y tacones altos que pasaban del pavimento al metal, y el suave pum, pum sobre los pasillos alfombrados del tren. Era lo que Lindsey, en sus entrenamientos, llamaba un descanso activo: los músculos todavía tensos, pero la mente relajada. Yo escuchaba los ruidos y sentía el movimiento del tren, y, al hacerlo, a menudo oía las voces de los que ya no vivían en la Tierra. Voces de otros como yo, los observadores.

Casi todos los que estamos en el cielo tenemos en la Tierra a alguien a quien observar, un ser querido, un amigo, incluso algún desconocido que una vez fue amable con nosotros, que nos ofreció una comida caliente o una sonrisa radiante en el momento oportuno. Y cuando yo no observaba, oía hablar a los demás de sus seres queridos en la Tierra, me temo que de manera tan infructuosa como yo. Un intento unilateral de engatusar y entrenar a los jóvenes, de querer y añorar a sus compañeros, una tarjeta de una sola cara que nunca podría firmarse.

El tren se paraba o avanzaba bruscamente desde la calle Treinta hasta cerca de Overbrook, y yo los oía decir nombres y frases: «Ten cuidado con ese vaso», «Ojo con tu padre», «Oh, mira qué mayor parece con ese vestido», «Estoy contigo, madre», «Esmeralda, Sally, Lupe, Keesha, Frank...». Muchos nombres. Y luego el tren ganaba velocidad, y con él aumentaba cada vez más el volumen de todas esas frases inauditas que llegaban del cielo; en el punto más álgido entre dos estaciones, el ruido de nuestra nostalgia se volvía tan ensordecedor que me veía obligada a abrir los ojos.

Desde las ventanas de los trenes repentinamente silenciosos veía a mujeres tendiendo o recogiendo la colada. Se agachaban sobre sus cestas y extendían sábanas blancas, amarillas o rosadas en las cuerdas de tender. Yo contaba las prendas de ropa interior de hombre y de niño, y las típicas bragas de algodón de niña pequeña. Y el ruido que yo echaba de menos, el ruido de la vida, reemplazaba al incesante llamar a todos por sus nombres.

La colada húmeda: los restallidos, los tirones, la mojada pesadez de las sábanas de cama doble y sencilla. Los ruidos reales traían a la memoria los ruidos recordados del pasado, cuando me tumbaba bajo la ropa mojada para atrapar las gotas con la lengua, o corría entre las sábanas como si fueran conos de tráfico, persiguiendo a Lindsey o persiguiéndome ella a mí. Y a eso se sumaba el recuerdo de nuestra madre tratando de sermonearnos porque nuestras manos pringosas de mantequilla de cacahuete iban a ensuciar las sábanas buenas, o por las pegajosas manchas de caramelo de limón que había encontrado en las camisas de nuestro padre. De este modo se fundían en mi mente la visión y el olor de lo real, lo imaginado y lo recordado.

Ese día, después de volver la espalda a la Tierra, me subí a distintos trenes hasta que sólo pude pensar en una cosa: «Aguanta quieta», decía mi padre mientras yo sostenía la botella con el barco en miniatura y él quemaba las cuerdas con que había levantado el mástil y soltaba el clíper en su mar de masilla azul. Y yo le esperaba, notando la tensión de ese instante en que el mundo de la botella dependía únicamente de mí.

18

Cuando su padre mencionó la sima por teléfono, Ruth estaba en la habitación que tenía alquilada en la Primera Avenida. Se enrolló el largo cable negro del teléfono alrededor de la muñeca y el brazo, y dio breves y cortantes respuestas. A la anciana que le alquilaba la habitación le gustaba escuchar, de modo que Ruth trató de no extenderse mucho. Más tarde, desde la calle, llamaría a casa a cobro revertido y concretaría sus planes.

Había sabido que haría un peregrinaje a la sima antes de que la cubrieran los promotores inmobiliarios. Su fascinación por lugares como las simas era un secreto que guardaba para sí, como lo eran mi asesinato y nuestro encuentro en el aparcamiento de los profesores. Eran cosas que no explicaría en Nueva York, donde veía a otros contar sus intimidades borrachos en el bar, prostituyendo a sus familias y sus traumas a cambio de copas y popularidad. Le parecía que estas cosas no debían circular como falsos regalitos que se reparten en una fiesta. Tenía un código de honor con sus diarios y sus poemas. «Guárdatelo, guárdatelo», susurraba para sí cuando sentía la urgencia de contar algo, y acababa dando largos paseos por la ciudad, pero viendo en su lugar el campo de trigo de Stolfuz o una imagen de su padre examinando los fragmentos de antiguas molduras que había rescatado. Nueva York le proporcionaba un telón de fondo perfecto para sus pensamientos. Pese a sus autoimpuestos paseos pisando fuerte por sus calles y callejones, la ciudad en sí tenía muy poco que ver con su vida interior.

Ya no tenía aspecto de embrujada, como en el instituto, pero aun así, si la mirabas fijamente a los ojos, veías la energía de conejo asustadizo que a menudo ponía nerviosa a la gente. Tenía la expresión del que está siempre a la búsqueda de algo o alguien que aún no ha llegado. Todo su cuerpo parecía inclinarse hacia delante, interrogante, y aunque en el bar donde trabajaba le habían dicho que tenía el pelo bonito o las manos bonitas o –en las contadas ocasiones en que alguno de sus clientes la había visto salir de detrás de la barra– las piernas bonitas, nunca le decían nada de sus ojos.

Se vestía apresuradamente toda de negro, con leotardos, minifalda, botas y una camiseta llena de lamparones a causa del doble servicio que le prestaba como ropa de trabajo y de calle. Los lamparones sólo se veían a la luz del sol, de modo que Ruth nunca los veía hasta más tarde, cuando se paraba en la terraza de una cafetería para tomarse un café y, al bajar la vista hacia su falda, veía los oscuros residuos del vodka o el whisky derramado. El alcohol tenía el efecto de hacer la ropa negra más negra, y eso le divertía; en su diario había escrito: «El alcohol daña tanto a los tejidos como a las personas».

Una vez en la calle, camino de una cafetería de la Primera Avenida, inventaba conversaciones secretas con los abotargados perros falderos –chihuahuas y pomeranos– que las mujeres ucranianas sentadas en los taburetes sostenían en el regazo. A Ruth le gustaban los perritos antipáticos que ladraban furiosos cuando pasaba por su lado.

Luego paseaba, paseaba sin parar, paseaba con un dolor que brotaba de la tierra y le penetraba en el talón del pie que apoyaba en el suelo. Aparte de los tipos desagradables, nadie la saludaba, y le gustaba jugar a ver cuántas calles lograba recorrer sin tener que detenerse por el tráfico. No aminoraba el paso por otra persona y vivisecciónaba grupos de estudiantes de la Universidad de Nueva York o de ancianos con sus carritos de la lavandería, creando una ráfaga de viento a cada lado de ella. Le gustaba imaginar que cuando pasaba el mundo se volvía a mirarla, pero al mismo tiempo sabía lo desapercibida que pasaba. Menos cuando trabajaba, nadie sabía dónde estaba a cualquier hora del día y nadie la esperaba. Era un anonimato perfecto.

No sabía que Samuel le había propuesto matrimonio a mi hermana y, a no ser que se enterara por Ray, la única persona con la que se había mantenido en contacto desde el colegio, nunca lo averiguaría. Estando en el Fairfax había oído decir que mi madre se había marchado. Había corrido una nueva oleada de rumores por el instituto, y Ruth había visto a mi hermana sobrellevarlos lo mejor que podía. De vez en cuando las dos coincidían en el pasillo. Ruth decía unas palabras de apoyo si creía que no iba a perjudicarle que la vieran hablar con ella. Estaba al corriente de la fama de bicho raro que tenía en el instituto y sabía que aquella noche en el Simposio de Talentos había sido exactamente lo que había parecido: un sueño en el que los elementos dispersos se reunían espontáneamente más allá de las malditas normas escolares.

Pero Ray era otro asunto. Sus besos, y sus primeros achuchones y escarceos, eran para ella objetos encerrados en una vitrina, recuerdos que conservaba intactos. Lo veía cada vez que iba a casa de sus padres, y había sabido inmediatamente que sería él quien la acompañaría cuando volviera a la sima. Se alegraría de tomarse un descanso del continuo yugo de sus estudios y, si tenía suerte, le describiría, como hacía a menudo, algún procedimiento médico que había estudiado. Ray los describía de una manera que ella creía saber con exactitud incluso lo que se sentía. Lo evocaba todo con pequeñas pulsaciones verbales de las que era totalmente inconsciente.

Al encaminarse al norte por la Primera Avenida, contaba con los dedos todos los lugares donde se había detenido anteriormente, segura de haber encontrado un lugar donde había sido asesinada una mujer o una niña. Al final del día trataba de anotarlos en su diario, pero a menudo se quedaba tan destrozada por lo que creía que podía haber ocurrido en un oscuro alero o en un estrecho callejón que se olvidaba de los más obvios y simples, aquellos sobre los que había leído en el periódico y donde había visitado lo que había sido la tumba de una mujer.

No era consciente de que en el cielo era una especie de celebridad. Yo le había hablado a la gente de ella, de lo que hacía, de cómo guardaba unos minutos de silencio arriba y debajo de la ciudad, y de que escribía en su diario pequeñas oraciones individuales, y la noticia se había propagado tan rápidamente que las mujeres hacían cola para saber si Ruth había descubierto dónde las habían matado. Tenía admiradoras en el cielo, aunque se habría llevado un chasco al saber que a menudo esas admiradoras, cuando se reunían, se parecían más a un puñado de adolescentes absortas en un número de *TeenBeat* que a la imagen que ella tenía de un grupo susurrando un canto fúnebre al compás de timbales celestiales.

Fui yo la que empezó a seguirla y observarla, y, a diferencia de ese coro atolondrado, esos instantes a menudo me parecían tan dolorosos como asombrosos. Ruth obtenía una imagen y ésta se fundía en su memoria. A veces sólo eran instantes, una caída por las escaleras, un grito, un empujón, unas manos apretándose alrededor de un cuello, pero otras era como si un guión completo se escenificara en su mente durante el tiempo que la niña o la mujer tardaba en morir.

Ningún transeúnte pensaba nada de la chica vestida de negro que se había detenido en medio del tráfico. Camuflada de estudiante de arte, podía recorrer todo Manhattan y, si no fundirse con el entorno, sí verse catalogada y por tanto obviada. Entretanto, para nosotros realizaba una tarea importante, una tarea que a la mayoría de la gente de la Tierra le asustaba considerar siquiera.

El día siguiente a la ceremonia de graduación de Lindsey y Samuel, acompañé a Ruth en su paseo. Cuando llegó a Central Park ya había pasado hacía rato la hora del almuerzo, pero el parque seguía estando muy concurrido.

Había parejas sentadas en la pradera recién segada. Ruth las miró. Su apasionamiento era tan poco atrayente en una tarde soleada que cuando algún hombre joven de expresión franca la miraba, desviaba la mirada.

Ella cruzaba el parque en zigzag. Había lugares obvios adonde ir, como los paseos, para documentar la historia de violencia que había tenido lugar allí sin necesidad de apartarse siquiera de los árboles, pero ella prefería los lugares que la gente consideraba seguros: la fría y brillante superficie del estanque de patos situado en el concurrido extremo sudeste del parque, o el plácido lago artificial donde unos ancianos remaban en bonitos botes hechos a mano.

Se había sentado en un banco en un sendero que conducía al zoológico de Central Park, y miró, al otro lado de la grava, los niños con sus niñeras y los adultos solitarios que leían libros en distintos tramos de sombra o sol. Se había cansado de pasear por el barrio residencial, pero aun así sacó su diario del bolso. Lo dejó abierto en su regazo, sosteniendo el bolígrafo como para inspirarse. Había aprendido que era mejor dar la impresión de que hacías algo cuando mirabas al vacío. De lo contrario, era probable que se te acercara algún desconocido e intentara entablar conversación contigo. Era con su diario con quien mantenía una relación más importante y más íntima. En él estaba todo.

Al otro lado, una niña se había alejado de la manta donde dormía su niñera. Se acercaba a los arbustos que bordeaban una pequeña cuesta para convertirse en una cerca que separaba el parque de la Quinta Avenida. En el preciso momento en que Ruth se disponía a adentrarse en el mundo de los seres humanos cuyas vidas inciden unas en otras llamando a la niñera, un fino cordón que Ruth no había visto avisó a la niñera, despertándola. Ésta se irguió de golpe y ladró una orden a la niña para que volviera.

En momentos como ése, Ruth pensaba en todas las niñas que alcanzaban la vida adulta y la vejez como si fuera una especie de alfabeto en clave para todos los que no lo hacían. De alguna manera, sus vidas estaban unidas inextricablemente a las de todas las niñas que habían sido asesinadas. Fue entonces, mientras la niñera recogía sus cosas y enrollaba la manta, preparándose para la tarea que le tocara hacer a continuación, cuando Ruth vio a la niña que un día se había metido por los arbustos y había desaparecido.

Por la ropa que llevaba supo que había ocurrido hacía tiempo, pero eso era todo. No vio nada más, ni niñera, ni madre, ni indicios de si era de noche o de día, sólo una niña desaparecida.

Me quedé con Ruth. En su diario abierto escribió: «¿Año? Niña en Central Park se mete entre matorrales. Cuello de encaje blanco, elegante». Lo cerró y se lo guardó en el bolso. Cerca había un lugar que la tranquilizaba: la caseta de los pingüinos del zoo.

Pasamos la tarde allí, Ruth sentada en el asiento tapizado que se extendía a lo largo de toda la sala, su ropa negra haciendo que sólo se le vieran la cara y las manos. Los pingüinos se tambalearon, chasquearon con la lengua y se zambulleron, deslizándose por las rocas de su hábitat como simpáticos comicastros pero viviendo debajo del agua como músculos enfundados en esmoquin. Los niños gritaban y chillaban y apretaban la cara contra el cristal. Ruth no sólo contaba a los vivos sino también a los muertos, pero en los cerrados confines de la caseta de los pingüinos los alegres gritos de los niños retumbaban con tal sonoridad que, por un rato, logró ahogar la otra clase de gritos.

Ese fin de semana mi hermano se despertó temprano, como siempre hacía. Estaba en séptimo curso, se compraba el almuerzo en el colegio, estaba en el grupo de debates y, como había ocurrido con Ruth, en gimnasia siempre era el último o el penúltimo. No le gustaba el atletismo como a Lindsey. Practicaba, en cambio, lo que la abuela Lynn llamaba su «aire de dignificación». Su profesora favorita no era en realidad una profesora sino la bibliotecaria del colegio, una mujer alta y frágil de pelo áspero que bebía té de su termo y decía haber vivido en Inglaterra de joven. Después de eso, él había fingido durante algunos meses tener acento inglés y había mostrado muchísimo interés cuando mi hermana vio *Masterpiece Theatre*.

Cuando preguntó ese año a mi padre si podía hacerse cargo del jardín que mi madre en otro tiempo había cuidado, mi padre respondió: «Adelante, Buck, vuélvete loco».

Y así lo había hecho. Se había vuelto totalmente loco, leyendo viejos catálogos de Burpee por las noches cuando no podía dormir y examinando los pocos libros sobre jardinería que tenían en la biblioteca. Donde mi abuela había sugerido plantar respetuosas hileras de perejil y albahaca, y Hal había sugerido «plantas que realmente importen» –berenjenas, cantalupos, pepinos, zanahorias y judías–, mi hermano había dado la razón a ambos.

No le gustaba lo que leía en los libros. No veía motivo para tener las flores separadas de los tomates y las hierbas marginadas en un rincón. Había plantado poco a poco todo el jardín con una pala, suplicando todos los días a su padre que le trajera semillas y haciendo viajes con la abuela Lynn a la tienda de comestibles, donde su extrema solicitud yendo por cosas se veía premiada con una rápida parada en el invernadero en busca de una pequeña planta que diera flores. Ahora esperaba sus tomates, sus margaritas azules, sus petunias, pensamientos y salvias de todo tipo. Había convertido su fuerte en una especie de cobertizo donde guardaba sus herramientas y suministros.

Pero mi abuela se preparaba para el momento en que se diera cuenta de que no era posible cultivarlo todo junto y que a veces algunas semillas no brotaban, que las finas y sedosas raicillas de los pepinos podían verse bruscamente inmovilizadas por los tubérculos cada vez más gruesos de las zanahorias y las patatas, que el perejil podía ser camuflado por las malas hierbas más recalcitrantes, y los bichos que daban brincos alrededor podían arruinar las tiernas flores. Pero esperaba con paciencia. Ya no creía en el poder de la palabra. Nunca salvaba nada. A los setenta años había acabado creyendo únicamente en el tiempo.

Buckley subía una caja de ropa del sótano a la cocina cuando mi padre bajó por su café.

–¿Qué tenemos aquí, granjero Buck? –preguntó mi padre. Su mejor momento siempre había sido por las mañanas.

–Voy a sujetar mis tomateras –explicó mi hermano.

–¿Ya han brotado?

Mi padre estaba en la cocina con su albornoz azul y descalzo. Se sirvió café de la cafetera que la abuela Lynn preparaba todas las mañanas y lo bebió mirando a su hijo.

–Acabo de verlas esta mañana –dijo él, radiante–. Se enroscan como una mano que se abre.

Hasta que mi padre repitió esa descripción a la abuela Lynn junto a la encimera no vio por la ventana trasera lo que Buckley había sacado de la caja. Era mi ropa. Mi ropa, que Lindsey había revisado antes por si quería algo. Mi ropa, que mi abuela, al instalarse en mi habitación, había metido discretamente en una bolsa mientras mi padre trabajaba. La había dejado en el sótano con un pequeño letrero en el que sólo se leía: «Guardar».

Mi padre dejó su café. Salió del porche y avanzó a grandes zancadas, llamando a Buckley.

–¿Qué pasa, papá? –Estaba atento al tono de mi padre.

–Esa ropa es de Susie –dijo mi padre con tono calmado cuando llegó a su lado.

Buckley bajó la vista hacia mi vestido negro, que tenía en la mano.

Mi padre se acercó más, le quitó el vestido de la mano y, sin decir nada, recogió el resto de mi ropa, que Buckley había amontonado en el césped. Mientras se volvía en silencio hacia la casa, sin apenas respirar y estrechando la ropa contra el pecho, estalló.

Yo fui la única que vi los colores de Buckley. Cerca de las orejas y por las mejillas y la barbilla se puso un poco anaranjado, un poco rojo.

–¿Por qué no podemos utilizarla? –preguntó.

Esas palabras aterrizaron como un puño en la espalda de mi padre.

–¿Por qué no puedo utilizar esa ropa para sujetar mis tomateras?

Mi padre se volvió. Vio a su hijo allí, de pie, con el perfecto terreno de tierra lodosa removida y salpicada de minúsculas plantitas detrás de él.

–¿Cómo puedes preguntarme algo así?

–Tienes que escoger. No es justo –dijo mi hermano.

–¿Buck? –Mi padre sostenía la ropa contra su pecho.

Yo observé cómo Buckley se encendía y estallaba. Detrás de él estaba el seto de solidago, dos veces más alto que a mi muerte.

–¡Ya me he cansado! –bramó Buckley–. ¡El padre de Keesha se murió y ella está bien!

–¿Keesha es una niña del colegio?

–¡Sí!

Mi padre se quedó inmóvil. Notaba el rocío en sus pies y en sus tobillos desnudos, sentía el suelo debajo de él, frío, húmedo y rebosante de posibilidades.

–Lo siento. ¿Cuándo fue?

–¡Eso no viene al caso, papá! No lo entiendes.

Buckley giró sobre sus talones y empezó a pisotear los tiernos brotes de las tomateras.

–¡Para, Buck! –gritó mi padre.

Mi hermano se volvió.

–No lo entiendes, papá.

–Lo siento –dijo mi padre–. Es la ropa de Susie, y yo sólo… Tal vez no tenga sentido, pero es suya… es algo que ella llevaba.

–Cogiste tú el zapato, ¿verdad? –dijo mi hermano. Había dejado de llorar.

–¿Qué?

–Te llevaste el zapato. De mi habitación.

–Buckley, no sé de qué me estás hablando.

–Guardaba el zapato del Monopoly, y de pronto desapareció. ¡Lo cogiste tú! ¡Actúas como si sólo tú la hubieras querido!

–Dime qué quieres decir. ¿A qué viene eso del padre de tu amiga Keesha?

–Deja la ropa en el suelo.

Mi padre la puso con delicadeza en el suelo.

–No se trata del padre de Keesha.

–Dime de qué se trata, entonces.

Mi padre era ahora todo apremio. Regresó al lugar donde había estado tras la operación de la rodilla, cuando salió del sueño como drogado por los analgésicos y vio a su hijo, que entonces tenía cinco años, sentado cerca de él, esperando que abriera los ojos para decir: «Cucú».

–Está muerta.

Nunca dejaba de doler.

–Lo sé.

–Pues no lo parece. El padre de Keesha murió cuando ella tenía seis años, y dice que apenas piensa en él.

–Lo hará –dijo mi padre.

–¿Y qué pasa con nosotros?

–¿Con quién?

–Con nosotros, papá. Conmigo y con Lindsey. Mamá se fue porque no podía soportarlo.

–Cálmate, Buck –dijo mi padre. Estaba siendo todo lo generoso que podía mientras el aire de los pulmones se evaporaba en su pecho. Luego, una vocecilla dentro de él dijo: «Suéltalo, suéltalo, suéltalo»–. ¿Qué? –dijo.

–No he dicho nada.

«Suéltalo, suéltalo, suéltalo.»

–Lo siento –dijo mi padre–. No me encuentro muy bien.

De pronto sintió los pies increíblemente fríos sobre la

hierba húmeda. Su pecho parecía hueco, como bichos volando alrededor de un hoyo excavado. Allí dentro había eco, y le repitió en los oídos: «Suéltalo».

Cayó de rodillas. Empezó a sentir un hormigueo intermitente en el brazo, como si se le hubiera dormido, alfilerazos arriba y abajo. Mi hermano corrió hacia él.

–¿Papá?

–Hijo. –A mi padre le tembló la voz y alargó un brazo tratando de asir a mi hermano.

–Iré a buscar a la abuela. –Y Buckley echó a correr.

Tumbado de costado, con la cara contraída hacia mi vieja ropa, mi padre susurró débilmente:

–No es posible escoger. Os he querido a los tres.

Mi padre pasó aquella noche en una cama de hospital, conectado a monitores que pitaban y zumbaban. Había llegado el momento de dar vueltas alrededor de los pies de mi padre y recorrer su columna vertebral. El momento de imponer silencio y acompañarlo. Pero ¿adónde?

Un reloj hacía tictac encima de su cama, y yo pensé en el juego al que habíamos jugado Lindsey y yo en el jardín –«Me quiere», «No me quiere»– con los pétalos de una margarita. Oía el reloj devolviéndome mis dos grandes deseos con ese mismo ritmo: «Muere por mí», «No mueras por mí»; «Muere por mí», «No mueras por mí». Parecía que no podía contenerme mientras tiraba de su corazón debilitado. Si moría, lo tendría para siempre. ¿Tan malo era desearlo?

En casa, Buckley estaba acostado en la oscuridad, y estiró la sábana hasta la barbilla. No le habían permitido pasar de la sala de urgencias, donde Lindsey lo había llevado en coche, siguiendo la estruendosa ambulancia en la que iba mi padre. Mi hermano había sentido cómo una gran carga de culpabilidad se cernía en los silencios de Lindsey. En las dos preguntas repetidas: «¿De qué hablabais?» y «¿Por qué se acaloró tanto?».

El mayor temor de mi hermano pequeño era perder a una persona que significaba tanto para él. Quería a Lindsey, a la abuela Lynn y a Samuel y a Hal, pero mi padre lo tenía siempre en vilo, vigilándolo día y noche con aprensión, como si al dejar de vigilarlo fuera a perderlo.

Nos situamos —la hija muerta y los vivos— a cada lado de mi padre, unos y otros deseando lo mismo. Tenerlo para siempre con nosotros. Era imposible complacernos a todos.

Mi padre sólo había dormido fuera de casa dos veces en la vida de Buckley. La primera, la noche que había salido al campo de trigo en busca del señor Harvey, y la segunda, ahora que lo habían ingresado en el hospital y lo tenían en observación por si se trataba de un segundo infarto.

Buckley sabía que era demasiado mayor para que eso le importara, pero yo lo comprendía. A veces era el beso de buenas noches lo que mejor se le daba a mi padre. Cuando se quedaba al pie de la cama después de cerrar las persianas venecianas y pasar la mano por ellas para asegurarse de que estaban todas las lamas bajadas en el mismo ángulo y no se había quedado atascada ninguna rebelde que dejara entrar la luz del sol sobre su hijo antes de que éste se despertara, a mi hermano a menudo se le podía la carne de gallina, tan agradable era la expectación. «¿Preparado, Buck?», preguntaba mi padre, y a veces Buckley respondía «¡Roger!», y otras, «Listo», pero cuanto más asustado y mareado se sentía y esperaba que todo acabara, se limitaba a decir «¡Sí!». Y mi padre cogía la fina sábana de algodón y hacía un ovillo con cuidado de sujetar los dos extremos entre el pulgar y el índice. Luego la soltaba de golpe, de tal manera que la sábana de color azul pálido (si era la de Buckley) o lavanda (si era la mía) se extendiera como un paracaídas por encima de él, y, con delicadeza y lo que parecía una tranquilidad increíble, la sábana descendía flotando y le rozaba la piel desnuda: mejillas, barbilla, antebrazos, rodillas. Aire y cobertura estaban de alguna manera allí, en el mismo espacio y al mismo tiempo; provocaban las sensaciones extremas de libertad y protección. Era agradable, y lo dejaba vulnerable y tembloroso al borde de algún precipicio, y lo único que podía esperar era que, si suplicaba, mi padre lo complaciera y volviera a hacerlo. Aire y cobertura, aire y cobertura, sustentando el vínculo no expresado entre ellos: niño pequeño, hombre herido.

Esa noche tenía la cabeza apoyada en la almohada y el cuerpo acurrucado en posición fetal. No se le había ocurrido cerrar las persianas y veía las luces de las casas vecinas desperdigadas por la colina. Miró al otro lado de la habitación, las puertas de listones de su armario; de pequeño había imaginado que de allí salían brujas malas para reunirse con los dragones que había debajo de su cama. Ya no le asustaban esas cosas.

—Por favor, Susie, no dejes que papá se muera —susurró—. Le necesito.

Cuando dejé a mi hermano, pasé junto al cenador y bajo las farolas que colgaban como bayas, y vi que los caminos de ladrillo se bifurcaban a mi paso.

Caminé hasta que los ladrillos se convirtieron en losas, luego en piedrecitas afiladas y finalmente en tierra que había sido removida durante kilómetros y kilómetros. Me detuve. Llevaba en el cielo el tiempo suficiente para saber que iba a tener una revelación. Y mientras la luz disminuía gradualmente y el cielo se volvía de un agradable azul oscuro, como había sucedido la noche de mi muerte, vi aparecer a alguien, tan lejos que al principio no supe si era hombre o mujer, niño o adulto. Pero cuando la luz de la luna iluminó la figura vi que era un hombre y, asustada de pronto, con la respiración entrecortada, corrí lo justo para ver. ¿Era mi padre? ¿Era lo que había deseado tan desesperadamente todo ese tiempo?

—Susie —dijo el hombre mientras yo me acercaba y me

detenía a unos pasos de él. Levantó los brazos hacia mí–. ¿Te acuerdas de mí?

Volví a verme de pequeña, a los seis años, en el salón de la casa de Illinois. Y, como había hecho entonces, me subí a sus pies.

–Abuelo –dije.

Y porque todos estábamos solos y los dos estábamos en el cielo, yo era lo bastante ligera para moverme como me había movido cuando tenía seis años y él cincuenta y seis, y mi padre nos había llevado de visita a su casa. Bailamos despacito al compás de una canción que siempre había hecho llorar al abuelo en la Tierra.

–¿Te acuerdas? –preguntó.

–¡Barber!

–Adagio para cuerda –dijo él.

Pero mientras bailábamos y dábamos vueltas, sin la temblorosa torpeza de la Tierra, recordé el día que le había sorprendido llorando escuchando esta música y le había preguntado por qué lloraba.

–A veces lloras, Susie, incluso cuando hace mucho que ha muerto una persona a la que quieres.

Me había abrazado un momento y luego yo había salido corriendo a jugar otra vez con Lindsey en lo que nos parecía el enorme patio trasero de mi abuelo.

No hablamos más esa noche, nos limitamos a bailar durante horas bajo esa luz azul atemporal. Mientras bailábamos, yo sabía que estaba ocurriendo algo en la Tierra y en el cielo. Un cambio. La clase de movimiento de aceleración que habíamos estudiado en la clase de ciencias. Sísmico, imposible, una escisión y una fractura del tiempo y el espacio. Me apreté contra el pecho de mi abuelo y noté el olor a anciano que desprendía, la versión en naftalina de mi padre, la sangre en la Tierra, el firmamento en el cielo. A tabaco de primera calidad, a mofeta, a naranjita china.

Cuando dejó de oírse la música, podría haber transcurrido una eternidad. Mi abuelo retrocedió un paso y la luz se volvió amarillenta detrás de él.

–Me voy –dijo.

–¿Adónde? –pregunté yo.

–No te preocupes, cariño. Estamos muy cerca.

Dio media vuelta y se alejó, y desapareció rápidamente entre motas de polvo. El infinito.

19

Cuando mi madre llegó aquella mañana a la bodega Krusoe, encontró un mensaje esperándola, garabateado en el inglés imperfecto del vigilante. La palabra «urgencia» era lo suficientemente clara, y mi madre se saltó su ritual matinal de tomarse un primer café contemplando las vides injertadas en una hilera tras otra de robustas cruces blancas. Abrió la sección de la bodega reservada para degustaciones públicas y, sin encender la luz del techo, localizó el teléfono detrás del mostrador de madera y marcó el número de Pensilvania. No hubo respuesta.

Luego llamó al operador de Pensilvania y pidió el número del doctor Akhil Singh.

–Sí –respondió Ruana–. Ray y yo hemos visto una ambulancia hace unas horas delante de su casa. Imagino que están todos en el hospital.

–¿Quién es el enfermo?

–¿Su madre, tal vez?

Pero ella sabía por la nota que había sido su madre la que había telefoneado. Era uno de los niños o Jack. Le dio las gracias a Ruana y colgó. Cogió el pesado teléfono rojo y lo sacó de debajo del mostrador, llevándose con él un montón de hojas de colores que repartían a los clientes –«Amarillo limón = Chardonnay joven; Pajizo = Sauvignon Blanco...»–, y que cayeron y se desparramaron a sus pies. Por lo general, había llegado temprano desde que había cogido el empleo, y ahora dio las gracias por ello. Después de esa llamada, en lo único que podía pensar era en los nombres de los hospitales locales, de modo que llamó a aquellos a los que había llevado precipitadamente a sus hijos pequeños con accesos inexplicables de fiebre o posibles huesos rotos a causa de caídas. En el mismo hospital donde yo una vez había llevado a Buckley a todo correr, le dijeron:

–Ingresaron a un tal Jack Salmon en urgencias y aún sigue aquí.

–¿Puede decirme qué ha pasado?

–¿Qué relación tiene con el señor Salmon?

Ella dijo las palabras que llevaba años sin pronunciar:

–Soy su mujer.

–Ha tenido un infarto.

Ella colgó y se sentó en las alfombrillas de caucho y corcho que cubrían el suelo por el lado de los empleados. Se quedó allí sentada hasta que llegó el gerente y ella le repitió las extrañas palabras: «Marido, infarto».

Cuando, más tarde, abrió los ojos se encontraba en la furgoneta del vigilante, y éste, un hombre callado que casi nunca abandonaba el establecimiento, la llevaba a toda velocidad al aeropuerto internacional de San Francisco.

Ella compró un billete y subió a un avión que enlazaría con otro vuelo en Chicago y la dejaría por fin en Filadelfia. Mientras el avión ganaba altura y eran rodeados por las nubes, mi madre oyó vagamente los melodiosos timbres que indicaban a la tripulación qué hacer o para qué prepararse, y el tintineo del carrito-bar al pasar, pero en lugar de a los demás viajeros, vio la arcada de piedra fría de la bodega detrás de la cual guardaban los barriles de roble vacíos, y en lugar de a los hombres que a menudo se sentaban allí dentro para refugiarse del sol, visualizó a mi padre allí sentado, tendiéndole la taza Wedgwood rota.

Cuando aterrizó en Chicago con una espera de dos horas por delante, se serenó lo suficiente para comprarse un cepillo de dientes y un paquete de cigarrillos, y para llamar al hospital, esta vez para preguntar por la abuela Lynn.

–Madre –dijo mi madre–, estoy en Chicago y voy para allá.

–Abigail, gracias a Dios –dijo mi abuela–. Volví a llamar a Krusoe y me dijeron que habías salido hacia el aeropuerto.

–¿Cómo está?

–Pregunta por ti.

–¿Están ahí los niños?

–Sí, y también Samuel. Iba a llamarte hoy para decírtelo. Samuel ha pedido a Lindsey que se case con él.

–Eso es estupendo –dijo mi madre.

–¿Abigail?

–Sí. –Notó la vacilación de su madre, que era poco habitual.

–Jack también pregunta por Susie.

Encendió un cigarrillo tan pronto como salió de la terminal de O'Hare, y un grupo de estudiantes pasó en tropel por su lado con pequeñas bolsas de viaje e instrumentos musicales, cada uno con una brillante etiqueta amarilla en el lateral del estuche. En ella se leía: HOME OF THE PATRIOTS.

En Chicago hacía un día bochornoso y húmedo, y el humo de los coches aparcados en doble fila intoxicaba el aire cargado.

Se fumó el cigarrillo en un tiempo récord y encendió otro, con un brazo doblado sobre el pecho y extendiendo el otro con cada exhalación. Iba con su uniforme de trabajo: unos vaqueros gastados pero limpios y una camiseta de color anaranjado pálido con «Bodega Krusoe» bordado encima en el bolsillo. Estaba más morena, lo que hacía que sus ojos de color azul pálido pareciesen aún más azules en contraste, y había empezado a llevar el pelo recogido en una coleta. Yo veía canas sueltas cerca de las orejas y en las sienes.

Ella se aferraba a los dos lados de un reloj de arena y se preguntaba cómo era posible. El tiempo que había pasado sola había estado gravitacionalmente circunscrito cuando sus apegos tiraban de ella hacia atrás. Y esta vez habían tirado, y a conciencia. Un matrimonio. Un infarto.

De pie a la salida de la terminal, se llevó una mano al bolsillo de los vaqueros, donde guardaba la billetera masculina que había empezado a usar al empezar a trabajar en Krusoe, porque era más sencillo que preocuparse de dejar el bolso debajo del mostrador. Arrojó el cigarrillo al carril de los taxis y se volvió para sentarse en el borde de un cuadrado de hormigón dentro del cual crecían malas hierbas y un triste árbol joven asfixiado por el humo de los tubos de escape.

En la billetera llevaba fotos, fotos que miraba todos los días. Pero había una que guardaba del revés en un compartimento destinado a una tarjeta de crédito. Era la misma que había en la caja de pruebas de la comisaría, la misma que Ray había guardado en el libro de poesía india de su madre. La foto de clase que había llegado a los periódicos y aparecido en las hojas volantes de la policía y en los buzones.

Después de ocho años era, incluso para mi madre, la fotografía omnipresente de una celebridad. La había visto tantas veces que yo había quedado cuidadosamente sepultada dentro de ella. Nunca había tenido las mejillas más encendidas ni los ojos más azules que en esa foto.

Sacó la foto y la sostuvo boca arriba y ligeramente ahuecada en la mano. Siempre había recordado con nostalgia mis dientes, las pequeñas y redondeadas sierras que tanto le habían fascinado al verme crecer. Yo había prometido a mi madre sonreír de oreja a oreja para la foto de ese año, pero me había dado tanta vergüenza estar delante del fotógrafo que apenas había logrado sonreír con la boca cerrada.

Oyó por los altavoces exteriores que anunciaban su vuelo de enlace, y se levantó. Al volverse vio el pequeño árbol que crecía con dificultad. Dejó mi foto apoyada contra el tronco y se apresuró a cruzar las puertas automáticas.

En el avión a Filadelfia se sentó sola en el centro de una fila de tres asientos. No pudo evitar pensar en que si hubiera sido una madre que viajaba, los asientos de cada lado habrían estado ocupados. Uno por Lindsey. El otro por Buckley. Pero, aunque era madre por definición, en un determinado momento también había dejado de serlo. No podía reclamar ese derecho y ese privilegio después de haberse ausentado de nuestras vidas durante más de media década. Ahora sabía que ser madre era una vocación, algo que muchas jóvenes soñaban con ser. Sin embargo, mi madre nunca había soñado con ello, y se había visto castigada de la manera más horrible e inimaginable por no haberme deseado.

La observé dentro del avión, y envié un deseo hacia las nubes para liberarla. Cada vez le pesaba más el cuerpo por el terror a lo que la aguardaba, pero en esa pesadez al menos había alivio. Las azafatas le dieron una pequeña almohada azul y durmió un rato.

Cuando llegaron a Filadelfia, el avión rodó por la pista de aterrizaje, y ella se recordó dónde estaba y qué año era. Repasó rápidamente todo lo que diría cuando viera a sus hijos, a su madre, a Jack. Y cuando se detuvieron por fin con unas sacudidas, se rindió y se concentró únicamente en bajar del avión.

Apenas reconoció a sus hijos, que esperaban al final de la larga rampa. En los años transcurridos, Lindsey se había vuelto angulosa, había desaparecido todo rastro de grasa en su cuerpo. Y al lado de ella había un chico que parecía su hermano gemelo. Un poco más alto, más fornido. Samuel. Ella los miraba tan fijamente y ellos le sostenían la mirada de tal modo que al principio ni siquiera vio al niño rechoncho sentado en el brazo de una fila de asientos de la sala de espera.

Y justo antes de acercarse a ellos –porque todos parecieron suspendidos e inmóviles los primeros instantes, como si hubieran quedado atrapados en una gelatina viscosa de la que sólo podía liberarlos los movimientos de ella– lo vio.

Echó a andar por la rampa enmoquetada. Oía los mensajes por la megafonía del aeropuerto y veía a otros pasajeros que pasaban corriendo por su lado y eran recibidos con más normalidad. Pero fue como si se adentrara en una urdimbre del tiempo cuando reparó en él. Año 1944, en el campamento Winnekukka. Ella tenía doce años, las mejillas regordetas y las piernas gruesas; todo aquello de lo que se habían librado sus hijas le había tocado a su hijo. Había estado fuera muchos años, mucho tiempo que nunca recuperaría.

Si mi madre hubiera contado, como hice yo, habría sabido que en setenta y tres pasos había conseguido lo que durante casi siete años le había asustado tanto hacer.

Fue mi hermana quien habló primero.

—Mamá —dijo.

Mi madre miró a mi hermana e hizo que regresaran de golpe los treinta y ocho años que la separaban de la niña solitaria del campamento Winnekukka.

—Lindsey —dijo.

Lindsey se quedó mirándola. Buckley se había puesto de pie, pero primero se miró los zapatos y luego la ventana por encima del hombro, hacia donde los aviones aparcados vaciaban sus pasajeros en tubos como acordeones.

—¿Cómo está vuestro padre? —preguntó mi madre.

Mi hermana había pronunciado la palabra «mamá» y se había quedado inmóvil. Le había dejado un gusto jabonoso y extraño en la boca.

—Me temo que no está en su mejor forma —dijo Samuel.

Era la frase más larga que había dicho alguien, y mi madre se sintió desproporcionadamente agradecida.

—¿Buckley? —dijo ella, sin premeditar la expresión que pondría para él. Siendo lo que era, quienquiera que fuera.

Él volvió la cabeza bruscamente hacia ella.

—Buck —dijo.

—Buck —repitió ella en voz baja, y se miró las manos.

Lindsey quería preguntar: «¿Dónde están tus anillos?».

—¿Vamos? —preguntó Samuel.

Los cuatro se metieron en el largo túnel enmoquetado que los llevaría de la puerta a la terminal principal. Se dirigían a la cavernosa zona de recogida de equipajes cuando mi madre dijo:

–No he traído equipaje.

Esperaron apelotonados mientras Samuel buscaba los indicadores que los condujeran de nuevo al aparcamiento.

–Mamá –volvió a intentar mi hermana.

–Te mentí –dijo mi madre antes de que Lindsey dijera nada más.

Se miraron, y en ese cable tendido entre ambas juro que vi algo así como una rata mal digerida asomando en las fauces de una serpiente: el secreto de Len.

–Hemos de subir otra vez por las escaleras mecánicas –dijo Samuel– y luego cruzar la pasarela de arriba hasta el aparcamiento.

Llamó a Buckley, que se había alejado hacia un grupo de guardias de seguridad del aeropuerto. Nunca habían dejado de atraerle los uniformes.

Estaban en la autopista cuando Lindsey volvió a hablar.

–A Buckley no le han dejado ver a papá por su edad.

Mi madre se volvió en su asiento.

–Trataré de arreglarlo –dijo, mirando a Buckley y tratando de sonreír.

–Vete a la mierda –susurró mi hermano sin levantar la vista.

Mi madre se quedó inmóvil. El coche se abrió, lleno de odio y tensión: un revuelto río de sangre que cruzar a nado.

–Buck –dijo ella, acordándose justo a tiempo del diminutivo–, ¿puedes mirarme?

Él miró furioso por encima del asiento, volcando en ella toda su cólera.

Al final mi madre se volvió hacia delante, y Samuel, Lindsey y mi hermano oyeron los ruidos que en el asiento del pasajero ella se esforzaba por contener. Pequeños pitidos y un sollozo ahogado. Pero ni un millón de lágrimas habrían influido en Buckley. Todos los días, todas las semanas, todos los años había ido acumulando odio en un depósito subterráneo. Y en lo más profundo de éste estaba el niño de cuatro años con el corazón destellando: «Duro de corazón, duro de corazón».

–Todos nos sentiremos mejor después de ver al señor Salmon –dijo Samuel, y acto seguido, porque ni siquiera él podía soportarlo, se inclinó hacia el salpicadero y puso la radio.

Era el mismo hospital al que ella había acudido en mitad de la noche hacía ocho años. Una planta diferente pintada de otro color, pero al recorrer el pasillo sintió cómo le envolvía lo que había hecho allí. La presión del cuerpo de Len, la áspera pared de estuco contra su espalda. Todo en ella quería huir de allí y volver a California, a su tranquila existencia trabajando entre desconocidos. Escondiéndose en los pliegues de troncos y pétalos tropicales, a salvo entre tantas plantas y personas extrañas.

Los tobillos y zapatos acordonados de su madre, que vio desde el pasillo, la trajeron de vuelta al presente. Una de las muchas cosas que se había perdido al irse tan lejos, algo tan corriente como los pies de su madre, su solidez y su sentido del humor, unos pies de setenta años en unos zapatos ridículamente incómodos.

Pero cuando ella entró en la habitación, los demás –su hijo, su hija, su madre– desaparecieron.

Mi padre tenía los ojos débiles, pero los abrió parpadeando cuando la oyó entrar. Le salían tubos y cables de la muñeca y el hombro. Su cabeza se veía muy frágil sobre la pequeña almohada cuadrada.

Ella le cogió la mano y lloró en silencio, dejando que las lágrimas brotaran libremente.

–Hola, Ojos de Océano –dijo él.

Ella asintió. Ese hombre derrotado, deshecho, era su marido.

–Mi chica. –Y exhaló profundamente.

–Jack.

–Ya ves lo que ha hecho falta para hacerte volver.

–¿Merecía la pena? –dijo ella, sonriendo con suavidad.

–Tendremos que verlo –dijo él.

Verlos juntos era como una tenue creencia hecha realidad.

Mi padre veía luces trémulas, como las motas de colores de los ojos de mi madre: cosas a las que aferrarse. Las contó entre los maderos y tablones rotos de un barco que se había estrellado hacía tiempo contra algo más grande que él y se había hundido. Los restos que le habían quedado. Trató de levantar una mano y tocar la mejilla de mi madre, pero estaba demasiado débil. Ella se acercó más a él y apoyó la mejilla en su palma.

Mi abuela sabía moverse sin hacer ruido, y salió de puntillas de la habitación. Al reanudar el paso normal y acercarse a la sala de espera, detuvo a una enfermera que traía un mensaje para Jack Salmon, de la habitación 582. No lo había visto nunca, pero conocía el nombre. «Len Fenerman vendrá a verle pronto. Le desea una rápida recuperación.» Ella dobló la nota pulcramente. Antes de encontrarse con Lindsey y Buckley, que habían ido a reunirse con Samuel en la sala de espera, abrió su bolso y la dejó entre su polvera y el peine.

20

Cuando el señor Harvey llegó esa noche a la cabaña de tejado de chapa de Connecticut, se anunciaba lluvia. Había matado a una joven camarera dentro de la cabaña hacía unos años, y con las propinas que había encontrado en el bolsillo del delantal de la joven se había comprado unos pantalones nuevos. A esas alturas, el cadáver ya se habría descompuesto, y no se equivocaba; al acercarse no lo recibió ningún olor fétido. Pero la puerta de la cabaña estaba abierta, y vio que dentro habían removido la tierra. Tomó una bocanada de aire y entró con paso cansino.

Se durmió dentro de la tumba vacía de la joven.

En un momento determinado, para contrarrestar la lista de los muertos, yo había empezado a confeccionar mi propia lista de los vivos. Era algo que había visto hacer también a Len Fenerman. Cuando no estaba de servicio, apuntaba las niñas, ancianas y cualquier mujer en la gama intermedia, y las contaba entre las cosas que lo mantenían vivo. La joven del centro comercial cuyas pálidas piernas habían crecido demasiado para su vestido demasiado infantil, y que tenía una dolorosa vulnerabilidad que iba directa al corazón de Len y al mío. Las ancianas que se tambaleaban con andadores e insistían en teñirse el pelo en versiones poco naturales del color que habían tenido en su juventud. Las madres de mediana edad sin pareja que corrían por las tiendas de comestibles mientras sus hijos cogían bolsas de caramelos de los estantes. Yo las contaba cuando las veía. Mujeres vivas, que respiraban. A veces veía a las heridas, las que habían sido maltratadas por sus maridos o violadas por desconocidos, las niñas violadas por sus padres, y deseaba intervenir de alguna manera.

Len veía a esas mujeres heridas todo el tiempo. Eran asiduas de la comisaría, pero incluso cuando iba a alguna parte que estaba fuera de su jurisdicción las sentía cuando se acercaban. La mujer de la tienda de cebos y aparejos de pesca que no tenía moretones en la cara, pero se encogía de miedo como un perro y hablaba en susurros como quien pide perdón. La niña que veía cruzar la calle cada vez que iba al norte del estado a ver a sus hermanas. Con los años había adelgazado, se le había chupado la cara y el dolor le había inundado los ojos de tal modo que le colgaban pesados e impotentes, rodeados de su piel de color malva. Cuando no estaba allí se preocupaba, pero verla allí le deprimía tanto como lo reanimaba.

Hacía tiempo que no tenía gran cosa que escribir en mi expediente, pero en los últimos meses el dossier de pruebas se había engrosado con unos pocos datos: el nombre de otra víctima en potencia, Sophie Cichetti, el nombre de su hijo y un nombre falso de George Harvey. También lo que sostenía ahora en las manos: el colgante de la piedra de Pensilvania. Le dio vueltas dentro de la bolsa y volvió a localizar mis iniciales. Habían analizado el colgante en busca de pistas, pero, aparte de que lo habían encontrado donde había sido asesinada otra niña, había salido limpio de debajo del microscopio.

Había tenido intención de devolver el colgante a mi padre desde el primer momento en que confirmó que era mío. Hacerlo era transgredir las normas, pero no habían encontrado mi cuerpo, sólo un libro de texto empapado y las páginas de mi libro de biología mezcladas con la nota de amor de un chico. Un envase de Coca-Cola. Mi gorro con la borla y los cascabeles. Los había catalogado y guardado todo. Pero el colgante era distinto, y se proponía devolverlo.

Una enfermera con la que había salido años después de

que mi madre se marchara lo había llamado al ver el nombre de Jack Salmon en una lista de pacientes ingresados. Len había decidido ir a ver a mi padre al hospital y llevarle el colgante. Se imaginaba que el colgante era un talismán que podía acelerar la recuperación de mi padre.

Mientras lo observaba, no pude menos de pensar en los barriles de fluidos tóxicos que se habían acumulado detrás del taller de motos de Hal, donde la maleza que cubría las vías del tren había proporcionado a las compañías locales suficiente cobertura para deshacerse de unos cuantos. Todo había sido precintado, pero la información empezaba a filtrarse. Yo había llegado a compadecer y a respetar a Len después de que mi madre se hubiera marchado. Seguía las pruebas materiales para intentar comprender lo que era imposible de entender. En ese sentido, veía que era como yo.

A la entrada del hospital, una chica vendía pequeños ramos de narcisos, con sus tallos verdes sujetos con cintas de color azul lavanda. Observé cómo mi madre le compraba a la niña todos los ramos.

La enfermera Eliot, que recordaba a mi madre de hacía ocho años, se ofreció a ayudarla cuando la vio venir por el pasillo con los brazos llenos de flores. Reunió jarrones, y entre ella y mi madre los llenaron de agua y pusieron las flores por toda la habitación de mi padre mientras éste dormía. La enfermera Eliot sostenía que si era posible utilizar una pérdida como medida de belleza en una mujer, mi madre había ganado aún más en belleza.

Lindsey, Samuel y la abuela Lynn se habían llevado a casa a Buckley unas horas antes. Mi madre todavía no estaba preparada para volver a casa. Estaba concentrada sólo en mi padre. Todo lo demás tendría que esperar, desde la casa y su silencioso reproche hasta sus hijos. Necesitaba comer algo y tiempo para pensar. En lugar de ir a la cafetería del hospital, donde las brillantes luces sólo le recordaban todos los esfuerzos inútiles de los hospitales por mantener a la gente despierta para recibir más malas noticias –el café insípido, las sillas duras, los ascensores que se detenían en cada piso–, salió del edificio y echó a andar calle abajo.

Ya había anochecido y sólo había unos pocos coches en el aparcamiento donde hacía años había aparcado en mitad de la noche, en camisón. Abrazó con fuerza el suéter que su madre se había dejado.

Cruzó el aparcamiento, atisbando en el interior de los coches a oscuras en busca de pistas sobre quiénes eran las personas que había dentro del hospital. En el asiento del pasajero de un coche había casetes desperdigados, en otro la abultada forma de una silla de niño. Se convirtió en un juego para ella ver todo lo posible en cada coche. Una manera de no sentirse tan sola y extraña, como si fuera una niña jugando a espías en casa de unos amigos de sus padres. La agente Abigail en Misión de Control. ¡Veo un perro de peluche, veo un balón de fútbol, veo a una mujer! Allí estaba, una desconocida sentada detrás del volante. La mujer no se dio cuenta de que mi madre la veía, pero tan pronto como mi madre le vio la cara, desvió la mirada y se concentró en las brillantes luces del viejo restaurante al que se dirigía. No tuvo que mirar hacia atrás para saber qué hacía la mujer. Se arreglaba antes de entrar. Conocía esa cara. Era la cara de alguien que deseaba con toda su alma estar en cualquier parte menos donde estaba.

Permaneció en la franja ajardinada que había entre el hospital y la entrada de la sala de urgencias, y deseó tener un cigarrillo. No se había cuestionado nada esa mañana. Jack había tenido un infarto; ella iría a casa. Pero de pronto ya no sabía qué se suponía que tenía que hacer. ¿Cuánto tendría que esperar, qué tendría que ocurrir para que pudiera volver a marcharse? Detrás de ella, en el aparcamiento, oyó el ruido de la puerta de un coche al abrirse y cerrarse: la mujer que entraba.

El restaurante se había vuelto borroso. Se sentó sola en un reservado y pidió la clase de plato –milanesa de pollo– que no parecía existir en California.

Pensaba en eso cuando un hombre sentado justo delante de ella le hizo ojitos. Ella registró todos los detalles de su aspecto. Fue algo mecánico y que no hacía en el Oeste. Antes de marcharse de Pensilvania después de mi asesinato, cada vez que había visto a un hombre desconocido que le inspiraba desconfianza lo había analizado mentalmente. Era más rápido aceptar los aspectos prácticos del miedo que pretender prohibirse pensar de ese modo. Llegó su cena, la milanesa de pollo y un té, y se concentró en la comida, la arenosa capa de pan rallado que envolvía la carne correosa, el sabor metálico del té rancio. No era capaz de estar más de unos días en casa. Me veía dondequiera que mirase y en el reservado de enfrente veía al hombre que podría haberme asesinado.

Terminó de comer, pagó y salió del restaurante sin levantar la vista del suelo. Sonó una campana sobre la puerta y se sobresaltó, el corazón le dio un brinco en el pecho.

Logró cruzar ilesa la carretera, pero respiraba agitadamente al volver a atravesar el aparcamiento. El coche del inquietante comensal seguía allí.

En el vestíbulo del hospital, donde la gente casi nunca se detenía, decidió sentarse y esperar a respirar con normalidad.

Pasaría unas horas con él y, cuando se despertara, le diría adiós. Tan pronto como tomó esa decisión le recorrió un escalofrío agradable. La repentina liberación de la responsabilidad. Su pasaje a una tierra lejana.

Ya eran pasadas las diez de la noche cuando subió en un ascensor vacío a la quinta planta. Habían bajado las luces del pasillo. Pasó por delante del mostrador de las enfermeras, detrás del cual vio a dos de ellas cuchicheando. Alcanzó a oír la alegre cadencia de los rumores pormenorizados que se contaban, la intimidad fácil que flotaba en el aire. En el preciso momento en que una de las enfermeras no pudo reprimirse y soltó una carcajada aguda, mi madre abrió la puerta de la habitación de mi padre y dejó que volviera a cerrarse.

Estaba solo.

Cuando se cerró la puerta, fue como si se creara un vacío silencioso. Tuve la sensación de que no me correspondía estar allí, que debía irme. Pero estaba pegada con cola.

Verlo dormido en la oscuridad, con sólo la luz fluorescente de pocos vatios encendida a la cabecera de la cama, le recordó la última vez que había estado en ese hospital y tomado medidas para distanciarse de él.

Al verla coger la mano de mi padre, pensé en mi hermana y en mí sentadas debajo del calco de una lápida del pasillo del piso de arriba. Yo era el caballero muerto que había subido al cielo con mi perro fiel, y ella, la esposa llena de vida. La frase favorita de Lindsey era: «¿Cómo pueden esperar de mí que permanezca el resto de mis días aprisionada por un hombre paralizado en el tiempo?».

Mi madre se quedó mucho rato sentada con la mano de mi padre entre las suyas. Pensó en lo maravilloso que sería levantar las frescas sábanas de hospital y tumbarse a su lado. Y también imposible.

Se inclinó hacia él. Pese a los olores de los antisépticos y el alcohol, notó el olor a hierba que desprendía su piel. Antes de marcharse había metido en su maleta la camisa de mi padre que más le gustaba, y a veces se envolvía con ella para llevar algo suyo. Nunca salía a la calle con ella para que conservara su olor el máximo tiempo posible. Recordaba la noche que más lo había echado de menos: la había abrochado alrededor de una almohada y se había abrazado a ella como si todavía fuera una colegiala.

A lo lejos, más allá de la ventana cerrada, se oía el murmullo del lejano tráfico en la carretera. Pero el hospital estaba cerrando las puertas para la noche, y el único ruido era el de las suelas de goma del calzado de las enfermeras del turno de noche al recorrer el pasillo.

Ese mismo invierno se había sorprendido diciéndole a

una mujer que trabajaba con ella los sábados en el bar de degustación que en todas las parejas siempre había uno más fuerte que el otro. «Eso no significa que el más débil no quiera al más fuerte», había añadido. La joven la había mirado sin comprender. Pero lo importante para mi madre fue que, mientras hablaba, se había identificado de pronto con el más débil. Esa revelación la había dejado tambaleándose. ¿Acaso no había creído lo contrario durante todos esos años?

Acercó la silla todo lo posible a la cabecera y apoyó la cara en el borde de la almohada para verlo respirar, para observar el movimiento de sus ojos bajo los párpados mientras dormía. ¿Cómo era posible querer tanto a alguien y guardártelo para ti todos los días, al despertarte tan lejos de casa? Había puesto entre ellos vallas publicitarias y carreteras, saltándose controles de carretera a su paso y arrancando el espejo retrovisor... pero ¿se creía que eso iba a hacerlo desaparecer?, ¿iba a borrar su vida juntos y a sus hijos?

Fue tan fácil, mientras contemplaba a mi padre y la respiración acompasada de éste la tranquilizaba, que al principio no se dio cuenta. Empezó a pensar en las habitaciones de nuestra casa y en el gran esfuerzo que había hecho para olvidar lo ocurrido dentro de ellas. Como la fruta que se coloca en fuentes y nadie se acuerda más de ella, la dulzura parecía aún más destilada a su vuelta. En aquel estante estaban todas las citas y tonterías del comienzo de su relación, la trenza que se empezó a formar a partir de sus sueños, la sólida raíz de una familia fuerte. Y la primera prueba fundada de todo ello: yo.

Recorrió una arruga nueva en la cara de mi padre. Le gustaban sus sienes plateadas.

Poco más tarde de medianoche, se quedó dormida después de haber hecho todo lo posible por mantener los ojos abiertos. Por retenerlo todo de golpe mientras contemplaba esa cara, de tal modo que cuando él se despertara pudiera decirle adiós.

Cuando ella cerró los ojos y los dos durmieron juntos silenciosamente, yo les susurré:

> Piedras y huesos;
> nieve y escarcha;
> semillas, judías y renacuajos.
> Senderos y ramas, y una colección de besos.
> ¡Todos sabemos a quién añora Susie…!

A eso de las dos de la madrugada empezó a llover, y llovió sobre el hospital y sobre mi antigua casa y en mi cielo. También llovió sobre la cabaña de tejado de chapa donde dormía el señor Harvey. Mientras la lluvia la golpeaba con sus diminutos martillos, él soñó. Pero no soñó con la chica cuyos restos se habían llevado y estaban siendo analizados, sino con Lindsey Salmon y el «¡Cinco, cinco, cinco!» al alcanzar el borde del saúco. Tenía ese sueño cada vez que se sentía amenazado. Con la fugaz visión de aquella camiseta de fútbol, su vida había empezado a escapársele de las manos.

Eran casi las cuatro cuando vi a mi padre abrir los ojos y lo vi sentir el caliente aliento de mi madre en la mejilla aun antes de saber que ella dormía. Deseé con él que pudiera abrazarla, pero se sentía demasiado débil. Había otro camino, y lo tomó. Le explicaría lo que había sentido después de mi muerte, las cosas que acudían con frecuencia a su mente pero que nadie sabía aparte de mí.

Pero no quiso despertarla. El hospital estaba silencioso y sólo se oía el ruido de la lluvia. Tenía la sensación de que lo perseguían la lluvia, la oscuridad y la humedad; pensó en Lindsey y Samuel en la puerta, empapados y sonrientes, después de haber corrido hasta allí para tranquilizarlo. A menudo se sorprendía ordenándose una y otra vez volver a lo importante. Lindsey. Lindsey. Lindsey. Buckley. Buckley. Buckley.

La imagen de la lluvia al otro lado de las ventanas, iluminada en círculos por las farolas del aparcamiento del hospital, le hizo pensar en las películas que había visto de niño, la lluvia de Hollywood. Cerró los ojos, sintiendo el tranquilizador aliento de mi madre en la mejilla, escuchó el ligero golpeteo contra los delgados antepechos metálicos de las ventanas, y oyó los pájaros, los pequeños pájaros que gorjeaban pero que él no alcanzaba a ver. Y la sola idea de que al otro lado de la ventana hubiera un nido donde los pajaritos acababan de despertarse con la lluvia y se habían encontrado con que su madre se había ido, le hizo desear rescatarlos. Sintió los dedos relajados de mi madre, que habían dejado de apretarle la mano al quedarse dormida. Estaba allí, y esta vez, a pesar de todo, iba a dejarle ser quien era.

Fue en ese momento cuando me colé en la habitación con mis padres. Me hice en cierto modo presente como una persona, como nunca lo había estado. Siempre había andado cerca, pero nunca había estado a su lado.

Me hice pequeña en la oscuridad, sin saber si podían verme. Durante ocho años y medio había dejado a mi padre unas horas al día, del mismo modo que había dejado a mi madre, a Ruth y a Ray, a mis hermanos y, desde luego, al señor Harvey. Pero mi padre, ahora me daba cuenta, nunca me había dejado. Su devoción por mí me había hecho saber una y otra vez que me quería. A la cálida luz de su amor, yo había seguido siendo Susie Salmon, una niña con toda una vida por delante.

–Pensé que si no hacía nada de ruido te oiría –susurró–. Si me quedaba lo bastante quieto tal vez volverías.

–¿Jack? –dijo mi madre, despertándose–. Debo de haberme quedado dormida.

–Es maravilloso tenerte otra vez aquí –dijo él.

Y mi madre lo miró y todo quedó al descubierto.

–¿Cómo lo haces? –preguntó ella.

–No tengo elección, Abbie –dijo él–. ¿Qué otra cosa puedo hacer?

—Irte, volver a empezar —dijo ella.

—¿Ha funcionado?

Se quedaron callados. Yo alargué una mano y desaparecí.

—¿Por qué no te tumbas aquí conmigo? —dijo mi padre—. Tenemos un rato hasta que entren y te echen a patadas.

Ella no se movió.

—Han sido muy amables conmigo —dijo—. La enfermera Eliot me ha ayudado a poner todas las flores en agua mientras dormías.

Él miró alrededor y distinguió la forma de las flores.

—Narcisos.

—Era la flor de Susie.

Mi padre le dedicó una encantadora sonrisa.

—Ya ves cómo se hace —dijo—. Vives con eso delante, dándole una flor.

—Es muy triste —dijo mi madre.

—Sí que lo es.

Mi madre tuvo que hacer precarios equilibrios sobre una cadera al borde de la cama de hospital, pero se las arreglaron. Se las arreglaron para estar tumbados uno al lado del otro y mirarse a los ojos.

—¿Qué tal con Buckley y Lindsey?

—Increíblemente difícil —dijo ella.

Se quedaron callados un momento y él le apretó una mano.

—Estás distinta —dijo.

—Quieres decir más vieja.

Vi a mi padre coger un mechón del pelo de mi madre y colocárselo detrás de la oreja.

—Volví a enamorarme de ti mientras estabas lejos —dijo.

Me di cuenta de cuánto deseaba estar donde estaba mi madre. El amor de mi padre por ella no consistía en mirar atrás y amar algo que nunca iba a cambiar. Consistía en amar a mi madre por todo, por haberse venido abajo y por haber huido, por estar allí en ese momento, antes de que saliera el sol y entrara el personal del hospital. Consistía en tocarle el pelo con el dedo, y conocer y aun así sumergirse sin temor en las profundidades de sus ojos de océano.

Mi madre no se vio capaz de decir «Te quiero».

–¿Vas a quedarte? –preguntó él.

–Un tiempo.

Era algo.

–Estupendo –dijo él–. ¿Qué decías cuando la gente te preguntaba por tu familia en California?

–En voz alta decía que tenía dos hijos. Para mis adentros decía que tres. Siempre me entraban ganas de pedirle perdón a Susie por eso.

–¿Mencionabas a tu marido? –preguntó él.

Ella lo miró.

–No.

–Vaya.

–No he vuelto para fingir, Jack –dijo ella.

–¿Por qué has vuelto?

–Me llamó mi madre. Dijo que era un infarto, y pensé en tu padre.

–¿Porque podía morir?

–Sí.

–Estabas dormida –dijo él–. No la has visto.

–¿A quién?

–Ha entrado alguien en la habitación y luego ha salido. Creo que era Susie.

–¿Jack? –preguntó mi madre, pero no se había alarmado mucho.

–No me digas que tú no la ves.

Ella se abandonó.

–La veo por todas partes –dijo, suspirando aliviada–. Hasta en California está en todas partes. En los autobuses a los que subo o a la puerta de los colegios por los que paso en coche. Veía su pelo pero no coincidía con la cara, o veía su cuerpo o cómo se movía. Veía a sus hermanas mayores y a sus hermanos pequeños, o a dos niñas que pa-

recían hermanas, e imaginaba lo que Lindsey no iba a tener nunca, toda la relación de la que iban a verse privados
ella y Buckley, y eso me afectaba, porque yo también me
había ido. Y repercutía en ti y hasta en mi madre.

–Ha estado fantástica –dijo él–. Una roca. Una roca
como de esponja, pero roca al fin y al cabo.

–Supongo que sí.

–Entonces, si te dijera que Susie ha estado en la habitación hace diez minutos, ¿qué dirías?

–Diría que estás loco y que seguramente tienes razón.

Mi padre le recorrió el perfil con un dedo y se detuvo
en los labios, que se abrieron muy despacio.

–Tienes que inclinarte –dijo él–. Soy un hombre enfermo.

Y vi a mis padres besarse. Mantuvieron los ojos abiertos, y mi madre fue la primera en llorar, y sus lágrimas ro-
daron por las mejillas de mi padre hasta que él también
lloró.

21

Después de dejar a mis padres en el hospital, fui a ver a Ray Singh. Habíamos tenido catorce años a la vez, él y yo. Ahora vi su cabeza en la almohada, el pelo oscuro y la piel morena sobre las sábanas amarillas. Yo siempre había estado enamorada de él. Conté las pestañas de cada ojo cerrado. Pensé en lo que casi fue, en lo que pudo haber sido, y tuve las mismas pocas ganas de dejarlo que a mi familia.

En el andamio de detrás del escenario, por encima de Ruth, Ray Singh se había acercado tanto a mí que sentí su aliento cerca del mío. Olí la mezcla de clavo y canela con que imaginé que espolvoreaba sus cereales por la mañana, y también un olor oscuro, el olor humano del cuerpo que se acercaba al mío, un cuerpo dentro del cual había órganos suspendidos por una química distinta de la mía.

Desde el momento en que supe que iba a ocurrir hasta que ocurrió, me había asegurado de no quedarme a solas con Ray Singh, dentro o fuera del colegio. Temía lo que más deseaba: que me besara. No estar a la altura de las historias que todo el mundo contaba, o de lo que había leído en *Seventeen*, *Glamour* y *Vogue*. Temía no hacerlo lo bastante bien, que mi primer beso provocara rechazo, no amor. Aun así, coleccionaba historias de besos.

–Tu primer beso es el destino que llama a tu puerta –me dijo la abuela Lynn un día por teléfono.

Yo sostenía el auricular mientras mi padre iba a llamar a mi madre. Lo oí decir desde la cocina:

–Está como una cuba.

–Si tuviera que repetirlo, me pondría algo especial como Fuego y Hielo, pero entonces Revlon no hacía ese pintalabios. Habría dejado mi marca en el hombre.

–¡Madre! –dijo mi madre desde la extensión del dormitorio.

–Estamos hablando del asunto de los besos, Abigail.

–¿Cuánto has bebido?

–Verás, Susie –siguió la abuela Lynn–, si besas como un limón, haces limonada.

–¿Qué sentiste?

–Ah, el asunto de los besos –dijo mi madre–. Eso te lo dejo a ti.

Yo había pedido una y otra vez a mis padres que me lo contaran para escuchar sus distintas versiones. Me quedé con la imagen de los dos detrás de una nube de humo de cigarrillo y sus labios rozándose ligeramente dentro de la nube.

–Susie –susurró la abuela Lynn un momento después–, ¿estás ahí?

–Sí, abuela.

Se quedó callada un rato más largo.

–Tenía tu edad, y mi primer beso vino de un adulto. El padre de una amiga.

–¡Abuela! –exclamé, sinceramente escandalizada.

–No vas a regañarme, ¿verdad?

–No.

–Fue maravilloso –dijo la abuela Lynn–. Él sabía besar. Yo no podía soportar a los chicos que intentaban besarme. Les ponía una mano en el pecho y los apartaba. El señor McGahern, en cambio, sabía utilizar los labios.

–¿Y qué pasó?

–Fue maravilloso –exclamó–. Yo sabía que no estaba bien, pero fue increíble, por lo menos para mí. Nunca le pregunté qué había sentido, claro que después de eso nunca volví a verlo a solas.

–Pero ¿te habría gustado repetir?

–Sí, siempre anduve a la caza de ese primer beso.

–¿Qué hay del abuelo?

–No era nada del otro mundo besando –dijo ella. Yo oía los cubitos de hielo al otro lado de la línea–. Nunca he olvidado al señor McGahern, aunque sólo fue un momento. ¿Hay algún chico que quiere besarte?

Mis padres no me lo habían preguntado. Yo sabía que ya lo sabían, lo notaban y sonreían cuando cambiaban impresiones.

Tragué saliva al otro lado de la línea.

–Sí.

–¿Cómo se llama?

–Ray Singh.

–¿Te gusta?

–Sí.

–Entonces, ¿a qué esperas?

–Tengo miedo de no hacerlo bien.

–¿Susie?

–¿Sí?

–Sólo diviértete, niña.

Pero cuando, esa tarde, me quedé junto a mi taquilla y oí la voz de Ray pronunciar mi nombre, esta vez detrás y no por encima de mí, me pareció cualquier cosa menos divertido. El momento en sí tampoco fue divertido. No tuvo nada que ver con los estados absolutos que había conocido hasta entonces. Me sentí, por expresarlo en una sola palabra, revuelta. No como verbo, sino como adjetivo. Feliz + Asustada = Revuelta.

–Ray –dije, pero antes de que el nombre abandonara mis labios, él se había inclinado hacia mí y capturado mi boca abierta con la suya. Fue tan inesperado, aunque llevaba semanas esperándolo, que me quedé con ganas de más. Deseé desesperadamente volver a besar a Ray Singh.

A la mañana siguiente, el señor Connors recortó un artículo del periódico y lo guardó para Ruth. Era un dibujo detallado de la sima de los Flanagan y cómo iban a cubrirla. Mientras Ruth se vestía le escribió una nota. «Esto es una chapuza –se leía en ella–. Algún día el coche de algún pobre diablo volverá a caer en ella.»

–Papá cree que es un presagio –dijo, agitando el recorte en el aire al subirse en el Chevy azul de Ray al final del camino de su garaje–. Nuestro rincón va a ser engullido en parcelas subdivididas. Toma. En este artículo hay cuatro cuadros como los cubos que dibujas en una clase de dibujo para principiantes, y se supone que muestran cómo van a tapar la sima.

–Yo también me alegro de verte, Ruth –dijo él, dando marcha atrás por el camino mientras señalaba con la mirada el cinturón de seguridad desabrochado de Ruth.

–Perdona –dijo Ruth–. Hola.

–¿Qué dice el artículo? –preguntó Ray.

–Hace un día precioso, un tiempo espléndido.

–Está bien, está bien. Háblame del artículo.

Cada vez que veía a Ruth después de unos meses recordaba su impaciencia y su curiosidad, dos rasgos que los había acercado y mantenido como amigos.

–Los tres primeros son el mismo dibujo, pero con distintas flechas señalando distintas partes: «capa superior», «piedra caliza resquebrajada» y «roca desintegrándose». El último tiene un gran título, «Cómo solucionarlo», y debajo explica: «El hormigón llena la garganta y el cemento blanco rellena las grietas».

–¿La garganta? –preguntó Ray.

–Lo sé –dijo Ruth–. Luego está esta otra flecha al otro lado, como si fuera un proyecto tan importante que han tenido que hacer una pausa para que los lectores asimilen la idea, y dice: «Por último, se llena el hoyo de tierra».

Ray se echó a reír.

–Como un procedimiento médico –continuó Ruth–. Se necesita una cirugía complicada para reparar el planeta.

–Creo que los agujeros en la tierra provocan miedos muy primarios.

–¡Tienen gargantas, por el amor de Dios! –exclamó Ruth–. Eh, vamos a echarle un vistazo.

Un kilómetro y medio más adelante había letreros que anunciaban una nueva construcción. Ray giró a la izquierda y se adentró en los círculos de las carreteras recién pavimentadas donde habían talado los árboles y ondeaban pequeñas banderas rojas y amarillas a espacios regulares en lo alto de indicadores al nivel de la cintura.

Justo cuando se habían convencido de que estaban solos explorando las carreteras trazadas para un área todavía inhabitable, vieron a Joe Ellis acercarse a ellos.

Ni Ruth ni Ray lo saludaron con la mano, y Joe no hizo ademán de saludarlos.

–Dice mi madre que sigue viviendo en casa y no encuentra trabajo.

–¿Qué hace durante todo el día? –preguntó Ray.

–Pegar sustos, supongo.

–Nunca lo superó –dijo Ray, y Ruth se quedó mirando las hileras e hileras de aparcamientos vacíos hasta que Ray salió de nuevo a la carretera principal y volvieron a cruzar las vías del tren hacia la carretera 30, que los llevaría a la sima.

Ruth había sacado el brazo por la ventana para sentir el aire húmedo de la mañana después de la lluvia. Aunque Ray había sido acusado de estar involucrado en mi desaparición, había comprendido la razón, sabía que la policía había cumplido con su deber. Sin embargo, Joe Ellis nunca se había recuperado de la acusación de haber matado a los gatos y perros que había matado el señor Harvey. Vagaba por ahí, manteniéndose a una distancia prudencial de sus vecinos y deseando intensamente consolarse con el amor de los gatos y los perros. Lo más triste es que los animales olían lo deshecho que estaba –era el defecto de los humanos– y se mantenían bien lejos de él.

En la carretera 30, cerca de Eels Rod Pike, por donde Ray y Ruth estaban a punto de pasar, vi a Len salir del apartamento de encima de la barbería de Joe. Llevaba a su coche una mochila de estudiante no muy llena. Se la había regalado la joven a la que pertenecía el apartamento, que le había invitado a un café un día después de que se conocieran en la comisaría haciendo un curso de criminología del West Chester College. Dentro de la mochila había una mezcolanza de cosas: se proponía enseñarle alguna a mi padre, pero las otras ningún padre necesitaba verlas. Entre las últimas estaban las fotos de las tumbas de los cuerpos recuperados, dos codos en cada caso.

Cuando llamó al hospital, la enfermera le dijo que el señor Salmon estaba con su mujer y su familia. Su sentimiento de culpabilidad aumentó mientras detenía el coche en el aparcamiento del hospital y se quedaba un momento sentado bajo el sol abrasador que atravesaba el parabrisas, disfrutando del calor.

Yo lo veía prepararse, buscando las palabras para expresar lo que tenía que decir. Sólo tenía una cosa clara: después de casi siete años de estar cada vez menos en contacto desde finales de 1975, lo que mis padres más anhelaban era un cuerpo o la noticia de que habían encontrado al señor Harvey. Lo que él tenía que ofrecer era un colgante.

Cogió la mochila y cerró el coche, y pasó junto a la vendedora de flores con sus cubos llenos otra vez de narcisos. Sabía el número de la habitación de mi padre, de modo que no se molestó en anunciarse en el mòstrador de enfermeras de la quinta planta; se limitó a llamar con los nudillos a la puerta abierta antes de entrar.

Mi madre estaba de pie, de espaldas a él. Cuando se volvió, vi el efecto que la fuerza de su presencia tenía en él. Sostenía la mano de mi padre. De pronto me sentí muy sola.

Mi madre vaciló un poco al sostener la mirada de Len, y luego rompió el silencio con lo que le salió con más facilidad.

–Siempre es un placer verle –dijo tratando de bromear.

–Len –logró decir mi padre–. Abbie, ¿puedes ayudarme a recostarme?

–¿Cómo se encuentra, señor Salmon? –preguntó Len mientras mi madre apretaba el botón de la cama que tenía la flecha hacia arriba.

–Jack, por favor –insistió mi padre.

–Antes de que se hagan ilusiones –dijo Len–, no lo hemos cogido.

Mi padre se quedó visiblemente decepcionado.

Mi madre colocó bien las almohadas a la espalda de mi padre.

–Entonces, ¿para qué ha venido? –preguntó ella.

–Hemos encontrado algo de Susie –dijo él.

Había utilizado casi la misma frase cuando vino a casa con el gorro de la borla y los cascabeles. El eco resonó en la cabeza de mi madre.

Cuando, la noche anterior, mi madre había observado a mi padre dormir, y luego él se había despertado y visto su cabeza junto a la suya en la almohada, los dos habían tratado de evitar el recuerdo de esa primera noche de nieve, granizo y lluvia, y cómo se habían abrazado sin atreverse ninguno de los dos a expresar en voz alta su mayor esperanza. La noche anterior, mi padre había dicho por fin: «Nunca volverá a casa». Una verdad clara y sencilla que habían aceptado todos los que me habían conocido. Pero él necesitaba decirlo, y ella necesitaba oírselo decir.

–Es un colgante de su pulsera –dijo Len–. Una piedra de Pensilvania con sus iniciales grabadas.

–Se la compré yo –dijo mi padre–. En la estación de la calle Treinta, un día que fui a la ciudad. Tenían un puesto, y un hombre con unas gafas de cristal inastillable me grabó las iniciales gratis. Compré otra para Lindsey. ¿Te acuerdas, Abigail?

–Sí –respondió mi madre.

–La encontramos cerca de una tumba, en Connecticut.

Mis padres se quedaron callados un momento, como animales atrapados en hielo, los ojos inmóviles y muy abiertos, suplicando a todo el que pasara que, por favor, los liberara.

—No era Susie —dijo Len, apresurándose a llenar el silencio—. Lo que significa que Harvey ha estado relacionado con otros asesinatos cometidos en Delaware y Connecticut. Encontramos el colgante de Susie en una tumba de las afueras de Hartford.

Mis padres vieron a Len abrir con torpeza la cremallera ligeramente atascada de su mochila. Mi madre alisó el pelo de mi padre y trató de atraer su mirada. Pero mi padre estaba concentrado en la posibilidad que les ofrecía Len: reabrir el caso de mi asesinato. Y mi madre, justo cuando empezaba a tener la sensación de pisar un terreno más firme, tuvo que ocultar el hecho de que nunca había querido que todo volviera a empezar. El nombre de George Harvey le hacía enmudecer. Nunca había sabido qué decir de él. En su opinión, vivir pendiente de que lo capturasen y lo castigasen significaba optar por vivir con el enemigo en lugar de aprender a vivir en el mundo sin mí.

Len sacó una gran bolsa de cremallera. Al fondo, mis padres vieron un destello dorado. Len se lo dio a mi madre y ella lo sostuvo ante los ojos.

—¿No lo necesita, Len? —preguntó mi padre.

—Ya lo hemos analizado a fondo —dijo él—. Hemos tomado nota de dónde se encontró y hecho las fotografías necesarias. Podría darse el caso de que tuviera que pedirles que me lo devolvieran, pero hasta entonces pueden quedárselo.

—Ábrelo, Abbie —dijo mi padre.

Vi a mi madre sostener la bolsa abierta e inclinarse hacia la cama.

—Es para ti, Jack —dijo ella—. Se lo regalaste tú.

A mi padre le tembló la mano al introducirla en la bolsa y tardó un segundo en palpar con la yema de los dedos los bordes afilados de la piedra. Sacó el colgante de una forma que me hizo pensar en cuando Lindsey y yo jugábamos a Operación de pequeñas. Si tocaba los lados de la bolsa, sonaría una alarma y tendría que pagar una prenda.

—¿Cómo puede estar tan seguro de que él mató a esas otras niñas? —preguntó mi madre.

Miraba fijamente el pequeño rescoldo dorado en la palma de mi padre.

—No hay nada seguro —dijo Len.

Y el eco volvió a resonar en los oídos de mi madre. Len tenía una colección de frases hechas. Ésa era la frase que mi padre había tomado prestada para tranquilizar a su familia. Era una frase cruel que se aprovechaba de la esperanza.

—Creo que ahora debería irse —dijo ella.

—¿Abigail? —dijo mi padre.

—No quiero oír nada más.

—Me alegro de tener el colgante, Len —dijo mi padre.

Len se quitó un sombrero imaginario en dirección a mi padre antes de darse media vuelta para marcharse. Le había hecho el amor a mi madre antes de que ella se marchara. El sexo como acto de olvido voluntario. La clase de sexo que practicaba cada vez más a menudo en las habitaciones de encima de la barbería.

Me dirigí al sur para reunirme con Ruth y Ray, pero, en cambio, vi al señor Harvey. Conducía un coche anaranjado reconstruido a partir de tantas versiones distintas de la misma marca y el mismo modelo que parecía un monstruo de Frankenstein sobre ruedas. Una correa elástica sujetaba el capó, que se sacudía con el aire que venía en dirección contraria.

El motor se había negado a superar el límite de velocidad, por mucho que él había pisado el acelerador. Había dormido junto a una tumba vacía y soñado con el «¡Cinco, cinco, cinco!», y se había despertado poco antes del amanecer para conducir hasta Pensilvania.

El contorno del señor Harvey se volvía extrañamente borroso. Durante años había mantenido a raya los recuerdos de las mujeres y niñas que había matado, pero ahora, uno a uno, regresaban.

A la primera niña le había hecho daño por accidente. Perdió la cabeza y no pudo detenerse, o así es como se lo explicó a sí mismo. Ella dejó de ir al instituto al que iban los dos, pero a él no le extrañó. A esas alturas se había mudado tantas veces de casa que supuso que era eso lo que había hecho ella. Había lamentado esa silenciosa y como amortiguada violación a una amiga del instituto, pero no la había visto como algo que quedaría grabado en la memoria de alguno de los dos. Era como si algo ajeno a él hubiera terminado en la colisión de sus dos cuerpos una tarde. Luego, durante un segundo, ella se había quedado mirándolo. Insondable. Finalmente, se había puesto las bragas rasgadas, metiéndoselas por debajo de la cinturilla de la falda para sujetárselas. No hablaron, y ella se marchó. Él se cortó el dorso de la mano con la navaja. Cuando su padre le preguntara por la sangre, tendría una explicación verosímil que ofrecer. «Ha sido un accidente, mira», diría, y se señalaría la mano.

Pero su padre no le preguntó nada, y nadie fue a buscarlo. Ni su padre ni su hermano ni la policía.

Luego vi lo que el señor Harvey sentía a su lado. A esa niña, que había muerto sólo unos años después, cuando su hermano se quedó dormido fumando un cigarrillo. Estaba sentada en el asiento del pasajero. Me pregunté cuánto tardaría en empezar a acordarse de mí.

Lo único que había cambiado desde el día que el señor Harvey me había entregado en casa de los Flanagan eran los pilones anaranjados colocados alrededor del terreno. Eso y las pruebas de que la sima se había agrandado. La esquina sudeste de la casa estaba inclinada y el porche delantero se hundía silenciosamente en la tierra.

Como precaución, Ray aparcó al otro lado de Flat Road, bajo un tramo cubierto de maleza. Aun así, el lado del pasajero rozó el borde de la acera.

–¿Qué ha sido de los Flanagan? –preguntó Ray mientras bajaban del coche.

–Mi padre me dijo que la compañía que había comprado la propiedad los había compensado y se habían marchado.

–Este lugar es espeluznante, Ruth –dijo Ray.

Cruzaron la carretera vacía. El cielo estaba azul claro, con sólo unas pocas nubes desperdigadas. Desde donde estaban veían la parte trasera del taller de motos de Hal al otro lado de las vías del tren.

–Me pregunto si sigue siendo de Hal Heckler –dijo Ruth–. Estuve colada por él cuando éramos adolescentes.

Luego se volvió hacia el aparcamiento. Se quedaron callados. Ruth se movió en círculos cada vez más pequeños, con el hoyo y su indefinido borde como objetivo. Ray la seguía justo detrás. De lejos, el hoyo parecía inofensivo, como un charco de barro demasiado grande que empezaba a secarse. Había puñados de malas hierbas alrededor, y si te acercabas lo suficiente era como si la tierra terminara dando paso a carne de color marrón claro. Era blando y convexo, y engullía todo lo que se pusiera encima.

–¿Cómo sabes que no nos engullirá a nosotros? –preguntó Ray.

–No pesamos lo suficiente –dijo Ruth.

–Si notas que te hundes, párate.

Al verlos me acordé de cómo había cogido a Buckley de la mano el día que fuimos a enterrar la nevera. Mientras mi padre hablaba con el señor Flanagan, Buckley y yo nos habíamos acercado al lugar donde el suelo se volvía más blando e inclinado, y yo habría jurado que cedía un poco bajo mis pies, la misma sensación que tenía cuando caminaba por el cementerio de nuestra iglesia y me hundía de pronto en los túneles poco profundos que los topos habían cavado entre las lápidas.

A la larga, el recuerdo de esos topos –las imágenes de esas criaturas ciegas, curiosas y dentudas que buscaba en los libros– me ayudó a aceptar el hecho de que me había hundido en la tierra en una pesada caja fuerte. Yo estaba hecha a prueba de topos, de todos modos.

Ruth se acercó de puntillas a lo que creyó que era el borde mientras yo pensaba en las carcajadas de mi padre en ese día lejano. De regreso a casa, yo le había contado a mi hermano una historia que me había inventado: cómo debajo de la sima había todo un pueblo subterráneo cuya existencia nadie conocía, y la gente que vivía en él recibía esos electrodomésticos como regalos de un cielo terrenal. «Cuando nuestras neveras llegan a ellos –dije–, nos alaban, porque son una raza de pequeños reparadores que disfrutan recomponiendo cosas.» La risa de mi padre llenó el coche.

–Ruthie, ya te has acercado bastante –dijo Ray.

Ruth tenía las plantas de los pies en la tierra dura y los dedos en la blanda, y mientras la observaba tuve la sensación de que era capaz de levantar los brazos y tirarse allí mismo para reunirse conmigo. Pero Ray se acercó a ella por detrás.

–Por lo visto, la garganta de la tierra eructa –dijo.

Los tres vimos la esquina de algo metálico que se elevaba.

–La gran Maytag del sesenta y nueve –dijo Ray.

Pero no era una lavadora ni una caja fuerte. Era un viejo fogón rojo de gas que se movía despacio.

–¿Te has preguntado alguna vez dónde fue a parar el cuerpo de Susie Salmon? –preguntó Ruth.

Yo quería salir de debajo de la maleza que ocultaba a medias su coche azul, cruzar la carretera y meterme en el hoyo para a continuación volver a salir y darle a Ruth unos golpecitos en el hombro y decir: «¡Soy yo! ¡Has acertado! ¡Bingo! ¡Has dado en el blanco!».

–No –dijo Ray–. Eso te lo dejo a ti.

–Todo está cambiando en este lugar. Cada vez que vengo ha desaparecido algo que lo hacía distinto del resto del país –dijo ella.

–¿Quieres entrar en la casa? –preguntó Ray, pero pensaba en mí. En lo colado que había estado por mí a los trece años. Me había visto volver andando a casa delante de él, y habían sido detalles: mi horrible falda plisada, mi chaquetón cubierto de pelos de *Holiday*, la manera en que el sol se reflejaba en mi pelo que yo creía castaño desvaído mientras volvíamos a casa, uno detrás del otro. Y unos días después, cuando él se había levantado en la clase de ciencias sociales y leído por equivocación su trabajo sobre *Jane Eyre* en lugar del de la guerra de 1812, yo lo había mirado de una manera que a él le pareció agradable.

Ray se encaminó a la casa que iban a demoler muy pronto y que había sido despojada de todos los pomos y grifos de valor por el señor Connors a altas horas de la madrugada, mientras Ruth se quedaba junto al hoyo. Ray ya estaba dentro de la casa cuando ocurrió. Con la misma claridad que si fuera de día, ella me vio de pie a su lado, mirando el lugar donde me había arrojado el señor Harvey.

–Susie –dijo Ruth, sintiendo mi presencia aún más sólidamente al pronunciar mi nombre.

Pero yo no dije nada.

–Te he escrito poemas –dijo ella, tratando de retenerme. Lo que llevaba toda la vida deseando ocurría por fin–. ¿No quieres nada, Susie?

Luego desaparecí.

Ruth se quedó allí, esperando tambaleante a la luz grisácea del sol de Pensilvania. Y la pregunta resonó en mis oídos: «¿No quieres nada?».

Al otro lado de las vías del tren, el taller de Hal estaba desierto. Se había tomado el día libre, y había llevado a Samuel y a Buckley a una feria de motos en Radnor. Yo veía a Buckley recorrer con la mano la curvada cubierta de la tracción delantera de una pequeña moto roja. Faltaba poco para su cumpleaños, y Hal y Samuel lo observaban. Hal había querido regalarle el viejo saxo alto de Samuel, pero la abuela Lynn había intervenido. «Necesita aporrear cosas, querido –dijo–. Ahórrate los objetos delicados.» De modo que Hal y Samuel se habían juntado para comprarle a mi hermano una batería de segunda mano.

La abuela Lynn estaba en el centro comercial tratando de encontrar ropa sencilla pero elegante que pudiera convencer a mi madre para que se pusiera. Con dedos hábiles por los años de experiencia, descolgó un vestido azul marino de un colgador de prendas negras. Yo veía a la mujer que estaba cerca mirar el vestido verde de envidia.

En el hospital, mi madre le leía en voz alta a mi padre el *Evening Bulletin* del día anterior, y él le leía los labios sin escuchar en realidad. En lugar de eso, quería besarla.

Y Lindsey.

Vi cómo el señor Harvey se metía en mi antiguo vecindario en pleno día, sin importarle que lo vieran, confiando en su habitual invisibilidad: allí, en ese vecindario donde tantos habían asegurado que nunca lo olvidarían, donde siempre lo habían visto como a un forastero, donde enseguida habían empezado a sospechar que la esposa muerta a la que se refería con distintos nombres había sido una de sus víctimas.

Lindsey estaba sola en casa.

El señor Harvey pasó junto a la casa de Nate, que estaba dentro de la zona de casas-ancla de la urbanización. La madre de Nate arrancaba las flores marchitas de un parterre con forma de riñón, y levantó la vista cuando el coche pasó por delante. Al ver el coche destartalado y desconocido, imaginó que era un amigo de la universidad de uno de los chicos mayores que había vuelto a pasar el verano. No vio al señor Harvey al volante. Éste giró a la izquierda y se adentró en la carretera que rodeaba su vieja calle. *Holiday* gruñó a mis pies, con la misma clase de gruñido grave y desagradable que se le escapaba cuando lo llevábamos en coche al veterinario.

Ruana Singh estaba de espaldas a él. La vi por la ventana del comedor, ordenando alfabéticamente un montón de libros nuevos y colocándolos en estanterías cuidadosamente organizadas. Los niños estaban en los jardines, columpiándose, caminando sobre zancos con resortes o persiguiéndose unos a otros con pistolas de agua. Un vecindario lleno de víctimas en potencia.

Él rodeó la curva del final de nuestra calle y pasó por el pequeño parque municipal, al otro lado del cual vivían los Gilbert. Estaban los dos en casa, el señor Gilbert ahora achacoso. Luego vio su antigua casa, que ya no era verde, aunque para mi familia y para mí siempre sería «la casa verde». Los nuevos dueños la habían pintado de color malva y habían instalado una piscina, y justo al lado, cerca de la ventana del sótano, había un cenador de madera de secuoya abarrotado de juguetes y hiedra colgante. Habían pavimentado los parterres delanteros al ampliar el camino del garaje, y cubierto el porche con cristal a prueba de heladas, detrás del cual vio una especie de oficina. Le llegaron las risas de unas niñas en el patio trasero, y vio salir de la casa a una mujer con sombrero y una podadera. Se quedó mirando al hombre sentado en el coche anaranjado y sintió una especie de patada en su interior: la patada inquieta de un útero vacío. Se volvió bruscamente y entró de nuevo en la casa, y se quedó mirándolo desde la ventana. Esperando.

Condujo unas cuantas casas más allá.

Y allí estaba ella, mi querida hermana. Él la vio por la ventana del piso de arriba de nuestra casa. Se había cortado el pelo y había adelgazado durante aquellos años, pero era ella, sentada ante la mesa de dibujo que utilizaba como escritorio, leyendo un libro de psicología.

Fue entonces cuando empecé a verlos bajar por la calle.

Mientras él observaba las ventanas de mi antigua casa preguntándose dónde estaban los demás miembros de mi familia, y si mi padre seguía cojeando, vi los últimos rastros de los animales y las mujeres que abandonaban la casa del señor Harvey. Avanzaban con dificultad, todos juntos. El señor Harvey observó a mi hermana, y pensó en las sábanas con que había cubierto los postes de la tienda nupcial. Aquel día había mirado a mi padre a los ojos al pronunciar mi nombre. Y el perro, el que ladró a la puerta de su casa, ese perro seguro que ya había muerto.

Lindsey se apartó de la ventana, y yo vi al señor Harvey observarla. Ella se levantó y se volvió para acercarse a una estantería que iba del suelo al techo. Cogió otro libro y volvió a su escritorio. Mientras él le miraba la cara, en su retrovisor apareció de pronto un coche patrulla negro y blanco que recorría lentamente la calle detrás de él.

Sabía que no podía correr más que ellos, de modo que se quedó sentado en el coche y preparó los últimos vestigios de la cara que llevaba décadas mostrando a las autoridades, la cara de un hombre desabrido al que podías compadecer o despreciar, pero nunca culpar. Cuando el agente se detuvo a su lado, las mujeres se deslizaron por las ventanillas y los gatos se le enroscaron alrededor de los tobillos.

—¿Se ha perdido? —preguntó el joven policía pegándose al coche anaranjado.

—Viví un tiempo aquí —dijo el señor Harvey. Me estremecí al oírlo. Había decidido decir la verdad.

—Hemos recibido una llamada sobre un vehículo sospechoso.

—Veo que están construyendo algo en el campo de trigo —dijo Harvey. Y yo supe que parte de mí podía unirse a los demás y caer abruptamente en pedazos, junto con todos los fragmentos de los cadáveres que llovían dentro de su coche.

—Están ampliando el colegio.

—El barrio me ha parecido más próspero —dijo él, nostálgico.

—Creo que debería seguir su camino —dijo el agente. Le incomodaba el señor Harvey en su coche destartalado, pero lo vi anotar la matrícula.

—No era mi intención asustar a nadie.

El señor Harvey era un profesional, pero en ese momento no me importó. A cada tramo de carretera que él recorría, yo me concentraba en Lindsey dentro de casa leyendo sus libros, en los datos que saltaban de las páginas a su cerebro, en lo lista que era y en que estaba ilesa. En la Temple University había decidido que quería ser terapeuta. Y yo pensé en la mezcla de aire que había en nuestro jardín delantero: la luz del día, una madre intranquila y un policía, una serie de golpes de suerte que hasta ahora habían mantenido a mi hermana fuera de peligro. Una incógnita cotidiana.

Ruth no le explicó a Ray lo que había ocurrido. Se prometió escribirlo antes en su diario. Cuando volvieron a cruzar la carretera hacia el coche, Ray vio algo de color violeta entre la maleza que cubría un montón de tierra dejado allí por unos obreros de la construcción.

–Es vincapervinca –dijo–. Voy a coger un ramo para mi madre.

–Estupendo, tómate el tiempo que quieras –dijo Ruth.

Ray se metió por la maleza que había por el lado del conductor y trepó hasta la vincapervinca mientras Ruth se quedaba junto al coche. Ray ya no pensaba en mí. Pensaba en las sonrisas de su madre. La manera más infalible de hacerla sonreír era encontrar flores silvestres como ésas, llevarlas a casa y ver cómo las prensaba, abriendo los pétalos sobre las páginas de diccionarios y libros de consulta. Llegó a lo alto del montículo de tierra y desapareció por el otro lado con la esperanza de encontrar más.

Fue en ese momento cuando sentí un hormigueo en la espalda, al ver desaparecer su cuerpo de repente por el otro lado. Oí a *Holiday*, con el miedo instalado en su garganta, y comprendí que no gemía por Lindsey. El señor Harvey llegó a lo alto de Eels Rod Pike, y vio la sima y los pilones anaranjados a juego con su coche. Había arrojado un cadáver por allí. Recordó el colgante de ámbar de su madre, que seguía tibio cuando ella se lo había dado.

Ruth vio a las mujeres metidas en el coche con vestidos de color sangre y echó a andar hacia ellas. En esa misma carretera donde yo había sido enterrada, el señor Harvey pasó al lado de Ruth. Ella sólo vio a las mujeres. Luego se desmayó.

Fue en ese momento cuando caí a la Tierra.

22

Ruth se desplomó en la carretera, de eso me di cuenta. Lo que no vi fue al señor Harvey alejarse sin ser visto ni querido ni invitado.

No pude evitar inclinarme, después de haber perdido el equilibrio, y caí a través de la puerta abierta del cenador al otro lado de la extensión de césped y más allá del límite más lejano del cielo donde había vivido todos esos años.

Oí a Ray gritar por encima de mí, su voz alzándose en un arco de sonido:

–Ruth, ¿estás bien? –Llegó hasta Ruth y gritó–: Ruth, Ruth, ¿qué ha pasado?

Y yo estaba en los ojos de Ruth y miraba hacia arriba. Sentía su espalda arqueada contra el pavimento, y los rasguños que los afilados bordes de la grava le habían hecho a través de la ropa. Notaba cada sensación, el calor del sol, el olor del asfalto, pero no podía ver a Ruth.

Oí los pulmones de Ruth borbotear, una sensación de mareo en el estómago, pero el aire seguía llenándole los pulmones. La tensión se extendía por su cuerpo. Su cuerpo. Con Ray encima, recorriendo con sus ojos grises y palpitantes ambos lados de la carretera en busca de una ayuda que no llegaba. No había visto el coche, sólo había salido de la maleza encantado con su ramo de flores silvestres para su madre, y había encontrado a Ruth allí, tumbada en la carretera.

Ruth empujó contra su piel, tratando de salir. Luchaba por marcharse, y yo estaba dentro de ella ahora y forcejeaba con ella. Deseé con todas mis fuerzas que regresara, deseé ese imposible divino, pero ella quería salir. Nada ni nadie podía retenerla abajo, impedir que volara. Yo observaba desde el cielo, como tantas veces había hecho, pero esta vez a mi lado había algo borroso. Era nostalgia e ira elevándose en forma de anhelo.

–Ruth –dijo Ray–. ¿Me oyes, Ruth?

Justo antes de que ella cerrara los ojos y todas las luces se apagaran y el mundo se volviera frenético, miré a los ojos grises de Ray Singh, la piel oscura, los labios que había besado una vez. Luego, como una mano que se suelta de una fuerte sujeción, Ruth pasó por su lado.

Los ojos de Ray me ordenaban avanzar mientras mis deseos de observar me abandonaban dando paso a un anhelo conmovedor: volver a estar viva en esta Tierra. No observarlos desde arriba, sino estar a su lado.

En alguna parte del Intermedio azulísimo había visto a Ruth pasar corriendo por mi lado mientras yo caía a la Tierra. Pero no era la sombra de una forma humana, ni un fantasma. Era una chica lista que infringía todas las reglas.

Y yo estaba en su cuerpo.

Oí una voz que me llamaba desde el cielo. Era Franny. Corría hacia el cenador llamándome. *Holiday* ladraba tan fuerte que la voz le brotó entrecortada sin llegar a quebrársele. De pronto Franny y *Holiday* desaparecieron, y todo quedó en silencio. Sentí que algo me sujetaba y noté una mano en la mía. Mis oídos eran océanos en los que empezaba a ahogarse todo lo que había conocido: voces, caras, sucesos. Abrí los ojos por primera vez desde que había muerto y vi unos ojos grises que me sostenían la mirada. Me quedé inmóvil cuando comprendí que el maravilloso peso que me sujetaba era el de un cuerpo humano.

Traté de hablar.

–No lo hagas –dijo Ray–. ¿Qué ha pasado?

«He muerto», quería responder. ¿Cómo iba a decirle: «He muerto y ahora estoy de nuevo entre los vivos»?

Ray se había arrodillado. Desparramadas a su alrededor y por encima de mí estaban las flores que él había cogido para Ruana. Yo veía sus brillantes formas elípticas contra la ropa oscura de Ruth. Luego Ray pegó el oído a mi pecho para escuchar mi respiración y me puso un dedo en la muñeca para tomarme el pulso.

–¿Te has desmayado? –preguntó después de comprobarlo.

Asentí. Sabía que no se me concedería esa gracia eternamente en la Tierra, que el deseo de Ruth sólo era temporal.

–Creo que estoy bien –probé a decir, pero mi voz era demasiado débil, demasiado lejana, y Ray no me oyó. Entonces clavé los ojos en él, abriéndolos todo lo posible. Algo me apremiaba a levantarme. Me pareció que flotaba de nuevo hacia el cielo, que regresaba, pero sólo trataba de levantarme.

–No te muevas si te sientes débil, Ruth –dijo Ray–. Puedo llevarte en brazos al coche.

Le dediqué una sonrisa de mil vatios.

–Estoy bien –dije.

Sin gran confianza, observándome con atención, me soltó el brazo, pero siguió cogiéndome la otra mano. Se quedó a mi lado mientras yo me ponía de pie, y las flores silvestres cayeron al suelo. En el cielo, las mujeres arrojaron pétalos de rosa al ver a Ruth Connors.

Vi la atractiva cara de Ray sonreír perplejo.

–De modo que estás bien –dijo.

Con cuidado, se acercó lo bastante como para besarme, pero me explicó que estaba examinándome las pupilas para ver si tenían el mismo tamaño.

Yo sentía el peso del cuerpo de Ruth, el seductor movimiento de sus pechos y muslos, así como una asombrosa responsabilidad. Volvía a ser un alma en la Tierra. Ausente sin permiso del cielo por un rato, me habían hecho un regalo. Me obligué a erguirme todo lo posible.

–¿Ruth?

Traté de acostumbrarme al nombre.

–Sí –dije.

–Has cambiado –dijo él–. Algo ha cambiado.

Estábamos de pie en medio de la carretera, pero ése era mi momento. Quería explicárselo, pero ¿qué iba a decir? ¿«Soy Susie y sólo tengo un rato»? Estaba demasiado asustada.

–Bésame –dije en lugar de eso.

–¿Qué?

–¿No quieres? –Le sostuve la cara con las manos y noté su barba incipiente, que no estaba allí hacía ocho años.

–¿Qué te ha pasado? –preguntó él, desconcertado.

–A veces los gatos caen del décimo piso de un rascacielos y aterrizan de pie. Sólo lo crees porque lo has visto en letra impresa.

Ray se quedó mirándome hipnotizado. Inclinó la cabeza y nuestros labios se rozaron. Sentí sus labios fríos en lo más profundo de mi ser. Otro beso, valioso presente, regalo robado. Sus ojos estaban tan cerca que vi las motas verdes en el fondo gris.

Le cogí la mano y volvimos al coche en silencio. Era consciente de que él andaba muy despacio detrás de mí, tirándome del brazo y vigilando el cuerpo de Ruth para asegurarse de que caminaba bien.

Abrió la portezuela del lado del pasajero, y me dejé caer en el asiento y apoyé los pies en el suelo enmoquetado. Cuando rodeó el coche y se subió, me miró fijamente una vez más.

–¿Qué pasa? –pregunté.

Volvió a besarme en los labios con delicadeza. Lo que yo llevaba tanto tiempo deseando. El tiempo pareció detenerse y yo me empapé de él. El roce de sus labios, su barba incipiente que me hacía cosquillas, y el ruido del beso, la pequeña succión de nuestros labios al abrirse después de apretarse, y a continuación la separación más brutal. Ese sonido resonó por el largo túnel de soledad en el que me había contentado con ver a otros acariciarse y abrazarse en la Tierra. A mí nunca me habían tocado así. Sólo me habían hecho daño unas manos, más allá de toda ternura. Pero prolongándose hasta mi cielo después de la muerte había habido un rayo de luna que se arremolinaba y se encendía y apagaba: el beso de Ray Singh. De alguna manera, Ruth lo sabía.

Me palpitaron las sienes ante ese pensamiento, escondida dentro de Ruth en todos los sentidos menos en ese: que cuando Ray me besó o nuestras manos se entrelazaron, era mi deseo, no el de Ruth, era yo la que empujaba para salir de su piel. Vi a Holly. Reía, con la cabeza echada hacia atrás. Luego oí a *Holiday* aullar lastimeramente, porque yo volvía a estar donde los dos habíamos vivido una vez.

–¿Adónde quieres ir? –preguntó Ray.

Y fue una pregunta tan amplia que la respuesta era vastísima. Yo sabía que no quería ir tras el señor Harvey. Miré a Ray y supe por qué estaba yo allí. Para llevarme un trozo de cielo que nunca había conocido.

–Al taller de Hal Heckler –respondí con firmeza.

–¿Qué?

–Tú has preguntado –dije.

–¿Ruth?

–¿Sí?

–¿Puedo volver a besarte?

–Sí –respondí, y me puse colorada.

Él se inclinó mientras el motor se calentaba y nuestros labios se encontraron una vez más, y allí estaba ella, Ruth, hablando ante un grupo de ancianos con boinas y suéteres negros de cuello alto que sostenían en alto mecheros encendidos y pronunciaban su nombre en un canto rítmico.

Ray se recostó y me miró.

–¿Qué pasa? –preguntó.

–Cuando me besas veo el cielo –dije.

–¿Qué aspecto tiene?

–Es diferente para cada uno.

–Quiero detalles –dijo él sonriendo–. Hechos.

–Hazme el amor y te lo diré –respondí.

–¿Quién eres? –preguntó él, pero me daba cuenta de que aún no sabía qué preguntaba.

–El motor ya se ha calentado –dije.

Él aferró el cambio de marchas cromado que había a un lado del volante y nos pusimos en marcha como si fuera lo más normal, un chico y una chica juntos. El sol se reflejó en la mica resquebrajada del viejo pavimento lleno de parches cuando él hizo un cambio de sentido.

Bajamos hasta el final de Flat Road y yo señalé el camino de tierra a un lado de Eels Rod Pike, por donde podríamos cruzar las vías del tren.

–Tendrán que cambiar esto pronto –dijo Ray al cruzar la grava hasta el camino de tierra.

Las vías se extendían hasta Harrisburg en una dirección y hasta Filadelfia en la otra, estaban derribando todos los edificios a lo largo, y las viejas familias se iban y llegaban industriales.

–¿Piensas quedarte aquí cuando acabes la facultad? –pregunté.

–Nadie lo hace –dijo Ray–. Ya lo sabes.

Yo casi parpadeé ante esa decisión, la idea de que si me hubiera quedado en la Tierra tal vez me habría marchado de ese lugar para ir a otro, de que habría podido irme a donde hubiera querido. Y entonces me pregunté si era igual en el cielo que en la Tierra. Si lo que me había perdido eran las ansias de conocer mundo que te invadían cuando te abandonabas.

Fuimos en coche hasta la estrecha franja de terreno despejado que había a cada lado del taller de motos de Hal. Ray detuvo el coche y puso el freno.

–¿Por qué aquí? –preguntó Ray.

–Estamos explorando, ¿recuerdas? –dije.

Le llevé a la parte trasera del taller y busqué por la jamba de la puerta hasta palpar la llave escondida.

–¿Cómo sabías dónde estaba?

–He visto cientos de veces a la gente esconder llaves –dije–. No hace falta ser un genio para adivinarlo.

Dentro era tal como yo lo recordaba, y olía intensamente a grasa de moto.

–Creo que necesito ducharme –dije–. ¿Por qué no te pones cómodo?

Pasé junto a la cama y accioné el interruptor de la luz, que colgaba de un cable, y todas las diminutas luces blancas que había encima de la cama de Hal se encendieron; eran las únicas fuentes de iluminación aparte de la polvorienta luz que entraba por la pequeña ventana trasera.

–¿Adónde vas? –preguntó Ray–. ¿Por qué conoces este lugar? –Su voz se había vuelto un sonido frenético.

–Dame un poco de tiempo, Ray –dije–. Luego te lo explico.

Entré en el pequeño cuarto de baño, pero dejé la puerta entreabierta. Mientras me quitaba la ropa de Ruth y esperaba a que el agua se calentara, confié en que ella me viera, viera su cuerpo tal como yo lo veía, su perfecta belleza viviente.

En el cuarto de baño olía a humedad y a moho, y la bañera estaba manchada después de años de no correr nada más que agua por su desagüe. Me metí en la vieja bañera de patas de cabra y me quedé de pie bajo el chorro de agua. Aunque salía caliente, tenía frío. Llamé a Ray. Le pedí que entrara.

–Te veo a través de la cortina –dijo él, desviando la vista.

–No pasa nada –dije–. Me gusta. Quítate la ropa y entra aquí.

–Susie –dijo él–, ya sabes que yo no soy así.

Se me encogió el corazón.

–¿Qué has dicho? –pregunté. Concentré mi mirada en la suya a través de la tela blanca traslúcida que Hal usaba como cortina: él era una forma oscura con cien agujeritos de luz a su alrededor.

–He dicho que no soy así.

–Me has llamado Susie.

Hubo un silencio, y un momento después él corrió la cortina, con cuidado de mirarme sólo a la cara.

–¿Susie?

–Ven aquí –dije, con lágrimas en los ojos–. Por favor, ven aquí.

Cerré los ojos y esperé. Metí la cabeza debajo del agua y sentí el calor en las mejillas y el cuello, en los pechos, el estómago y las ingles. Luego le oí a él moverse torpemente, oí la hebilla de su cinturón golpear el frío suelo de cemento y unas monedas que cayeron de los bolsillos.

Tuve la misma sensación de expectación entonces que la que había tenido a veces de niña cuando me tumbaba en el asiento trasero del coche y cerraba los ojos mientras mis padres conducían, segura de que cuando el coche se detuviera estaríamos en casa, y ellos me cogerían en brazos y me llevarían dentro. Era una expectación nacida de la confianza.

Ray corrió la cortina. Me volví hacia él y abrí los ojos. Sentí una maravillosa corriente de aire en el interior de los muslos.

–No pasa nada –dije.

Él se metió despacio en la bañera. Al principio no me tocó, pero luego, sin mucha confianza, recorrió una pequeña cicatriz que yo tenía en el costado. Observamos juntos cómo su dedo se deslizaba por la zigzagueante herida.

–El accidente que tuvo Ruth jugando al voleibol en mil novecientos setenta y cinco –dije. Volví a estremecerme.

–Tú no eres Ruth –dijo con una expresión perpleja.

Cogí su mano, que había llegado al final de la cicatriz, y la puse debajo de mi pecho derecho.

–Llevo años observándoos –dije–. Quiero que hagas el amor conmigo.

Él abrió la boca para hablar, pero lo que en esos momentos acudió a sus labios era demasiado extraño para decirlo en voz alta. Me rozó el pezón con el pulgar e inclinó la cabeza hacia mí. Nos besamos. El chorro de agua que caía entre nuestros cuerpos mojó el escaso vello de su pecho y su vientre. Lo besé porque quería ver a Ruth, y quería ver a Holly, y quería saber si ellas podían verme. En la ducha podía llorar y Ray podía besarme las lágrimas, sin saber exactamente por qué lloraba yo.

Toqué cada parte de su cuerpo, sosteniéndola en mis manos. Ahuequé la palma alrededor de su codo. Estiré su vello púbico entre los dedos. Sostuve esa parte de él que el señor Harvey me había metido a la fuerza. Dentro de mi cabeza pronuncié la palabra «delicadeza», y luego la palabra «hombre».

—¿Ray?

—No sé cómo llamarte.

—Susie.

Llevé los dedos a sus labios para poner fin a sus preguntas.

—¿Te acuerdas de la nota que me escribiste? ¿Te acuerdas de que te llamabas a ti mismo el Moro?

Por un instante los dos nos quedamos allí, y yo vi cómo el agua le caía por los hombros.

Sin decir nada más, él me levantó y yo lo rodeé con mis piernas. Él se apartó del chorro de agua para apoyarse en el borde de la bañera. Cuando estuvo dentro de mí, le sujeté la cara con las manos y lo besé lo más apasionadamente que supe.

Al cabo de un largo minuto se apartó.

—Dime cómo es aquello.

—A veces se parece al instituto —dije sin aliento—. Nunca llegué a ir, pero en mi cielo puedo hacer hogueras en las aulas y correr arriba y abajo por los pasillos gritando todo lo fuerte que quiero. Aunque no siempre es así. Puede ser como Nueva Escocia, o Tánger, o el Tíbet. Se parece a todo aquello con que has soñado alguna vez.

—¿Está Ruth allí ahora?

—Ruth está dando una charla, pero volverá.

—¿Te ves a ti misma allí ahora?

–Ahora estoy aquí –dije.

–Pero te irás pronto.

No iba a mentir. Asentí.

–Creo que sí, Ray. Sí.

Entonces hicimos el amor. Hicimos el amor en la bañera y en el dormitorio, bajo las luces y las estrellas falsas que brillaban en la oscuridad. Mientras él descansaba, le cubrí de besos la columna vertebral y bendije cada músculo, cada lunar y cada imperfección.

–No te vayas –dijo él, y sus ojos, esas gemas brillantes, se cerraron y sentí su respiración poco profunda.

–Me llamo Susie –susurré–, de apellido Salmon, como el pez. –Bajé la cabeza hasta apoyarla en su pecho y me dormí a su lado.

Cuando abrí los ojos, la ventana que teníamos delante estaba de color rojo oscuro, y comprendí que no nos quedaba mucho tiempo. Fuera, el mundo que llevaba tanto tiempo observando vivía y respiraba sobre la misma Tierra en la que ahora me encontraba. Pero yo sabía que no podía salir. Había aprovechado esa ocasión para enamorarme, enamorarme con la clase de impotencia que no había experimentado muerta, la impotencia de estar viva, la oscura y brillante compasión de ser humana, abriéndome paso a tientas, palpando los rincones y abriendo los brazos a la luz, y todo ello formaba parte de navegar por lo desconocido.

El cuerpo de Ruth se debilitaba. Me apoyé en un brazo y observé a Ray dormir. Sabía que me iría pronto.

Cuando él abrió los ojos un rato después, lo miré y recorrí su perfil con los dedos.

–¿Piensas alguna vez en los muertos, Ray?

Él parpadeó y me miró.

–Estudio medicina.

–No me refiero a cadáveres, enfermedades u órganos defectuosos, sino de lo que habla Ruth. Me refiero a nosotros.

–A veces sí –dijo él–. Siempre me ha intrigado.

–Estamos aquí, ¿sabes? –dije–. Todo el tiempo. Puedes hablar con nosotros y pensar en nosotros. No tiene por qué ser triste o espeluznante.

–¿Puedo volver a tocarte? –Y se apartó las sábanas de las piernas para incorporarse.

Fue entonces cuando vi algo al pie de la cama de Hal. Algo borroso e inmóvil. Traté de convencerme de que la luz me engañaba, que eran motas de polvo atrapadas en el sol del atardecer. Pero cuando Ray alargó una mano para tocarme, no sentí nada.

Ray se inclinó sobre mí y me besó suavemente en el hombro. No lo noté. Me pellizqué por debajo de la manta. Nada.

La borrosa cosa al pie de la cama empezó a tomar forma. Mientras Ray se levantaba de la cama, vi cómo una multitud de hombres y mujeres llenaba la habitación.

–Ray –dije justo antes de que llegara al cuarto de baño. Quería decir «Te echaré de menos», o «No te vayas», o «Gracias».

–¿Sí?

–Tienes que leer el diario de Ruth.

–No podrías evitar que lo hiciese –dijo él.

Miré a través de las misteriosas figuras de los espíritus que formaban una masa al pie de la cama y vi que me sonreía. Luego vi cómo su bonito y frágil cuerpo se daba la vuelta y cruzaba la puerta. Un repentino y débil recuerdo.

Cuando empezó a elevarse el vapor de la bañera, me acerqué despacio al escritorio infantil donde Hal tenía amontonados sus discos y sus facturas. Empecé a pensar de nuevo en Ruth, en que yo no había previsto eso: la maravillosa posibilidad con que había soñado ella desde nuestro encuentro en el aparcamiento. Lo que yo había explotado en el cielo y en la Tierra era la esperanza. Sueños de ser fotógrafa de la naturaleza, sueños de ganar un Oscar en los primeros años de educación secundaria, sueños de besar una vez más a Ray Singh. Mira qué ocurre cuando sueñas.

Vi un teléfono frente a mí, y descolgué el auricular. Sin pensar, marqué el número de mi casa, como una cerradura cuya combinación sólo recuerdas al hacer girar el disco.

A la tercera llamada, alguien contestó.

—¿Diga?

—Hola, Buckley —dije.

—¿Quién es?

—Soy yo, Susie.

—¿Quién es?

—Susie, cariño, tu hermana mayor.

—No te oigo —dijo él.

Me quedé mirando el teléfono un momento y luego los sentí. Ahora, la habitación estaba llena de esos espíritus silenciosos. Entre ellos había niños, así como adultos. «¿Quiénes sois? ¿De dónde habéis salido todos?», pregunté, pero lo que había sido mi voz no hizo ruido en la habitación. Fue entonces cuando me di cuenta. Yo estaba sentada y observando a los demás, pero Ruth estaba apoyada sobre el escritorio.

—¿Puedes alcanzarme una toalla? —gritó Ray después de cerrar el grifo. Al ver que yo no respondía, descorrió la cortina. Lo oí salir de la bañera y acercarse a la puerta. Vio a Ruth y corrió hacia ella. Le tocó el hombro y, soñolienta, ella se despertó. Se miraron. Ella no tuvo que decir nada. Él supo que yo me había ido.

Recuerdo una vez que iba con mis padres, Lindsey y Buckley en un tren, sentada de espaldas, y nos metimos en un túnel oscuro. Ésa fue la sensación que tuve la segunda vez que abandoné la Tierra. El destino de alguna manera inevitable, los paisajes e imágenes que había visto tantas veces al pasar. Pero esta vez iba acompañada, no me habían sacado de allí a la fuerza, y yo sabía que habíamos emprendido un largo viaje a un lugar muy lejano.

Marcharme por segunda vez de la Tierra fue más fácil de lo que había sido regresar. Vi a dos viejos amigos abrazados en silencio detrás del taller de motos de Hal, ninguno de los dos preparado para expresar en voz alta lo que les había ocurrido. Ruth se sentía más cansada y al mismo tiempo más feliz de lo que nunca se había sentido, mientras que Ray apenas empezaba a asimilar lo que había vivido y las posibilidades que eso le ofrecía.

23

A la mañana siguiente, el olor del horno de la madre de Ray se había escabullido escaleras arriba hasta la habitación donde él y Ruth estaban tumbados. De la noche a la mañana, el mundo había cambiado, ni más ni menos.

Después de marcharse del taller de Hal con cuidado de no dejar ningún rastro de que habían estado allí, volvieron en silencio a casa de Ray. Cuando, entrada la noche, Ruana los encontró a los dos dormidos, acurrucados y totalmente vestidos, se alegró de que su hijo tuviera al menos esa extraña amiga.

Hacia las tres de la madrugada, Ray se despertó. Se sentó y miró a Ruth, sus largos y desgarbados miembros, el bonito cuerpo con el que había hecho el amor, y sintió que le invadía un afecto repentino. Alargó una mano para tocarla, y en ese preciso momento un rayo de luna cayó en el suelo a través de la ventana por la que yo lo había visto sentado estudiando durante tantos años. Lo siguió con la mirada. Allí, en el suelo, estaba el bolso de Ruth.

Con cuidado de no despertarla, él se levantó de la cama para cogerlo. Dentro estaba el diario de Ruth. Lo sacó y empezó a leer:

En los extremos de las plumas hay aire, y en su base, sangre. Sostengo en alto huesos: ojalá, como los cristales rotos, cortejaran la luz… aun así, trato de volver a juntar todas estas piezas, de colocarlas con firmeza para que las chicas asesinadas vivan otra vez.

Se saltó un trozo.

Estación de Penn, retrete, forcejeo que llevó al lavabo. Mujer mayor.

Doméstico. Av. C. Marido y Mujer.

Tejado sobre la calle Mott, chica adolescente, disparo.

¿Año? Niña en Central Park se mete entre matorrales. Cuello de encaje blanco, elegante.

Cada vez hacía más frío en la habitación, pero siguió leyendo, y sólo levantó la cabeza cuando oyó a Ruth moverse.

–Tengo muchas cosas que decirte –dijo ella.

La enfermera Eliot ayudó a mi padre a sentarse en la silla de ruedas mientras mi madre y mi hermana iban de aquí para allá por la habitación, reuniendo los narcisos para llevarlos a casa.

–Enfermera Eliot –dijo él–. Nunca olvidaré su amabilidad, pero espero tardar mucho en volver a verla.

–Yo también lo espero –respondió ella. Miró a mi familia reunida en la habitación, rodeándolo incómodos–. Buckley, tu madre y tu hermana tienen las manos ocupadas. Te toca a ti.

–Empuja con delicadeza, Buck –dijo mi padre.

Yo vi cómo los cuatro recorrían el pasillo hasta el ascensor, Buckley y mi padre abriendo la marcha mientras Lindsey y mi madre los seguían con los brazos llenos de narcisos goteantes.

Al bajar en el ascensor, Lindsey se quedó mirando las brillantes flores amarillas. Recordó que la tarde de mi primer funeral Samuel y Hal habían encontrado narcisos amarillos en el campo de trigo. Nunca se habían enterado de quién los había dejado allí. Mi hermana miró las flores y luego a mi madre. Sentía el cuerpo de mi hermano pegado al suyo, y a nuestro padre, sentado en la brillante silla de ruedas del hospital, con aire cansado pero contento de volver a casa. Cuando llegaron al vestíbulo y se abrieron

333

las puertas supe que estaban destinados a estar los cuatro juntos, solos.

A medida que las manos mojadas e hinchadas de Ruana cortaban una manzana tras otra, empezó a pronunciar mentalmente la palabra que llevaba años evitando: «Divorcio». Había sido algo en las posturas de su hijo y Ruth, acurrucados y abrazados, lo que por fin la había liberado. No se acordaba de la última vez que se había acostado a la misma hora que su marido. Él entraba en la habitación como un fantasma, y como un fantasma se deslizaba entre las sábanas, sin apenas arrugarlas. No la trataba mal, como en los casos que salían en los periódicos y en la televisión. Su crueldad estaba en su ausencia. Hasta cuando venía y se sentaba a la mesa del comedor y comía lo que ella cocinaba, estaba ausente.

Oyó el ruido del agua corriendo en el cuarto de baño de arriba y esperó lo que creyó que era un intervalo prudencial antes de llamarlos. Mi madre había pasado esa mañana para darle las gracias por haber hablado con ella cuando había telefoneado desde California, y Ruana había decidido prepararle una tarta.

Después de darles sendos tazones de café a Ruth y a Ray, Ruana anunció que ya era tarde y que quería que Ray lo acompañara a casa de los Salmon, donde se proponía acercarse con sigilo a la puerta para dejar la tarta.

–¡Para el carro! –logró decir Ruth.

Ruana se quedó mirándola.

–Lo siento, mamá –dijo Ray–. Ayer tuvimos un día bastante intenso. –Pero se preguntó si su madre le creería algún día.

Ruana se volvió hacia la encimera y llevó una de las dos tartas que había hecho a la mesa. El olor se elevó de la agujereada superficie en forma de húmedo vapor.

–¿Queréis desayunar? –dijo.

–¡Eres una diosa! –dijo Ruth.

Ruana sonrió.

—Comed todo lo que queráis y luego os vestís, que me acompañaréis los dos.

—La verdad es que tengo que ir a un sitio —dijo Ruth mirando a Ray—, pero me pasaré más tarde.

Hal trajo a casa la batería para mi hermano. Él y mi abuela se habían mostrado de acuerdo en que la necesitaba, aunque faltaban semanas para que Buckley cumpliera trece años. Samuel había dejado que Lindsey y Buckley se reunieran con mis padres en el hospital sin él. Iba a ser un regreso al hogar por partida doble. Mi madre había estado con mi padre cuarenta y ocho horas seguidas, durante las cuales el mundo había cambiado para ellos y para los demás, y volvería a cambiar, yo lo veía, una y otra vez. No había forma de detenerlo.

—Sé que no deberíamos empezar tan temprano —dijo la abuela Lynn—, pero ¿con qué preferís envenenaros, chicos?

—Creía que la ocasión pedía champán —dijo Samuel.

—Eso más tarde —dijo ella—. Os estoy ofreciendo un aperitivo.

—Creo que yo paso —dijo Samuel—. Tomaré algo cuando Lindsey lo haga.

—¿Hal?

—Estoy enseñando a Buck a tocar la batería.

La abuela se contuvo de hacer un comentario sobre la cuestionable sobriedad de los grandes del jazz.

—Bueno, ¿qué me decís de tres centelleantes vasos de agua?

Mi abuela volvió a la cocina para ir a buscar las bebidas. Después de mi muerte, yo había llegado a quererla más de lo que nunca lo había hecho en la Tierra. Ojalá pudiera decir que en ese momento en la cocina decidió dejar de beber. Pero de pronto comprendí que beber formaba parte de lo que la hacía ser quien era. Si lo peor de lo que dejaba en la Tierra era un legado de embriagado apoyo, era un gran legado, a mi modo de ver.

Llevó el hielo de la nevera al fregadero y fue generosa con los cubitos. Siete en cada vaso alto. Abrió el grifo y esperó a que saliera lo más fría posible. Su Abigail volvía a casa. Su extraña Abigail, a quien tanto quería.

Pero cuando levantó la vista y miró por la ventana, habría jurado que vio a una joven con ropa de su juventud sentada al lado del fuerte-cobertizo-huerto de Buckley, mirándola. Un momento después la niña desapareció y ella reaccionó. Iba a ser un día ajetreado. No se lo contaría a nadie.

Cuando el coche de mi padre se detuvo en el camino del garaje, empezaba a preguntarme si era eso lo que yo había estado esperando, que mi familia volviera a casa, no a mí sino los unos a los otros, y que yo desapareciera.

A la luz de la tarde mi padre parecía más menudo, más delgado, pero en su mirada había una gratitud que no había mostrado en años.

Mi madre, por su parte, se iba convenciendo por momentos de que tal vez lograría sobrevivir si se quedaba.

Los cuatro se bajaron a la vez del coche. Buckley se bajó del asiento trasero para prestar a mi padre tal vez más ayuda de la que necesitaba, protegiéndolo quizá de mi madre. Lindsey lo miró por encima del capó, sin renunciar aún a su habitual papel de supervisora. Se sentía responsable, al igual que mi hermano y mi padre. Luego se volvió y vio a mi madre mirándola, con la cara iluminada por la luz amarilla de los narcisos.

–¿Qué?

–Eres la viva imagen de la madre de tu padre –dijo mi madre.

–Ayúdame con el equipaje –dijo mi hermana.

Se acercaron juntas al maletero mientras Buckley recorría con mi padre el camino principal.

Lindsey se quedó mirando fijamente el oscuro interior del maletero. Sólo quería saber una cosa.

–¿Vas a volver a hacerle daño?

–Voy a hacer todo lo posible por evitarlo –respondió mi madre–, pero esta vez no voy a hacer promesas.

Esperó a que Lindsey alzara la vista y la miró con la misma expresión desafiante que la niña que había crecido tan deprisa, que había corrido tan deprisa desde el día en que la policía había dicho: Hay demasiada sangre en la tierra, tu hija-hermana-niña ha muerto.

–Sé lo que hiciste.

–Quedo advertida.

Mi hermana levantó la maleta.

Oyeron gritos, y Buckley salió corriendo del porche delantero.

–¡Lindsey! –gritó olvidando su seriedad, su pesado cuerpo boyante–. ¡Ven a ver lo que me ha comprado Hal!

Buckley tocó. Tocó sin parar. Y Hal fue el único que seguía sonriendo después de escucharle cinco minutos. Todos los demás habían entrevisto el futuro que les aguardaba, y era ruidoso.

–Creo que ahora sería un buen momento para iniciarlo en la escobilla –dijo la abuela Lynn.

Hal la complació.

Mi madre le había dado los narcisos a la abuela Lynn y subido casi inmediatamente al piso de arriba con el pretexto de ir al cuarto de baño. Todos sabían adónde iba: a mi antigua habitación.

Se quedó sola en la puerta, como si estuviera en el borde del Pacífico. Seguía siendo azul lavanda. Los muebles seguían siendo los mismos, menos una silla reclinable de mi abuela.

–Te quiero, Susie –dijo ella.

Yo le había oído decir esas palabras tantas veces a mi padre que en ese momento me sorprendieron; llevaba tiempo esperando, sin saberlo, oírselas decir a mi madre. Ella había necesitado tiempo para comprender que ese amor no iba a destruirla, y yo, ahora me daba cuenta, le había dado ese tiempo, podía dárselo porque me sobraba.

Se fijó en una fotografía con marco dorado que había encima de mi antigua cómoda. Era la primera foto que yo le había hecho, el retrato secreto de Abigail antes de que su familia despertara y ella se aplicara su barra de labios. Susie Salmon, fotógrafa de la naturaleza, había captado a una mujer mirando al otro lado de su brumoso jardín de barrio residencial.

Utilizó el cuarto de baño, dejando que el agua corriera ruidosamente y moviendo las toallas. Supo de inmediato que era su madre quien había comprado las toallas de color crema, un color ridículo para unas toallas, y había bordado las iniciales, algo también ridículo, pensó. Pero con la misma rapidez se rió de sí misma. Empezaba a preguntarse si le había servido de algo su estrategia de tantos años de arrasar todo lo que podía serle útil al enemigo. Su madre era encantadora en su ebriedad, era juiciosa en su banalidad. ¿Cuándo debería uno liberarse no sólo de los muertos sino de los vivos, y aprender a aceptar?

Yo no estaba en el cuarto de baño, ni en la bañera, ni en el grifo; no recibía en audiencia en el espejo ni estaba en miniatura en la punta de cada cerda del cepillo de dientes de Lindsey o de Buckley. De una manera que no sabía explicar –¿habían alcanzado un estado de felicidad?, ¿volvían mis padres a estar juntos para siempre?, ¿había empezado Buckley a contarle sus problemas a alguien?, ¿se curaría de verdad mi padre?–, yo había dejado de suspirar por ellos, de necesitar que suspiraran por mí. Aunque todavía lo haría alguna vez y ellos también lo harían. Siempre.

En el piso de abajo, Hal sujetaba la muñeca de la mano de Buckley que sostenía la escobilla.

–Pásalo con mucha delicadeza por el tambor con bordón.

Y Buckley así lo hizo y levantó la vista hacia Lindsey, sentada frente a él en el sofá.

—Genial, Buck.

—Como una serpiente de cascabel.

A Hal le gustó eso.

—Exacto —dijo, y por la cabeza le pasaron imágenes de su futura banda de jazz.

Mi madre bajó por la escalera. Cuando entró en la sala, lo primero que vio fue a mi padre. Trató de darle a entender con la mirada que estaba bien, que seguía respirando, soportando la altitud.

—¡Atención todos! —gritó mi abuela desde la cocina—. ¡Sentaos, que Samuel tiene algo que decirnos!

Todos rieron, y antes de que volvieran a cerrarse en sí mismos —les resultaba muy difícil estar juntos, aun cuando fuera lo que todos habían deseado—, Samuel entró en la sala con la abuela Lynn, que llevaba una bandeja de copas de champán, listas para ser llenadas. Él lanzó una mirada a Lindsey.

—Lynn va a ayudarme a servir —dijo.

—Algo que se le da muy bien —dijo mi madre.

—¿Abigail? —dijo la abuela Lynn.

—¿Sí?

—Me alegro de verte a ti también.

—Adelante, Samuel —dijo mi padre.

—Quería deciros que me alegro de estar aquí con todos vosotros.

Pero Hal conocía a su hermano.

—No has acabado, artífice de la palabra. Buck, ayúdale con una escobilla. —Esta vez dejó que mi hermano lo hiciera sin su ayuda y éste respaldó a Samuel.

—Quería decir que me alegro de que la señora Salmon haya vuelto, y que el señor Salmon también haya vuelto, y que es un honor para mí casarme con su encantadora hija.

—¡Bien dicho! —dijo mi padre.

Mi madre se levantó para sostenerle la bandeja a la abuela Lynn, y juntas repartieron las copas por la habitación.

Mientras veía a mi familia beber champán, pensé en cómo sus vidas se habían arrastrado de acá para allá desde mi asesinato, y vi, mientras Samuel daba el atrevido paso de besar a Lindsey delante de toda la familia, que emprendían por fin el vuelo, alejándose de mi muerte.

Ésos eran los queridos huesos que habían crecido en mi ausencia: las relaciones, a veces poco sólidas, otras hechas con grandes sacrificios, pero a menudo magníficas, que habían nacido después de mi desaparición. Y empecé a ver las cosas de una manera que me permitía abrazar el mundo sin estar dentro de él. Los sucesos desencadenados por mi muerte no eran más que los huesos de un cuerpo que se recompondría en un momento impredecible del futuro. El precio de lo que yo había llegado a ver como ese cuerpo milagroso había sido mi vida.

Mi padre miró a la hija que tenía delante. La hija misteriosa había desaparecido.

Con la promesa de que Hal iba a enseñarle a hacer redobles después de comer, Buckley dejó la escobilla y los palillos, y los siete cruzaron la cocina hasta el comedor, donde Samuel y la abuela Lynn habían servido en la vajilla buena sus *ziti* congelados Souffer y la tarta de queso congelada Sara Lee.

–Hay alguien fuera –dijo Hal, viendo a un hombre por la ventana–. ¡Es Ray Singh!

–Hazle pasar –dijo mi madre.

–Se está yendo.

Todos salieron tras él menos mi padre y mi abuela, que se quedaron en el comedor.

–¡Eh, Ray! –gritó Hal, abriendo la puerta y casi pisando la tarta–. ¡Espera!

Ray se volvió. Su madre estaba en el coche con el motor encendido.

–No queríamos interrumpir –le dijo Ray a Hal.

Lindsey, Samuel, Buckley y una mujer que reconoció como la señora Salmon se habían quedado amontonados en el porche.

–¿Es Ruana? –dijo mi madre–. Por favor, invítala a pasar.

–No os preocupéis, en serio –dijo Ray sin hacer ademán de acercarse. «¿Está viendo esto Susie?», se preguntó.

Lindsey y Samuel se separaron del grupo y se acercaron a él.

Para entonces mi madre había recorrido el camino del garaje y se inclinaba hacia la ventanilla del coche para hablar con Ruana.

Ray lanzó una mirada a su madre cuando ésta abrió la portezuela para bajar del coche y entrar en la casa.

–Para nosotros, todo menos tarta –dijo a mi madre al acercarse por el camino.

–¿Está trabajando el doctor Singh? –preguntó mi madre.

–Para variar –dijo Ruana. Vio a Ray cruzar con Lindsey y Samuel la puerta de la casa–. ¿Volverá a venir a fumarse un apestoso cigarrillo conmigo?

–Eso está hecho –dijo mi madre.

–Bienvenido, Ray. Siéntate –dijo mi padre al verlo entrar en la sala de estar. En su corazón había un lugar especial para el chico que había querido a su hija, pero Buckley se dejó caer en la silla al lado de su padre antes de que nadie más pudiera acercarse a él.

Lindsey y Samuel trajeron dos sillas de respaldo recto de la sala de estar y se sentaron junto al aparador. Ruana se sentó entre la abuela Lynn y mi madre, y Hal, solo, en un extremo.

En ese momento caí en la cuenta de que no sabrían cuándo me había marchado, del mismo modo que no podían saber las veces que había rondado una habitación en particular. Buckley me había hablado y yo le había respondido. Aunque yo no había creído que había hablado con él, lo había hecho. Me había manifestado de la forma en que ellos habían querido que lo hiciera.

Y allí volvía a estar ella, saliendo sola del campo de trigo, mientras que todas las personas que me importaban estaban reunidas en una habitación. Ella siempre me sentiría y pensaría en mí, me daba cuenta de ello, pero yo no podía hacer nada más. Ruth había estado obsesionada conmigo y seguiría estándolo. Primero por accidente y luego de manera voluntaria. Toda la historia de mi vida y de mi muerte era suya si decidía contársela a los demás, aunque fuera de uno en uno.

Ruana y Ray llevaban un rato en casa cuando Samuel empezó a hablar de la casa neogótica que había descubierto con Lindsey junto a un tramo cubierto de maleza de la carretera 30. Mientras se la describía en detalle a Abigail, explicando que había comprendido que quería casarse con Lindsey y vivir allí con ella, Ray se sorprendió a sí mismo preguntando:

–¿Tiene un gran agujero en el techo de la habitación trasera y unas bonitas ventanas encima de la puerta principal?

–Sí –respondió Samuel, alarmando cada vez más a mi padre–. Pero eso puede repararse, señor Salmon. Estoy seguro.

–Es del padre de Ruth –dijo Ray.

Todos guardaron silencio un momento, y entonces Ray continuó:

–Ha pedido un préstamo para comprar casas viejas cuya demolición aún no se ha anunciado. Tiene intención de restaurarlas –explicó Ray.

–Dios mío –dijo Samuel.

Y yo desaparecí.

HUESOS

No te das cuenta de que los muertos se van cuando deciden dejarte de verdad. Se supone que no tienes que hacerlo. Como mucho, los sientes como un susurro o la ola de un susurro ondulándose hacia abajo. Lo compararía con una mujer en el fondo de una sala de lectura o un teatro, una mujer en la que nadie se fija hasta que sale a hurtadillas. Y entonces sólo se fijan los que están cerca de la puerta, como la abuela Lynn; para los demás es como una brisa inexplicable en una habitación cerrada.

La abuela Lynn murió varios años después, pero aún no la he visto por aquí. La imagino emborrachándose en su cielo, bebiendo cócteles de whisky con menta con Tennessee Williams y Dean Martin. Vendrá a su debido tiempo, estoy segura.

Si os soy sincera, a veces todavía me escabullo para ver a mi familia, no puedo evitarlo. Y a veces ellos todavía piensan en mí, no pueden evitarlo.

Después de su boda, Lindsey y Samuel se sentaron en la casa vacía de la carretera 30 y bebieron champán. Las ramas de los árboles habían crecido tanto que se habían metido por las ventanas del piso superior, y se acurrucaron debajo de ellas sabiendo que tendrían que cortarlas. El padre de Ruth había prometido venderles la casa si Samuel la pagaba trabajando como encargado en su negocio de restauración. Hacia el final de ese verano, el señor Connors, con ayuda de Samuel y Buckley, había despejado la parcela e instalado allí una caravana, que durante el día sería su oficina y por la noche podía ser el cuarto de estudio de Lindsey.

Al principio era incómodo, por la falta de electricidad y cañerías, y porque tenían que ir a casa de uno de sus padres para ducharse, pero Lindsey se volcó en sus estudios y Samuel en encontrar los pomos y apliques de luz de la época adecuada. Fue una sorpresa para todos cuando Lindsey descubrió que estaba embarazada.

—Me pareció que estabas más gorda —dijo Buck sonriendo.

—Mira quién fue a hablar —dijo ella.

Mi padre soñaba con el día que podría enseñar a otra niña a construir botellas con barcos en miniatura. Sabía que en ello habría tanta tristeza como alegría, que siempre le recordaría a mí.

Me gustaría deciros que esto es bonito, que aquí estoy a salvo para siempre, como algún día lo estaréis vosotros. Pero en este cielo no existe el concepto de seguridad, del mismo modo que no existe la cruda realidad. Nos divertimos.

Hacemos cosas que dejan a los humanos perplejos y agradecidos, como el año que el jardín de Buckley brotó de golpe y toda la enloquecedora maraña de plantas floreció a la vez. Lo hice por mi madre, que se había quedado y se sorprendió a sí misma contemplándolo de nuevo. Era asombrosa la mano que tenía ella con todas las flores, las hierbas y los hierbajos en ciernes. Y asombrarse fue lo que hizo casi todo el tiempo desde que regresó, asombrarse de las vueltas que daba la vida.

Mis padres donaron el resto de mis pertenencias, junto con las cosas de la abuela Lynn, a la organización benéfica Good Will.

Siguieron compartiendo los momentos que sentían mi presencia. Ahora que estaban juntos, pensar y hablar de los muertos se convirtió en una parte totalmente normal de su vida. Y escuché a mi hermano Buckley tocar la batería.

Ray se convirtió en el doctor Singh, «el verdadero doctor de la familia», como le gustaba decir a Ruana. Y vivió cada vez más momentos que optó por no cuestionar. Aunque a su alrededor tenía a cirujanos y científicos serios que regían un mundo en el que no había términos medios, no descartó la posibilidad de que los extraños acompañantes que a veces se aparecían a los moribundos no fueran producto de las apoplejías, que él había llamado a Ruth por mi nombre y había hecho realmente el amor conmigo.

Si alguna vez dudaba, llamaba a Ruth. Ruth, que se había mudado de un cuarto minúsculo a un estudio del tamaño de un cuarto minúsculo en el Lower East Side. Ruth, que seguía tratando de encontrar la manera de escribir lo que veía y lo que había experimentado. Ruth, que quería que todos creyeran lo que ella sabía: que los muertos realmente nos hablan, que, en el aire que rodea a los vivos, los espíritus se mueven, se entremezclan y ríen con nosotros. Son el oxígeno que respiramos.

Ahora estoy en el lugar que yo llamo este Cielo amplísimo, porque abarca desde mis deseos más simples a los más humildes y grandiosos. La palabra que utiliza mi abuelo es «bienestar».

De modo que hay bizcochos y almohadones, y un sinfín de colores, pero debajo de este mosaico más evidente hay lugares como una habitación tranquila adonde puedes ir y cogerle la mano a alguien sin tener que decir nada, sin explicar nada, sin reclamar nada. Donde puedes vivir al límite todo el tiempo que quieras. Este Cielo amplísimo consiste en clavos de cabeza plana y en la suave pelusa de las hojas nuevas, en vertiginosos viajes en la montaña rusa y en una lluvia de canicas que cae, rebota y te lleva a un lugar que jamás habrías imaginado en tus sueños de un cielo pequeño.

Una tarde contemplaba la Tierra con mi abuelo. Observábamos cómo los pájaros saltaban de copa en copa de los pinos más altos de Maine y sentíamos las sensaciones de los pájaros al posarse y emprender el vuelo para a continuación volver a posarse. Acabamos en Manchester, visitando un restaurante que mi abuelo recordaba de la época en que recorría la costa Este por motivos de trabajo. En los cincuenta años transcurridos se había vuelto más sórdido y, después de evaluar la situación, nos marchamos. Pero en el instante en que me volví, lo vi: el señor Harvey bajando de un autobús Greyhound.

Entró en el restaurante y pidió un café en la barra. Para los no iniciados seguía teniendo el aspecto más anodino posible, salvo alrededor de los ojos, pero ya no llevaba lentillas y ya nadie se detenía a mirar más allá de las gruesas lentes de sus gafas.

Cuando una camarera entrada en años le sirvió café hirviendo en una taza de poliestireno, oyó sonar una campana sobre la puerta a sus espaldas y sintió una corriente de aire frío.

Era una adolescente que durante las últimas horas había estado sentada con su *walkman* unos asientos más adelante, tarareando las canciones. Él permaneció sentado en la barra hasta que ella salió del cuarto de baño, y entonces la siguió.

Lo observé seguirla a través de la sucia nieve amontonada a un lado del restaurante hasta la parte trasera del autobús, donde estaría resguardada del viento para fumar. Mientras estaba allí de pie, él se le acercó. Pero ella ni siquiera se sobresaltó. Era otro viejo pesado y mal vestido.

Él hizo cálculos mentales. La nieve y el frío. El barranco que tenían ante ellos. El bosque sin salida al otro lado. Y entabló conversación con ella.

–Son muchas horas de viaje –dijo.

Al principio, la chica lo miró como si no creyera que hablaba con ella.

–Mmm… –murmuró.

–¿Viajas sola?

Fue entonces cuando me fijé en ellos, colgando en una larga y numerosa hilera por encima de sus cabezas: carámbanos de hielo.

La chica apagó el cigarrillo con la suela del zapato y se volvió para irse.

–Repulsivo –dijo, y echó a andar deprisa.

Un momento después cayó el carámbano. Era tan pesado que hizo perder el equilibrio al señor Harvey lo justo para que se tambalease y cayera de bruces. Pasarían semanas antes de que la nieve del barranco se fundiera lo suficiente para dejar el cuerpo al descubierto.

Pero dejar que os hable de alguien especial.

En el patio de su casa, Lindsey había construido un jardín. La vi arrancar las malas hierbas del tupido y alargado parterre de flores. Retorcía los dedos dentro de los guantes mientras pensaba en los clientes que iba a ver ese día en su consulta, cómo ayudarles a dar sentido a las cartas que les habían tocado en la vida, cómo aliviar su dolor. Yo recordaba que a menudo las cosas más sencillas se escapaban de lo que yo consideraba su gran cerebro. Tardó una eternidad en deducir que si siempre me ofrecía a cortar el césped junto a la cerca era para jugar al mismo tiempo con *Holiday*. Ella recordó entonces a *Holiday*, y yo seguí sus pensamientos. Cómo en pocos años llegaría el momento de comprarle un perro a su hija, en cuanto la casa estuviera acabada y cercada. Luego pensó en que ahora había máquinas que cortaban el césped de poste en poste de la cerca en cuestión de minutos, cuando a nosotras nos había llevado horas de gruñidos.

Samuel salió a su encuentro, y allí estaba ella en sus brazos, mi dulce bolita de grasa, nacida diez años después de mis catorce años en la Tierra: Abigail Suzanne. Para mí, la pequeña Susie. Samuel dejó a Susie encima de una manta, cerca de las flores. Y mi hermana, mi Lindsey, me dejó en sus recuerdos, donde me correspondía estar.

Y en una pequeña casa a unos ocho kilómetros vivía un hombre que sostuvo en el aire mi pulsera de colgantes llena de barro para enseñársela a su mujer.

—Mira lo que he encontrado en el viejo polígono industrial —dijo—. Uno de los tipos de la obra me ha dicho que están nivelando todo el solar. Tienen miedo de que haya más grietas como la que se engullía los coches.

Su mujer le sirvió un vaso de agua del grifo mientras él toqueteaba la pequeña bicicleta y el zapato de ballet, la cesta de flores y el dedal. Cuando ella dejó el vaso en la mesa, le tendió la pulsera cubierta de barro.

—Su dueña ya debe de ser mayor —dijo.

Casi.

No exactamente.

Os deseo a todos una vida larga y feliz.